新 潮 文 庫

風 流 太 平 記

山本周五郎著

新 潮 社 版

3067

風流太平記

変事

一

九月中旬のある晴れた日の午後。

芝新網にある紀州家の浜屋敷の門前へ、一人の旅装の若者が来て立った。長い旅をつづけて来たものとみえ、肩へかけた旅嚢《りょのう》も、着ている物も、すべて汁じみ、埃《ほこり》まみれであるが、笠《かさ》をぬいだところを見ると、いま洗面したばかりのように、さっぱりと冴《さ》えた顔つきをしていた。

眼鼻だちはきりっとして、ちょっと強情らしく、きかない性質のようであるが、やや尻《しり》下りの眼や、口尻の切れあがった唇のあたりに、人をひきつける一種の魅力があった。背丈は五寸たっぷり、中肉でひき緊《しま》った、敏捷《びんしょう》そうないい軀《からだ》であった。

彼は笠をぬいで、門番小屋のほうへ近づいていった。

そのとき、向うの町角から、一人の少年がこちらを覗《のぞ》いた。どうやら彼のあとを跟《つ》けて来たものらしい。若侍が番小屋に近づくと、さりげないそぶりでこっちへ出て来た。年は九つか十であろう。古びためくら縞《じま》の、綻《ほころ》びだらけの袷《あわせ》に三尺をしめ、摺《す》り切れたわら草履をはいている。色が黒く、眼がまるく、いかにも「悪童」といった感じであった。

少年はゆっくりと、門の前を通りぬけた。それは、若侍と門番の話を聞くためのようであった。そのまるい眼がすばやく左右に動いていた。

「紀州さまお浜屋敷でございますな」

と若侍は門番に云《い》った。

「甲野殿を訪ねてまいった者ですが、通って宜《よろ》しゅうございますか」

「失礼ですが御姓名をどうぞ」

老人の番士がもの憂《う》げに云った。

「長崎からまいった花田万三郎という者です、休之助の弟で、手紙が届いている筈《はず》です」

「すると、――」

老番士の顔が驚きのために緊張した。

「するとお手前さまは、甲野休之助殿をお訪ねでございますか」

「そうです」

「それはそれは」

老番士は声をはずませた。すぐにはあとが続かないらしく、痩《や》せた頸《くび》の大きな喉《のど》ぼとけを二三度も上下させた。

「こうのと仰《おっ》しゃったので、ほかのこうのさまかと思いましたが、甲野休之助さまだとすると非常にお気の毒でございます」

「甲野がどうかしたのですか」

「ゆうべ自火をお出しなさいましてな、夜半の、さよう子《ね》ノ刻半（一時）ごろでございましたろうか」

「自火というのは火事ですか」

若侍はじれったそうに訊《き》き返した。

「さよう、とつぜんの出火で」

老番士は舌っ足らずな口ぶりで続けた。

「まったくとつぜんの出火で、それもたいそう火のまわりが早かったものですから、人が出てみたときは貴方《あなた》もう、屋根が焼けぬけておりましてな、まるでもう手のつけられないありさまでして」

若侍は辛抱ができなくなったらしい。

「それでいったい家人はどうしたのですか」

「つまり、お気の毒と申すのはそのことでございますが、御一家ぜんぶ御焼死なさいましたようで――」

若侍はあっと口をあけた。

二

「な、なんですって」

花田万三郎という若侍は吃《ども》って云った。

「それは本当ですか、主人の休之助もですか」

「御尊父も御息女も奥さまも、みなさまぜんぶ」

老番士がそう云いかけたとき、門内の奥のほうから、侍が二人こっちへやって来た。どうやら番士と話している万三郎を認めたものらしい。万三郎は気がつかなかったが、老番士がそれを見て、

「ああ、いまあれへ消火のお係りがおいでなされます」

と云った。しかしそれより早く、万三郎のうしろへさっきの少年が走って来て、

「小父《おじ》さんお逃げよ」

と叫びながら袖《そで》を引張った。

「逃げるんだよ小父さん」

「なんだ、どうしたんだ」

万三郎は袖をふり払おうとしたが、少年は力任せに引張りながら叫んだ。

「逃げるんだってば、捉《つか》まると小父さんも殺されちゃうよ、早く逃げるんだよ」

けんめいな表情であった。

万三郎は向うを見た。老番士はあっけにとられていたが、奥のほうから来る二人の侍は、こっちのようすに気づいたとみえ、なにか叫びながら急に走りだした。

——これは変だ。

万三郎はそう直感した。

「小父さんのばか」

少年が悲鳴のように叫んだ。

「捉まっちゃうじゃないか、ばか、ばか」

万三郎は走りだした。少年は、こっちだよと叫びながら、先になってつぶてのように走ってゆく。万三郎も片手で刀を押え、片手では旅嚢の紐《ひも》を押えながら、少年のあとを追ってけんめいに駆けていった。

「――待て、待て」

うしろで声がした。

――これはどういうことだ。

走りながら万三郎は思った。

――まるで狐《きつね》に化かされたようじゃないか。

舟入り堀に沿った道を、浜松町の通りへ出て曲るとき振返って見ると、紀州家の侍二人は、十二三間あとから追って来る。

「お待ちなさい」

なぜ逃げるんだ、と叫んでいる声も聞えた。二丁目のほうへ曲るとすぐに、少年が走りながら振返った。

「小父さん築地《つきじ》を知ってるかい」

「――――」

「築地の飯田町さ」

「ああ知ってるよ」

「それじゃあね、そこに増六っていう船宿があるからね、あとを跟けられないようにそこへいっておくれよ」

「増六っていう船宿だな」

「そこで待ってればね、そこでだよ、そうすればあとからお嬢さんがゆくからって」

「おいおい」万三郎は閉口した。

「なんだかわけのわからないことばかりだが、そのお嬢さんというのはなんだい」

「おれだって知らねえさ」

　少年はどなり返した。

「どこの人だか知らねえけど、きれいなお嬢さんがおれにそう頼んだんだ、それでおいら小父さんの来るのを見張ってたんだ」

「その人は私の名を知ってるのか」

「ちぇっ、あたりきじゃねえか」

　少年は舌打ちをして云った。

「おいらはこっちへゆくぜ、小父さんは門前町の横丁へ入って、あいつらをまいていかなくっちゃだめだよ、わかったかい」

三

紀州家の二人をまくために、芝の山内《さんない》のほうまで遠まわりをした。

それから築地へ向ったので、増六へゆき着いたのはもう黄昏《たそがれ》であった。増六は海に面した角地にあり、家は古いけれども、構えは大きかった。表側は二階造りで、裏には五つばかり座敷のある平屋が付いていた。もとは料理茶屋でもしていたのだろう、中庭もかなり広く、洒落《しゃ》れた配置の樹石のあいだに腰掛なども見えた。

万三郎は二階の部屋にとおされた。まえにそう知らせてあったらしく、中年増《ちゅうどしま》のはきはきした女房が出て、自分でその部屋へ案内をし、着換えも手伝ってくれた。

「こんなに汗になっていらっしゃる、ちょうどお風呂《ふろ》が沸いたところですから、すぐおはいりなさいましな」

「それはなによりだ」

万三郎はそのまま風呂場へ下りていった。

——なにがどうしたっていうんだろう。

風呂場の中でも彼は思い惑った。

——一家ぜんぶ焼死。

——どうしたわけだ。

風呂から出て、熱い茶を啜《すす》りながらも、万三郎はおちつくことができなかった。

「あの子供は捉まるとおれも殺されるといった、おれが殺されるって、誰に、なんのために殺されるんだ」

独り言を云いながら、窓の外へ眼をやった。

昏《く》れかかって明るい海の上を、帆をおろしながら帰ってゆく漁舟《いさりぶね》がつぎつぎにはしり過ぎた。岸に沿って小さな堀があり、この増六の持ち舟であろう、屋根舟をまぜて、七艘《そう》ばかりもやってあった。

左のほうに明石町へ渡る寒さ橋が見え、いそぎ足に往き来《ゆき》する人の姿が、いかにも夕暮らしく侘《わび》しく眺められた。

「麹町《こうじまち》の家へいってみるか」彼はふとそう呟《つぶや》いた。

しかし立つ気はしなかった。少年はそこで待っていろと念を押した。そこで待っていればお嬢さんがゆく、――お嬢さん。

「てんでわからない」

やけのように首を振り、彼はそこへ横になった。

「ぜんぜん夢のような話だ」

横になるとにわかに旅の疲れが感じられた。骨の節ぶしが抜けるようであったが、頭は少しずつおちついてきた。

「そうだ、ひとつ考えてみよう」

彼は眼を細くしながら、こう呟いて、自分が長崎から江戸へ出て来たいきさつを、静かに思い返してみた。

彼の家は八百五十石の旗本であった。

父は弥兵衛、母はぬいといったが、二人ともすでに亡《な》い。長兄の徹之助が家督を継いで、大目付の書役《かきやく》を勤めている。二兄の休之助は三年まえに、紀州家の甲野という家へ婿《むこ》養子にゆき、それから一年して、万三郎も吉岡伊吾という旗本の家へ養子にいった。

吉岡伊吾には子がなかったが、養子をもらったら夫婦にする筈の、親類の娘が一人いた。つまり夫婦養子になるわけであったが、万三郎が吉岡へゆくとまもなく、その娘が病死し、同時に万三郎は長崎勤番を命ぜられて、江戸を去った。

紀州家の甲野へいった休之助は、長崎などへやられた弟が哀れだったのだろう、しきりに手紙をよこして、彼を慰めてくれた。

――嫁になる筈の娘が死んだそうで、可哀《かわい》そうだな。

などという手紙もあった。

四

——許婚《いいなずけ》に死なれたうえに、長崎などへやられて、泣きっ面《つら》に蜂《はち》じゃないか。

休之助は口の悪い兄であった。

——しかしやけになることはない、この甲野にいい娘がいるんだ、おれの女房の妹で、名前はつな、年は十八になる。標緻《きりょう》は姉よりいいし、気だてはやさしいし、おまけに小太刀の名手ときている。どうだ、おまえこの妹をもらう気はないか。

そんなふうに書いて来たこともあった。

万三郎はその手紙には心をひかれた。遠い土地に孤独な生活をしていたためかもしれない、また若い年齢のためかもしれないが、つなというその娘のことが、深く印象に残って、いつかしらひそかなあこがれをさえ感じるようになった。

——その人をもらってもいいです。

と彼は兄に返事を書いた。

——けれども長崎まで来てもらうわけにはいかないでしょう、勤番が解けるまで待ってくれるでしょうか。

そう書いたこともあった。

すると三十日ほどまえのことであるが、その兄から急飛脚の手紙が来て、彼を驚かした。それは、すべての手続きを棄《す》ててすぐに江戸へ来い、という文面であった。

（役所のほうは花田の兄が手配をする、理由もこちらへ来てから話すが、非常に急を要するので、この手紙が着きしだい即刻そちらを出発するように）

そう繰り返してあった。

つまり出奔して来い、と云《い》わんばかりであるが、万三郎は迷わなかった。休之助は信じていい人間だし、花田の兄も承知らしい。また、なによりも江戸へ帰りたかった。

――江戸へ。

彼は命令どおり、すぐに支度をして、長崎をとびだしたのであった。

「待て待て、――」

と万三郎は起き直った。

「こいつは簡単じゃないぞ」

甲野の兄はなんのために彼を呼んだのであるか。そんなにも急に、出奔して来い、というほど性急に。

「問題はそこにある」

休之助には彼が必要であった。彼を必要とするなにかがあった。ほかの人間ではなく、特に万三郎を呼ぶ必要があったのだ。

――そのことは花田の兄も承知のうえである。

役所のほうは花田の兄が手配する、というからには、長兄の徹之助も知っているのに違いない。

――花田の兄は大目付の書役である。

こう思いながら、「大目付」という役柄がふっと万三郎の関心をひいた。そこになにかある、なにか大きな問題がそこにある、ということが感じられた。

もちろん漠然とした直感にすぎない。どんな問題があるとも想像はつかないが、なにかしら大きな、しかも異常なものがある、という感じは彼の頭の中にしっかりと根を張った。

「火事は過失ではない」

万三郎はそう呟いた。

「過失なら一家ぜんぶが焼死するということはないだろう、おそらく外部から誰かのやった仕事だ、――休之助を生かしておけない理由があって、失火とみせかけて、一家を暗殺したのに相違ない」

その点だけは間違いではないだろう。小父さんも捉まると殺される、そう云った少年の言葉がそれを裏書きしていた。

「――慥《たし》かに」

と云いかけて、万三郎ははっと、刀に手を伸ばしながら振返った。

五

階段をあがって来る人の足音がしたのである。

考えていることがことなので、万三郎はどきりとし、左手に刀を取って身構えた。足音は静かにこっちへ来たが、それと共に、灯の明りが見え、若い女中が行燈《あんどん》を持って入って来た。

すでに暗くなっていた部屋の中は、それでにわかに明るくなった。

「おそくなって済みません」

女中はこう云って行燈の火を程よくかきたて、

「お客さまがみえておりますが、御案内してよろしゅうございましょうか」

「どんな客だ」

万三郎は女中の顔を見た。

「若いお嬢さまのような方でございます、頭巾《ずきん》をしていらっしゃるのでよくはわかりませんけれど、ごようすでみるとそのような」

「誰か伴《つ》れがあるのか」

「いいえお一人でございます」

万三郎は頷《うなず》いた。

「お食事はどう致しましょうか」

女中は去ろうとして訊《き》いた。万三郎はあとで知らせると答え、立っていって、廊下からそっと店の表を見おろした。誰か外で待っている者がいはしないかと思ったのである。しかし店の外にはそれらしい者の姿は見えなかった。

まもなく客が入って来た。

じみな色の縞《しま》の着物で、胸だかに帯をしめ、褄《つま》を取っていた。紫色の縮緬《ちりめん》の頭巾をかぶっているので、顔かたちはよくわからないが、高い鼻と、きれいに澄んだ賢そうな眼が、万三郎の注意をひいた。彼女は風呂敷《ふろしき》包を持っていた。

「失礼ですが事情がありますのとすぐにおいとましなければなりませんので、頭巾のままお許しを願います」

娘はこう云って坐《すわ》った。

「吉岡万三郎さまでいらっしゃいますね」

養家の姓を呼ばれて、彼はちょっとまごついた。

「ええそうです、万三郎です」

「わたくし甲野のつなでございます」

「つなさん、——貴女《あなた》が」

万三郎はわれ知らず高い声をあげた。長崎ではるかにあこがれていた人である。会うのはいま初めてであるが頭のなかではいつもその姿を想い描いていた。

——嫁にもらってもいい。

と休之助に手紙を書いたこともあった。

「貴女のことは、兄からいろいろ聞いていました」

こう云いかけて、しかし、と彼は不審そうに相手を見た。

「しかし貴女は、火事に遭われたんではないのですか」

「わたくしはゆうべ家にいませんでしたの」

つなは口早に云った。

「詳しいことはわたくしもよく存じませんし、今はお話しする暇もございませんけれど、お義兄《にい》さまに云いつかって、この品を持って本所のさるお家へいっておりました、たぶん危険なことが迫っているのを知っていらしったのでしょう、それでわたくしだけ助かったのでございます」

「すると、貴女のほかは、みなさん本当に亡くなられたのですか」

「どうでございましょうか」

つなは眼を伏せた。しかしそれは悲しんでいるというふうではなく、もっと大きな感情を抑えているようにみえた。

六

「わたくしにもなにもわかりませんの」

とつなが云った。

「ただ、これは想像なのですけれど、お義兄さまは半年ほどまえから、麹町のお義兄さまと共同で、なにか調べものをしていらっしゃるようでした、たいそう重大な、秘密なお調べもののようで、――それがどんな事なのかは、姉にさえ見当もつかなかったのですが、十日ほどまえからお義兄さまは急にそわそわし始めて、身のまわりをいろいろ片づけたりしていらしったということでございます」

「それは調べている事に関係があるんですね」

「そう思うよりほかにございません、そして一昨日の夜のことですけれど、わたくしが呼ばれまして、この包を預けられ」

とつなは風呂敷包をそこへ差出した。

――これを持ってぬけ出せ。

休之助はそう云って、屋敷の不浄口からつなを脱出させた。そこには舟がまわしてあり、つなはそれに乗せられて、本所二つ目の村田という家へ伴れてゆかれた。

「兄もいっしょでしたか」

「いいえわたくしだけでしたの、舟を漕《こ》いでいったのは船頭のようでもあり、侍のようでもありました」

村田というのはどういう関係なのか、武家か町人かもわからなかった。寮のような造りの洒落《しゃ》れた家で、老人夫婦だけしかいなかった。つなはその家で不安な一夜を明かした。彼女にはこれからどうなるのか、まるで五里霧中だったし、老人夫婦もなにも云わなかった。

「でもわたくし時間がございませんわ」

とつなは気がついたように、膝《ひざ》をすべらせながら云った。

「あなたにこれを預かって頂くためにまいりましたの、わたくし家のほうのようすを知りたいと思いますし、この品を持っていてもし間違いがあるといけませんから」

「預かるのはいいですが、中はなんですか」

「わたくし存じません」

つなはもう立ちかけていた。

「ただお義兄さまにとって大事な品だということだけは慥かですの、そして、わたくしに持って逃げさせたのはこの品が誰かに覘《ねら》われているからではないでしょうか」

万三郎は頷いた。

「ようすがわかりましたらすぐにまたまいります、それまではどうぞ充分にお気をつけ下さいまし、此処《ここ》は大丈夫だと思いますから、当分は外出などなさいませんように」

「しかし、――」

万三郎にはまだ聞きたいことがあった。だがつなは追われている者のように、

「すぐにまたまいりますから」

と云って廊下へ出ていった。

「しかし大丈夫ですか」

万三郎は送って出た。

「貴女も覘われているわけでしょう、もしすることがあるなら私が代ってやりますよ」

「いいえ、わたくしは焼け死んだことになっている筈《はず》ですし、女のほうが却《かえ》って眼に

つかないと思いますから、それにわたくし、もうなにも怖《おそ》れてはおりませんわ」

「ああ、そうでしたね」

と万三郎が云《い》った。

「貴女は小太刀の名手だった」

「いいえ」

とつなが振返って云った。

「万三郎さんがいらしったからですわ」

二人つな

一

家のようすがわかったらすぐに来る。そう云ったままつなは姿をみせなかった。

三日たち、四日たった。

——なにかあったな。

万三郎は不安になってきた。

つな自身が詳しい事情を知らない、というのだからしようがないけれど、万三郎にはまだ聞き足りないことがいろいろあった。

つなは本所へ隠れたと云った。

休之助に云いつかって、二日のあいだ、その村田という家に隠れていた筈である。しかし、彼女は浜屋敷の変事を知っているし、長崎から出て来た万三郎に、少年を使って危険を知らせた。

——増六へ逃げろ。

捉《つか》まると命が無い、と少年に告げさせた。

本所二つ目にいたとすれば、そんなことはできない筈である。彼女は村田という家からまたぬけ出したのだろうか。それとも誰かが知らせでもしたのであろうか。

「わからない、つな自身に訊《き》くよりしようがない」

万三郎は首を振った。

「それよりこの包だ」

彼はつなから預かった風呂敷《ふろしき》包を見た。

その中にはなにか調書のような物が入っているらしかった。触ってみた感じでは、幾冊かの、綴《と》じた書類のようであった。つなの話が事実だとすれば、それは花田の兄と休之助とで、半年ほどまえから調べていたというその調書だろうと思えた。

——これをみれば、なにかわかるにちがいない。

万三郎は幾たびも、あけてみたいという誘惑を感じた。けれども、思いきってあけるだけの勇気は出なかった。

——もう少し待ってみよう。

もう少し待って、それでもつながこなかったら、麴町の兄のようすをみにゆこう、ことによると花田の兄にも不祥事が起こっているかもしれない。その惧《おそ》れは充分にあるが、もしもそんな事が起こっていたら、そのときこそ包の内容を調べて、自分のとるべき途《みち》を考えるとしよう。

万三郎はこう思案をきめた。

すると五日めの宵のことであるが、夕餉《ゆうげ》のあとの茶を啜《すす》っていると、にわかに雨が降ってきた。少しまえから気温が高くなり、むしむしすると思っていたが、まるで夕立のように、大粒の雨がさあっと降りだしてきた。

その雨の音に消されて、あがって来た足音にも気がつかなかったが、ふと人の声を聞いたように思って振返ると、廊下に一人の若い女が立っていた。

万三郎はどきっとした。

部屋からさす行燈《あんどん》の光りの中で、その女が非現実的にみえたのである。にわかに降りだした雨と、その女のそこへきたこととが、超自然な現象のように思えたのであった。

「——誰です、貴女《あなた》は」

万三郎は坐《すわ》り直した。

女は微笑しながら、髪の毛や胸のあたり、降りかかった雨のしぶきをゆっくりと拭《ふ》いた。その微笑も嬌《なま》めかしく身ぶりもなまめいていた。なか高のうりざね顔で、眉《まゆ》と眼のあいだが広く、きめの密《こま》かな白い膚《はだ》に、ふっくりとした唇が、なまなましいほど赤かった。

「花田の万三郎さまですわね」

と女は坐りながら云った。

「わたくし甲野のつなでございます」

万三郎はうっと云った。

二

万三郎はうっといって息をのんだ。

——甲野のつな。

すると五日まえに来たあのつなであろうか。

——いや違う、そうではない。

頭巾《ずきん》をかぶっていたから、仔細《しさい》には見なかったが、あのときの顔や軀《からだ》つきはまだ印象に残っていた。それは、いま眼の前にいる人とは明らかに違う、軀つきも眼鼻だちも、はるかに印象が違うのである。

「貴女が、つなさんですって」

「初めておめにかかります」

と女は手をついた。しんなりと手をついて、羞《は》じらうように眼を伏せながら云った。

「お噂《うわさ》はいつも休之助にいさまから伺っておりました。お小さいとき、ずいぶん腕白でいらしって、たびたび右手の指にお灸《きゅう》をすえられたことや、柿《かき》の木へ柿をとりに登って、枝が折れて落ちて、足をお挫《くじ》きなさいましたことなど、そのほかにもいろいろ伺っておりました」

こう云って静かに眼をあげ、眩《まぶ》しそうに万三郎を見あげた。

「休之助にいさまは、あなたのほうへもわたくしのことを、書いておあげになったのではございませんでしょうか」

「ええ、そ、そうです」

万三郎はすっかりまごついて、へどもどしながら云った。

「貴女のことは兄から、いろいろ手紙に書いて来ました。それはあれなんですが、しかし、それよりもですね、――ちょっと当惑するんですが、その」

「なにを御当惑なさいますの」

相手はあやすような眼でこちらを見た。

――やい万三郎、おちつけ。

彼はこう自分をどなりつけた。迂闊《うかつ》なことを云う場合ではない、おちつかなければならない。五日まえに来た「つな」は、油断をするなと警告していった。

「つまり、――というのが」

万三郎は吃《ども》りながら云った。

「私は五日まえに江戸へ着いて、すぐに浜屋敷へいったんですが、甲野さんは火事をだして、みなさん焼死なすったと聞いたんですが」

「あら、でもそれは、――」

と女はけげんそうな眼をした。

「そのことは御存じではなかったんですか」

「そのこと、——というと」

「火事をだしたことも、一家が焼死したことも、みんな敵の眼をあざむくためにした計略だということをですわ」

「なんですって」

「そのことを休之助にいさまから申上げてなかったのでしょうか」

万三郎は喉《のど》をごくりといわせ、それこそ穴のあくほども強く相手を見まもった。

「しかし、それは本当ですか」

「だって現にこうして、わたくしが此処《ここ》にいるではございませんの」

女はそっと微笑した。

「父も姉も、休之助にいさまも、みんな無事でございますわ、それはもう御存じだと思っておりました」

「いいえ知りません、そう聞いてもまだ信じられないくらいです、いやそうじゃない、みなさん焼死なすったということのほうが信じられなかったんですが、いま貴女にそう云われて、却《かえ》ってみなさん無事だというほうが信じられなくなったんです」

「此処にいるつなもですの」

女はうわ眼づかいに万三郎を見た。

三

万三郎は云った。

「もちろん、貴女がつなさんだということは信じましょう。私はお会いするのが初めてだし、貴女がそう仰《おっ》しゃるからにはつなさんに相違ないと思うんですが、――ではあの日、私にこの増六へいって待つようにと、少年にことづけたのも貴女なんですね」

「ええもちろんわたくしでございますわ」

「しかし貴女はいま、私が火事のことを知っていると思った、と仰しゃったでしょう、それならことづけをする必要はない筈《はず》じゃありませんか」

「あらどうしてですの」

女はふしぎそうな表情をした。

「そういう計略があることは御存じでも、あの晩にそれをするということは御存じではなかったでしょう、あなたへのおことづけもわたくしの考えでしたのではなく、休之助にいさまに頼まれてしたのですわ」

「なるほど、そうですか」

彼は頷《うなず》いて、それからふと眼をあげた。

「それで、麹町のほうはどうなんですか、花田でもやっぱりなにかあったんですか」

「よくは存じませんけれど、花田のお義兄《にい》さまは登城したまま帰っていらっしゃらないということですの」

「ゆくえ知れずですか」

「いいえ、お城の中のどこかに、敵の手で捉まっているのではないかって、休之助にいさまが仰しゃっていました」

「城中に捉まって、――すると、敵というのは城の中にいるんですか」

「それは御存じなのでしょう」

「それとは、なにをです」

「あらいやですわ」

女は斜交《はすか》いに万三郎を睨《にら》んだ。ひどく嬌めかしい睨みかたで、万三郎には眩しいくらいであった。

「だって、そのために長崎から出ていらしったのでしょう、花田のお義兄さまや休之助にいさまのお仕事を、手伝うためにいらしったのではございませんか」

「それはむろんそうですが」

「わたくし万三郎さまにそれがうかがいたかったんですわ、休之助にいさまがなにをなすっているのだか、姉もわたくしもまるで知りませんの、なにか恐ろしいほど秘密なことらしいし、家族ぜんぶが焼死したようにみせて逃げたりするので、姉はもう怯《おび》えたようになっていますわ」

万三郎は頷いた。つなと名乗る女は、膝《ひざ》ですり寄るようにしながら云った。

「ねえ万三郎さま、お願いですから聞かせて下さいまし、ほんのあらましだけでようございますわ、姉は気が小さいものですから、もう頭が狂いそうだなんて申していますの、およそどんなことかというだけでもわかれば、姉もわたくしも覚悟のしようがございますから」

「ところがだめなんです、それは私も知らないんです」

「いいえ嘘《うそ》ですわ」

「本当に知らないんです」

万三郎は首を振って云った。

「兄からの手紙には、すぐ出て来いというだけで、なんのためかという理由はなにも書いてはなかったのです」

「わたくしにはそうは思えませんわ」

「しかし、もし知っていたとしても、兄が云《い》わないとすれば私だって話すことはできないでしょうね」

「まあひどい、――」

女はまた万三郎を睨んだ。

四

ひどい方だと、女が万三郎を睨んだとき、わざとのように足音をさせて、――それがこういう家の習慣らしい――女中があがって来た。

「お客さまにお手紙でございます」

女中はこういって廊下に膝をついた。

「手紙っておれにか」

「はい、お使いの方が持ってみえました」

女中が封筒を出すのを見て、つなと名乗る女が手を伸ばした。しかし、それより早く万三郎が立っていって受取った。

「使いというのは男か女か」

「子供さんでございました」

「待っているのか」

「さあどうでしょうか、お帰りになったように思いますけれど」

万三郎は女中をさがらせ、立ったままで手紙の封をひらいた。

女は横眼で見ていた。

手紙の文句は簡単であった。「深川はまぐり町、井伊家下屋敷、河原中也といって訪ねて来い、徹」それだけである、が、「徹」という一字で、麴町の兄から来たものだということがわかった。

「どこからのお手紙ですの」

女が問いかけた。万三郎は手紙をこまかくひき裂き、それをさらに千切《ちぎ》りながら元の処《ところ》へ戻って坐った。

「どこから、——というほどのものじゃありません、ついちょっとした、——つまらぬ友人からですよ」

われながら妙な返辞なので、云ってしまってから自分で苦笑した。女の表情がひきしまり、眼がきらっと光った。

「いけませんわ万三郎さま、どうしてお隠しなさいますの、あなたは御自分が覘《ねら》われているということを御存じでしょ」

「どうしてですか」

万三郎は訝《いぶか》しげな眼をした。

「私は兄に呼ばれてきただけで、まだなんにもしていないし、兄たちがなにをしていたかも知らないんですよ、要するにまったく無関係なんだから、覘われる理由がないと思うんですがね」

「理屈はそうですけれど、でもあなたは御兄弟ですし、呼ばれていらしったというだけでも、ええそうですわ、あなたがなにも御存じなしにいらしったということを、敵は信じませんわ」

「ちょうど貴女が信じないようにですか」

万三郎はこう云って、低く含み笑いをした。女はふと眼を細めて、なにかを読みとろうとでもするように、じっと万三郎の眼を見つめた。

「ああわかりました」

と女は頷いた。

「万三郎さまはわたくしを疑ぐっていらっしゃいますのね、わたくしが甲野のつなではなく、敵のまわし者だと思っていらっしゃるのですわね」

「どうしてそんなことを云いだすんです」

「ごようすでわかります」

女はそう云って、いかにも心配そうな、心のこもった調子で続けた。

「お願いですわ万三郎さま、その手紙になんと書いてあったか仰しゃって下さいまし、文句を伺えば敵がなにをしようとしているか、およそわたくしにも見当がつきますから」

「いや、その心配は御無用です」

万三郎はきっぱりと云った。

「私はこれでも男ですから、自分のことぐらいは自分でします、それより雨もだいぶ小降りになったようだし、お帰りになるのならそこまでお送りしましょう」

女は黙って立ちあがった。

五

つなと名乗る女は、万三郎がとりあわないので怒ったらしい。自制してはいるが、しらけた表情は隠すことができなかった。

「ようございます、つなは疑われたまま帰ります」

声はいかにも悲しそうだった。

「念のために申上げておきますけれど、休之助にいさまからお指図のあるまで、決してこの家を出ないようにして下さいまし、あなたはすっかり勘違いをしていらっしゃるのです、いまにわかりますけれど、敵はどんな手を使うかもしれないのですから、どうぞこのことだけはお忘れにならないで下さいまし」

そして彼女は部屋を出た。

「どちらへ帰るんですか」

万三郎は後から送って出ながら訊《き》いた。女はなにか答えたが、階段の途中のことで、こちらには聞きとれなかった。

「夜道で危ないから送りましょう」

「いいえ駕籠《かご》が待たせてございますの」

「どこまで帰るんですか」

万三郎はもういちど同じことを訊いた。しかし、そのとき二人は店へおりたところで、彼女が女中に向って、雨よけを取ってくれ、と云うのと同時だったので、やはり返辞は聞けなかった。

——云えないんだな。

万三郎はそう思った。

——この偽者《にせもの》め。

彼はもういっても間違いないと思った。

女は頭巾《ずきん》をかぶり、雨よけの被布を被《き》ると、無言でそっと会釈《えしゃく》をして、出ていった。万三郎は土間におり、駕籠の提灯《ちょうちん》が、紀伊家（この海辺にもあった）の屋敷のほうへゆくのを見届けると、とっさに思いついて振返り、

「ちょっと合羽《かっぱ》を貸してくれ」

とそこにいる女中に云った。

「なんでもいい、いそぐんだ、いまの客に云い忘れたことがあるから——」

女中が雨合羽を持って来た。誰か使ったばかりらしい、土間の壁に掛けてあったので、まだ濡《ぬ》れていた。

彼はそれを頭からかぶり、その家の下駄をつっかけたまま外へとびだした。小降りになった雨の中を、半丁ばかり走ってゆくと、駕籠の提灯が見えた。そこで走っている足をゆるめたがゆるめるのと同時に、うしろからいきなりだっと突きとばされた。

——しまった。

万三郎は激しくのめって、水溜《みずたま》りの中へ転倒した。偶然ではない、誰かうしろから

追って来て突きとばしたのである。駕籠のあとを守っていた人間があって、跟《つ》けると思ったのが逆に跟けられたのだ。

——やられるぞ。

彼はそう直感し、転倒したまま、地面の上で軀《からだ》を三転した。すばやく転げて、抜打ちに備えようとすると、

「無礼者め」

と喚《わめ》く声がした。見ると侍が一人、ぬっとそこに立って、闇《やみ》の中からこちらを睨んでいた。

「こんな暗がりをむやみに走るやつがあるか、気をつけろばか者」

万三郎は黙っていた。

「本来なら一刀両断というところだが、今夜は気持よく酔っているから勘弁してやる、有難く思ってさっさと帰れ、——ういっ、人間の命は大切なもんだ。大事にしろよ、ばか者」

こう罵《のの》しりながらひょろひょろした足どりで、駕籠のいったほうへ去っていった。万三郎は道の上に片手をついたまま、そのうしろ姿をじっと見まもっていた。

紅《べに》　雀《すずめ》

一

「やい待てちび」

いせいのいい声でどなりながら、七八人の少年たちが追って来て、こっちが吃驚《びっくり》しているうちに追いぬき、前へまわって立ち塞《ふさ》がった。

みんな竹や木の棒切れを持っていた。年は十二三から大きいのは十五くらいにもなるらしい。こっちは人一倍躯《からだ》が小さいので、すっかりなめているようだった。

深川の冬木河岸《がし》で、堀に沿った道には往来の人もなく貝殻まじりの乾いた道が、明るく秋の日をあびていた。

「てめえどこの島のもんだ」

いちばん大きい少年が、持っている棒をゆらゆらさせながら、凄《すご》んだ顔でつめ寄った。

「流れついたお精霊《しょうろ》さまの茄子《なすび》みてえな面《つら》をしやあがって、いってえどこから迷いこんで来やがったんだ、どこのもんだ」

「うるせえや」

こちらは平然とやり返した。

「おれが誰だか知りたけりゃあいって聞いてみろ、こっちは銀座から向うは芝、麻布、品川は大木戸まで、金杉の半次といえば知らねえものはありゃしねえ」

「この野郎なまあ云《い》うな」

「知らねえものはありゃしねえ、おらあ金杉の半次ってえもんだ、それがどうした」

彼はまっ黒な顔を反らせ、大きな眼で相手を見まわしながら、さもいさましく喚いた。

「野郎えらそうな口をきくな」

相手の少年が歯を剝《む》きだした。

「金杉で放り込まれた茄子なら金杉の海で浮いてろ、この頃ちょいちょい見かけるが、冬木河岸はおれっちの縄張りだ、誰に断わって縄張りを荒しに来やあがるんだ、云ってみろ、誰に断わって来やあがるんだ」

「くそをくらえ」

半次がせせら笑った。

「深川の蜆《しじみ》っ食いが洒《しゃ》落れたことをぬかしゃあがる、冬木河岸が誰の縄張りだろうと、道は天下の往来だ、用があって通るのに、いちいち断わるなんてちょぼ一があるか、笑あせるな」

「深川の蜆っ食いだって、云やあがったな野郎」

「云ったらどうした、てめえたちゃあ年中ぴいぴいで、蜆ばっかり食ってやがるから口まで蜆っ臭えや」

「てめえのされてえのか」

「のせるもんならのしてみろ」

半次は片腕を捲《まく》った。色の黒い細っこい腕であるが、当人はいっぱしのつもりらしい、小さい軀で仁王立ちになり、片方の肩をつきあげた。

「甲子《きのえね》の火事で親父《おやじ》もおふくろも死んだ、おれが死んでも泣く人間はいねえから、やりたければ遠慮なくやってくれ」

「この野郎、深川っ子がどんなもんだか知らねえな」

「知りたくもねえやそんなもの」

「やっちまおうじゃねえか」

ほかの連中が喚《わめ》きだした。

少しまえから、向うの家の軒下で、一人の少女がこのようすを見ていた。半次のあとから、見え隠れに跟《つ》けて来て、そこでようすを眺めていたのである。

年は十三四とみえる。やはり継ぎだらけの、脛《すね》の出るほど短い着物に、色の褪《あ》せた赤い三尺帯をしめ、藁草履《わらぞうり》をはいていた。髪は少し赭《あか》いが、色の白いおもながな顔は、眼鼻だちがはっきりしていて、品はいい。いかにも勝ち気らしかった。

彼女は軒下から出て来た。

二

「やっちまおうじゃねえか」

「やっちまえやっちまえ」

少年たちが殺気立って喚いた。ようやく殴りあいの気勢になったらしい、そこへ少女がすばやく割り込んだ。

「半ちゃんをどうするのさ」

少女は半次を背に庇《かば》った。

「ちい公ひっこんでろ」

半次がどなった。

「てめえの出る幕じゃあねえ、女なんぞの出る幕じゃねえんだ」

「半ちゃんをどうするのさ」

ちい公は構わずに叫んだ。半次が押しのけようとすると、右手でその腕を摑《つか》んだ。育ちざかりの年頃で、少女のほうが背も高く、気が立っているから力も出るらしい。半次の腕をぐっと摑んでおいて、

「あたしは半ちゃんの友達で仲町のおちづっていうもんだ、この人は用があって井伊さまのお屋敷へゆくんだよ、井伊さまのお屋敷に御用があってゆくのに通さないっていうのかい、誰だい通さないっていうのは」

少年たちは圧倒された。

少年たちは女にはかなわなかった。年がもっと違っていればよかった、同じ年頃だと女のほうがませている。はっきり意識はしないが相手の胸や腰のやわらかいふくらみが、本能的に「かなわない」ものを感じさせた。そして少女のほうでも、本能的にそのことを知っていた。

「おまえかい、通さないっていうのは」

おちづはいちばん大きな少年を見た。少年は赤くなって、吃《ども》った。

「それがどうしたい」

「おまえなんだね、名前を聞かしとくれ」

「女のくせに、ちぇっ、女のくせに」

「名前を聞かしとくれってんだ」

おちづはたたみかけた。

「こっちが名乗ったんだから名乗ったらいいだろう、半ちゃんは井伊さまの御用だから通るよ、おまえはあたしが相手になってやる、名を名乗ってからやろうじゃないか、あたしゃ逃げも隠れもしないんだから」

そしてさっと裾《すそ》を捲《まく》った。

右手で半次を押えたまま、左の手で裾をさっと捲った。

少年たちは胆をつぶした。

捲った裾から、太腿《ふともも》までがむきだしになった。

脛はまだ細いけれども、太腿のあたりは肉がのりかけていた。眼のさめるほど白い、なめらかな皮膚の下にはすでに脂肪が溜《た》まって、つややかにまるく張っていた。そして、その緊張したまるみの上に、茜《あかね》木綿の短いふたのが覗《のぞ》いているのが、少年たちにとってはまったく閉口ものであった。

それこそ正に「かなわない」ものであった。

「女なんかなんでえ」

いちばん大きな少年がうしろへ退《さが》った。

「なんでえ女なんか、女なんか相手にするかえ、喧嘩《けんか》は男と男でするもんだ、なにいってやんでえ」

「くそったれあまア」

小さい子供の一人が、こう悪態をつくなり逃げだした。

「井伊さまなんか怖かねえぞ」

その井伊さまが決定的に効いた。続いて一人、また一人、いちばん大きな少年までが、――彼は唾《つば》を吐きかけたが――思いきりよく逃げていった。

「怖かねえぞ、井伊さまなんか」

かれらは逃げながら喚いた。

「ざまあみやがれ、くそったれあまア」

三

半次はおちづの手を振り放し、掴まれていた腕を撫《な》でながら、さもいまいましそうに唾を吐いた。

「よけえなことをしやがって」

彼の眼から涙がこぼれた。

「どうしてでしゃばるんだ、おいらが負けるとでも思ったのか」

「深川っ子は危ないのよ」

「危ねえからどうしたっていうんだ」

半次は歩きだした。おちづは急にしょげて、あとからついてゆきながら、おろおろと機嫌をとるように云った。

「あんた知らないのよ、半ちゃん、深川っ子の喧嘩って凄《すご》いのよ、あたし本所の二つ目で生れたから知ってるけど、芝のほうと違って物を使うの、きまって大けがをするんだから、ほんとなのよ半ちゃん」

「おめえどうしておいらを跟けまわすんだ」

半次はべつのことを云った。

「おらあおめえなんか嫌えだよ、女なんか、おいら大嫌えだ、ついて来るなよ」

「そんなに怒らないでよ」

おちづは哀《かな》しげに云った。

「あんたも一人ぼっちだし、あたしも一人ぼっちじゃないの、あんたはふた親を火事で取られたし、あたしはおっ母さんと弟を大水で取られたわ」

「なん十遍同じことを云うんだ」

「三年まえの大水で、おっ母さんと弟を取られたのよ、弟は半ちゃんと同い年で、生きてればもう十三だわ、あんたを見ていると、あたし弟の金坊のような気がしてくるの、どうしても弟のような気がしてしようがないのよ、半ちゃん」

半次はまっすぐに歩いていた。

井伊家の下屋敷へゆくには、もっとまえに道を曲らなくてはいけなかった。下屋敷は蛤《はまぐり》町にあった。しかし半次は河岸っぷちをまっすぐに、亀久橋《かめひさばし》を渡って、しげもり稲荷《いなり》のほうまで歩いていった。

おちづはくどき続けた。

しげもり稲荷までゆくと、半次は湿っぽくて小さなその境内へ入った。その辺はもう人家もまばらだったし、どちらを見ても樹《き》が多く、堀の向うには畑などもあって、どんな田舎へ来たかと思われる景色だった。

「ねえ半ちゃん、あたしを嫌わないでよ」

おちづは哀願するように云った。

「あんたに嫌われて、あんたに逃げてゆかれたら、あたしやけになってしまうわ、やけになってうんと悪い女になっちまうわよ」

「おら嫌ってやしねえよ」

半次は細い杉の木に凭《もた》れかかって、気取ったふうに腕組みをした。

彼はすっかり機嫌が直っていた、自分がもういちにんまえで、相当の思慮もあり、しようと思えばなんでもできるような心持だった。

彼はいかにも考え深そうに、やさしい眼でおちづを眺めた。

「おいらちっとも嫌ってやしねえよ、だけれど本当について来られちゃ困るんだ、おいら覘《ねら》われている躯なんだから、おれの頼まれてる仕事はたいへんな秘密で、覘ってるやつに嗅《か》ぎつけられたらなにもかもおじゃんになっちまうんだ、頼んだ人がそう云ったんだから、ほんとだぜちい公」

そこまで云って、半次はとつぜんあっと叫んだ。

「またあいつだ、見ろよあれ」

彼は上のほうを指さした。

四

「あらほんと、またあの雀《すずめ》だわ」

おちづも明るい声で叫んだ。

半次の指さした木の枝に、小さな一羽の赤い雀がとまっていた。翼も軀も肢《あし》も、ぜんたいが鮮やかに赤いのである。普通の雀よりはずっと小さいが、鳴き声やかたちは明らかに雀だった。

「増上寺の山内にいたのと同じやつかな、山内からこんな処《ところ》まで飛んで来れるかな」

「そのくらい飛べなくってどうするのさ」

「おめえ知ってるのか」

二人は子供に返っていた。それまでのおとなびた対話から、いっぺんに子供の世界へ戻った。かれらの言葉によれば、おちづは洪水で母と弟を失い、半次は火事で両親と死別したという。二人の孤児は、世間の荒い波のなかで、二枚の枯葉が流れ寄るように、どこかで出会ったまま「伴《つ》れ」になったのであろう。お互いが孤児であると同時に頼る家も人もない。そういう似かよった境遇も、かれらをむすびつける強い絆《きずな》になっているようだ。冬木河岸での喧嘩のやりかたや、おちづのませた態度には、世間の冷たい風にもまれて、しぜんと身につけた反抗心や、すでに半ばおとなの世界の辛《しん》辣《らつ》さをもっている。――けれども、それは生きてゆくためのやむを得ない武装であって、ひと皮剝《む》けば、軀にも心にも汚《けが》れないままの「少年？」が活きていた。いちどそれが解放されると、世間の他の恵まれた子供たちよりも遥《はる》かに純粋で、さらに感動しやすい柔軟さをもつものであった。

「ふしぎだなあ、赤い雀だなんて、おいらまだ聞いたこともありゃしねえぜ」

「なにか悪いことが起こるのよ」

「夏じぶんからだね」

と半次が云《い》った。

「増上寺の山内で初めて見たっけ、それからも三度ばかり山内で見たっけよ、どこから飛んで来やがったのかな」

「なにか悪いことが起こるのよ」

とまたおちづが云った。

「なにか大水とか、大きな火事とか、地震とか、饑饉《ききん》かなにか起こる前兆よ」

「ちぇっ、女って云うことは定《きま》ってやがら」

「ほんとうよ半ちゃん、こんなのを昔から前兆っていうのよ」

「どうかして捕れねえかな」

半次は木のそばへ、忍び足で寄っていった。

雀はしきりに鳴き、枝から枝へと、気ぜわしくとび移り、鮮やかに赤い翼を揃《そろ》えたり、小賢《こざか》しく首を傾《かし》げたりした。

「畜生、じっとしてやがれ」

半次は小石を拾った。

すると、ふいに「ひゅっ」という音がし、白い物が飛んで来て、雀の羽根に刺さったとみると、雀はするどく鳴きながら、ばたばたと枝から落ちて来た。

半次は吃驚《びっくり》してとび退いた。

あんまり突然だったので、自分が射たれでもしたようにぞっとし、地面の上でばたばたと柔毛《にこげ》を散らしている雀の姿を、茫然《ぼうぜん》と見まもるばかりだった。

「驚いたか、坊や」

こう云いながら、一人の若い侍が、稲荷堂のこっちの大きな椎《しい》の木の蔭《かげ》から出て来た。袴《はかま》を着けていない、こまかい細縞《ほそじま》の袷《あわせ》の着ながしで、刀は一本だけ、素足に雪駄《せった》をはいて、吹矢を持っていた。

「どうだ、うまいもんだろう」

侍はこっちへ来た。

五

侍が近よって来ると、おちづがいきなり前へいって叫んだ。

「小父《おじ》さんどうしてこんなひどいことをするの、可哀《かわい》そうじゃないの」

「そうだ、ひでえことをするぜ」

半次も赤くなってどなった。

「なんにも罪もねえものを、それにこんなに小さな、赤くって可愛《かわい》らしい雀をよ、どういうわけで殺したりするんだ、小父さん」

「おいおいよせよ坊や」

侍はにこにこ笑った。笑うと眼が細くなって、子供のように愛嬌《あいきよう》のある顔になった。

「おまえだっていま石を拾ってたじゃないか、石を拾ってこの雀に投げようとするのを見ていたぜ」

「おいら、ただ、——なにってやんでえ、おいらただ威《おど》かそうとしただけだ」

「隠すなよ坊主《ぼうず》、赤くなったぜ」

侍は吹矢の筒で半次の顔をさした。ひどく狎《な》れ狎れしい、人好きのするようすである。彼は蹲《しやが》んで、まだ暴れている雀を拾いあげ、羽根を縫っていた吹矢を抜いた。

「そら、よく見てくれ、針には一滴の血も付いちゃいないぜ、羽根を縫っただけなんだ、これでも可哀そうか」

彼は雀を二人に見せた。侍の手の中で、雀は不安そうに身をもがき、嘴《くちばし》で侍の指を噛《か》んだりした。半次もおちづも、そっと手を伸ばして、この雀に触ってみた。すると雀の赤い色が指に染まりそうに思われた。

「ほんとだ、傷もねえや」

半次は感心して頷《うなず》いた。

「どうしてこんなふうにできるんだろ、小父さん吹矢の名人かい」

「まあそんなもんだ」

侍は笑いながら云った。

「それより坊主、おまえこんな処に遊んでいていいのか、誰かに使いを頼まれているんじゃないのか」

「使いがなんだって」

半次はぎょっとして、眼の色を変えた。侍は云った。

「そこの屋敷の河原という人のところへさ、なにか使いを頼まれて来たんだろう、そうじゃないのか」

「おめえ誰だ」

「そんなに驚くなよ」

侍はまじめな顔になった。

「おまえのほうでは知らないだろうが、おれは河原さんの下役だからおまえを知ってるんだ、大事な使いの途中で遊んでいちゃだめじゃないか、それに、——そこにいるその子はどうしたんだ」

「ほんとか小父さん、小父さん本当にあの人の下役なのか」

「いっしょに屋敷へゆけばわかるさ」

「じゃあゆこう」

半次は云った。

「この子はちい公っていって、おいらの友達なんだ、友達だけれど、頼まれた事が秘密だから、ついて来ちゃだめだって云ったんだ、それでもついて来て離れねえからそれですぐにお屋敷へゆけなかったんだ、ほんとだよ小父さん」

「独りじゃ帰れないのか」

と侍がおちづに云った。

「帰れます」

とおちづが答えた。

「じゃあ先にいって、両国橋のところででも待っておいで、この坊主はすぐに帰るからな、さあ、お小遣だ」

侍はふところから財布を出し、小銭を幾らかおちづに与えた。そのとき彼の手の中で、赤い雀がちちっと高く鳴いた。

見えざる謎《なぞ》

一

万三郎は花田の兄と対座していた。

深川はまぐり町の、井伊家の下屋敷の中にある侍長屋の一軒で、邸内では南の隅のほうに当り、そこからすぐ裏手の塀の外は、舟の入る堀になっていた。

その家は七軒長屋で、もとは軽い侍が住んでいたものらしい。まわりには畑（今はなにも作ってはいないが）の跡があり、家の二方を樹立《こだち》が塞《ふさ》いでいた。

あとでわかったのだが、そこが井伊家から与えられた兄の隠れ家であり、また仕事の本拠であって、七軒には兄の協力者たち十人が住んでいるのであった。

徹之助は痩《や》せていた。

彼は休之助にも万三郎にも似ていない。色が黒く眉《まゆ》が太く、口が大きかった。太い眉をしかめ、大きな口をぎゅっとひき緊《し》めるのが、彼の癖であった。——二人の弟が母親似であるのに対し、彼ひとりは父親似であったが、——そういう表情をすると、機嫌の悪いときの父におどろくほどよく似るのであった。

「それは偽者《にせもの》だ」

徹之助は渋い顔をした。

「あとから来たその女は偽者に違いない、おまえがなにか知っているかどうかを探りに来たのだ、しかし、どうして、増六におまえのいることを嗅《か》ぎつけたろう」

「これが預かった包です」

万三郎はつなから預かった風呂敷《ふろしき》包をそこへ出した。

「つなという娘はそれから来なかったのだな」

「昨日までは来ませんでした」

「——ふん」

徹之助は不機嫌に首を傾《かし》げた。

「なにかあったかもしれない」

「するとあれですか」

万三郎は兄を見た。

「あとから来たのが偽者だとすると、甲野さん一家が無事だというのは嘘《うそ》ですか」

「むろん嘘だ」

「ではつなさんのほかはみんな」

「休之助も難をのがれた」

徹之助は云《い》った。

「あの火事の二日まえに、私がやられそうになったのだ、どんな方法をとるかわからないが、城中で取詰められるという密報があったのだ、そのとき私は大目付の役部屋へ入ったところだったが、——」

口の重い徹之助の話を要約すると、彼は身を以《もっ》て城中を脱出したのであった。

密報を受けた彼は、そのまま廊下へとびだして台所口へいった。しかしそこにはもう手が廻っているらしかった。彼はいちど戻って、風呂舎《ふろや》口から作事方の御小屋の脇《わき》をぬけ、三重櫓《やぐら》の蔭《かげ》に午《ひる》過ぎまで隠れていた。それから井伊侯の下城するとき、供の中にまぎれ込んで、ようやく城外へのがれ出たのであった。

「そのまま西丸下の上屋敷へゆき、夜になるのを待って、この下屋敷へ隠れることになったのだ」

「では麹町のみなさんは」

麹町六丁目の花田家には、妻の幾代と、五歳になる松之助がいた。むろん徹之助は動くことができない、人を遣《や》ってようすを探ったのであるが、同じ日の夜になって、大目付から役人が出張して来、母子を拘引していったということであった。

「それで私はすぐに休之助へ使いをやったのだ」

と徹之助が云った。

二

「妻子まで捕えるようでは、休之助も危ないと思ったからだ」

「それがまにあったのですね」

「藤兵衛殿といい、とさんには相済まなかった」

徹之助は眼を伏せた。

「かれらが火を放つなどとは夢にも思わなかったし、休之助も家族ぜんぶで逃げるわけにはいかなかったろう、つなの助かったのは偶然だったが、それでも不幸中の幸いといわなければならない、まことに無残なことをするやつらだ」

「それで、——休さんやつなという人は、いまどこにいるんですか」

「休之助は大久保加賀侯の邸内にいる、紀伊家の浜屋敷と堀を隔てた位置で、浜屋敷の海手の見張りについているのだ、つなは、——」

云いかけて、徹之助は向うを見やった。

畑跡のほうから、吹矢の筒を持った若者と、金杉の半次という少年の来るのが見えた。

万三郎はおおと云った。

「あの少年は知っていますよ」

「半次という浮浪児で、つなが使っている子供だ」

と徹之助が云った。

「つなは賢い娘だが、あの浮浪児の使えることをよく見込んだものだ、いつも浜屋敷の付近を暴れまわっていて、日頃から役に立ちそうだと思っていたそうだが、つなの見込んだ以上なのに驚いている」

「ではあの少年といっしょにいるんですかつなさんは」

「いやそれは、——」

二人がそこへ来た。半次も万三郎をすぐにそうと認めたらしい、まっ黒な顔でにこっと笑った。徹之助はその侍に弟をひきあわせた。

「お噂《うわさ》はうけたまわっていました。中谷兵馬です、どうぞよろしく」

若者は眼を細くしてこちらを見た。それから、持っている赤い雀《すずめ》を徹之助に示して、

「また一羽捕りました、籠《かご》へ入れてまいりますから」

そう云って隣りのほうへたち去った。

「どうした半次」

徹之助は少年に云った。

「用はなんだ」

「用じゃないんです、お嬢さんからちっとも知らせがないんで、もしかしたらこっちへ来ちゃったのかと思ったもんで」

「い、つなから沙汰《さた》がない」

徹之助は訝《いぶか》しそうに云った。半次はこくっと頷《うなず》いた。

「あの晩増六から帰ったきりで、そのときはちゃんと送っていったんだけど、それから一遍もなんの知らせもないんです」

「なにか変ったようすはなかったのか」

「べつにそんなことはありません。こっちへ来てるんでもないんですか」

徹之助は首を振った。

「いったいどうしたんですか」

わけがわからないので、万三郎が訊《き》いた。徹之助はなにか考えているようであったが、やがて顔をあげて云った。

「つなは榊原主膳《さかきばらしゆぜん》という、宇田川町の旗本の家に身を寄せている、榊原は休之助の友人なんだ、そこで大久保邸の休之助と連絡をとることになっていたのだが」

「消息を断ったというのですね」

万三郎は坐《すわ》り直した。

「私がいってみましょうか」

三

「いやそれはいけない」

徹之助は首を振った。

「榊原は休之助の友人ということで、やっぱり敵に監視されている、つなは火急のばあいだったし、ほかに適当な家がなかったので、とりあえず身を寄せたのだが、外部からうっかり近づくわけにはいかないのだ」

「しかし兄さん」

万三郎はいきごんで云った。

「偽者のつなが増六へ来たことを考えて下さい、増六に私がいることを誰と誰がしっているかしりませんが、まず本当のつなさんに指を折ってもいいでしょう、そのつなさんが消息を断ったとすれば、かれらがつなさんを捉《つか》まえて、そうして増六をつきとめたという想像はできませんか」

「想像はどうにでもつく、おまえの考えは当っているかもしれないが、しかし、つなはしっかりした娘だ」

徹之助は冷やかに云った。

「つなのことはつな自身に任せるがいい」

「こうなると聞きたいですね」

万三郎はひらき直った。

「いくらしっかりしているといっても、あの人は女でしょう、まだ二十《はたち》にもならない娘が、どんな危険に曝《さら》されているかもしれないというのに、そんな冷淡なことを云って済ましていられるのは、どういうわけですか」

徹之助は黙っていた。黙ってあの（つなの預けた）包を静かにあけていた。万三郎はすっかり三男坊のじがねをあらわし、むきになってつめ寄った。

「そればかりじゃない、私を長崎くんだりから出発させ甲野さんのお二人を焼死させた、――いったいこれはなんのためです、どんな必要があってこれだけの犠牲を払うんです、兄さんたちの仕事というのは、いったいどれほど重大だというんですか」

「相変らずなやつだ」

徹之助はじろっと眼をあげた。

「おまえは昔からわけも知らずに怒る、そうしてあとでいつもあやまるんだ」

「だからわけを聞きましょう」

「まあおちつけ、話はそう簡単じゃあないんだ」

万三郎はむっと口をつぐんだ。

――なにを云うか。

という表情であった。

けれども、兄の話を聞くうちに、彼の態度は変っていった。信じかねるふうであったが、徹之助の示す調書や（それは包の中から出したものであるが）証拠となった資料の類を見るにしたがって、ついには驚きのあまり声も出ないというようすになり、顔色さえも変った。

「それがもし事実だとすると」

万三郎は唾《つば》をのんだ。

「そうだとすると前代未聞《みもん》の陰謀ということになりますね」

「事実なんだ、事実だということはもう避けられないんだ」

「しかしそれは、もしそのことが実現するとすれば」

こう云いかけて、万三郎はふと、そこにいる半次のほうを見た。徹之助もつい忘れていたらしい、そこにきょとんと立っている少年に向って、あっちへゆけという手まねをした。

「そっちの隣りへいって待っておれ、話が済んだら呼ぶから、――いまの中谷という人のところで、紅雀でも見せてもらうがいい」

半次はすぐに去った。

四

「ちょっと云いにくいですが」

と万三郎は言葉を続けた。

「もしこれが実現するとすれば、単に政権の顚覆《てんぷく》というだけでは済まないでしょう」

「三郎でもそれがわかるか」

「もし、この調書にまちがいがなければ、この日本という国を」

万三郎は口ごもった。徹之助は弟の眼を見つめながら促した。

「怖《おそ》れることはない、云ったらいいじゃないか」

「この日本という国を異国人の手に売る、ということになるんじゃありませんか」

「おまえにもそれがわかるか」

徹之助は云った。

「これだけのものを見、私の云うことを聞いただけで、三郎にもそれがわかるんだな、――そうなんだ、しかもこれがある程度まで進捗《しんちょく》しているということは、もう疑う余地のない事実なんだ、われわれが今日まで探索したところでは、探索して得た資料を総合したところでは、どうしてもそういう結論が出てくるんだ」

「私は頭がちらくらしてきた」

万三郎は額を撫《な》でた。

「いったいこれは、どういう経路からどうして、誰が端緒を摑《つか》んだんですか」

「休之助だよ」

徹之助はこう云《い》って、脇にある小机の抽出《ひきだし》から、四五枚の二朱銀を取りだし、万三郎の前へ並べてみせた。

「しかも端緒はこの一枚の小粒銀なんだ」

「南鐐《なんりょう》ですか」

「みてごらん」

それは約二十年ほどまえの安永初年、金価の暴騰《ぼうとう》を抑える目的で鋳出《いだ》したものであった。当時の貨幣価値安定のために役立ったばかりでなく、その質が良いのと、銀貨として最も小さいから持ち歩くために便利でもあったのだろう。南鐐といえば一般にずっと動かない信用を保って来たものであった。

「わかりませんね、これがどうかしたんですか」

「偽造なんだ」

「ははあ、――」

「掛目も違うし銀の含量がずっと落ちる、おそろしく質が粗悪で、とうてい二朱には通用しないものなんだ」

「とするとよく出来てますね」

万三郎はつくづくと見て首を捻《ひね》った。

「重さといい色ぐあいといい、殆《ほと》んど見分けがつかないじゃありませんか」

「銀座に和泉屋次郎兵衛という両替商がある、そこの主人が甲野さんと碁友達で、この二朱銀の話が出た、それを休之助が聞いたのだが、そのとき和泉屋が、

――これは普通の技術ではない、偽造貨は自分たちが見ればすぐわかるが、これは専門家にも見分けのつかないほどうまく出来ている、なにか従来にない特殊な鋳造法《ちゆうぞう》でやるらしい、これだけ精巧な技術があるとすると、よほど多く出廻っているとみなければならない。

こう云ったそうだ、しかし、もしこれが評判になると通貨の混乱をさたすから、このことはまだ誰にも云ってはいないというのだ」

「休之助さんはそれをどう解釈したんですか」

五

「彼はすぐ私のところへ来た」

と徹之助は続けた。

休之助の注意をひいたのは、現在どこの鋳造所でも使っていない特殊な技術、という点であった。

——これは単に偽造貨で儲《もう》けるためではなく、これを広くばらまいて、経済界を混乱させる目的ではないだろうか。

つまり不正な利得のためではなく、もっと大きな、政治的意味をもっているのではないか、と考えたのである。それにはまたべつに理由があった。休之助はそういう意味を述べてから、一枚の紙片を出して兄に見せた。

——六十日ほどまえに、偶然こういうものを手に入れたのです。

それはかつて見たことのない、まったく珍しい質の紙で、和紙にも唐紙にも似ていなかった。上下が截《き》ってあり、左右は漉《す》き放しで、薄い上品な卵色をしていた。

「これがそれだ」

徹之助は調書の中から、その紙片を取りだして見せた。

兄の云うとおり、それは万三郎も初めて見る珍しい紙であった。そして、四つに折ってあるのを披《ひら》いてみると、それにはどこのやら知れぬ異国の文字で、かなり長い文章がきれいに書いてあった。

「休之助にもむろん読めやしない、いちどは捨てようと思ったが、珍しいのでとっておく気になったのだそうだ」

ほんの好奇心で持っていたのだが、ついで、これもごく単純な好奇心からであったが、ふと思いついて榊原主膳に見せた。主膳は蘭学が好きで、中川淳庵《じゅんあん》に学んだことがあるし、「ピートル・マーリン」の辞書というのを持っていた。

「その主膳というのは」

と万三郎が訊いた。

「つなさんが身を寄せたという、宇田川町の榊原主膳ですか」

「そうだ、休之助とは聖坂《ひじりざか》（学問所）での友達なんだ」

徹之助はこう頷いて続けた。

主膳はその文字を見て、これはオランダ語ではないと云った。自分にはわからないが、語学に精《くわ》しい知人があるから、それに読んでもらおう。そういうのでそのときは置いて来た。それから四五日して、主膳のほうで休之助を訪ねて来て、

——知人にも判読できないところがあるが、言葉はイスパニア語で、翻訳するとこんな意味になるそうだ。

こう云ってその知人の書いた訳文というのを示した。

「その訳文がこれだ」

徹之助はさらに一枚の、半紙に書いたものを取って、万三郎の手に渡した。それには、あまりうまくない筆の走り書きで、次のような文章が記してあった。

《——砲の鋳造はさきの火炉にては不可なり（十語不明）船送の手順よし、おいおい航路のこと万端マカオ駐所にて（五語不明）武器庫は多く散在せしめ、厳重に秘匿《ひとく》のこと肝要とす。アメリカ合衆国独立し、フランス国に革命起こる。ロシア国とスウェーデン国との合議成りて、欧州の情勢平穏となる（二十一語不明）四国島のこと諒承《りようしよう》、総督府はその地のことに暫定《ざんてい》すべし、地理測量のため人員派遣す、十二月初旬、紀伊のくに田辺に着く予定なり（十語不明）将軍を廃し侯の王位につくこと（十五語不明）侯その本城を京に置き——》

そこで文章は終っていた。

六

「これは手紙ですか」

「おそらくそうだろう」

徹之助が云った。

「何枚かの中の一枚と思われる、前後がないとはっきりしないが、そこにある断片的な文句を綴《つづ》り合せてみるとそれだけでも容易ならぬ意味があるとは思わないか」

「——砲の鋳造はさきの火炉にては不可、休さんはここに眼をつけたんですね」

万三郎は頷《うなず》いて云った。

「この偽造の二朱銀を鋳る特殊な技術、というやつが、現在の座方《さかた》にわからない方法だとすると、それが外国から舶来されたと考えることができる、そうしてここに、——さきの火炉とある、つまり向うから送って来たものと思っていいでしょう、砲というのは文章の前がないから大砲か鉄砲かわからないが、とにかくなにかの合金を鋳るわけでしょうからね」

「おまえの云うとおり、休之助はそこに気がついたんだ」

徹之助は云った。

和泉屋の話を聞いたとき、休之助はそのイスパニア語の手紙のことを思いだした。榊原主膳が持って来た訳文は、そのまま机の抽出の中へしまって置いたのだが、和泉屋の話を聞いてから、もういちど出して読んでみた。

——おかしい。

休之助には暗合とは思えなかった。偶然の暗合と思えない理由が、ほかにもう一つあったのである。それは「赤い雀《すずめ》」の問題であった。

「さっき中谷が赤い雀を捕って来たろう」

「よく見なかったですが」

「普通の雀よりずっと小さい、そして全身が鮮やかに赤いのだ、それをこの夏のはじめ頃に、お浜屋敷の庭で休之助が見た、むろん生れて初めて見るのだが彼は南方の異国に紅雀という小鳥のいることは聞いて知っていた」

「私も聞いたことがありますよ」

「このイスパニア語の断簡《だんかん》もお浜屋敷の中で拾ったのだ」

万三郎はえっと云った。

——お浜屋敷。

徹之助は云った。

「これで彼が私のところへ来たわけがわかるだろう、イスパニア語の手紙と、紅雀、鋳造技術のわからない偽造の二朱銀、——しかも手紙の文言は、あまりに重大な意味をもっている」

「わかります」

万三郎は頷いた。

「兄さんたちが探索に乗り出した気持は、よくわかります、そして、単刀直入にうかがいますが、——紀州さまですか」

「ぜんぜんわからない」

「だって、その手紙と紅雀のことがあった。しかも甲野さんが放火されたでしょう」

「見えないんだ」

徹之助は沈んだ声で云った。

「おまえに見せたとおり、集めるだけの資料は集めたがどうしても紀州さまが出てこない、出てくれば天下の大事だ、だからわれわれだけの力で探索しているんだ、——誰かがイスパニアと手を握って、未曾有《みぞう》の陰謀を企《たくら》んでいる、誰かが、——われわれはそれを知りたいんだ、どうしても知らなくてはならないんだ」

万三郎はきっと顔をあげた。

七

「それで、私はどういう役割なんですか」

「とにかくみんなと会ってもらおう」

徹之助は机の上の鈴を取って、強く五たび鳴らした。

「私はまずつなさんの安否を慥《たし》かめたいんですがね」

「休之助から聞いたよ」

と徹之助は云った。

「三郎はあの娘を嫁にもらってもいいと書いて来たそうだな」

「いや、それとこれとは違いますよ」

「われわれはこの調査を朱雀と呼ぶことにしている、つまり紅雀を符号にしたものだ、朱雀、といえばこの事件のことをさすのだ」

「わかりました」

「今われわれにとっての第一義は朱雀だ、私情に関することはすべて第二第三だ、不可抗力ではあるが休之助はすでに妻と義理の父を死なせているぞ」

「しかし、つなさんはまだ生きているかもしれないでしょう」

「かれらがもしあの娘を誘拐《ゆうかい》したとすれば」

と徹之助が冷やかに云った。

「それはつなそのものが必要なのではなく、つなを囮《おとり》にしてわれわれをおびき寄せるためだ、――つなは大丈夫だ、あれはなにも知らないし、かれらも無用に人を殺すほど狂人ではあるまい、まあおちつけ、万三郎」

こう云っているところへ、八人の侍たちがやって来た。

かれらは若いので二十歳ぐらい、いちばん年長者で四十歳ぐらいだろう。もう中谷兵馬から聞いていたとみえて、入って来るなりみんな万三郎に会釈《えしゃく》をした。
「村野と梶原がみえないな」
「二人はまだ帰りません」
と中谷が答えた。徹之助は頷いて、それからその十人を紹介した。
小出辰弥《こいでたつや》　井伊家の臣
牧田数馬　大久保家の臣
村野伊平　二の丸大目付与力
林市郎兵衛　小普請組《こぶしんぐみ》
斧田《おのだ》又平　同
沢野雄之助　同
太田嘉助《かすけ》　八丁堀与力の二男
梶原大九郎　町奉行与力
添島公之進　同
中谷兵馬　交代寄合の四男
この内、村野伊平と梶原大九郎はそこにいなかった。そして、総指揮は花田徹之助、副が中谷兵馬ということであった。

諸侯関係は小出と牧田が担当。

役所関係は、村野、太田、梶原、添島。

その他は遊軍というわけで、休之助や万三郎もこの中にはいっていた。

「部屋はあいているだろうか」

徹之助が兵馬に訊《き》いた。

「私といっしょにしました」

と中谷兵馬が答えた。徹之助は頷いて、万三郎に云った。

「では、そういうことにして、まずみんなの顔を覚えること、また現在みんなのやっていることをよく聞いておいてくれ」

徹之助はそこで紹介をうち切って、半次を呼ぶようにと云った。

万三郎は中谷に伴《つ》れられて、彼の住居へゆき、初めて旅の荷（といってもほんのひと包であるが）を解いた。

縁側にある大きな鳥籠の中で、五羽の「朱雀《すざく》」が囀《さえず》っていた。

女の眼

一

芝の新銭座に「ぶっかけ」という下等な飯屋がある。丼飯《どんぶりめし》の上へ、いろいろな物の煮汁を、まさにぶっかけたもので、浅蜊《あさり》汁とか鰯《いわし》の団子汁とか、鳥の叩《たた》き汁とか、野菜と油揚のけんちん汁など、種類が多いので、下等ながら評判であった。

いかにも小春日和《びより》といいたい、暖たかな日の午《ひる》すぎ、万三郎はその店へ午飯を喰《た》べに入った。

彼は変った恰好《かっこう》をしていた。

古布を継ぎ合せた半纏《はんてん》に股引《ももひき》、草鞋《わらじ》ばきで古ぼけた大きな袋を肩にひっかけている、髭《ひげ》も月代《さかやき》も伸びているし町人髷《まげ》で、手には割り竹のべらぼうに長い箸《はし》を持っていた。

彼はいま拾い屋なのであった。

紙屑《かみくず》買いとは違って、路上や芥箱《ごみばこ》の中から物を拾うのである。当時の職業としては最も卑《いや》しく、殆《ほと》んど乞食《こじき》と同じようにみられていたが、そのなかには急に落魄《らくはく》した人間が多く、倒産した商人とか、道楽のはてにおちぶれた大店《おおだな》の主人とか、もっとしばしば浪人者がいるというぐあいであった。かれらはいつまた世に出るかわからないし、事実とつぜん元の身分にかえった例が少なくないので、世間ではかれらを卑しめながら、片面ではかれらに一目おくふうがあった。

「飯を食わしてくれ」

頬冠《ほおかむ》りをとりながら、万三郎は飯台に向って腰をかけた。

——板についてきた。

自分ではそう思った。めしをくわしてくれ、こうずばりとはなかなか云《い》えないものである。彼は開業五日めであったが、江戸生れの江戸育ちで、下町っ子の調子ぐらいは心得ているつもりだった。

「なにをあげますか」

十二三の小女《こおんな》が来た。

「ぶっかけだ」

と万三郎は答えた。

「なんのぶっかけですか」

「わからねえな、ぶっかけといえばぶっかけだよ、この家はぶっかけを食わせるんだろう」

ほかに客が五六人いた。そのなかでぷっと失笑《ふきだ》す者があった。小女もにやにやした。

「ぶっかけにも家《うち》はいろいろあるんです」

と小女が云った。

「鰯汁にけんちん鳥の叩きに深川、今日は蛤《はまぐり》に葱《ねぎ》まがあります、なにをあげますか」

万三郎はうっと云った。

そんなに種類があろうとは知らなかったし、小女の云うことが立板へ水でまるっきりわからない。おまけに相客が聞いているらしいので、うっかりするとまた笑われそうである。

「そんなことはわかってるよ」

万三郎はしらを切った。

「ええと、そんならその、あれだ、けんちん鳥の叩きというやつを貰《もら》おう」

やっぱり失敗だった。こんどは五六人いる相客のぜんぶが、いちどきにげらげら笑いだした。小女も前掛で口を押えて笑った。しようがあろうか、万三郎も笑ってみせた。するとみんなはもっと大声に笑いだし、なかの一人は自分の丼をひっくり返してしまった。

「けんちんと鳥の叩きとはべつなんです」

ようやくのことに小女が涙を拭《ふ》きながら云った。

「どっちをあげますか」

「じゃあ鳥の叩きをくれ」

万三郎がそう云ったとき、新しい五人伴《づ》れの客が入って来た。

二

その五人は明らかに万三郎と同業らしかった。頬冠りや身装《みなり》などに、拾い屋だけの一種特有なものが感じられた。年はみな三十がらみ、瘦《や》せた小男が一人いるだけで、他の四人は軀《からだ》の逞《たく》しい、人相に険のある、いやらしい男たちであった。

かれらは万三郎の向うへ、並んで腰をかけ、小女に酒を注文した。

「冷でいいぜ、盃《さかずき》はいらねえから湯吞《ゆのみ》を五つくれ、肴《さかな》なんぞ欲しかねえや、小皿へ塩を持って来い」

顎髯《あごひげ》を生やした男が独りで高声をあげた。これが頭株らしい。話すのを聞いていると、その男が「権《ごん》あにい」で、瘦せた小さいのが「禿《はげ》」、そのほかは「信州」「三島」「屁十」などというつまらない呼び名であった。三島というのが権あにいの次とみえ、これは相撲くずれかなんぞのような、ずぬけて巨《おお》きな軀であった。

小女が万三郎の丼を持って来た。ちょうど空腹のところへ、美味《うま》そうな匂《にお》いの熱い湯気を嗅《か》いだから、万三郎の胃がくうっと鳴った。飯の上へ、そぼろのように叩いた鳥の肉と葱を煮込んだ汁が掛けてある。

——結局こういうところの連中がいちばん美味い物を喰べているわけだな。

そんなことを思いながら、箸を取って丼を引寄せると権あにいが向っから、

「おいあにい、ちょっとそいつは待ちねえ」

こう云って、湯呑をこっちへ差出した。

「さあ一杯、済まねえがつきあってくれ」

「有難いが、まあ、——」

と万三郎は首を振った。

「まあ今日は勘弁してもらおう、まだこれから稼がなきゃあならないから」

「それが挨拶《あいさつ》か」

「怒られては困るが、お、おらあ、昼は酒を飲まないんだ」

万三郎はまだ先方の意図がわからない、本当に酒をすすめられてるものと思って、構わず丼に手をかけながら云った。

「用がなくって遊んでいるときならべつだが、仕事の中途で飲んだって美味くないしね」

「おれの酒が美味くねえって」

権あにいが云った。

「おまえさんは酒に弱いとみえるね」

万三郎はおあいそを云った。

「まだそう飲んだようすもないのに、もうたいそうな御機嫌じゃないか、そう怒らないで、まあそっちはそっちで」

「舐《な》めるなわかぞう」

権あにいは立ちあがって、持っていた湯呑を土間へ叩きつけた。こんな家の湯呑だから厚手の丈夫なやつで叩きつけても割れなかったが、ほかの客は一斉に起《た》った。

「こっちは穏やかに話をつけようと思っているのに、その挨拶はなんだ、うぬあこのおれを誰だと思ってるんだ」

「――話をつける」

万三郎が訝《いぶか》しそうな眼をすると、小男の禿が向うから口を入れた。

「つまり、おめえは権あにいの縄張りを荒してるんだよ」

「――縄張りとは、なんの」

「いまおめえの云った稼ぎってやつよ、この辺でやっている稼ぎの縄張りのことよ」

万三郎ははあと思った。

三

万三郎は初めてわかった。

——こいつらはおれにいんねんというやつをつけに来たんだな。

すると急に肚《はら》が立ってきた。

——悪いやつらだ。

拾い屋などやっている者は、よっぽど気の毒な身の上の、弱い人間ではないか。こいつらはそういう人々を脅迫して、高の知れた稼ぎから銭を掠《かす》めているんだ。

——こいつらはみのがせないぞ。

彼はそう思った。

「おい、勘定をしてくれ」

万三郎は小女を呼んだ。そして、まだ喰べもしない飯の代を払いながら、権あにいに向ってにこっと笑った。

「初めからそう云えばいいんだ、まわり諄《くど》いことをするからわからねえ、さあ、話をつけるから外へ出てくれ」

「外へ出ろって」

「そのほうが手っ取り早いっていうんだ」

万三郎は自分の道具を持ってさっさと外へ出た。

「野郎、逃げるか」

などと喚《わめ》きながら、五人もばらばらととびだして来た。万三郎は「ぶっかけ」と書いた軒行燈《のきあんどん》の下のところへ道具を置き、頬冠りをして往来のまん中に立った。

「権あにい、いとか云ったな」

彼は五人を見まわした。

「拾い屋なんてものは道の上や芥箱をあさって、雀《すずめ》の涙ほどの稼ぎをするしがねえしょうばいだ、誰のお世話にもならねえ人の捨てた物を拾うのに、縄張りもくそもあるか」

「大きな口を叩くな野郎」

権あにいが眼を剝《む》いた。

「どんなしょうばいだってそれぞれの縄張りがあり取締りというものがある、乞食《こじき》にだってあるんだ、たとえ人の捨てた物を拾うにしたって、それでこんにちを食ってくからには冥利《みょうり》てえことを知らなくちゃならねえ」

「笑わせるな、冥利とはどういう冥利だ、おめえにかすりを払えってことだろう」

「野郎、喧嘩《けんか》を売る気か」

「念を押すこたあねえや」

万三郎は鼻で笑った。

「きさまらのようなけだものには理屈を云ったって始まらねえ、これから弱い者を泣かせねえように性《しょう》をつけてやる」

「ほざくなわかぞう」

権あにいが殴りかかった。

往来はもう人だかりがしていた。この五人は界隈《かいわい》でも評判の悪なのだろう、遠巻きにした人々の中から、しきりに万三郎を声援する声が聞えた。

権あにいはすっ飛んだ。

万三郎は腕に自信があった。剣術は念流と小野派一刀流で免許をとっているし、当時はもうすたれていた拳法《けんぽう》もやり、柔術も代師範ぐらいはできる。おまけに三男の暴れ者で、少年じぶんから喧嘩はお手のものだった。

——けがをさせては悪い。

そう思うから手加減をしたが、権あにいを投げ、屁十を投げ、信州を投げた。すっ飛んだ権あにいは腕でも挫《くじ》いたのか地面に尻《しり》もちをついたまま、殺されるような声で悲鳴をあげた。

そこまではよかった。じつにあっさりと、きれいにいったのであるが、そこへ三島という巨漢がとびかかり、

「よいしょ」

とがっちり組みついた。

四

その巨大な軀つきから、およそ察しがついていたが、「よいしょ」という掛声で、三島が相撲くずれだということがはっきりした。

万三郎は彼に組ませた。組ませておいて投げるつもりだったが、相手のくそ力に吃驚《びっくり》した。右四つに組んだ巨躰《きょたい》は千斤《きん》の鉄塊のように重く、じりじりと引く双腕の膂力《りょりょく》はまんりきのように強靭《きょうじん》であった。

——しまった。

万三郎は舌を巻いた。

——組ませたのは失敗だ。

腰をおとそうとすると、相手はぐっと上手を引きつけた。手を振ろうとすると下手をこじる、ぐいぐいと寄り身になって緊《し》めあげる。そのまいけば鯖折《さばお》りという手になりそうだった。

鯖折りというのは、よくは知らないが、反《の》けざまに軀を二つに折られるのらしい。無理をすると背骨が折れてしまうので、ときに禁手《きんて》にされるほど猛烈なものである。どうしようか、万三郎は冷汗が出てきた。

もちろんこれは長い時間ではない。組んでから呼吸の五つか六つくらいしか経《た》たなかったが、三島がとつぜん叫び声をあげて、

「よせ、禿、やめろ」

と喚いた。

「おれが片づけるから」

万三郎はひょいと腰をおとし、頭《ず》を相手の胸へ付けた。反射的な動作であった、なにもわかっていたのではないが、じつはそのときうしろから禿が丸太で殴りかかったのであった。

三島はそっちを見ているからわかった。それで慌《あわ》てて制止したのだが、おれが片づ

けるから、——と云《い》い終らないうちに、禿がその丸太を打ちおろした。

がつん！　とすばらしく大きな音がした。

その音は三島の頭で起こった。

万三郎が腰をおとし頭をさげたので、三島の頭がその丸太を受止めることになったのである。三島は悲鳴をあげた。万三郎は半身《はんみ》になり、腰を充分に入れて、下手を思いきり捻《ひね》った。云うまでもない、三島はみごとに投げとばされた。

軀が巨きいから、投げがきまるときれいである。遠巻きの群衆はどっと歓声をあげた。わっわっとはやしたてた。

「眼が見えねえ、眼が見えなくなった」

三島は地面に足をなげだしたまま、両手で頭を押えて泣き声をあげた。

「おらあ眼が見えねえ、禿の畜生、おれの頭を割りやがった」

禿はどこかへ逃げ去っていた。

信州も屁十もいなくなり、権あにいもずっと向う（二十間もあろう）に立って、片方の腕を抱えたまま、怯《おび》えたような眼でこっちを見ていた。

「お逃げなせえその人」

群衆の中から叫ぶ者があった。

「役人がやって来ますぜ」

　万三郎は横っとびにいって道具を取った。役人が来なくっても退散の汐《しお》どきである、袋を肩に掛け、割り竹の拾い箸《ばし》を摑《つか》んで、脱走しようとする眼の前へ、

「そんなに慌てることはございませんわ、万三郎さま、お待ちあそばせ」

　こう云って、立ち塞《ふさ》がる女があった。名を呼ばれたので、少なからずぎょっとして眼をあげるなり、万三郎は、

「あっ」といった。

「――つなさん」

五

　女は白い美しい歯をみせて笑っていた。

　紫色の大柄の滝縞《たきじま》の着物に白っぽい帯をしめ、派手に牡丹《ぼたん》を染めた羽折《はおり》を重ね、片手につぼめたままの日傘を持っている。

　大きな商家の娘といったつくりであった。

　眼と眉《まゆ》のあいだのひらいた、なか高のうりざね顔は、忘れることのできないものだ。あの夜もずいぶん嬌《なま》めかしかったが、いまこの日中の往来に立って、こちらへ笑いか

ける眼もとも、あでやかに嬌めいてみえた。

——つなさん。

と思わず云ったが、次の刹那《せつな》には、万三郎の顔ににっと微笑がうかんだ。

——この偽者《にせもの》め。

彼は微笑とともに会釈《えしゃく》した。

「失礼ですがごらんのような始末で、いま役人が来るそうですから退散します」

「まあお待ちあそばせよ」

女はしなのある手ぶりで止めた。

「この男たちは評判のあぶれ者ですから、お役人が来たってあなたが咎《とが》められるような心配はございませんわ」

「しかし面倒ですからね」

「ではごいっしょに」

と女はこっちへ寄って来た。万三郎はてれた。群衆はまだあっけにとられて眺めていた。冗談ではない、彼は足早に横丁へ曲った。

縹緻《きりよう》もめだつうえに着ているものが派手だから、女の姿はひどくひと眼を惹《ひ》いた。ましてや、伴れが拾い屋である、乞食のような恰好《かっこう》に頬冠りをし、袋を肩にひっ掛け、手には長い竹の割り箸を持っている。どう見たって似合う伴れではなかった。うっかりしていると、その辺の子供がぞろぞろあとからついて来た。

「いったいどうするんです」

万三郎は閉口して云った。

「私になにか用でもあるんですか」

「あら、あなたのほうでわたくしに用があるんじゃあございませんの」

「私が貴女《あなた》にですって」

「あら違いましたかしら」

女はそう云ってから、牡丹の散るように笑った。万三郎はそっぽを向いた、女のそういう笑いかたは苦手であった。けれども、そっぽを向いたとたんに、殆《ほと》んど「あっ」と声をあげそうになって振返った。女は頷《うなず》いた。

「ね、そうでしょ」

と彼女は云った。

「あなたはあの人のいどころを捜していらっしゃる、そのためにそんな姿に身を扮《やつ》して、ずっとこの辺を歩きまわっていらっしゃるのでしょ」

「それを見られていたというわけですか」

「殿方が見はぐるようなものでも、女の眼はちゃんと見るものですわ、特に自分の好きな方なら、どんなに姿を変えていてもひと眼でわかります」

「女の眼ですかね、なるほど」

「あら道が違いますわ」

女がふと万三郎の袖《そで》に手をかけた。そこは露月町の裏通りで、彼は芝口のほうへ曲ろうとしたところであった。

「この向うにゆきつけの家がございますの、珍しい精進料理とお酒の良いので評判ですわ」

「いっしょに来いというんですか」

「ええぜひ――」

「私はこの恰好ですよ」

「御人品は隠せませんわ」

こう云って、女はうしろへ振返った。

六

振返った女のそぶりが、なにか意味ありげだったので、万三郎もふとそっちを見た。

すると、いつどこから跟《つ》けて来たものか、三人の屈強な侍がそこにいた。

他の二人は若いが、まん中にいる一人は三十がらみの眼のするどい、ひどく険相な男で、腰には殆んど無反《むぞり》のずぬけて長い刀を差していた。

万三郎はどきっとした。

三人の跟けて来たことに驚いたばかりでなく、その険相な男を見たとたん、どきっと胸を打たれたのであった。

——見たことがあるぞ。

彼はその男の眼を見た。その男は石のように冷たい無表情な顔で、嘲《あざけ》るようにこっちを見返していた。

「なるほど、そうですか」

万三郎は女に頷いた。

「腕ずくでもご馳走《ちそう》をして下さろうというわけですな」

「まさかいやだとは仰《おつ》しゃいませんでしょう」

「そうらしいですね」

万三郎は笑った。

「みいら取りがみいらになったようです、ではひとつ御馳走になるとしましょう」

女は媚《こ》びるように万三郎を見ながら、ゆっくりと道を左へ曲っていった。

「まあ嬉《うれ》しい」

――虎穴《こけつ》に入ってやれ。

彼はすばやく心をきめたのであった。

その女が仄《ほの》めかしたとおり、万三郎はつなを捜しに出て来たのである。屋敷を出る都合から、中谷兵馬だけにはおよそのことを話したが、花田の兄にも、他の誰にも知らせてはなかった。拾い屋に化けていることは、中谷にさえ内証のことであった。

――つなを誘拐したとすれば、それはこっちをおびきよせる囮《おとり》だ。

花田の兄はそう云った。それにしても拾い屋ならわかるまい、と思ったのであるが、皮肉なくらいぴたりと、兄の予言が的中したわけである。――もちろん、真昼の街上だから、脱走しようと思えば決して不可能ではないだろう、しかし万三郎は決意した。

――虎穴に入らなければ虎児は獲《え》られない、むしろこれは好い機会だ、敵のふところへ入れば、つなの消息がわかるかもしれない。

うまくゆけば、敵の正体を（たとえその一端でもよい）探知することができるかもしれない。彼はそう決心したのであった。

うす汚ない拾い屋と、華奢《きやしや》な姿の町娘と、それを護《まも》るような三人の侍と。この奇妙な五人伴《づ》れは、伊達《だて》家の中屋敷をまわって、御成り道のほうへと歩いていった。

だが五人は気がつかない。

かれら五人はなにも気がつかないが、かれらのあとを跟けて来る者があった。それは金杉の半次とちい公である、二人はずっとまえから——万三郎が権あにいたちと喧《けん》嘩《か》をしているときから、彼が万三郎だということを認め、それから極めて用心ぶかく、ずっとあとを跟けて来たのであった。

「いいか、どこへ伴れ込むか見届けたら、おれはお屋敷へ知らせにゆくからな」

と半次はおちづに囁《ささや》いた。

「おれが戻って来るまで、おめえそこで見張っているんだぞ、わかったなちい公」

おちづはしんけんな眼つきで頷いた。

飛報

一

深川はまぐり町の、井伊家の下屋敷では、情勢がやや動きだしていた。

そこには休之助が来ていた。

休之助はいかにも万三郎によく似ている。年は二つ上の二十七歳になるが、躯《からだ》つきも、顔だちも、ことに眉《まゆ》から額のあたりがじつによく似ていた。

彼はいま疲れきったようにみえる。

彼はこの大きな事件の摘発者であった。彼は殆《ほと》んど偶然に助けられて、幾つかの断片から、この重大な陰謀の存在を発見した。そうしてそのために、まず自分の妻と妻の父親とを犠牲に取られたのである。

また兄を渦中《かちゅう》にまきこみ、弟をもまきこんでしまった。しかし、彼は決して後悔してはいなかった。

——火中に死んだ妻や義父には済まない、二人を犠牲にしたことは取返しがつかないけれども、それがあったために、この陰謀が実在するという証明がついた。

まさしく、それは彼にとって骨に徹する証明であった。

——こちらが探索を始めたと気づいて、敵は兄を捕えようとし、(現に兄の家族は捕えられている)また自分と自分の家族を暗殺しようとした、それは陰謀の発覚を恐れたからだ。

けれどもいま、休之助が疲れきってみえるのは、これらの犠牲のためではなかった。

彼は一つの事実をつきとめた。

このところずっと、彼は大久保加賀守《かがのかみ》の屋敷に隠れている。そこは紀州家の浜屋敷に接していた。休之助は連日連夜、そこから、浜屋敷の海手の動静を監視していた。――大久保家は井伊家がそうであるように、徳川氏譜代の名門であり、この探索には（極秘で）できるだけの庇護《ひご》を与えてくれた。現在、加賀守忠明の側近の一人牧田数馬が連絡者として、はまぐり町の本拠に常駐しているくらいである。

「それは慥《たし》かなんだな」

徹之助はむずかしい顔をいっそうむずかしくし、怒ったような眼で弟を見た。

そこには二人しかいなかった。

休之助が二人だけで話したいと云ったのである。そうして、彼の話は重大な意味をもっていた。

「二百石積みばかりでしょうか、かなり大きな船が二艘《そう》これはずっと沖にいるんです」

と休之助は云った。

「そうして夜になると、五艘ばかりの荷足船《にたりぶね》で、水門からなにか邸内へ運び込むのです、夜の十時過ぎから、夜明け前三時ごろまで、休みなしに運び込んでいました」

「沖の本船から積下ろすことがわかるのか」

「往復する櫓音《ろおと》でほぼ見当がつきますし、ほかに大きな船が泊っていないのですから、間違いはないと思います」

徹之助はもっと渋い顔をした。

紅雀《べにすずめ》も、イスパニア文も、浜屋敷で発見された。甲野の家はむろん浜屋敷の中に在って焼かれた。かれらが、「朱雀《すざく》」という符牒《ふちよう》で呼ぶこの陰謀に、浜屋敷がなにかの関わりをもつことは慥かである。

――そうであってはならない。

紀州家は徳川一門であり、御三家の一であった。この陰謀が紀州家のものだとすれば、まさしく天下の一大事である。

――どうかそんなことがないように。

かれらはそう念じてきた。現在でもそう念じている。しかし、事実の示すところは、かれらの惧《おそ》れているほうへと、しだいに近づいてゆくようであった。

二

「とにかく、当面の事実を、事実と認めて進めるとしよう」

やがて徹之助は云《い》った。

「これまでの材料は浜屋敷から出ている、二朱銀以外の材料はみなそうだ、そうしていままた、こういう事が起こったとすれば、紀伊家そのものが陰謀の主体でないにしても、なにかのかたちで関係をもっている、少なくとも浜屋敷が一つの役割をはたしている、とみて誤りはないだろう」

「それはもう動かせない事実だと思います」

「そこで次に打つ手だが」

徹之助は少し考えて云った。

「第一に紀伊家御本邸へ人を入れなければならない、第二は浜屋敷だ、これまでのいきさつがあるから、相当むずかしいだろうが、その積下ろした荷物がなんであるかはぜひ知っておかなければならない」

「私はこう思うのですが」

と休之助が云った。

「あのイスパニア文に、舶送ということばがありましたね、もちろん船で輸送することでしょう、それから、武器の貯蔵庫は分散しとという」

徹之助は手文庫の中から、その訳文を取り出してそこへ披《ひら》いた。休之助は指で文面をさしながら音読した。

「船送の手順よし、――それからこの、武器庫は多く散在せしめ厳重に秘匿《ひとく》のこと肝要、これですが、私は浜屋敷へ運び込んだのは、この武器というやつだと思うんです」

「およそどういう、――」

「向うから輸送して来るんですからまず鉄砲でしょう、鉄砲と弾薬、そうみて間違いないと思いますね」

徹之助は弟の顔を見た。

「しかし浜屋敷には置けないだろう」

「むろん置けません、運び出して武器庫というのへ隠しますね」

休之助は強い調子で云った。

「おそらく船は数カ所の港で陸揚げするでしょう、そうして分散された所在の武器庫へ運び込まれるのです、浜屋敷へ入れたのは、この関東のどこかにも武器庫のある証拠だと思います」

「すると運び出すときに」

「いや、もうすでに運び出していたんです」

「その荷をか」

「そうなんです」

　休之助は云った。

「私は海手の監視に気をとられていましたが、大久保家の者の話によると、紀州から来た蜜柑《みかん》を上屋敷へ送るのだといって、相当の荷を三日にわたって積出していたそうです」

「蜜柑もあったわけだな」

「偽装のためにですね、一部は本邸へ入れるでしょう、しかしその他の大部分は他へ運びますね、なにしろ御三家の威光があるから便利です。毎年の例で口光廟《びょう》へ納めるというのも怪しめば怪しめるでしょう」

「よし、それをつきとめることにしよう」

　徹之助はひろげた物を片づけて、小机の上の鈴を取り、強く五たび鳴らした。

「紀尾井坂（紀伊家の本邸）へ人を入れるにはつなが適任ではないでしょうか」

「消息がないんだ」

「――どうしたんです」

「十日ばかりまえから音信が絶えている、どこかへ誘拐されたとしか思えないんだが」

そこへ人々がやって来た。

三

集まって来たのは八人で、林市郎兵衛と中谷兵馬と、万三郎の三人がいなかった。

「三人はどうした」

「林は今日は来ませんし、花田さんと中谷は外出です」

「いっしょにか」

「花田さんは存じませんが」

と斧田又平が云った。

「中谷はつい今しがた、誰か呼びに来た者があって出ていったようです、ちょっとでかけると云っただけですから、すぐ帰って来るだろうとは思いますが」

「誰か呼びに来た、――」

徹之助は首を傾《かし》げた。

万三郎が毎日ぬけ出すことは、徹之助はもう知っていた。おそらくつゝなの行方を探りに出るのだろう、固く禁じたのにしようのないやつだと思ったが、小言も云いかねるので知らぬ顔をしていたのである。

——もしかすると万三郎の使いではないか。

徹之助はふとそう思った。

——つなのいどころがわかったので、中谷に助力を求めて来たのではないか。

こう考えて斧田を見た。

「呼びに来たのは誰だ」

「はあ、いえ私は、——」

「隠すことはない、誰だ」

斧田又平は知っていた。中谷に口止めをされたのだが、そう問いつめられると、云わないわけにはいかなかった。

「半次というあの少年です」

徹之助は顔をしかめた。

中谷がそんなふうに、無断で勝手な行動をとるなどということは、従来なかった。それを敢《あ》えてしたのは、内密で外出していた万三郎に関係したことだからであろう。

——いったい万三郎はなんのために彼を呼び出したのか。

むろん二人を待つわけにはいかなかった。

「ちょっと重要な相談があるので集まってもらった」

と徹之助は坐《すわ》り直した。

八人の者はしまいまで黙って聞いた。初めて朱雀事件の手掛りとみるべきものを摑《つか》んだ、ということが、かれらにもすぐ理解された。

「もちろん、まだ宰相（紀州治宝《はるとみ》）御自身の主謀ということはきめてはならないが、和歌山に左近将監《しょうげん》さまが御在城だということを記憶しておいてもらう、——そこでわれわれはまず御本邸に探りを入れることと、浜屋敷から移送される荷物の行方を」

徹之助は言葉を切った。

畑跡のほうから、人の来るけはいがしたのである。みんなちょっと緊張した。しかし井伊家の小出辰弥がすぐに立っていった。来たのは若い番士で、手紙を持っていた。

「河原（徹之助の変名）さまにお手紙です。いえ使いではなく飛脚でございました」

番士はすぐに去った。

飛脚が持って来たとすると遠くからであろう。表には河原中也と彼の変名が書いてあり、差出人は小林又二郎という未知の名だった。徹之助は不審に思いながら、封を切って読んだが、すぐにあっと声をあげた。

「——つなからだ」

休之助がえっといった。

「つなからの手紙だ、つなは誘拐されたのではない、読んでみろ」

休之助は待ちかねたように、その手紙を受取って披いた。

四

「これは驚きましたね」

休之助は眼をみはった。

「まるでわれわれは鼻をあかされたようなものじゃありませんか」

「顔色なしだ」

徹之助は珍しく機嫌のいい表情になり、八人の者に手紙の内容を説明した。

つなは誘拐されたのではなかった。

彼女は浜屋敷から運び出される荷を見て、それが正確に本邸へ入るかどうかを慥かめたのである。そうして、案の定、その荷の大部分が紀尾井坂へはゆかず、千住から日光街道に向うのを認めた。

つなは迷った。

——増六にいる万三郎にも用があった、万三郎を井伊家下屋敷へ案内しなければならないのである。

——もう一つは自分の行動を知らしてないことだ。

どうしようかと迷ったが、目前の出来事のほうが緊急を要すると思えた。

——この事からなにか大きな秘密を探り出せるかもしれない。

彼女はおおしくも決心した。万三郎には深川から使いがゆくだろう、また、無断で榊原を出ても、こっちの行先をつきとめてから連絡をつければよい。そう決心してそのまま、つなは荷駄のあとを跟《つ》けたのであった。

千住を出てから、その荷駄には紀州家御用の標《しるし》が立てられた。休之助がいったように、日光廟へ奉納の品だという名目で、馬七頭に大きな唐櫃《からびつ》が五棹《さお》あった。どちらの荷も重量があるとみえ、櫃のほうは一棹に八人つき、半刻《はんとき》ごとに交代して運んだ。

かれらの道次はひどく緩慢で、朝十時に宿を発し、午後三時には宿に泊った。そうして小山の駅で日光街道をそれ、下総《しもうさ》の結城へ入って荷を解いた。

——自分はいま結城の町の葛西屋《かさいや》という宿にいる、荷を解いたからには、この付近になにかあると思うので、怠らず監視しているが、誰か二人ばかり至急に援助に来てもらいたい。

そういう文面であった。

「誰かにすぐいってもらわなければならない」

徹之助がみんなを見た。

「万三郎をやりたいと思うが」

「三郎はどうしたんです」

休之助が眼を尖《とが》らせた。徹之助はあいまいに口を濁した。仲の良いくせに、この二人の弟はすぐ喧嘩《けんか》をするのである。無断で出歩いているなどと知ったら、休之助は癇《かん》癪《しゃく》を起こすにきまっているので、徹之助はうっかりしたことは云えなかった。

「三郎もやるが、事情が急を要するから、この中で誰か一人すぐに出立してもらいたいのだ」

「私でよければまいります」

斧田又平が云った。休之助のほうがゆきたいらしい、義妹のつなの身が案じられるばかりでなく、なに事もひとまかせにできない性分だった。しかし徹之助は先手を打った。

「休之助にはほかに担当してもらうことがあるから、では斧田に頼むとしよう」

「よければ私もまいりましょう」

沢野雄之助が云った。だが徹之助は首を振って、紀州の田辺を探索する必要があるし、それには少なくとも三人はゆかなければならないからと云った。

「田辺へは私がゆきます」

休之助があとへひかない調子で云った。

五

田辺へは自分がゆく。

休之助の、ひらき直ったような口ぶりを、徹之助は不快そうに聞きながした。

イスパニア文にある「十二月、紀伊のくに田辺に着く予定」というのが、はたして今年の十二月をさすのかどうかは、まったく不明であった。ただ、探索の一翼として考えていたのであるが、現に海から浜屋敷へ、怪しい荷が運び込まれ、それが直ちに他へ輸送されていることがわかってみれば、ぜひともその土地を踏査する必要が生じたわけであった。

斧田はすぐに旅支度をし、結城へ向って出立した。残った者でなお二三の打合せをした。休之助は指令のあるまで、浜屋敷の監視を続けることになり、不平そうに立とうとしたが、そのとき林市郎兵衛が駆けつけて来た。

「花田さんの御家族のいどころがわかりました」

彼はいそいで来たらしく、昂奮《こうふん》した顔つきで、ひどく息を喘《あえ》がせていた。

徹之助の妻（幾代）と子（松之助）は、大目付の者に拘引されたまま、今日までその所在がわからなかったのである。――みんなさっと緊張したが、徹之助は無関心なようすだった。

「どこだ、――」

と休之助が性急に訊《き》いた。

「例の小田原町の河岸にある紀州屋敷の中です」

「やっぱりそうか」

休之助が呻《うめ》くように云った。

彼は早くからそこに眼をつけていた。芝の浜屋敷と同様、小田原町の屋敷も海に面している。それで始めのうちは小田原町のほうに見当をつけ、船宿の増六を溜《たま》りにして、ずっと見張りもしていたし、みんなの会合も増六でやっていたのであった。

「どこから聞き出したのだ」

徹之助が静かに反問した。

「ひじょうに偶然なんですが」

と市郎兵衛が答えた。

「私の妹の友人が最近あの屋敷へ勤めに入ったのです、日本橋の袋物屋の娘で、妹とは仲の良い友達ですが、それが妹を訪ねて来て、母子二人の者が厳重に匿《かく》まわれている、という話をしたのです」

「それだけではわからないではないか」

「いや、お子さんが花田という姓を仰《おっ》しゃるのを聞いたのです、お二人は長屋の一棟にいて、二人の老番士と、一人の老女がお世話をしているそうですが、お子さんだけときどき庭へ出て老女と遊ぶのです、――妹の友達はもちろんなにも知りはしません、なにかお咎《とが》めの筋があって、押込められているのだと思っているだけなんですが、老女と遊んでいるときお子さんが、

――麹町六丁目の花田だがね。

などと大きな声で、誰かの口まねのようなことを仰しゃるのを聞いたというんです」

「松之助ですよ、それは間違いなしです」

「たぶんそうだろう」

徹之助は弟を抑えて市郎兵衛に云《い》った。彼は妻子の安否よりも、その娘の存在のほうに気を惹《ひ》かれたようであった。

「その娘というのは、なにか頼むことができるだろうか」

「それはもう頼みました」

と市郎兵衛は眩《まぶ》しそうな眼つきをした。

「じつはその八重という娘は、私と婚約がございますので、隙《ひま》をみて御妻女と連絡をとるように、絶対にはたの者に気づかれてはならないからと云って、頼んでおきました」

徹之助は満足そうに頷《うなず》いて、これで今日は散会にすると云った。

菊明り

一

万三郎は酔っていた。

彼は酒には強いほうだったし、たいてい飲んでも酔わない自信があった。

三人の護衛付きで、偽《にせ》のつなに案内されたのは、御成り道に近い「和幸」という茶屋であった。増上寺へ参詣《さんけい》する人たちの休み茶屋らしいが、奥には離れ座敷が幾つもあり、植込の繁《しげ》った庭のようすなど、どうやら出合茶屋といったけしきであった。あとでわかったのだが、そこは山内の破戒僧と、檀家《だんか》の女性との密会に使われていたのである。

護衛の三人はいなくなり、女と二人だけで離れ座敷へ通された。こっちにも魂胆(つなの所在を探りだそうという)があるから、云《い》われるままに風呂《ふろ》へ入り、出された丹前に着替えて、悠々と膳《ぜん》の前に坐《すわ》った。

それから約二刻《とき》。もう日が昏《く》れかかり、座敷には灯がはいった。絹の丸行燈《まるあんどん》で、あたりがにわかに嬌《なま》めくようであった。

女は初めからひどく誘惑的で、

——あたしあなたが大好き。

などと云い、溶けるようなながし眼で、しきりに彼の顔を見つめるのであった。

——なにを云やあがる。

万三郎は心の中で冷笑した。そんな手は古いぞ、とも思った。彼女がこちらから、「朱雀調《すざく》べ」の内容を嗅《か》ぎだそうとしていることは慥《たし》かである。つまりお互いの化かしあいなのだが、女は些《いささ》かもそんなふうはみせなかった。ただもう万三郎が好きで堪《たま》らないとか、昼も夜もあなたのことばかり想《おも》っているとか、どうか自分のこの気持をわかってもらいたい、などとくどき続けるのであった。

これは酒よりも大敵であった。

初めは適当に受けながしていたが、しだいに熱を帯びてくる女の囁《ささや》きと、その柔軟なからだで表現する不謹慎な嬌態《きょうたい》とは、ともすると万三郎の意志を昏《くら》ませ、抵抗の力をぬき去ろうとした。

——これは危ないぞ。

そう気がついたとき、万三郎は自分が酔っているのを知った。

「お側へいってもいいわね」

女はそう云って立ち、少しよろめくけはいで、万三郎の側へ来て坐《すわ》り、しんなりと凭《もた》れかかった。酔いのために躰温《たいおん》の上った軀《からだ》から、若いからだの匂《にお》いが、香料といっしょに咽《む》せるほど強く、あまく匂った。

「こうするといい気持」

万三郎の肩へ頭をのせながら、女はうっとりと眼をとじた。

「あなたの温たかさがしみてきて、軀じゅうが痺《しび》れるようだわ」

「だいぶ手厳しくなるね」

「抱いてちょうだい」

女は万三郎の手を捜して、それで自分の軀を巻かせた。女の重みがもっと柔らかく彼のほうへかかってきた。

「そんなお義理じゃなく、もっとぎゅっと抱いて」

「ますます手厳しいな、こっちも生身《なまみ》の軀だぜ」

「あらそうかしら」

女はつと手を伸ばした。万三郎は吃驚《びっくり》してその手を押えた。

「生身かどうか証拠をみるのよ」

「ばかなことを云え」

「あら震えてるの」

女はからからと笑った。

二

「もうわかったよ」

彼は女を押しやった。

「そのくらいからかえば気が済んだろう、そろそろ用談にかかろうじゃないか」

「いやあ——」

女は鼻をならし、身を揉《も》みながら縋《すが》りついた。

「あたしこうしていたいの、あなたと二人っきりで、あなたに抱かれていればいいの、ねえ、もういちど抱いてちょうだい」

「用がないなら帰るよ」

「帰すもんですか」

女は万三郎の首へ手をまわし、のしかかって頰ずりをした。女の頰は火のように熱く、昂《たか》まった呼吸が彼の耳に触れた。

「おまえは誰なんだ」

万三郎は頰ずりをされながら、女の耳もとでそっと囁いた。女はくすくすとみだらな笑いをもらしながら、こんどは彼の頰を吸い、頸《くび》へ吸いついた。唇を頸へ押しつけたまま、彼のからだを撫《な》で、それから含み声で云った。

「あたしはつなよ」

「云えよ、おまえはなに者だ」

彼は両手で女を抱き、じりじりと、しだいに強く、力をこめて緊《し》めつけた。

「どんな素性で、誰の手先を勤めているんだ、おれを誘惑してどうするつもりなんだ」

「——苦しいわよ」

女は呻《うめ》き声をあげた。

「抱いてやってるんだぜ」

万三郎はさらに緊めつけた。

「放して、息ができないじゃないの」

「息詰る恋さ」

彼は笑った。女は唸《うな》った。

「いまに肋骨《あばら》が折れるかもしれないぜ、男が恋の虜《とりこ》になると我を忘れるからな、——さあ云えよ、おまえはなに者なんだ、つなはどこにいるんだ」

女は急に暴れだした。

本当に苦しくなったらしい、下半身で必死にもがき、嚙《か》みつこうとした。裾《すそ》が乱れて、太腿《ふともも》までむきだしになり、その裸の足で畳を搔《か》き挘《むし》ったり叩いたりした。

万三郎は力まかせに押えこみ、片方の膝《ひざ》を女のみぞおちの上へ当てた。

「おれの罪じゃないぜ、おまえがおれをこんな気持にさせたんだ、こんな狂暴な恋の虜にさ、そこでひとつ云ってもらおう、つなはどこにいるんだ」

膝へぐっと力をいれた。

「苦しい」

　女は唸った。

「もっと苦しくなるぜ」

「あたしを、どうなさるの」

「云えばいいんだ」

「知りません」

　押えこまれているので、女は高い声がだせなかった。自分の腕で塞《ふさ》がれている口から、途切れ途切れに答えるだけだった。

「知らないなんて云ってとおると思うのか、増六へつなと名乗って来るからには、本当のつながいないことを知っていたからさ、そして、もう自分の正体がばれたと思ったから、こんどは色仕掛けときたんじゃないか」

「本当に知りません」

　女は喘《あえ》ぎながら云った。

「肋骨が折れるぜ」

「――あっ、やめて」

三

やめて、という呻きに、万三郎はひょいと力をゆるめた。

その叫びは絶息直前のもののように聞えた。それでわれ知らず力を抜いたのであるが、同時に女が絶叫した。喉《のど》が裂けるかと思うほどの声で、——座敷いっぱいにぴんと響いた。

万三郎は女の口を押えようとした。

女はもういちど叫んだ。

万三郎は女を突き放し、障子をあけて、廊下から、庭へとびおりた。

暗くなった植込の、すぐ眼の前に、二坪ばかりの菊畑があり、うら枯れてはいるが、白くかたまって咲いている花の群が、そこだけ昏《く》れ残ったように、ぼっと明るくにじんで見えた。

そこに、二人、立っていた。

護衛して来た三人の中の二人らしい、万三郎を見ると二人とも刀を抜いた。そうして、万三郎が立停《たちどま》ると、もう一人、廊下を走って来たのが、うしろから叫んだ。

「よせ、じたばたするな」

万三郎は振返った。

その男は座敷の灯を背にして立っていた。顔は見えないが、例の中年の険相な男だろう、左手に三尺ちかい、殆《ほと》んど無反《むぞり》の刀を持ち、今にも抜打ちを仕かけそうな、殺気のある身構えで立っていた。その身構えを見たとき、万三郎は危うく声をあげそうになった。

――こいつだ、この男だ。

築地の河岸《かし》の夜道、小雨のなかで、偽のつなを追っていたとき、うしろから来て躰《たい》当《あた》りをくれた男があった。万三郎は雨水の溜《た》まった路上に転倒したが、そのとき見た男の姿が、今そこにいる相手の軀つきそのままである。昼間はわからなかったが、灯を背にして立っているのを見て、初めて、はっきりと思いだした。

――決して間違いはない、あのときの男だ。

こう気づくと慄然《りつぜん》とした。

このまえのときも、よろめきながら去ってゆくうしろ姿には、一種の凄味《すごみ》があった。それは「妖気《ようき》」といったふうな、かなり異常なものであったが、今、眼の前に立っている軀からも、それと同じものが感じられた。

――段違いの腕だ。

万三郎はそう直覚した。

――しかも尋常の剣ではない。

万三郎は肚《はら》を据えた。

「やあどうも、これほど用心堅固とは思わなかった、失敗ですな」

「黙ってあがれ」

「あんまり手荒にしないで」

座敷の中から女が云った。

「あたしの大事な人なんだから、足が汚れていたらこれを使わしてあげて」

手拭《てぬぐい》を投げてよこした。万三郎はそれで足を拭《ふ》きながら、男を見あげて云った。

「後学のために聞かしてもらおう、よほどの腕とみえるが、いったい貴方《あなた》は誰です」

「おれの腕がわかるのか」

「鷺《さぎ》と鴉《からす》ぐらいの見分けは誰にだってつくさ、これでも念流と小野派を少しばかり嚙《かじ》っているからね、名を聞かせてもらえないか」

「――いいだろう」

相手は微笑した。すると白い歯が見えた。

「――名は刀で教えたいが、今はあちらで御用があるそうだ、麴町七丁目に道場を持っていたことのある」

「石黒半兵衛どのか」

万三郎は思わずそう叫んだ。

四

——石黒半兵衛。

明和から安永の末へかけて、彼の名はかなり弘く知られ、麹町七丁目の道場には、ひところ三百人あまりの門人が数えられた。

流名は「無神流」といった。

聞いたことのない名だし、むろん独創のものだろうが、「飛魚《とびうお》」という突《つき》の手に秘術があった。下段から真向へ突きあげる猛烈なもので、かつて他流試合を申込んだ者のうち、二人は不具になり、一人は死んだことがあった。彼が殆んど無反の刀を使うのは、この突の一手に必要だからだろう、——それだけの実力をもっていて、彼は酒癖が悪かった。

酒癖が悪いというより、むしろ酒乱に近かった。天明と改元された安永十年の二月、新吉原の花菱丁字《はなびしちょうじ》という妓楼《ぎろう》で乱酔し、男の雇人を三人と妓《おんな》を一人傷つけ、その場から逃亡して、まったく所在を晦《くら》ましたのであった。

「そうですか、無神流の石黒さんでしたか」

万三郎は相手を見た。

「私はまだ少年でしたが、貴方の飛魚という秘手はよく噂《うわさ》に聞きましたよ、尋常な人ではないと思ったが、意外ですね」

「その口ぶりをやめろ、ぶった斬《ぎ》るぞ」

相手はとつぜん喚《わめ》いた。

「そう云《い》われておれが好《よ》い気持になるとでも思うのか、きさまはおれを軽侮している んだろう、おれの落魄《らくはく》したざまが可笑《おか》しいんだろう、それならなぜ軽蔑《けいべつ》しないんだ、どうして笑わないんだ、どうしてだ」

万三郎はあっけにとられた。

「また始まったね」

女がこっちへ立って来た。そして万三郎の手を取って座敷のほうへ引入れながら云った。

「飲むとからむのが癖なんです、構わないでこっちへいらっしゃいまし、なにか云えば云うほどいきり立つんですから」

「しかしあの人は」

「いいの、飲み直しましょ」

万三郎を坐《すわ》らせると、女は廊下にいる石黒半兵衛に云った。

「そこを閉めて向うへいってちょうだい、もうおわかりらしいから、万三郎さまも温和《おとな》しくなさるでしょう、こんどはおちついて悠《ゆっ》くりおあがんなさい」

半兵衛は黙って障子を閉めた。それで、庭先の仄《ほの》かな菊の白さが見えなくなり、廊下を足音が遠のいていった。

「どうしておれを斬らせなかったんだ」

万三郎は盃《さかずき》を受けながら、こう云って女の顔を見た。女はにっとこぼれるように笑った。

「さあ、どうしてでしょう」

「石黒半兵衛じゃあないが、こういう扱いはちょっと戸惑いをするぜ」

「あんなひどいことをしたのに、あたしが怒らないからですか」

「尤《もっと》も理由はわかっているがね」

「あらそうかしら」

女は斜交《はすか》いにこっちを見あげた。いましがたの切迫した争いを忘れたかのように、その表情は明るく、むしろうきうきしているし、万三郎を見る眼には、まえよりもじかな、情熱と恣欲《しよく》があふれていた。

「あなたがわかっていると仰《おっ》しゃるのは、あたしが色仕掛けで、あなたから秘密を探りだそうとしている、っていうことでしょ」

「まさかそうじゃないとは云えないだろうな」

「それは云いませんわ」

女は酒を命じるために手を拍《たた》いた。

五

「それも嘘《うそ》じゃあないけれど」

女中が酒を持って来て去ると、女はじっと万三郎を見つめながら云った。

「本当はそのほうがあたしの役目なんだけれど、もうひとつ底をあけると、あなたが欲しいんです」

「また同じせりふか」

「あなたが欲しいんです、死ぬほど」

「やれやれ」

「古い文句に、胸を割ってみせたいということがありますわね、あたしできるなら本当に割ってみせたい、この胸を割って、あたしの心の中をあなたに見せてあげたいと思いますわ」

「それを信じろというのか」

「休之助さまなら信じて下さいますわ」

万三郎はどきっとした。そんなところへ次兄の名が出ようとは、まったく思いがけなかったのである。女は大胆に万三郎を見まもりながら云った。

「あたしが万三郎さまをずっとまえから想《おも》っていた、見ぬ恋にあこがれていたということを、休之助さまはよく御存じなんですから」

「——貴女《あなた》は兄を知っているんですか」

「云ってしまいますわ」

女は眼を伏せた。すると、みだらなほど嬌めいていた姿態に、ふと一種のしめやかな影がさすようにみえた。

「わたくし甲野家の遠縁の者で、五年まえから甲野の家にいましたの、孤児《みなしご》になったので養われていたんですわ、名前も申上げましょう、木島かよといいますの」

「かよさん、いい名前じゃありませんか」

「そう思って下さる」

女は嬉《うれ》しそうに微笑した。そうして、それに勇気づけられたように告白を続けた。

彼女はつなと年が同じであった。十三の年からいっしょに育てられて、殆んど姉妹のように仲良く暮していたが、つなの姉のところへ、休之助が婿《むこ》に来てから、二人の仲はうまくゆかなくなった。つまり休之助を中にしてお互いの感情が対立するようになったのである。

「娘ばかりのところへ、急に若い殿方がはいって来たでしょう、おまけに休之助さまはいかにも男らしく、さっぱりときびしていらっしゃるから、つなさんもわたくしもぼうっとなってしまいましたの」

かよと名乗る女はこう云って、自分で可笑しそうに笑った。

十五歳の少女たちの、感傷的なあこがれであった。どちらも休之助を自分に惹《ひ》きつけようとし、そのために嫉妬《しっと》しあった。

こうして時が経《た》つうちに、万三郎の話が出たのである。吉岡家へ養子にいったが、嫁になる筈《はず》の娘に死なれ、自分は長崎勤番にやられた。

――可哀《かわい》そうなやつさ。

と休之助が話したのがきっかけであった。

すると二人の関心はにわかに万三郎のほうへ移った。つなもかよも、それからは休之助にせがんで、しきりに万三郎のことを話してもらい、それぞれが空想のなかで万三郎の姿にあこがれた。

——そうだったのか。

万三郎は初めて合点した。

増六で会ったとき、彼が少年のころ手に負えない腕白だったこと、柿《かき》の木から落ちて足を挫《くじ》いたことまで知っていたが、それなら知っているのが当然だと思った。

六

「どちらの場合にも、わたくしの負けでした、休之助さまのときも、万三郎さまのときも」

とかよは続けた。

「つなさんは気性が勝っているうえに実行力があるんです、小太刀が上手だということは御存じでしょ、わたくしはまた音曲や踊りが好きなほうですし、なにより甲野に養われている軀《からだ》なんですから、どうしたってかなやしません、いざとなればひきさがって、独りで指をくわえているよりしかたがなかったんです」

そのうちに万三郎から手紙が来た。

——つなを貰《もら》ってもいい。

という手紙である。休之助はその手紙をみんなのいる前で発表した。それは、つなと同様にかよが万三郎にあこがれている、ということに気づいていたからである。要するにかよに諦《あきら》めろという意味から、みんなの前で発表したようであった。

「休之助さまのお口ぶりでは、慥《たし》かにそのようでした、でもそのとき却《かえ》ってわたくしは決心しましたわ」

とかよは云った。

「諦めるものか、決して諦めなんかしない、万三郎さまはあたしのものだ、どんなことをしたって、きっとあたしのものにしてみせる、——そう心に誓いましたわ」

かよの頬にさっと血がのぼった。眼はふたたびきらきらと燃えはじめた。

「これでおわかりになったでしょ、あんなにひどいことをされても、あたしが怒らなかったわけ……」

とかよは身をすり寄せた。

「怒れるものですか、嬉しゅうございましたわ、あなたに抱き緊められたとき、骨が折れそうになったとき、お膝《ひざ》でここのところをぎゅっと押えられたとき、あたし軀じゆうが痺《しび》れて、眼が眩《くら》むほど嬉しゅうございましたわ」

「しかし、その、――」

万三郎はちょっと吃《ども》った。

「そういうわけだとすると、貴女はいったい火事のときどうしたんですか」

「もうそんな話はいや」

かよは万三郎の手を握った。

「あたしがずっとまえから万三郎さまを想っていたということがわかって下さればいいんですの、あなたが長崎から出ていらっしゃると聞いてから、まもなくあたしは甲野の家を出ました、――もちろん孤児ですから、保護してくれる者がありましたけれど」

「それが兄たちの敵なんですね」

「わたくしだって敵ですわ、つなさんははっきり敵ですし、休之助さまだって、あなたをつなさんに渡そうとなすったのだもの憎まずにはいられませんわ」

「ではあの火事には貴女も加担していたんですか」

「まあひどいことを」

かよは万三郎の手をふり放し、すぐにまた握り取って思いつめたような眼で睨《にら》みながら云った。

「あなたにはわたくしが、そんなに悪い女にみえますの」

「いったい誰です」

万三郎は云った。

「貴女の保護者というのはなに者です。貴女がもし本当に私を好いているなら云ってくれるでしょう、それはいったいどんな人間なんです」

「そんな怖いお顔なさらないで」

かよは万三郎に凭《もた》れかかった。

「ねえ万三郎さま、もういちどさっきのように抱いて下さいましな、ぎゅうっと、息の止るくらいきつく、ねえ」

七

女は身もだえをしながら、両手で万三郎を抱き、そのままうしろへ倒れようとした。

万三郎はふり放そうとしたが、柔軟な女の軀は吸いつくように絡《から》み着いて、危うくいっしょに倒れそうになった。

そのとき二人のうしろで、

「三郎さんもういいでしょう」

という声がした。

いやにおちついた、静かな含み声であった。かよはぱっと身を起こした。火にでも触ったような、非常にすばやい動作だった。

そこに中谷兵馬が立っていた。

万三郎はおうと云った。さすがにぐあいが悪いらしく丹前の衿《えり》を直しながら、この場の弁解をしようとした。

「迎えに来たんですよ」

兵馬は頷《うなず》いた。弁解には及ばない、という頷きかたで、女のほうに振向いた。

「声を立てないでもらいたいな、万三郎さんは婦人にやさしいが、おれは女嫌いのほうだからな」

彼は持っていた刀を置き、すっと女の側へ寄った。

かよは身動きもできないようすだった。陶酔するような情熱の中から、あまりに突然よびさまされたので、驚きのために声も出ないというふうであった。

「ちょっと辛抱してもらうよ」

側へ寄ってゆきながら、兵馬が低い声でいった。女は黙って、大きな眼で見あげていたが、ふいに危険を感じてはね起きた。

兵馬は片手で女の肩を摑《つか》み、ひき寄せながら当て身をくれた。じつにみごとな技《わざ》で、女はうっといったまま気絶した。

「楽あれば苦ありですな」

兵馬は女を横にし、裾《すそ》を直してやってからこっちへ来た。

「さあ帰りましょう」

「しかし私はこんな恰好《かっこう》だが」

「すべてあとのことですよ」

兵馬は廊下から庭へおりた。ふところから新しい草履を二足出し、万三郎に一足を与えた。途中で買って来たのだろう。

――ゆき届いた男だな。

と万三郎は舌を巻いた。

仄かに白く見える菊畑の前をぬけて、植込の庭を裏のほうへまわり、低い生垣を乗り越えると、寺の土塀に沿った道へ出た。

「どうしてわかったんですか」

万三郎が訊いた。

「半次が知らせてくれましてね」

と兵馬は答えた。

彼は半次少年に案内されて来て、暫《しばら》くようすをみてから「和幸」へ客になってあがった。女中に心付をやって、ちょうど万三郎たちのいる座敷と、向きあった離れにとおり、そこでなりゆきを見ていたのである。万三郎がとび出したとき、助勢に出ようとしたが、石黒半兵衛という難物が現われたので、その騒ぎの鎮《しず》まるのを待っていた、ということであった。

「どうもお手数をかけて済みませんでした」

「礼は半次に云《い》って下さい」

兵馬は軽く笑って、

「それで、つなさんの手掛りがつきましたか」

「いやだめでした、あの女は本当に知らないらしいんです、つなのことばかりでなく、肝心なことはあの女はなにも知らないようすでした」

「敵もさる者ですか」

兵馬は唸《うな》るように云った。二人は暗い御成り道を、東へ向っていそいだ。

風の街道

一

この世に生きていると、人間はいろいろ思いがけない経験をする。それらは善かれ悪《あ》しかれ、好ましいものも好ましからざるものも、人間の成長を助け、人格を向上させるものだそうである。

花田万三郎は長崎から出てきて、まだ僅《わず》かな日数しか経《た》たないのに、ぜんぜん想《おも》ってもみないような、多岐多端な出来事を経験して、それらがあまりに多岐多端であり、いちどきの経験であるために、すっかり戸惑いをしてしまった。

そのなかでも、偽《にせ》のつな、あのかよという娘の告白には降参した。

それは(もしも真実であるとすれば)極めて哀切であると同時に、少なからず皮肉であり、また宿命的なものをもっていた。

——見ぬ恋にあこがれていた。

とかよは云った。

万三郎が長崎にあって、ひそかにつなにあこがれていたとき、かよはつなの側にあって、万三郎のことを想っていたというのである。二人の娘は、そのまえには休之助のことで対立した。少なくともかよの表現を以《もっ》てすれば、二人は互いに休之助を自分のほうに惹《ひ》きつけようと嫉妬《しっと》しあったという。

それは恋ではなかった。

姉に婿《むこ》が来れば、妹はその義兄に対して無関心ではいられないものらしい。ことさら意地の悪いまねをするとか、媚《こび》をみせるとか、もっと積極的に、姉から義兄を奪ってやりたいなどと思うばあいもあるようである。しかしそれは女性一般の嫉妬ぶかさと、他人の所有物に対する無選択な羨望《せんぼう》（なんでも自分のものにしたいという）の本能によるのだといわれる。もちろんこれは悪徳ではなく、女性の子供らしい無邪気さによるのであろうが。

休之助のばあいは恋ではなかったが、万三郎のばあいには事情が違っていた。そこには結婚できる相手という現実的な条件があった。そうして、まもなく万三郎の手紙が来たのである。つなを娶《めと》ってもいいという彼の手紙が、かよにどんな衝撃を与えたかは云うまでもあるまい。

孤児《みなしご》であり、甲野に養われている立場のかよは、（概念的に想像しても）つなと対等ではなかったであろう。甲野家の人たちに差別意識はなかったとしても、かよ自身がひけめを感じ、——独りで指をくわえている、というようなことがしばしばだったに違いない。

「——可哀《かわい》そうに」

万三郎はそう思わずにはいられなかった。

かよが、手段を選ばず万三郎を自分のものにする、と決心した気持はよくわかる。彼自身は今でもつなを貰《もら》おうと思っているが、かよの気の毒な立場を考えると、そう決心した気持がいじらしいほどよくわかるのであった。

本当に可哀そうにと思うのであるが、現に当面している問題からすると、かよは明らかに敵であり、邪魔な存在であった。

——これで諦《あきら》めはしないだろう。

あの口ぶりでは、どうしたって諦めはしないだろうし、「和幸」のことをきっかけに、もっと激しく、もっと執拗《しつよう》になるかもしれない。しかも「朱雀《すざく》事件」が絡《から》んでいるから、もしもその恋が遂げられないとしたら、その情熱は憎悪《ぞうお》となり復讐《ふくしゅう》となるに相違ない。

「おれの責任ではないんだ」

万三郎は独りで呟《つぶや》いた。

「しかもこれは避けることができないんだ、なんと、人間関係というやつは厄介なものなんだろう」

二

江戸を出て二日め、万三郎は熊谷の宿《しゅく》に着いた。

「和幸」から脱出して、はまぐり町の屋敷へ帰った翌日、まだ暗いうらに出立したのである。長兄の徹之助には「和幸」の出来事は話さなかった。兄のほうでもなにも訊《き》かず、(但《ただ》し恐ろしいほど渋い顔で睨《にら》んだが)その場でつなから来た報告のことを語った。

――つなさんは無事だったんですか。

万三郎は叫び声をあげた。そうして、恥ずかしさに赤くなり、思わず頭を掻《か》いた。

正に恥ずかしかった。

彼はつなが誘拐されたと思い、拾い屋などにまで身を扮《やつ》して捜しまわった。兄は禁じたのである、つなは自分の始末ぐらい自分でする娘だと云《い》った。そのとおりであるし、それ以上であった。こっちが乞食《こじき》のような恰好《かっこう》をして、あてもなしにうろうろ歩きまわっているとき、彼女は娘の身で、敢然と敵の荷駄を追っていたのだ。

——つなさんは実行力がある。

とかよも云った。

これもそのとおりであった。かよもまたつなをよく識《し》っていた。万三郎ひとりが、みれんな醜態を演じたわけで、彼としては（本当のところ）穴にでも入りたいような心持であった。

——結城へいったら、つなに嗤《わら》われないようにしろ。

徹之助はそう念を押した。万三郎は一言もなかった。はまぐり町を出て来てからも、かよの告白を思いだしては、運命の皮肉なむすびつきに溜息《ためいき》をつき、つなの決断と勇気を思っては、感嘆の吐息をつくばかりだった。

「茨木屋でございます、どうぞお泊りなさいまし」

こう云いながら、突然、一人の女が万三郎にとびついて来た。

熊谷の宿に入って二丁ばかり来たところであった。もう日は昏《く》れかかって、町の家々には灯がつきはじめていた。

「おいよせ、定宿《じょうやど》があるんだ」

万三郎は女を押しのけようとした。女は二十一二で、白粉《おしろい》をまっ白に塗っているし、

髪油もつよく匂《にお》っていた。普通の宿屋ではないと思ったからであるが、女は逞《たくま》しい腕で、しっかりと万三郎の手を摑《つか》み、

「お定りなことを仰《おっ》しゃってもだめですよ、あなたのいらっしゃるのを待っていたんですから、さあじらさないで早く」

などと云いながら、吃驚《びっくり》するほどの力で引張った。

「よしてくれ、本当に定宿があるんだ」

「うそ仰しゃいまし」

「嘘《うそ》なもんか、上州屋仁兵衛というのが定宿なんだよ」

「まあお上手な、知ってますよ」

女はちょっと睨んで、声をひそめながら囁《ささや》いた。

「本当はお伴《つ》れさまが先にあがって、あなたを待っていらっしゃるんですから」

「伴れだって、――」

「つい今しがたですわ、あれがそうだからって、わたしに教えて下すったんです、こっちが先に着いていることは内証にしてくれ、あとで驚かしてやるんだからって」

万三郎はどきっとした。

――敵の追手だな。

そう直感したのであった。

三

万三郎は黙って、女といっしょに茨木屋という宿屋の前までいった。さりげなく注意してみたが、こちらを見張っているような人間は眼につかなかった。

――本当に追手だろうか、それとも単純な人違いだろうか。

敵の追手だとすれば、自分のあとから跟《つ》けて来る筈《はず》である。追い越して、先に宿を取って、女中などに(内証で)呼び込ませるというのは、なにか理由があるにしても、あまりに廻り諄《くど》いやり方である。

――よし、ともかく当って砕けろだ。

彼は肚《はら》をきめた。

「伴れというのは侍だな」

「お三人さまですわ」

なにをとぼけているのかといいたげに、女は彼をせきたてた。万三郎は軒下で停って、手早く若干の銭を彼女に握らせた。

「いつもつまらない悪戯《いたずら》をする連中なんだ、今日はこっちで驚かせてやるからな、三人のところへいって、私がどうしても寄らなかった、ずいぶん先へいってしまったと云ってくれないか」

「それでどうなさるんですか」

「向うがどうするか見てやるのさ、つまりこっちで笑ってやろうというわけなんだ、うまくやってくれ、頼むよ」

まさかでたらめだとは思わない、女は心付を貰ってもいるし、こっちの片棒を担《かつ》ぐつもりかなんぞのように、心得顔に頷《うなず》いて、店の中へ入っていった。

万三郎はすばやく、路地口へ身を隠した。

道は人で賑《にぎ》わっていた。しだいに明るくなってくる両側の燈影《とうえい》が、仕来する旅客や、馬や、客を求める宿の女たちの、やかましく叫んだり走ったりする姿を、いかにも宿場の夕暮らしく、もの侘《わび》しげにうつし出していた。

茨木屋へも数人の客が入った。

――どうしたか。

万三郎は苛々《いらいら》しはじめた。

かなり時が経ったので、やっぱりなにかの間違いだったのかと思い、路地から出ようとすると、店先でさっきの女の声が聞え、すぐに、旅装の侍たちが三人出て来た。

黄昏《たそがれ》の色が濃くなっているので、よく見分けはつかないが、三人ともまるで知らない人間であった。かれらは道へ出ると、そのまま北へ向って大股《おおまた》に歩きだした。

「おかしなやつらだな」

万三郎はこう呟いて、かれらの姿が見えなくなるまで見送り、足早にあとへ戻って、館林《たてばやし》へゆく街道へと道をそらした。

結城へゆくには、粕壁《かすかべ》から、杉戸、栗橋というのが順路である。もしかして跟けられたときの用意に、いちおう熊谷まで廻り道をしたのであるが、こうなればその必要がなくなったわけで、彼は持田という合《あい》の宿までゆきそこで泊った。

明くる日、万三郎は川俣《かわまた》の渡し場から、舟で利根川を下り、午《ひる》ちょっと過ぎに関宿《せきやど》へ着いた。川を渡ると境の町である、そこで午の食事を済ませようと、茶店を物色しているうち、その一軒から二人の侍がとび出して来て彼を呼び止めた。

――昨日のやつらか。

万三郎はどきっとしたが、笠《かさ》をかぶったまま振返った。

「私共は代官所の者です」

と一人が前へ来て云った。

四

代官所と聞いて万三郎はほっとした。

なるほど代官所あたりの下役人らしく、やぼったい身装《みなり》だし、眼ばかりぎょろぎょろしているが、二人とも愚鈍そうな男だった。

「なにか用ですか」

「江戸から来られたのですな」

片方の男が酒臭い息で云った。

「さよう、江戸から来ました」

「御藩と姓名と、ゆき先を仰しゃって頂きたい」

「なんのためにです」

「代官所の命令です、江戸からそういう急布令があったのです」

これは油断がならんぞ、と万三郎は警戒した。ことによると敵が正面から攻撃を始めたのかもしれない、というのは、万三郎が出るのと同時に、兵馬が紀州へ出立することになっていた。林市郎兵衛と沢野雄之助を伴れて紀州の田辺へでかけた筈である。もしかすると敵はそれを探知して、公儀の権力を発動したのかもわからないと思えた。

「私は酒井駿河守《するがのかみ》の家臣で、井沼重三郎という者です」

万三郎はそう答えた。

「御役目とお禄高《ろくだか》もどうぞ」

もう一人が帳面と矢立を出して、いちいち聞き直しながら、万三郎の云うことを書きとめた。

「役は馬廻り、食禄は百二十石、主人に心願のことがあって、日光の御廟《みたまや》へ参詣《さんけい》するところです」

「するとその、願文かなにかお持ちですか」

こいつは謡曲の勧進帳みたようだなと、万三郎は可笑《おか》しくなった。

「もちろん持っています」

「拝見できますか」

「むろんお断わりします、願文は神前へ捧《ささ》げるものですからね、たとえ代官自身の命令でもお見せするわけにはいきません」

「そういうものでしょうな」

相手は尤《もっと》もらしく頷いて、

「酒井さまはいま御詰衆《おつめしゅう》でしたかな、御詰並《おつめなみ》でしたかな」

と軽く訊いた。万三郎は思わずうっといった。駿河守が数年まえまで御詰並にいたことは知っているが、それからどんな役になったかは知らないのである。うっかりすると尻尾《しっぽ》を捉《つか》まれるぞと思ったが、さりげなく笠の紐《ひも》など直しながら、おちついて答えた。

「いまは溜間詰《たまりのまづめ》の上席です」

「ほう御詰衆ですか、それは違やあしませんか」

相手は眼をぎょろつかせた。

「酒井駿河守さまは菊の間で御詰並だと聞いていますがね」

「ばかなことを、――」

万三郎は笑った。

「自分の仕える主人の役名を知らないで、侍が勤まると思いますか、つい先月お役替えになったんですよ」

相手は鼻を鳴らした。それから陳述に嘘がないかどうか念を押したうえ、いってもよろしいと会釈《えしゃく》をし、茶店の中へ戻っていった。

――これはいそぐ必要がある。

万三郎は歩きだしながらそう思った。こんなに丹念に調べるようでは、慥《たし》かに敵の手がまわったにちがいない。

――午飯はぬきだ。

彼は空腹のまま歩き続けた。

五

そのあたりは関東平野の北端に近く、正面に日光連山が迫っているし、右に筑波《つくば》の山がそばだってみえるが、そのほかは一望の平野で、なだらかな丘の起伏や、草原や耕地のあいだに、防風林に囲まれた農家の集落が点々と眺められる。

またこの地方には川や沼が多く、枯れた蘆荻《ろてき》や裸になった苅田には、鴨《かも》、雁《かり》、鷺《さぎ》などが群をなして、やかましく飛び立ったり、舞いおりたりしていた。

境を出て二里ばかり来たときである。少しまえから吹きだした風で、乾いている道にはしきりに埃《ほこり》が立っていたが、その土埃といっしょに、向うから十人ばかりの一団が近づいて来た。

――なんだろう。

ほぼ十人ぐらいが一団となっていた。隊を組んでいるように見えるので、本能的に警戒する気持になり、道の岐《わか》れているところで、かれらをやり過そうとした。

一団の人たちは、巻きあがる土埃のために、見えたり隠れたりしながら、近よって来た。

かれらの中につく棒やさす叉《また》や、六尺棒を持ったのがいた。明らかに捕方《とりかた》の役人たちらしい。万三郎は反射的に笠で顔を隠し、いま自分の立っている枝道へそのままそれてゆこうとした。が、とつぜんぎょっとしたように振返った。それは、その一団の中に、縛られている一人の侍がいるのを、認めたと思ったからであった。

眼の誤りかもしれない。ごくさりげなく、すばやく振返ってみたが、殆《ほと》んど同時に叫びそうになった。

——斧田又平。

それは、一日まえに結城へ立っていった、あの斧田又平であった。

着物も袴《はかま》もずたずただし、髪は解けているし、顔は泥と血にまみれていた。両手をうしろにまわして縛られ、どこか挫《くじ》きでもしたのか、少しびっこをひいていた。

万三郎は道の左右を見た。

強くなった北風で、つぎつぎに埃が巻き立つから、よく見とおしは利《き》かないが、遠くに馬子と二三の旅客らしい人影があるほか、すぐ邪魔にはいるような者は見えなかった。

——よし。

彼は頷いて、静かに本道へ出ていった。道の右は用水堀、左は少し水の溜《た》まった苅田である。万三郎は一団のうしろから、少し早足で追いぬいてゆき、前へまわったとたん、いきなり振向いて刀を抜いた。

「おーい、五人はそっちから掛れ」

刀を抜きながら、列の後尾のほうへ叫びかけた。もちろん、うしろにも人数がいるぞ、と思わせるためで、叫ぶより早く列の中へ斬《き》り込んだ。

かれらはまったく不意をつかれた。そんな事が起ころうとは、夢にも考えてはいなかったらしい。とつぜん前後から挟撃《きょうげき》されたと思うと、たちまち混乱して崩れたった。

「散るな、散るな」

指揮者とみえる男が絶叫した。

「斬れ、みんな斬ってしまえ」

万三郎が叫んだ。

「一人も逃がすな」

叫びながら、崩れたつ列の中を、(刀を振りながら) 後尾まで走りぬけ、そこでまたうしろへ振返りざま、一人の役人の脇腹《わきばら》へ一刀、峰打ちをくれて喚《わめ》いた。

「しめた、もうこっちのものだぞ」

六

じつに颯爽《さつそう》たるものであった。

万三郎自身、颯爽たるものだと思った。片方は田、片方は堀で、人数の多いほうには不利な足場である。峰打ちで二人倒し、堀と泥田へ三人突き落した。

殆んどあっというまのことで、残った役人たちは埃に巻かれながら、道の上下へばらばらと後退した。

「いま加勢が来るから待ってろ」

万三郎はなおそう叫びながら、斧田のところへ走り寄って、すばやく縄を切り（それは単に腰縄であった）自分の脇差を脱《と》って彼に与えた。

「有難う、花田さん」

「走れますか」

「走れますとも」

又平はくいしばった歯の間から答えた。

「ちょっと挫いただけです」

「じゃあ隙《すき》があったら逃げて下さい、向うのあの枝道がいいでしょう、私はしっぱらいをやりますから、頼みますよ」

残った役人たちは六人いた。

田と堀へ落ちた三人は、もうあがって来る元気もないらしい。峰打ちをくらった二人は倒れたままである。万三郎は岐れ道のほうへと戻りながら、

「どうしたんだみんな」

と役人たちに呼びかけた。

「逃げるのか、それとも掛って来るつもりか、おい、そこにいる大将、おまえが責任者なんだろう、どうするつもりだ」

「黙れ、神妙にしろ」

逆上した声であった。代官所の同心といった恰好《かっこう》の、三十五六になる男だったが、すっかり度を失ったらしく、十手を持った手が見えるほど震えていた。

「神妙にするのはそっちだ」

万三郎は笑いながら云《い》った。

「おれはまだ一人も斬ってはいない、そこに倒れているのは峰打ちだ、しかしこれからは斬るぞ、いいか、こんど掛って来るやつは斬る、それを断わっておくぞ」

少しずつ道を戻りながら、向うから馬を曳《ひ》いて馬子の来るのを見た。戻り馬らしく、から馬である。まだこっちの騒ぎがわからないとみえ、埃に追われながら、ぶらぶら暢気《のんき》に近づいて来た。

万三郎が進むと、そっちにいる三人が追って来た、三者が睨《にら》みあいのまま、岐れ道のほうへじりじりと移動するのであった。

「手は廻っているのだ」

同心らしい男が叫んだ。

「逃げられはしないぞ」

「慥かにそうか」

云いざまに、万三郎は刀をあげて斬り込んだ。相手は脱兎《だつと》のように逃げた。そのとき初めて、馬子がこの騒ぎに気づき、仰天して棒立ちになった。

「斧田さん馬だ」

万三郎はこう叫びながら、逃げる三人をなお七八間も追った。馬子はうろうろし、馬を放して、道から田の中へとびおりた。

斧田又平が馬を捉《つか》まえた。

「乗って下さい」

万三郎が叫んだ。

うしろから来る三人も、もう手出しをする勇気はない。万三郎は引返して来て、すでに馬上にいる斧田又平のうしろへ、（鞍《くら》外れであったが）巧みにとび乗った。

「おらの馬をどうするだあ」

田の中から馬子が喚いた。万三郎は枝道のほうへと、馬を疾駆させていった。

七

「どこでやられたんです」

馬を走らせながら万三郎が訊《き》いた。斧田は向い風に息が詰るとみえ、とぎれとぎれに答えた。

「結城の手前の江川というところです」

「結城へはまだゆかなかったんですね」

「いやいちどゆきました」

斧田は馬の速度を少し緩めた。

「葛西《かさい》屋という宿屋へいったんですが、つなさんはいないらしいし、どうもようすがおかしいんです」

「つなさんがいないんですって」

「宿の者はちょっとでかけたと云っていましたが、すぐ帰るから待っているように、むりやり上へあげようとするんです、そして、それは主人らしい男でしたが、そう云いながら眼くばせをすると、下女の一人がこそこそ裏から出てゆくのが見えたんです」

「そいつはいかん、そいつは」

万三郎は舌打ちをした。

「私もなにかあったと思ったものですから、では待たせてある伴《つ》れを呼んで来るからと、笠だけ店先へ置いて、ちょうど日が昏《く》れているのを幸い、外へ出るなり裏町の暗がりへとびこんで逃げたのです」

むろんそのまま逃げるわけにはいかなかった。つなのことはともかく、あとからすぐ万三郎が来る筈《はず》である。まるで張ってある罠《わな》のまん中へ踏み込むようなものだ。

――どうしても知らせなければならぬ。

斧田は夜の更《ふ》けるのを待って、道を引返した。彼の逃げたことはすぐ知らされたらしく、街道の要所には警戒の人数が出ていたので、ひどく廻り道をしなければならなかった。

「江川という宿で夜が明けたのですが、そこには変ったようすはない、役人らしい人間もみえないものですから宿外れの茶店に寄って、馬子たちといっしょに食事をしたんです」

そこからひと跨《また》ぎ東によって、袋井という娼家《しょうか》のある場所がある。馬子たちの多くは、そこへ夜遊びにゆく客を送った帰りで、酒を飲みながらばか話をしていた。

「なにか噂《うわさ》が聞けるかとも思ったんですが、食事の途中で役人に踏みこまれ、混雑していたためにどうすることもできないし、馬子たちも敵に加勢したもんですから
――」

「この辺でおりましょう」

かなり大きな川の岸へ来たので、万三郎は馬を停めさせており、あとでわかったのだが、それは鬼怒川《きぬがわ》であった。

かれらは川岸の柳に馬をつなぎ、枯草の上に腰をおろした。

「これは相当用心しなければならない」

万三郎は吐息をついた。

「私も境で代官所の下役人に調べられました、江戸から急の布令があったというんですが、これは敵が積極的な行動に出はじめた証拠だと思うんです」

「いちど江戸へ戻りますか」

「斧田さんは戻りたいですか」

「いや私は貴方《あなた》の御意見に従いますよ」

「じゃあ此処《ここ》に踏留りましょう」

万三郎は強く云った。

「あの人の安否も知りたいし、なにを措《お》いても紀州家の荷駄をつきとめなければならない、敵の出方がはっきりすれば、こっちも却《かえ》って工夫がしやすいというものです」

そして彼はふところを押えた。

「軍資金も相当ありますよ」

馬が、二人の脇ですさまじく鼻を鳴らし、前肢《まえあし》で激しく地面を叩《たた》いた。

嫉　妬

一

その部屋はいつも暗かった。

座敷牢《ざしきろう》という造りらしい、土蔵の二階の一部を格子《こうし》で仕切り、方三尺ばかりの戸口には錠が掛っていて、食事その他の用のあるとき以外は決してあけることはなかった。窓は二つあるが、一つは塞《ふさ》いであり、北側の小さな窓からだけ、昼のうち外の光りがさし込んで来た。

それが北側だということは、日光がささないのと、あけて置くといつも風がまともに吹き込むのでわかった。それで、その窓も閉めておかなければ寒いので、部屋の中はいつも暗いのであった。

つなは端然と坐《すわ》っていた。

そこは暗いし寒かった。板敷の上にうすべりを敷いただけで、坐っていると、板の冷たさが骨へじかに感じられた。

片隅に夜具が一枚あるだけで、ほかにはなに一つない。脆《もろ》くなった白壁はところどころ剝《は》げていた。太い棟木《むなぎ》のむきだしになっている天床《てんじょう》からは、黒い煤《すす》が縄のように垂れ下っていた。

つなはかなり痩《や》せてみえた。

ひき緊《しま》った小さめの顔の、頰がこけ、高い鼻がいっそう高くみえる。肌の色も艶《つや》がなく、あのよく澄んだきれいな眼には、殆《ほと》んど絶望的な苦悩があらわれていた。

七日まえから、つなはそこにそうして坐っているのである。

つなは繰り返し、自分の軽率を恥じていた。

七日まえの午後、彼女はあの荷駄を調べにいったのであった。江戸から送られて来た紀州家の荷駄は、この町のすぐうしろにある豪家で、古木《こぎ》甚兵衛という者の邸内へ運び込まれた。

古木は五百年も続く郷士の家柄で、下総《しもうさ》のくにでは指折りの大地主であり、機場《はたば》の持主であった。領主の結城氏も、明らかに一目おいているようだし、土地の人々は「殿さま」と呼んでいた。江戸にも屋敷と店（機場で織った結城縞《じま》を売り捌《さば》くための）があり、当主の甚兵衛は隔月に江戸と結城に住むのであった。

こちらの屋敷は総構え八千坪ばかりで、邸内にはまだ斧《おの》を入れたことのない森や、高さ五十尺に及ぶ築山《つきやま》があり、遠く鬼怒川から引いて来る水で、大きな泉池が造られてあった。二百坪に余る御殿造りの母屋《おもや》に、数寄屋《すきや》、離れ、隠居所などの建物があり、十一棟の土蔵や、厩《うまや》や下男下女をはじめ五十人以上に及ぶ雇人たちの長屋が建っていた。

雇人の数の多いのは、少し離れた処《ところ》にある機場の仕事をするので、機場のほうには、男女の織子が常に百六七十人働いていた。

紀州家の荷駄はそこへ運び込まれたのであった。

馬七頭と、大きな唐櫃《からびつ》が五つ、かなり大量の荷であったが、それらが十一棟ある土蔵へ納められるのか、またそこからよそへ移されるのかわからなかった。

つなは毎日、古木邸のまわりを歩いて、それとなく動静を見張っていた。

荷物を移すようすはなかった。

しかし、江戸から荷を運んで来た人の数は少なくなるようであった。はっきりとはわからないが、人数がずっと減ったように思えた。

――目的の場所は此処《ここ》ではない、荷を解いて、どこかよそへ移しているのだ。

それでは移し終らないうちに、それをつきとめなければならないと思った。

二

つなはいちど躊躇《ちゅうちょ》した。

――江戸から誰か来てからのほうがよくはないか。

そう思ったのであるが、そのあいだに荷を移されてしまってはどうにもならない。もしもその想像が当っているとすれば、なにを措《お》いても、移している先を知る必要がある。

——危険は始めから承知のうえではないか。

もちまえの気性で、すぐに決心をし、身拵《みごしら》えにかかった。

葛西屋へは近在の百姓の娘ということで泊っていた。自分の姉が古木家の機場の織子になっているが、病気にかかって寝ているので、自分がみまいに来たのだ、という口実であった。

宿の者は疑うようすはなかった。そういう客は常に二人や三人あったし、つなの人柄のよさも好かれたようで、毎日みまいにゆくといって出歩くのにも、なんの疑念も持たれなかった。

その日、つなは姉の肌着を替えにゆくと云《い》って、風呂敷《ふろしき》包を抱えて宿を出た。そうして町の裏の、小さな明神社のうしろで包をあけ、継ぎはぎだらけの野良着《のらぎ》を着、草鞋《わらじ》をはき、筍笠《たけのこがさ》をかぶった。脱いだ物を包んで腰に結いつけ、鎌《かま》を持つと、そのまま野良ばたらきに出た百姓娘の姿になった。

つなは古木邸の東側へまわり、そこにある薪山《まきやま》の中に身をひそめて、屋敷のようすを監視した。

薪山といっても二三段ばかりの小さなもので、少しばかりの松と枯れた雑木林しかなく、周囲はずっと畑続きだから、見張りにも都合はいいが、人に発見されるおそれも多分にあった。

つなは雑木林の中の、茨《いばら》と灌木《かんぼく》の茂みに軀《からだ》を隠して、日の昏《く》れるまで動かずにいた。あたりがしだいに暗くなり、畑にいた農夫たちも帰ってしまった。空いちめんに、星が美しく光り始めると、にわかに気温が下って、足のほうから痺《しび》れるように寒くなってきた。そして、枯木林の枝で鳴いていた小鳥の声も、すっかり聞えなくなったじぶん、古木邸の裏門のあたりから、かすかに人や馬の動くけはいが伝わって来た。

つなは緊張した。

——やっぱり想像が当った。

暗いのでもう隠れている必要もない、林から出て、薪山の端の笹藪《ささやぶ》のところまでおりた。

裏門から出ると道は二筋に岐れている。一つはこの薪山の下を北へゆき、他の一つは東のほう下館《しもだて》へ向って延びていた。どっちへゆくかと注意していると、出て来た人と馬は、下館の方向へゆくようであった。

つなはそっちを見た。

夕映えの色もうすれた東の空に、筑波山の高い嶺《みね》と、加波山の稜線《りょうせん》がくっきりと黒く見えた。つなは笹藪から道へあがり、人馬の列のほうへ近づいていった。

馬は二頭、人は十人ばかり。馬も人も荷物を負っていた。提灯《ちょうちん》は「山五」の印のあるものが一つだけ（それは古木家の紋であるが）なので、人数は詳しくはわからなかった。それで知らず知らず、つなは行列との間隔を縮めたが、うしろからしんがりが来るのに気づかなかった。

古木邸から四五丁のところで、とつぜん二人の侍がおどりかかり、つなは短刀を抜くいとまもなく、捕えられてしまった。

「――なんという油断だろう」

つなは今も口惜《くや》しそうに舌打ちをするのであった。

三

この土蔵は古木邸の中にある。

捉《つか》まった夜からすぐ、つなはこの部屋に押籠《おしこ》められた。家人には内密らしい、もう六十ばかりになる老女が、一人でつなの世話をした。武家の奥にでも仕えているような、品のいい老女であるが、用事のほか口は殆んどきかないし、話しかけても決して返辞はしなかった。

三度の食事と、おかわの出し入れ。そのとき以外は戸口に錠がおろされるし、老女も階下へおりていった。

「もう江戸から来た頃だわ」

つなはそっと呟《つぶや》いた。

「葛西屋にはきっと手が廻ったに違いない、江戸から誰が来るかわからないけれど、葛西屋へ泊れば捉まってしまう」

それは見えるようであった。

「誰が来たかしら、もしかしてあの方だったら、――そしてもしかしてあの方が捉まったとしたら、――」

つなは身ぶるいをした。

万三郎の俤《おもかげ》は明瞭《めいりよう》ではない、会ったのは一度きりである。それもほんの短い時間、増六の二階のうす暗い行燈《あんどん》の光りで、おちつかない用を兼ねての対面だった。

――やがてこれが自分の良人《おっと》になる人だ。

そのときつなは自分にそう云った。半年以上もまえから、彼が自分を欲しがっていることは聞いていたし、自分もそのときの来るのを、ひそかに待っていた。

――これがその人だ。

眼の前にいる万三郎が、はっきり婚約こそしないが、自分の良人になる人だと思った。そうしてそれだけで、(切迫した事情のために) あわただしく別れたのであった。

はっきりした眼鼻だちであった。切れあがった口尻《くちじり》や眼のあたりに愛嬌《あいきよう》があった。まだどこかに子供らしい感じの残った、そして強情らしい顔つきをしていた。休之助によく似ていたが、休之助よりも愛嬌があって、さも喧嘩《けんか》が強そうにみえた。

「――でもはっきり見えない」

つなは眼をつむった。

印象はかなり鮮やかなのだが、思いだそうとするとぼやけてしまい、ぜんたいの顔はまるでとらえようがなかった。

「どうかあの方でないように」

眼をつむったまま呟いた。

「もしかしてあの方だったら、どうか御無事に逃げて下さるように」

それは祈りのように切実な呟きであった。そのとき階段に足音がし、ちらちらと手《て》燭《しょく》の揺れるのが見えた。

「この二階ですね、わかりましたわ、ええ大丈夫」

そう云う声が聞えた。相手はあの老女らしい、聞えたのも女の声であった。それも若い女の、華やいだ甘え声である。つなはちょっと首を傾《かし》げた。

階段を登る足音がし、手燭の光りが明るく近くなった。そうしてすぐに、若い女がそこへあがって来た。

つなはだか灯が眩《まぶ》しいので、眼を細めながらそっちを見た。女も格子の近くまで来て、手燭をあげながら中を覗《のぞ》いた。

それはかよであった。

「つなさんしばらく」

かよは艶然《えんぜん》と微笑した。つなはその顔を冷やかに、黙ったまま見返した。

四

つなは黙っていた。

かよがなぜ此処へ現われたか、彼女にはもちろんわからない。かよは約ひと月まえに甲野の家を出た。それからどこへいったか、今なにをしているか、まるで知らなかった。

けれども、本能的に、かよが自分の味方でないということは直感できた。

「あら、せっかくあたしが来てあげたのに、あなたは少しも嬉《うれ》しそうにして下さらないのね」

かよは手燭を下に置き、そこへ踞《しゃが》んで、わざと甘えたつくり声で云った。彼女が踞むと、嬌《なま》めかしい香料の匂《にお》いが強くした。

「なんのためにいらしったの」

つなが冷やかに訊《き》いた。

「なんのためでしょう、おわかりにならないかしら」

「わからないわ、もちろん知りたくもないけれど」

「あらそうかしら、――」

かよは喉《のど》で笑った。つなはその笑いが大嫌いであった。長いことかよといっしょに生活してきたけれど、かよの色っぽい身ごなしや、舌ったるい言葉つきや、鳩《はと》のような喉声の笑い方を聞くと、いつもぞっとするほどいやらしかった。

「そんなことはない筈《はず》よ」

かよは悠《ゆっ》くりと云った。

「十三の年からごいっしょに暮した、かよが来たんですもの、あなたは嬉しさに躍りあがる筈だし、もっと歓迎なさらなくちゃならない筈だわ、そうして、どうか助けてくれと仰《おっ》しゃる筈じゃないの」

「あなたがつなを助けて下さるというの」

「ええ、条件によってはね」

「云ってちょうだい、どうしろというの」

「まず万三郎さまを諦《あきら》めて頂くこと」

つなは口の中であっと云った。

――万三郎さま。

急に不吉な予感がおそった。なにかがわかるようであった。それがなんであるかということは不明だが、万三郎を中心にして、幾つかの出来事があり、それが今、かよの現われたことに集中し、現実のかたちをとるようであった。

「それはどういう意味ですの」

つなは冷やかに反問した。

「そのままの意味よ」

とかよは答えた。

「あなたは心にないことを云えない性分なんだから、口約束で結構ですわ、仰しゃってちょうだい、万三郎さまを諦める、あの方とはもう決して結婚をしないって」

「そうしてかよさんが結婚しようというのね」

「それはあなたとは関係のないことだわ」

「あなたが結婚しようというのね、あの方と、それでわかったわ」

「なにがおわかりになって」

「あなたが甲野を出たわけがよ」

つなは唇で笑った。それから軽侮の眼でかよを見、憐《あわ》れむような口ぶりで云った。

「あなたは万三郎さまが長崎から出ていらっしゃると聞いて、そうなれば二人が結婚するので、見ていられなくなって甲野を出てしまったのね」

「あらいやだ、いまごろそんなことがおわかりになったの」

「でもそれはあなたが万三郎さまを好きだからではありません、あなたはそういう人なんです、あなたはただ、このつなに嫉妬《しっと》しているだけなんですわ」

かよの眼が光った。

五

「あなたはわたくしのことをいつも嫉妬していたわ」

とつなは続けた。

「人形でも玩具《おもちゃ》でも、同じ物を買って貰《もら》っているのに、自分の物よりわたくしのほうのを欲しがった、休之助にいさまが甲野へ来ると、休之助にいさまがつなのことを好きなんだと思って、本当はそんなことは少しもないのに、つなを嫉妬して休之助にいさまにいやらしいことをなすったわ」

「あたしが休さまになにをしたんですって」

「そんなこと云えますか」

「知らないからでしょ、根もないことで人を辱《はずか》しめるなんて、つなさんにも似合わないことをなさるのね」

「知っていますよ」

つなは唇を震わせた。

「知っているけど、云うほうが恥ずかしいから云わないだけだわ」

「ではあたしから云いましょうか」

かよは眼をきらきらさせた。

「いいえ聞きたくありません」

「あたしが休さまのお寝間へ忍んでいったということでしょ」

「よして下さい」

「おいとねえさまが風邪で寝ていらっしゃるとき、あたしが夜中に休さまのお寝間へ入っていったというんでしょ、あなたその話のことを仰しゃるんでしょ、つなさん」

「あなたは恥じなければならない筈よ」

「どう致しまして、恥じなければならないのはあなた方のほうよ」

かよは冷笑して云った。

「あなたも甲野のみなさんも御存じないのよ、あたしお寝間へなんかゆきゃあしないわ、休さまが来いと仰しゃったのよ、夜中にそっと寝間へ来いって、おれはまえからかよが好きだったんだって、そう仰しゃったけれどあたしいかなかったわ、あたしがいかなかったので、休さまは逆にあたしを誹謗《ひぼう》なすったのよ」

「嘘《うそ》よ、嘘にきまってます」

つなは静かに首を振った。

「わたくし休之助にいさまを知っています、休之助にいさまはそんな人ではないわ、決して、そんなでたらめを誰が信ずるものですか」

「信じて頂くことはなくってよ、あたしはただ本当の話をしたまでなんだから、嘘だと思うなら休さまとつき合せて下さればいいでしょ、でも休さまはかよの前へは出られないだろうけれど、――」

こう云って、かよはすばやく横眼でつなを見た。つなは平然としていた、そんな話は信用しないという姿勢だったが、それでも感情の動揺は隠しきれなかった。顔にはなんの変化もないが、膝《ひざ》の上にある手は少しもおちつかず、絶えまなしに、指を絡《から》み合せたり解いたりしていた。

「男の方ってみんな同じよ」

かよは効果を慥かめて云った。

「きれいにしらをきっているけど、心の中ではいつも好色なことばかり考えているものだわ、身近に女がいれば、小間使いだろうと下女だろうと、お構いなしに手を出すのよ」

「やめてちょうだい、そんなこと聞きたくありません」

「あら、万三郎さまのことも」

「――なんですって」

「万三郎さまのことも、聞きたくないと仰しゃるの」

六

つなの声はふるえた。

「あの方がどうしたというんです、あなたはまだ見たことのない人まで嘘を云うんですか」

「見たことがないですって、あらいやだ、あたし万三郎さまとは幾たびも会っているし、お話もしたし、それから――」

かよは唆《けしかけ》るように笑った。

「二人っきりの部屋でお酒もいっしょに飲んだし、手も握った……」

つなはそっぽを向いたが、

「それから、――云ってしまってもいいかしら」

とかよがまた喉で笑うと、がまんを切らして振返り、怒りの眉《まゆ》をあげながら云った。

「よくそんな出まかせが云えるのね、あの方が本当に江戸へいらっしゃったかどうか、いらっしゃったとすればどこでなにをなすっているか、あなたはなにも知ってはいないじゃないの」

こんどはかよは声をあげて、さも可笑《おか》しそうにからからと笑い、つなの怒りを楽しむかのように云った。

「それなら云ってあげましょうか」

「でたらめはもう結構ですよ」

「船宿の増六がでたらめかしら」

「――」

「甲野さんのお家が焼けた明くる朝、あの方が江戸へお着きになったのもでたらめかしら、お浜屋敷へ入ろうとなすって、どこかのちびに注意されてお逃げになり、それから廻り道をして増六へいらしった、――これがでたらめでしょうか、つなさん」

つなの顔色が変った。

「あたし万三郎さまには増六で初めておめにかかりましたわ」

かよは急に舌ったるい口ぶりになり、挑むような、そして極めて思わせぶりな調子で続けた。

「あの方は想像以上にいい殿御ぶりだわ、休さまなどよりずっと御美男で、意地っ張りらしいけれど子供っぽくて、それにずいぶん情が深くっていらっしゃるわ」

「あなたは、――かよさん」

つなはするどく相手を見た。

――そうだったのか。

初めて少しわかってきた。かよは敵なのだ、見えざる敵、あの「朱雀《すざく》事件」の敵方に付いているのだ。だからこそ万三郎の出府や、増六のことを知っているし、またこんな処《ところ》へも現われたのだ。そう気がつくと、つなは口惜《くや》しさのために身が震えた。

「あなたは謀反人《むほんにん》たちの味方になっているのね、あなたは今わたくしたちの敵なのね」

「そんなことどっちだっていいでしょ、あたしは万三郎さまのことで頭がいっぱいだわ」

かよは陶然と眼を細めた。

「二人っきりでお酒を飲んだとき、あたしも酔ったしあの方もお酔いになったわ、ずいぶんお酔いになって、ほほほほ、殿方ってみんな同じね、あんな子供っぽいお顔をしていらっしゃるのに、お酔いになると吃驚《びっくり》するほど色っぽいの、お顔が上気して、眼が怖いくらいぎらぎらして、そうして、――もうなにもかも夢中になってしまうらしいわ」

「嘘よ、嘘にきまってるわ」

「あたしがいやですって云うと、あの方はいきなりとびかかって、あたしを抱き竦《すく》めておしまいになったわ」

「そんなことまるっきり嘘よ」

「こうやって、――ぎゅうっと」

七

かよは自分の両手で、自分の軀《からだ》を力いっぱい抱き緊《し》めた。

彼女は自分の言葉で昂奮《こうふん》しはじめた。空想と現実とがごちゃごちゃになったらしい。顔には血がのぼり、眼が潤《うる》みを帯び、呼吸が荒くなるにつれて、その豊かな胸が大きく波をうつようであった。

「あたし思わず悲鳴をあげたわ」

とかよは身もだえをした。

「だってあの方ったら力いっぱい緊めつけたり、押えつけたりなさるんだもの、息もできないし骨が折れてしまいそうになるのよ」

「もうわかりました」

つなが遮って云《い》った。

「あなたがそれほど信じさせようというのなら信じてあげます、あなたは万三郎さまとそういう仲になったのでしょう、それで、それがいったいどうしたんですか」

「あら、あなた嫉妬していらっしゃるの」

「それが望みなのでしょう」

つながするどく笑った。

「わたくしに嫉妬させるために、そこまで詳しく作り話をしたのでしょう、――でも、江戸から結城まで、わざわざ来たのはそれだけの用事なんですか」

「だからさっき云ったでしょ、あなたを此処《ここ》から出してあげに来たんだって」

「ではなぜすぐにそうして下さらないの」

「あたしのお訊《たず》ねすることに御返辞をなされば、すぐに出してさしあげますわ」

「そうだと思いました」

つなは冷やかに頷《うなず》いた。

「でもそれならむだですからおやめなさい、わたくしなにも云いはしませんから」

「いいえ仰しゃらなければいけないわ、だっていつまで強情が張れるわけではないし、強情を張るとすれば、よくいって一生此処に押籠《おしこ》められているか、たぶんその前に死ななければならないんですもの」

「出ていって下さい」

つなははねつけるように云った。

「わたくしはなにも云いません、またなにも聞きたくありません、二度とわたくしに口をきかないで下さい」

「それでよろしいの、本当に」

「――」

「あたしとあなたとはもう立場が違いますのよ、あなたが甲野のお嬢さんでも、あたしはもう哀れな孤児の厄介者じゃございませんのよ、あなたはいま、かよに命乞《ご》いをなさらなければならない筈《はず》だわ」

つなは黙って壁のほうへ向き直った。かよは笑って、手燭《てしよく》を持って立った。

「では気が折れたら呼んで下さいな、あたしもうしばらく此処にいるつもりですから」

「――」

「それから万三郎さまになにかお言づけはなくって」

そう云って、大きくからからと笑いながら、かよは階下へおりていった。

――万三郎に言づけ。

つなの心は昏乱《こんらん》した。

かよの話をぜんぶ信じはしなかった。しかしすべてが嘘とも思えなかった。増六のことを知っているとすれば、かよと万三郎とのあいだに、どの程度かの交渉があったことは事実らしい。

——どの程度か。

つなは思わず口の中でそっと呼びかけた。

「いまどこにいらっしゃいますの、万三郎さま、どこに、——」

つなぎ船

一

「炭はいらねえか」

妙などら声で叫ぶ。

「炭の用はねえか」

天秤棒《てんびんぼう》で前と後に一俵ずつ、炭俵を担《かつ》いで万三郎は町をゆく。

継ぎはぎだらけの尻《しり》切り半纏《ばんてん》にどんつく布子を重ね、古股引《ももひき》に草鞋《わらじ》ばきである。頬《ほお》冠《かむ》りをした上に穴のあいた菅笠《すげがさ》という、まことにいぶせき恰好《かっこう》であった。

「山からじか卸しの炭だ、宝積寺の本場の堅炭だ」

万三郎はやけにどなる。

「炭はいらねえか炭は、炭の用はねえか」

もう五日めである。呼び声もだいぶ馴《な》れてきたが、まだどうにも可笑《おか》しくってしようがなかった。

——拾い屋の次が炭売りか。

事情やむを得ないとはいいながら、どちらもぱっとしない商売である。拾い屋のほうは黙って歩いていればよかったが、炭売りには呼び声があるので、馴れないうちは神経がくたびれたし、呼び馴れてくるとこんどは自分で可笑しくなった。

結城は狭い町だし、炭屋は二軒あるので、炭はまだ一俵も売れなかった。

もちろん売れなくっても差支えはない。目的は古木家を探ることにあるのだし、もう下男の一人をうまく捉《つか》まえていた。一昨日の午飯《ひるめし》のとき、町の飯屋で会ったのだが、べらぼうな酒飲みで、屋敷をぬけだして昼から飲んでいたのである。

——おらあ屋敷で殿さまのお草履をつかむ人間だ、ばかにするな。

などと喚《わめ》いていた。

殿さまといえば古木甚兵衛のことだと思ったので、そっと店の女房に訊《き》いてみると、慥《たし》かにそのとおりで、彼は虎造《とらぞう》という古参の下男だと教えてくれた。

万三郎は彼に酒を奢《おご》ってやり、また明日も会おうと約束をした。事をいそぐと危ないので、昨日は飯屋へ寄らなかったが、おそらく虎造は待っていただろう、今日も向うに呼び止めさせるつもりである。それは、こっちから近づきたがっている、と思われないための用心であった。

「炭はいらねえかね、炭の用はねえかね」

その飯屋はもうそこに見えてきた。

店の名はなんと「大めし」というのである。いかに田舎でもあんまり直截《ちょくせつ》すぎる。やけになって付けたのかとも思うが、町では勉強する店として評判のようであった。

万三郎はその店の前で、わざと大きな声をあげたが、同時にぎょっとして、危うく躓《つまず》きそうになった。

下女を伴《つ》れた娘が一人、向うから来るのを見たのだ。

それはかよに似ていた。

――まさか。

一度は眼を疑ったが、近づいて来るのを見ると紛れもなくかよであった。

万三郎は笠の前を下げた。拾い屋姿のときに発見されて、女の眼のするどさに懲《こ》りている。こんどもすぐ気づかれるのではないかと思うと、早速もう腋《わき》の下に汗が出てきた。なるべく眼につかないように、頭を下げてすれ違おうとしたが、そのとき「大めし」の店の中から、下男の虎造が首を出して喚いた。

「おい炭屋のあにい、寄ってゆかねえのか」

——しまった。

二

万三郎は笠の下で眼をあげた。

「寄ってゆけよ炭屋」

虎造がまたどなった。

かよはこっちを見た。すると虎造も彼女をみつけ、へらへら笑いながら、なにか話しかけるつもりらしく、店の中から表へ出て来た。いよいよ困ったと思ったが、それが幸いになったのである。

「へへへ、江戸のお嬢さん」

虎造がそう云《い》うより先に、かよは脇《わき》へ向いて、返辞もしずにさっさとそこを通り過ぎていった。虎造は舌打ちをしたが、万三郎はほっと太息《といき》をつき、店の軒下へ荷をおろした。

「いまのは虎さんの知合いかね」

「屋敷へ来ている客よ」

「長い滞在かえ」

「なに来たばかりだが、——おらあおめえのことを待ってたんだぜ」

二人は店の中へ入り、飯台に並んで腰を掛けた。午飯の時刻は過ぎたので、ほかには客はなかった。万三郎は食事を注文し、虎造には酒を取ってやった。

「一昨日も贅《おご》られたのに、済まねえな炭屋」

虎造はもう酔っていた。

「だが明日も此処《ここ》で会おうと云ったから、おらあちゃんと来て待ってたんだぜ、今日だっておめえ一刻《とき》もめえから来て飲んでたんだ、それなのにおめえは寄りもしねえで素通りをしようとしたぜ」

「だって虎さんはおれなんぞたあ違って、お屋敷では重い人なんだからな、そう暇があるとは思えなかったんだよ」

重い人と云われて虎造はいい心持そうであった。

「なあに、おらあ時間は幾らでもあるんだ、旦那《だんな》と江戸へいっているときにゃあだめだが、こっちにいるときゃあ暇なんだ、おらあ旦那のお草履をつかむだけが役なんだからな、——まあおめえも一杯やんねえな」

「おらあ酒はごく弱いんだ」

万三郎はいかにも飲みにくそうに、受けた盃《さかずき》を舐《な》める程度で返した。

「自分ではあんまり飲めねえが、飲む人の相手をするのが好きでね、まったく酒ってものは妙なもんだと思うが、ひとついいだけ飲んでくんな」

「うん、おめえの癖はいい癖だ」

虎造は大いに飲む。

「そういう癖の人間は、おらあ好きだ、これからはひとつ親類づきあいにしようぜ」

「それあ願ってもねえが」

「本当のこった、そのうちおれのところへ来てもらおうじゃねえか、汚ねえ馬小屋みてえなところだが、そこなら悠《ゆっ》くり飲めるし、銭も安くて済むからな」

「だっておれなんぞがいっちゃあ、お屋敷でやかましくはねえか」

「うん、いまはだめだ」

虎造は仔細《しさい》らしく頷《うなず》いた。

「ちょっとわけがあって、いまは知らねえ者を入れることはできねえが、もう五六日もすれば片がつくだろうから」

「なにかとりこみ事でもあるのかい」

「とりこみ事ってえんでもねえんだが」

万三郎の眼が光った。しかし彼は自分を制した。もうひとこと訊きたいのだが、警戒心を起こさせてはなんにもならない。

「じゃあその片がついたら、いちど虎あにいのところへ呼んでもらうかな」

と万三郎は誘うように云った。

「そのときはひとつ、二三升も下げてゆくとしようか」

三

結城の町を東にぬけると、鬼怒川の流れがある。その河畔を、水戸街道からそれて、二丁ばかりのぼった河岸に古い伝馬船《てんません》に屋根をかけた、あぶなっかしい舟小屋が繫《つな》いであった。

斧田又平と万三郎とは、十日まえからそこに住んでいた。

そこはもと渡し場であったが、数年まえから廃止になったそうで、渡し守をしていた友吉という老人が、渡し舟の上に小屋を造って、独り住んでいたのである。二人はひと晩だけ泊めてもらうつもりであった。

——主家を浪人したが、侍では仕官の口もないので、なにか商売にでも取付きたいと思って旅に出た。

そういうような身の上話をすると、友吉老人にすっかり同情されてしまった。

——それならこの上《かみ》の処《ところ》へ炭船が着くから、炭でも売ってみたらどうか、こんな狭い小屋だけれども雨露だけは凌《しの》げる、よかったら此処《ここ》で寝泊りをして、稼げるかどうかやってみるがいい。

人の好《よ》さそうな老人の、心からの親切に、少なからず良心は咎《とが》めたが、注文したような条件なので、そのすすめに従ったのであった。

二人で炭を売るのはまずい。又平のほうは病気あがりだという口実で、おもに古木邸のまわりを、気づかれない程度に、見張って歩くことにした。

炭売りを始めて五日。

幸運にも古木家の下男と知りあいになれたが、同時にかよと云う大敵にもめぐりあった。万三郎にとって、かよは大敵の中の大敵である。「和幸」での息苦しい愛の告白、ねっとりと絡《から》みついてきた、みだらで燃えるような熱い肉躰《にくたい》、——それらはいまでも、生ま生ましい感覚として残っていたし、彼にはとうていかなわない印象であった。

その日、舟小屋へ帰った万三郎は、(和幸での事は除いて) かよについてあらましのことを斧田に話した。

「あんまり意外なのでわけがわからない、あの女がどうしてこんな処へ、来たものか」

「たぶんわれわれでしょうね」

斧田又平は云った。

「われわれがこっちへ来たことを敵が感づいたんですよ、それとも、古木邸につなさんが監禁《かんきん》されているとも考えられますね」

つなを捕えたので、かよが呼ばれたのではないか。と又平はいうのである。もしそうだとすれば、つなが古木家のどこかに監禁されている、という証拠になるかもしれなかった。

「たぶんそのどちらかだろうな」

万三郎は頷いた。

「それからもう一つ、虎造という下男のことだが、いちど自分の住居へ来いと云ってから、五六日はだめだ、なにか片づける仕事があるから、それが済むまではよその者を入れることはできないと云った」

「おそらく紀州家の例の荷駄じゃあないでしょうか」

「例の荷駄だって、――」

「今日、古木家のうしろを歩いていますと、畑で二人の百姓が話していたんですが、あの屋敷の裏門から、いつも昏《く》れ方になってからだそうですが、人と馬で、なにか荷物を運び出しているということでした」

万三郎は坐《すわ》り直した。

「――まちがいなし、それだ」

四

江戸から送られた荷駄が、古木家の邸内へ入れられたことは、つゝなの手紙にはっきり書いてあった。

古木家はこの土地では豪家である。当主は殿さまと呼ばれているし、領主の結城氏からも、一目おかれているというではないか。

普通の荷物なら、日昏れに裏門からこっそり運び出すなどということはない筈《はず》である。

「よし、私がすぐに慥かめよう」

万三郎が云った。斧田はそれを見あげながら、

「しかしつゝなさんのほうが先ではありませんか、なんとか手段を講じて、早くあの人

を助け出さないと、手後れにでもなったら取返しがつきませんからね」

「いや荷駄のほうが先です」

万三郎は首を振った。

「あの人が危険の中へとびこんだのも、あの荷駄のためです、おそらくあの人自身、荷駄のほうを先にしろと云いますよ」

「帰って来たようです」

斧田が眼くばせをした。

岸から舟へわたした歩み板の、ぎしぎしときしむ音がして、友吉老人が現われた。六十四五になる枯木のように瘦《や》せた、軀《からだ》の小さな老人で、かぶった耄碌頭巾《もうろくずきん》の間から、霜柱のように白い無精髭《ぶしょうひげ》が見えた。

「やれやれ、おそくなったで腹が減ったんべえ、甥《おい》っ子のとけへいったらの、今朝がた鹿《しか》を射ったそうで、肉を少し分けて貰《もら》って来ただ、今夜はそれを煮てやるだからもうちょっと辛抱してくんろよ」

外はいま黄昏《たそがれ》であった。

暗くなった土堤《どて》の上に、澄みあがった夕空が高く見える。小屋が小さいので、中に坐っていても、その高い空に夕焼け雲のたなびいているのを、眺めることができた。

「又さん灯をいれてくれろや」

艫《とも》のところで夕餉《ゆうげ》の支度にかかりながら、友吉老人が云った。舟ばたを打つ川波の呟《つぶや》きに混って、やがてことことと庖丁の音が聞えはじめた。

万三郎は持物の包の中から、そっと刀を取出した。油皿に火をいれながら、斧田はまだ不得心そうに彼を見た。

「本当にでかけるんですか」

「日の昏れ刻《どき》だというでしょう。爺《じい》さんには然《しか》るべく云っておいて下さい、場合によっては帰りが延びるかもしれないから」

「私もいかなくっていいですか」

「斧田さんはこっちを頼みます」

万三郎は老人のほうを覗《のぞ》いた。

「つなさんが本当に檻禁されていて、そのためにあの女が来たんだとすると、かれらはつなさんをよそへ移すかもしれない、江戸へ伴れてゆくかもしれませんからね、――斧田さんはあの女には初めてだから、感づかれるようなことはないでしょう」

「その女だということが私にもわかるでしょうか」

「恰好《かっこう》ですぐにわかりますよ」

彼は舳先《へさき》のほうへぬけ出した。

「ずばぬけて派手な女ですからね、どうか油断なく頼みます」

「花田さんも自重して下さい」

万三郎は舳先からじかに、身軽く土堤へとび移った。そのけはいで驚いたものか、向うの枯蘆《かれあし》を騒がせて、五六羽の鴨《かも》がけたたましく舞いあがった。

五

万三郎が去ってから約四半刻（三十分）ほど経《た》った。

舟の艫で友吉老人の焚《た》く火が、ようやく濃くなってゆく黄昏の中で、赤々と明るく火の粉を散らしていた。

斧田又平は小屋の中で、小さな火桶《ひおけ》を抱えたまま、ふなばたを打つ川波の、ひそかな音を、聞くともなく聞いていたが、ふと、岸のほうで人の声がし、枯草をがさがさと踏み分ける音がしたので反射的に手を伸ばして刀を取った。

小屋の隅に彼の持物の包がある。刀はその下に押込んであったのだが、彼はその刀を取って、じっと聞き耳を立てた。

「なんでござりますかな」

艫で老人が云った。

岸に人が来たことは慥《たし》かである。返辞はなかった。

風がさっと枯芦を揺りたてた。

又平は小屋の戸口から外を覗いた。濃い牡丹色《ぼたんいろ》に染まった空を背にして、堤の上に五人の侍のいるのが見えた。殆《ほと》んど無反《むぞり》の長刀を差した一人（それは石黒半兵衛であったが）はべつとして、他の四人はみな足拵《あしごしら》えをし、鉢巻、襷《たすき》という周到な身支度をしていた。

「しまった、発見されたぞ」

又平は呻《うめ》いた。

――花田はどうしたろう。

――どう切抜けよう。

二つのことが同時に頭へのぼった。かれらは万三郎を斬《き》って来たのかもしれない。そうだとすれば江戸へ連絡することのできるのは自分だけだ。そうでなくとも此処《ここ》でむざむざ死んではならぬ、どうやって脱出するか。

「――又さん、へんだぞ」

友吉老人が首を出した。

「——へんな侍たちが堤の上で」

又平は黙れというふうに手を振った。それから低い声ですばやく囁《ささや》いた。

「川の流れは強いか、深さは」

「深いだよ、流れも早いだ」

又平は舌打ちした。彼はまったく泳げないのである。そこは鬼怒川の本流と支流との合するすぐ上で、川幅もかなりあるし、深さも流れの速度も強い、泳げない者ではとうてい渡れる望みはなかった。

——武術などというものは、もう無用の骨董《こっとう》だと思ってばかにしていたが、こういうことになってみると。

そんなことを思いながら、彼は刀を長半纏《ばんてん》の下に隠し、帯をぐっとひき緊《し》めた。以上は極めて短い時間のことであった。老人が首をひっこめ、彼が帯をひき緊めたとき、岸のほうから人の叫ぶのが聞えた。

「中にいる二人、出て来い」

又平はあっと思った。

——花田は生きているぞ。

すると急に勇気が出てきた。

「出て来なければ斬込むぞ」

これもすばらしい暗示だった。

――そうだ。

又平はわれ知らず微笑した。岸へあがれば取巻かれる。しかし此処にいれば、斬込んで来る道は渡り板一枚であった。その板を渡るには一度に一人がやっとのことである。

「しめたぞ」

又平は小屋から出た。

六

斧田又平が舳先へ出たとき、ちょうど一人が渡り板へ足をかけていた。

「来てみろ」

又平は刀を抜いて叫んだ。

ぐんぐん暗くなってゆく空の、残照を映して刀がするどく光った。

渡りかけていた侍はとび退った。舟と岸との間隔は約九尺ある、板は古くてそう厚くはない。注意して渡っても危ないほど撓《しな》う。

しかも向うには抜刀した又平が構えているのだから、よっぽど向う見ずな人間でもおいそれと渡るわけにはいかなかった。

「爺さん、舟を川へ出せるか」

敵に構えたまま斧田は叫んだ。

「底が着いているだよ」

友吉老人がおどおどと云《い》った。

「だがこれはどうしたことだね又さん」

「あがって来い」

石黒半兵衛が喚《わめ》いた。少し嗄《しわが》れた、太い力感のある声だった。

「じたばたしてもだめだ、逃げ道はない、神妙にすれば命だけは助けてやる、あがって来い」

「試してみてくれ、爺さん」

又平が老人に叫んだ。

「舟が出るかどうか、やってみてくれ」

「斬込め」

半兵衛の声がした。

一人が渡り板へ足をかけた。又平は刀を構えながら、小屋の中へ向って（そこに人がいるかのように）どなった。

「こっちは引受けたから艫のほうを頼む、だがとび込んで来るまで出るな」

渡り板へ足をかけた男は、間合を計って跳ぶつもりらしかった。しかし、足で踏んでみると、板は脆《もろ》くて、それだけの力を支えられそうもない。――やむなく、その男は刀を抜いて、静かに板を渡り始めた。

残る四人は、舟へ飛び移る隙を覘《ねら》っているようであった。だが、約九尺の間隔と、みるかげもなく古り朽ちている舟のようすとで、飛び移る決心はなかなかつかないらしい。

渡り板の上の男は、板の半ばまで来て停《とま》った。揺れている板が止ったら、そこから跳躍するつもりだろう。

又平は一歩さがった。

このあいだに、友吉老人はもやってある綱を切り、深く突立てた棹《さお》に摑《つか》まって、（それは川波で舟が流されることのないように、深く固く舷側《げんそく》に添って突立ててあった）全身の力で押したり引いたりしていた。

「そこだ、ゆけ」

半兵衛が叫んだ、叫びながら、彼はひそかに抜取っていた小柄《こづか》を、又平に向ってはっしと投げた。

又平は不意を衝《つ》かれ、さっと躱《かわ》したが、手裏剣は彼の左の肩に突き刺さった。同時に板の上の男が跳んだ。

跳んだことは跳んだが、そのとたんに板が折れ、当の男はふなばたに躰当りをして、ざんぶと水へ落ちた。

おそらく浅いだろうと思ったのに、浮きあがった男は首まで水に浸《つか》っていた。又平はしめたと思った。それだけ深ければ水の中を歩いては来られまい、——落ちた男はと見ると、なにか罵《ののし》りながら、岸のほうへあがっていった。

そのとき舟がぐらっと揺れた。

「出るだ、出るだよ又さん」

老人がどなった。

七

岸の上では、石黒半兵衛が喚きたてた。

「その舟を動かすな、そいつらは大罪人だ、きさまも同罪だぞ」

「舟を岸へ寄せろ」

と叫ぶ者もあった。

老人は答えなかった。舟はまた大きく揺れ、それからぐらぐらとよろめくように、艫のほうが流れに乗った。

川の中心に向って、艫のほうが出ると、しぜん、舳先はぐっと岸へ寄った。

それと見るなり、岸から一人の若侍が、身を躍らせて舟へ跳び移った。舳先はすぐに岸からひき離されたのであとの者はだめだったが、その若侍だけは鮮やかに跳び移った。

又平は眼の前がぼっとなるように思った。肩に刺さった小柄は抜いたが、自分が傷ついているという意識と、初めて真剣で立会うという異常な経験とで、軀じゅうの血が頭へのぼり、があっと耳の鳴るのが感じられた。

若侍が跳んだとき、又平は本能的にひと足さがったが、さがりながら夢中で刀を横に振った。それが偶然どこかへ当ったらしい、相手は「あっ」といってよろめいた。

——やったぞ。

又平はこう思ったが、その刹那《せつな》に眼がはっきりし、足がぴたっと舟板に付いたように感じた。

相手の若侍の、袴《はかま》の左がだらりと垂れていた。又平の刀は彼の太腿《ふともも》を斬ったらしい、股立《ももだち》を取っていたのが半ばから切られて垂れ、血の色は（もう暗いので）わからないが、そこがみるみる濡《ぬ》れていった。

若侍は狂人のように叫んだ。暗い黄昏の中で、白い歯が見え、叫ぶと同時に、軀ごと叩《たた》きつけるように斬込んだ。

足場が狭いから避けようがない、又平は峰を返して受け止めながら、逆に猛然と躰《たい》当りをくれた。

舟はそのとき、中流の強い流れに乗ったので、斜めになったまま、くらっと大きく川下のほうへ引かれた。躰当りをした二人は、そのために足をとられ、又平は危うく舳先で身を支えたが、相手は太腿を斬られているためか、のけざまになって川の中へ転げ落ちた。

「おやんなすった」

老人が艫のほうで叫んだ。

——やったぞ。

と又平も自分に云った。

岸のほうでは、三人の男たちが、舟の下る方向へ走っていた。おそらく水戸街道の大橋まで先まわりをするのだろう、——落ちた男はと見ると、これは泳ぎができるのか、ばちゃばちゃと水をはねあげながら、岸のほうへと近寄ってゆくのが、ほのかな水明りの中に認められた。

「その辺で向う岸へ着けてもらおうか」

又平は刀を拭《ふ》きながら、

「爺さんには迷惑をかけてしまって申し訳がない、これには訳があるんだ、今はなにも云えないが」

「なんにも仰《おつ》しゃるにゃ及ばねえだよ」

老人は棹を使いながら云った。

「わしもこれで六十七年、世の中を渡り歩いてきたでよ、人間の善し悪《あ》しぐれえ、三日もいっしょにいれば見当はつくだ、ただ一つ口惜《くや》しいのは」

と老人はおどけた口調で、

「あの騒ぎで、せっかくの鹿《しか》の肉をむだにしちまったことさ」

そしてへらへらと笑った。舟は対岸のほうへと、流れを斜に横切っていた。

江戸の霜

一

万三郎と斧田が結城へ立っていった直後。そうしてそのときはもう、中谷兵馬も林と沢野を伴《つ》れて、紀州田辺へ出立したあとであるが、——江戸では花田徹之助が、松平伊豆守《いずのかみ》とひそかに会っていた。

徹之助は初め、老中筆頭の松平越中守《えっちゅうのかみ》（定信）に会うつもりであった。この「朱雀調べ《すざくしらべ》」の主要な庇護者《ひごしゃ》は、井伊兵部少輔《ひょうぶしょうゆう》である。兵部少輔直明は、本家掃部頭《かもんのかみ》直中の弟で、所領は越後国与板二万石。そのとし若年寄になっていた。

もちろん掃部頭直中も、この事を承知であって、だからこそ深川はまぐり町の下屋敷に、かれらの本拠を置かせたのであるが、それ以上のことはできない立場にあった。——というのは、兄弟の父である掃部頭直幸は、さきの老中田沼主殿頭《とのものかみ》と親しく、大老職にあったのであるが、田沼氏が失脚するとまもなく、大老を免ぜられた。これは単に大老を免ぜられただけでなく、田沼氏と関係のあったことに対する譴責《けんせき》の意味もあるので、直幸はすぐに隠居し、直中に家督を継がせたのであった。

すでに周知のことだろうが、田沼一派の勢力を逐い井伊大老を罷免《ひめん》したのは、事実上、松平越中守であった。そうして、越中守の背後には、紀伊、尾張、水戸の三家をはじめ、保守派の強い支持があったのである。

徹之助は初め直明に向って、

――事が重大であるから、越中守に会って話したい。

と頼んでみた。

直明は兄の掃部頭と相談したらしい。その結果、徹之助の希望は拒まれた。

――これまでの調べでは、朱雀事件の中心にともすると紀州家が出てくる、紀州家は越中守の強力な支持者だから、越中守に話すことは「朱雀調べ」そのものが揉消《もみけ》されるか、悪くするとこちらが罪せられるかもしれない。

おそらく非常な弾圧をくうことは確実であろう。というのが直明の意見であった。

けれども探査を進めるためには、どうしてもその基盤となるものが必要だった。問題が問題だから、外様《とざま》諸侯には絶対に知られてはならない。閣老の中に協力者を固め、探査の範囲を拡《ひろ》げ、行動の自由を助けてもらわなければならなかった。

そこで直明は松平伊豆守を選んだ。

伊豆守信明は長沢松平の正統で、徳川親藩の一だから、越中守定信とも対抗できるし、老中の人望も篤《あつ》く、将来は老中首座となるべき人であった。

——ともかく会ってみたらどうか。

直明がそうすすめ、その手順をとってくれた。

それから二十日ほど、なんの知らせもなかったのであるが、或《あ》る日、直明の家老松下内記が来て、今日二時に中屋敷へゆくように伝えた。

「豆州（信明）さまは風邪のため、数日まえから中屋敷で御静養ちゅうですが、そこでお会いになるから内密でまいられるように、という御内意でございました」

「私ひとりでまいりますか」

「いや私が御案内を致します」

井伊家から見舞いの品を贈る、というかたちで、松下内記が正使に立つ。徹之助はその供の中に入ってゆく、という手筈《てはず》であった。

「では支度を致します」

時刻が迫っていたので、徹之助はすぐ支度をしに立った。

二

松平伊豆守の中屋敷は、上野の不忍池《しのばずのいけ》から北へ三丁ほどいった処《ところ》にあった。井伊家の使者に加わって、徹之助は定めの時刻にそこへゆき、邸内の数寄屋《すきや》で信明に会った。信明は細おもての凜《りん》とした相貌《そうぼう》で、躯《からだ》つきも痩《や》せてはいるが精悍《せいかん》な感じであった。折から金春《こんぱる》某を相手に鼓《つづみ》を打っていたが、その音の烈《はげ》しさは、いかにも彼の癇《かん》のつよい性格を表わしているように思えた。

二人だけになると、信明は大きな眼でぎろりと徹之助を見やりながら、

「調書の写しは見た」

と切口上で云《い》った。

「あれが事実とすれば未曾有《みぞう》の大事だが、あまりに意想外で、とうてい真実とは思えない、なにかの間違いではないのか」

「間違いであれば仕合せですが、事実を証明するものが次つぎに出てまいるのです」

「あの調書のほかにか」

「写しを差上げましたあと、お浜屋敷へ海手からひそかに大量の荷を揚げ、それをさらに他の場所へ輸送するのを発見致しました」

「その荷の内容は」

「まだその報告はまいりませんが」

と徹之助は、結城へ三人の者が探索にいっていることを語った。

「――結城というと、下総《しもうさ》の結城か」

信明は首を傾《かし》げた。

「なにかお心当りでもございますか」

「いや心当りというのではないが、結城には古木甚兵衛と申す富豪がいて、江戸にも店と住居があるし、紀伊家へよく出入りをするというはなしを聞いたか」

「紀伊さまへ、――」

古木家のことは、徹之助はまだ知らなかったが、紀伊家へ出入りするとすれば、単に富豪というだけでなく、そこになにか意味がありそうに思えた。

「それからもう一つ」

信明は続けて云った。

「これはその事に関係あるかどうか不明だが、数日まえ大目付から日光街道へ人改めの急布令が出された」

徹之助はどきっとした。

「名目は不逞《ふてい》の浪人が徒党を組んで、某所に集合するという情報があった、ということなのだが」

「それは私どもに対する布令に相違ありません」

「前後のもようではそのようにも思えるな」

「間違いなく、結城へ人を遣わしたことが知れたのでしょう、これをとってみても、調書のことが事実であるか、少なくとも事実に近いということがおわかりにならないでしょうか」

信明は庭のほうへ眼をやった。

明らかに心を動かされたようである。徹之助はここぞと思って、閣老の中に協力者を固めること、また探査についての行動の自由を助けてもらえるようにと懇願した。

「考えておこう」

やがて信明が云った。

「しかしこれはむずかしい、非常にむずかしい問題だ」

「さすればこそお願い申すのです」

「それはよくわかるのだが」

信明は眉《まゆ》をしかめ、それから片手で一種の動作をした。今日はこれで帰ってくれ、という意味のようであった。

徹之助はまもなく伊豆邸を辞去した。

三

伊豆邸を出て、松下内記と別れるとき、徹之助は井伊直明への伝言を頼んだ。

「伊豆守との面会は成功であった、信明が助力をしてくれることは慥《たし》かだと思うから、井伊侯からもよろしく言葉を添えてもらいたい、——なお、日光街道への人改めの急布令が、誰の手から出たものか、今後も他の方面へ同じような布令が出ると思われるが、どういう筋で誰から出されるかを知りたい、その点がわかれば主謀者の見当がつくだろうから、ぜひ配慮を願いたい」

そういう意味のことであった。

松下内記は承知した。徹之助は広小路で駕籠《かご》をひろい深川へといそがせた。

——できるだけ早く、結城へ誰か遣《や》らなければならない。

敵がそういう手配をしたとすれば、万三郎が無事に着いたかどうかもわからないし、これまで無事だったとしても、敵の手配に気がつかなければ極めて危ない。

「そうだ、すぐに遣ろう」

彼は声に出して呟《つぶや》いた。

紀州へ三人発《た》ったので、よそへ出られるのは太田嘉助だけであった。あとは主人持ちか役付きで、江戸を離れるわけにはゆかない。もちろん太田嘉助にしても、(他の者と同様)江戸から出るのは密行である。

だが、——はまぐり町へ帰ると、そこには意外な出来事が待っていた。

「甲野さんがみえています」

小出辰弥が、帰って来た徹之助を見るなり云った。そして、いっしょに住居のほうへ歩きながら、

「どうもまずいことになりました、貴方《あなた》がたの此処《ここ》にいらっしゃることが感づかれたようなぐあいです」

「どうかしましたか」

「小普請《こぶしん》奉行から使いが来まして、小普請組の内で不行跡のため失踪《しっそう》した者たちが数名、この屋敷に潜伏しているという密訴があった、それには証人もあるから、ただちに放逐されなければ、手続きをとって邸内を捜索するというのです」

徹之助は低く唸《うな》った。

——此処へまで手が廻ったのか。

容赦なくびしびしと打ってくる敵の、積極的で強烈な手が、殆《ほと》んど眼に見えるようであった。

「しかし邸内捜索などということができるでしょうか」

「御承知のとおり井伊家の立場が立場なものですから」

徹之助は頷《うなず》いた。

まえに記したとおり、前藩主の掃部頭直幸が大老を免ぜられたのは、失脚した田沼家との関係によるもので、そのため当主の直明にはまだ役が付いていない。つまり政治的にはいま弱い立場にあるので、こんな事が表沙汰《おもてざた》になるのは、井伊家にとって極めて好ましくないことであった。

「では早速、なんとか方法を講ずることに致しましょう」

「あとで御相談にあがります」

小出に別れて住居へゆくと、そこには休之助が苛々《いらいら》しながら待っていた。

「お倉へ火がつきましたよ」

兄の坐《すわ》るのを待ちきれないように、眼を怒らせて彼は云った。

「大久保家にいられなくなりました」

四

「なんだって、――」

徹之助はあっという顔をした。

「では加賀邸へも小普請奉行から使いがいったのか」

「此処へもですか」

「いま小出から聞いたばかりだ」

休之助は口をへの字なりにし、腕組みをしたかと思うとすぐに解いて、前へ乗り出しながら、呻《うめ》くように云った。

「これは内通者がいますね、われわれの中に、さもなければ大久保と此処と、ぴったり見当のつくわけがありませんよ」

「仲間のことを云うな、どちらの屋敷にもそれぞれ家臣がいる、それが全部われわれの協力者というわけではないんだ、そんなせんさくよりもまず本拠をどこへ移すかということを考えよう」

「そのまえに報告があります」

休之助はいきごんで云った。

「お浜屋敷へ揚げた荷物の中身がわかったのです、あれは大部分が鉄砲と弾薬ですよ」

「――鉄砲と弾薬」

予期しないわけではなかったが、はっきりそうわかると、さすがに徹之助は強い衝動を受けた。

「それは確実なことか」

「一昨日の夜、また荷揚げがあったんです、私は舟を出して、沖のほうから本船《もとぶね》へいってみました。側へ近づいただけで、船へは入れませんでしたが、荷を伝馬《てんま》へ移すときに、荷役の者が注意するのを聞きました、――この箱は銃だ、こっちは弾薬だから気をつけろ、そう云っているのをはっきり聞いたんです」

「すると、――結城へ送ったのも同じ物だな」

「むろんですね」

休之助は云った。

「私はすぐに結城へゆきます」

「どうするんだ」

「もう貯蔵所がみつかっているでしょうから、いってそこを焼き払ってやります」

「それがそう簡単ではなくなったんだ」

こう云って徹之助は日光街道への急布令のことを話した。しかし休之助は闘志満々で、

「ではちょうどいい、その知らせを兼ねて、太田の代りに私がゆきましょう」

それがいいだろうと徹之助も思った。ただ、万三郎とはすぐ喧嘩《けんか》をするので、その点だけ気懸りであるが、まさかこんな場合に兄弟喧嘩をすることもないだろうと、そのことは口には出さなかった。

まもなく小出辰弥が来た。

長屋のほうには太田嘉助と梶原大九郎がいた。添島と村野は役所があるので、これらには梶原が連絡することにし、五人で本拠を移す相談を始めた。

すると、そこへ「河原中也さま」といって、若い娘が徹之助を訪ねて来た、という取次があった。

「袋物屋の八重といえばわかる、と申しておりますが」

取次がそう云うのを聞いて、徹之助はすぐに思い出した。

林市郎兵衛の許婚者《いいなずけ》で、紀伊家の小田原河岸の下屋敷へ奥女中に入った娘があり、そこに押籠《おしこ》められている徹之助の妻と、連絡をとるような手筈になっていた。

「よろしい会いましょう」

徹之助は頷いた。

五

八重というのは軀も顔もまるまるとして、若さと健康に満ちあふれているような娘であった。

おちょぼ口で、眼が細く、眉毛のやや尻《しり》下りな顔つきは、下町育ちというより、どこかの田舎の大地主の娘といったふうな、やぼったさとおちつきさが感じられた。

「貴女《あなた》のことは林から聞いていました」

お互いの挨拶《あいさつ》もそこそこに、徹之助が云った。

「少し事情があって、悠《ゆっ》くり話している暇がないのですが、なにか変ったことでもあったのですか」

「はい、お知らせすることが二つございます、一つはお坊ちゃまが急に御病気におなりなさいまして、医者のはなしではかなり重いということでございます」

「それは松之助のことですね」

八重は「はい」と云った。まだ屋敷奉公に馴《な》れない者の「はい」である。徹之助は自分の子のことなどどっちでもいいという顔つきで、次を促した。

「もう一つというのは、——」

「こちらに花田万三郎さまという方がいらっしゃるでしょうか」

「おります」

「その方が下総のほうへおいでになりましたでしょうか」

「ゆきました」

「それは危のうございます」

八重は不安そうに云《い》った。

「そのことがわかって、小田原河岸のお屋敷から、かよという女の人と、侍が五人、追手になってゆきました」

「かよ、——という女、ですって」

はいという八重の返辞を聞いて、向うの部屋から休之助が出て来た。彼は兄のふきげんな眼つきに構わず、八重に向って自分を紹介し、すぐにその話へ割込んだ。

「失礼ですがそのかよという女はどんな女ですか」

「おまえ知っているのか」

徹之助が訊《き》いた。

「心当りがあるんです」

休之助のいきごんだ調子に、八重はちょっと口ごもった。

「わたくしよく存じませんのです、二度ばかり遠くからお姿を見ただけなのですから」

「大体の感じを云えませんか」

「上背のある、――たいそうきれいで、好みの派手な方のように拝見しました」

休之助はちょっと考えて、

「それはどういう身分の女なんです、奥勤めですかそれとも家臣の娘ですか」

「よくわかりませんのですけれども、お屋敷の方ではなく、よそから来て、身を寄せているというふうに思われました」

その女は屋敷の中に住居をもらって、若い侍女を二人使って住んでいる。その近くに侍長屋があり、そこに十四五人、やはり紀州家の者でない、浪人ふうの男たちがいる。その人数はいつも殖《ふ》えたり減ったりするし、常にかよと行動を共にしているらしい。――八重は、かれらが「朱雀《すざく》調べ」に関係のある人間ではないかと思い、それとなく注意していたのであるが、昨日、その浪人たちの話すのをふと耳にした。「かよという女が五人の侍を伴《つ》れて、四五日まえに下総のどこやらへ追手に立った」と云うのである。

——花田万三郎のこととなるとかよ女史はまるで狂人だからな。

浪人たちはそう云っていた。

六

「それは慥《たし》かですね、万三郎のことになると狂人だと云ったのは」

「はい、そのときお名前を初めて聞いたのですから」

「甲野にいた娘です」

と休之助は兄に云った。

「詳しいことは略しますが、三郎が長崎から出て来るとわかって、甲野の家を出ました、三郎がつなを嫁に欲しいと云って来たとき、自分が三郎の嫁になるのだ、と云っていたそうです、ほかにもごたごたした事がありましたが、今の話のようすでは、慥かに甲野にいたかよに相違ありません」

「しかし、——あの仲間に入るという条件があったのか」

「あるんです、しかもこれはなかなか重要なことですが」

と休之助は云った。

「お浜屋敷の支配に、渡辺蔵人という者がいます、次席で五百八十石の物頭ですが、これが妻を亡《な》くして、かよという娘を後添いに欲しがっていました、非常な執心で、甲野の父はずいぶん困っていましたが、かよはどうしても承知しなかったのです、――ところがこの春、渡辺蔵人は小田原河岸のほうへ首席支配に変りました、かよは他に身寄りのない娘ですから、そこにいる以上は蔵人を頼っていったに相違ありません」

「それで、――重要なこととは」

「云うまでもないでしょう」

休之助はじれったそうに、

「かよの動きから判断すれば、渡辺蔵人が朱雀事件でなにかの役割を果していることは確実です、そう思いませんか」

「少なくとも仮定することはできそうだな」

「間違いなしですよ」

休之助はきっぱりと云った。

「これで初めて、敵の一人がうかび上ったわけです、これまではまるで雲を摑《つか》むようだったが、ともかく尻尾《しっぽ》だけは押えることができますよ」

そのとおりであった。

これまでの探査では、まだ一人の人物もつきとめることができなかった。それは敵の手段が巧妙であったというよりも、「朱雀事件」の規模が大きく、幕府の機能を充分に利用していた、というところに原因があったようだ。

——増六へ万三郎を訪ねた偽《にせ》のつなというのはその娘だな。

徹之助はそう思った。

かよという娘が、そうしてかれらに使われているとすれば、小田原河岸《がし》の屋敷と、その支配の渡辺蔵人には注目の要がある。特に蔵人という人物を摑めば、そこから敵の正体をひき出す端緒が得られると思われた。

「貴女には渡辺という支配の動静を見張って頂きたいが」

と徹之助は八重に云った。

蔵人の動静を見張っていて、それを知らせてもらいたい。が、そこで問題なのは、いま差当って本拠を移さなければならない。どこがよかろうか相談ちゅうなのだ、と云うと、八重は遠慮がちに、

「もし適当な処《ところ》がありませんでしたら、わたくしの家の寮をお使い下さいまし」

と云った。

「浅草の橋場の奥で、もう真崎稲荷《いなり》に近いところでございます、不便ですけれど舟入り堀もありますし、人眼を避けるには却《かえ》ってよろしいかと存じます」

七

徹之助はすぐに他の四人と相談した。

八重に詳しく訊《き》いてみると、隅田川にも近いし、舟入り堀もあり、周囲は閑静な寮ばかりで、条件はかなり揃《そろ》っていた。

「そこがお借りできるのですね」

「はい、よろしければ帰りに日本橋の家へ寄りまして、すぐお支度をするように手配を致します」

みんな賛成であった。

ほかに太田嘉助が、自分の家の菩提寺《ぼだいじ》を候補にあげたが、寺は芝の愛宕下《あたごした》で、町のまん中だから、それはだめということになり、いちおう橋場の寮に定った。

八重はまもなく帰った。

休之助は松之助のことが気になるとみえ、病状などを訊こうとしたが、徹之助はふきげんに遮って、八重を帰らせてしまった。

結城へは休之助が、その夜のうちに立つことになった。紀州の田辺へいった中谷や、その他の連絡は、小出辰弥が引受けて、その使いには金杉の半次（あの浮浪児）を頼むのがよかろう、ということになった。半次は今でも、三日に一度ずつは蛤町の屋敷へ来るので、小出から話せばすぐ役に立つのであった。

梶原大九郎は町奉行与力だから、移転の支度を手伝ったあと、日の昏《く》れるまえに帰った。

和泉屋（八重の家）から使いが来たのは、夕食の終ったすぐあとであった。八重の兄で文吉といい、自分が寮へ案内すると云った。

「寮をお貸しすることは、八重と私と母の三人だけしか知りません、寮には飯炊《めした》きの老婆《ろうば》がおりますが、これは四十年も私の家に奉公していまして、身寄りもなし口もかたい人間ですから、どうぞ御心配なく」

事情はなにも知らないが、秘密だけは守るから、と文吉は篤実《とくじつ》な口ぶりで云った。

七時過ぎてから、僅《わず》かな荷包を舟に乗せ、裏の堀から大川へ出て、橋場へ向った。花田兄弟と太田嘉助、それに和泉屋の文吉で、舟は休之助が漕《こ》いだ。ちょうど上げ汐《しお》どきだったが、流れに逆らって漕ぐのは楽ではなく、橋場までのぼるのに半刻《はんとき》近くもかかった。

真崎稲荷の一丁ばかり手前に堀があり、そこへ漕ぎ入れると、左手に寮の板塀が続いて、舟を着ける踏段があった。文吉が先にあがり、くぐり戸をあけて、それから提灯《ちょうちん》に火を入れて三人を中へ案内した。

夜のことでよくわからないが、かなり広い母屋《おもや》のほかに、茶室造りの離れがあった。三人はひとまずその離れに荷包を入れたが、旅支度をしている休之助は、そのまま出立することにした。こういう場合のために、若年寄の判を捺《お》した旅手形が作ってある(もちろん偽造であるが)。それを御用箱に納めて、必要なときに出してみせれば、夜中の旅行はもちろん、どこの伝馬問屋でも馬を借りることができた。

「これで水戸街道へゆきます」

休之助は兄に云った。

「旅絵図でみると水戸街道の土浦から下館まで十里足らず、そこから結城まで僅かな距離ですから、馬の都合さえうまくいけば、明日の夕方までには着けると思います」

「注意のうえにも注意してゆけ」

徹之助は念を押して云った。

「途中はもちろん、葛西屋という宿もどうなっているかわからない、油断してしくじると取返しがつかぬぞ」

「貯蔵庫を発見したら焼き払いますが、いいでしょうね」

「やるなら徹底的にやれ」

休之助は笑って頷いた。そして、そのまま、表門から出て行った。

山の声

一

休之助が土浦を出たのは、明くる日の午前十時ごろであった。

土浦の伝馬《てんま》問屋では、彼の示した切手を疑うようすで、

――いちおう番所へ問い合せるから。

と云《い》った。

大目付御用遠国鉄砲改《あらため》、という切手の名目や、若年寄の連判など、かれらは見るのが稀《まれ》なので、半ば恐ろしく半ば信じ兼ねるといったようすであった。

――ばかなことを申すな。

と休之助は高圧的に出た。

——急を要する御用だからこそ、若年寄連判の証文を出したのではないか、番所へ問い合せるならあとのことにしろ、馬だ。

かれらは御用馬を出した。存分にとばせそうな馬である、休之助は余分の駄賃を与えて出発した。

下館までの道の半ばは、筑波の山麓《さんろく》に沿っている。晴れてはいたが風の強い日で、殆《ほと》んど真向から、それこそ正真正銘の筑波颪《おろし》が、膚《はだ》を切るように吹きつけて来た。

小田という処《ところ》で昼食をし、半刻《はんとき》ほど馬を休ませたが、この時間が悪かった。

北条へかかる少し手前で、うしろから追って来た六七騎の侍たちに、声をかけられた。そこは筑波山への登り口に当っているので、初めは筑波山への遠乗りの連中かと思った。しかし、かれらのようすや、馬がみんな泡を嚙《か》んでいるのをみて、休之助はいきなり自分の馬に鞭《むち》をくれた。

——追手だ。

彼はそう直感した。

——休むのではなかった。

追手であることには間違いはなかった。数えると七騎いたが、かれらはひっしと追って来た。

単に切手を怪しんだのか。それとも、日光街道と同じように、こっちへも手配りがしてあったものか。いずれにもせよ、捉《つか》まればそのままでは済まないだろう。——だがかれらの馬は疲れている。泡を噛むほど、とばし続けて来たとみえるが、こちらは休ませたあとなので、よほどの障害のない限り、逃げきれると思った。

「だが下館へいってはまずい」

休之助はそう呟《つぶや》いた。

「結城にいる仲間と思われてはいけない、道をそらさなければ」

まもなく街道から岐《わか》れる道が見えた。そこから右へ、山へ登るらしい坂道がある。かなり細いが馬を入れられないことはない、休之助は思いきってそっちへ馬を向けた。二段ばかりゆくと坂にかかった。筑波山の西麓で、霜溶けの道に岩がごろごろ突き出ていた。ふり向いてみると、追手は岐れ道を曲って来るところだった。

馬の後脚が滑った。

休之助は手綱をゆるめ、両膝《りょうひざ》を緊《し》めて、腰を浮かしながら馬をあおった。

馬は危うく立ち直った。

しかし坂が左に曲ると、傾斜が急になり、同時に道は岩がなくなって、霜溶けのぬかるみになった。

――此処《ここ》を乗りきれば。

休之助は膝と手綱とで、けんめいに馬をあおった。だが馬はともすると肢《あし》を滑らせた、駆けて登るには無理な傾斜である。

突然、馬は前肢を折った。

「しまった、――」

叫びながら、馬の首を越えて、休之助は転げ落ちた。

二

落馬したが幸いどこも痛めなかった。ただ、ぬかるみで泥まみれになり、はね起きようとして三度ばかり滑った。

「落ちたぞ、――」

下のほうで喚《わめ》くのが聞えた。

「あそこだ、そっちから廻れ」

声は近かった。

「馬はだめだ、みんなおりろ」

休之助はもう走《は》せ登っていた。

その坂は急勾配《きゆうこうばい》に右へ曲るが、そこからまっすぐに下る道もある。彼は右へ曲った。うしろで馬の嘶《いなな》く声がした。休之助の乗って来た問屋の馬で、彼のあとを追って来るらしい。滑っては立ち、悲しげに嘶く声が、手に取るように聞えた。

——飼い主でもないのに。

彼はちょっと心をうたれた。

しかし跟《つ》いて来られては困る。叢林《そうりん》の中へ逃げ込むのに、馬が跟いて来ては、追手に所在を教えるようなものだ。馬を離さなければいけない、——彼はそう気づいて、一段ばかり駆けあがったところで、道の左側の斜面へと、雑木林をかきわけながらよじ登った。

斜面は胸を衝《つ》くほど急であり、雑木林はびっしりと枝を交わしていた。多くは若木であったが、休之助はその木から木を伝い、さし交わした枝をすりぬけたりくぐったりしながら、息を限りにぐんぐん登った。

彼の登って来た道のあたりで、二度三度、高く馬が嘶いた。それは「私には登れませんよ」と云っているようであった。また「どうか伴《つ》れていって下さい、おいてきぼりにしないで下さい」と云っているようでもあった。

「——なんていう馬だ」

休之助は舌打ちをした。

たかが雇い馬で、こんなに人なつっこいのもないだろう。可笑《おか》しくもあり、哀れでもあるが、場合が場合なので肚《はら》も立った。

追手は果してその声をめあてに来た。

「この上だ、おーい」

そういう叫びが聞えた。左手の、遥《はる》か下のほうでそれに答える声がし、こっちから廻ると云うのが聞えた。

「上の大松のあたりだぞ」

休之助はけんめいに登り続けた。

小枝がはねて顔を打ち、袖口《そでぐち》が裂けた。捉まった枝が折れて、転げ落ちそうになることもあったが、やがて斜面を登りつめて、台地のような処へ出た。

そこは次の山腹に沿って南北に延び、北のほうが高くなっている。さっき下に聞えた声のちょうど上を通ることになるが、かれらの目標にしている大松というのは南に寄っているので、休之助は北に向って走った。

「待て、逃げられはせんぞ」うしろで声がした。

枯草のびっしりと繁《しげ》ったゆるい勾配の台地を三十間ばかりゆくと、向うに、西日をうけた明るい山が見えた。花崗岩質《かこうがんしつ》らしい、松林の疎《まば》らに生えている地肌が、白くきらきらと日光を反射させていた。

「――加波山だな」

休之助がそう呟いた。

そのとたんに、すぐ脇《わき》のところへ、二人の侍がとび出して来た。休之助の目測は誤っていたらしい、登ってくるかれらのほうへ、こっちから近寄ったようなものである。

「あっ、――」

休之助も驚いたが、相手も吃驚《びっくり》したとみえ、あっといって棒立ちになった。

三

相手の二人の大きくみはった眼と、あっといったまま口をあけた、驚愕《きょうがく》の表情を見たとき、休之助はさっと刀を抜いた。

いま急斜面を登りつめたばかりで、まだ苦しそうに喘《あえ》いでいる二人は、休之助が抜いたとたんに浮き腰になり、「おーい、いたぞ、こっちだ」と悲鳴のように叫んだ。

休之助は絶叫してさっと空打《からう》ちを入れ、二人が横っ跳びに逃げるのと逆に、抜身を持ったまま走り出した。

「早く来い、こっちだ」

「いまゆくぞ、逃がすな」

そんな声がうしろで聞えた。

台地のゆるい傾斜を登りきると、そこは赭土《あかつち》の崖《がけ》になっていた。高さは三十尺ばかり、断崖《だんがい》というほどではなく、下は枯木林で、向うに寺院のような建物が見えた。休之助は崖《がけ》をとびおりた。

そこは北向きなので、霜が溶けていなかった。転げるように駆けおりる足の下で、さくさくと霜柱の砕ける音がした。

坂道の泥とその赭土とが、脛《すね》までくっ付いてひどく足が重かった。駆けおりた余勢で、枯木林の中へとび込むとき、振返ってみると、七人の追手も崖の上へ来て、次つぎと跳びおりるところであった。

――どうしても逃がさぬつもりだな。

休之助は向き直った。

――よし、やってやろう。

彼はすばやく駆け戻った。

休之助が戻って来るのを見て、崖の中途までおりていた三人が停《とま》ろうとした。慌《あわ》てて足をふん張ったが、勢いがついているので、二人はみごとにもんどりを打ち、そのまま毬《まり》のように転げ落ちて来た。

「刀を捨てろ」

休之助が走せ寄って叫んだ。

上を見ると、崖の中途から上に五人、ばらばらに離れたまま、妙な恰好《かっこう》で崖へへばり付いていた。

「両刀とも捨てろ」

休之助は刀をつきつけた。

転げ落ちた二人は、鼻先へ刀をつきつけられて、起きあがることもできず、はっはっと激しい呼吸をしながら腰の両刀を（鞘《さや》のまま）取って投げ出した。

休之助はその刀の鍔下《つばした》を、力まかせに足で踏みつけた。一本は曲り、三本は折れた。

「動くなよ、動くと斬《き》るぞ」

彼は二人をきめつけ、上にいる五人に向って叫んだ。

「崖の上へ戻れ、さもないとこの二人を斬るぞ、戻れ」

五人は顔を見合せた。

いっしょにうまく駆けおりることができればいいが、ばらばらでは勝ちみがない。

相手は抜刀で待っているし、こちらは赭土の崖を駆けおりるのである。躰勢《たいせい》が崩れているからとうてい勝負にはならないだろう。

「戻れ、この二人を斬るぞ」

休之助は刀を振りあげた。

地面に転げている二人は首をちぢめた。休之助はいまにも斬りつけそうな身構えで、もういちど叫んだ。

五人は崖を登り出した。

だがそれは容易なことではなかった。霜柱で土の浮いている急斜面で、登るよりも滑るほうが多い。たちまちかれらは土まみれになった。

休之助は思わず笑いだした。そして、笑いながら、向き直って走りだした。

四

その夜半、――

休之助は炭小屋で粥《かゆ》を啜《すす》っていた。筑波山の中腹の叢林を分けながら、北へ北へと強引に歩き続け、半刻ほどまえにそこへ辿《たど》り着いたのである。

炭焼きの火をめあてに来たのだが、そこには十五六になる娘と、六十ばかりの逞《たくま》しい老人がいて、道に迷ったと云う彼を、初めはちょっとためらったが、それでも親切にもてなしてくれた。

躯《からだ》が熱くなるほど火の燃えている炉端で、舌を焦《こ》がすような炊《た》きたての芋粥を啜るのだから、疲れも飢えもたちまち消え、休之助は汗をかきはじめていた。

「筑波のお山は低いけれども、ばかにするとひどいめにあうだよ」

五郎兵衛という老人は炉の火を直しながら云《い》った。

「お武家さまはいってえどこへゆかっしゃるつもりだったのかえ」

「筑波神社に参拝して」

と休之助が不明瞭《ふめいりよう》に答えた。彼は性分として嘘《うそ》をつくことができない、どんなつまらないようなことでも、やむなく嘘を云うとか、ごまかさなければならないようなときはすっかりへどもどして、あがってしまうのが常であった。

「それから山の頂上へ登って、そのときその、北のほうにまた山が見えたものだから」

「加波山ていうだよ」

「たぶんそうだろうと思って」

彼は額の汗を拭《ふ》いた。

「ちょっとみると尾根づたいにゆけそうだったものだから、それがどうもなかなか」

「若い人はよくそれで間違うだ」

五郎兵衛はそこで、娘のほうを振向いて云った。

「お梅、かまの火を見て来う」

「あい、おじいさん」

娘はすぐに立って、炭焼きがまの火をみるのだろう、小屋の外へと出ていった。小屋の引戸を閉めるとき、

「あれいいお月さまだ」

と彼女の云うのが聞えた。娘が去ると、老人は眼をあげて、じっと休之助の顔を見た。それまでとは違って、こっちをどきりとさせるような、底光りのする眼つきであった。

「昏《く》れ方に代官所から、人が来ただよ」

老人は低い声で云った。

休之助はちょうど喰べ終ったところだった。熱い湯を椀《わん》に注いで、飲もうとしていたが、その椀を両手で持ったまま、息をのんで老人を見た。

「わしは信じないが、役人は謀反人《むほんにん》と云っていただ、江戸から逃亡した謀反人だって

よ、――おまえさまが入って来たとき、わしはすぐにこの人だなと思った」

初めに老人が躊躇《ちゅうちょ》したのを、休之助は思いだした。

「私は謀反人ではない」

「わしもそう思うだ」

「詳しい事情は話せないが、いま天下の大乱にもなりかねないような、恐ろしい陰謀を企てている者がある、私たちは少ない人数で、その陰謀を未然に防ぎ、その計画を叩《たた》き潰《つぶ》すために奔走しているのだ」

「わしにはむずかしい事はわからねえだ」

老人は云った。

「そんな事は知りてえとも思わねえだが、わしは昔から役人の云うことは信じねえ、役人なんて者が、この世の中にいることさえ、きしょくが悪くってならねえだよ」

五

老人の言葉があまり強いので、休之助はふと気になって訊《き》いた。

「それにはなにかわけがあるのか」

「役人嫌えかね、――ふん、つまらねえお笑いぐさだがね」

五郎兵衛は炉へ薪《まき》をくべた。

「わしは十年めえまで、結城の町で糸屋をやってただ、松倉屋といって、五代も続いた糸屋だったし、同商売の中では第一に数えられるほど繁昌《はんじょう》していただよ」

結城に古木甚兵衛（読者はすでに御存じである）という豪家があった。主人の甚兵衛は欲の深い性質で、金のためならどんな無法な事もする人間であった。

その甚兵衛は織屋を経営していたが、松倉屋が繁昌するのに眼をつけ、結城家の役人と結託して、松倉屋をとり潰し、その営業権を自分の手に奪ってしまった。——理由は、松倉屋が二代にわたって運上《うんじょう》（税）をごまかしていたというので、総額二万八百両という、桁《けた》外れにばかげた数字をあげた。もちろん払えるわけがない。そのとき当主であった息子夫婦は牢《ろう》へ入れられ、全財産を没収されたのであった。

「伜《せがれ》夫婦はまもなく牢死しただが、たぶん毒でものまされただろうさ、運上をごまかしたなんて根も葉もねえことを白状させたで、生かしちゃおけなかったに違えねえ」

「——それで老人は」

「この山ん中へ逃込んだだよ、あの孫娘を伴れてな」

「——なんと無残な」

「わしも当座は血が凍っただ」

老人は淡々と云った。

「古木には結城の御領主も頭があがらねえ、近在の者は甚兵衛を殿さまと云っているだ、この土地じゃあしようがねえ、江戸へでも訴えて出ようかと思ったりしただ」

「どうしてそうしなかったのだ」

「訴える先を考えただよ」

老人は渋い笑い顔をみせた。

「訴訟する先は役所だ、相手は役人だ、――こう気がついたからやめただよ、わしの家を潰したのは役人だ、古木がどんなに豪家でも、古木ひとりの手ではそんな無道な事はできねえ、役所があり役人があって、これと結託したからこそできたことだ」

休之助はかすかに唸《うな》った。

「役所や役人は金持とか勢力のある者に付くだ、わしらから搾《しぼ》り取った金で生きていながら、力のある者や富豪のために働くだ、決して弱い者や貧乏人の味方じゃあねえ、決してだ、――そのことは、自分が貧乏になり困窮してみればすぐにわかる、そう思えねえだかね、お武家さん」

休之助には返辞ができなかったし、老人も返辞を期待していなかったらしい。諦《あきら》めたような溜息《ためいき》をついて、さらに続けた。

「おまけに、古木は江戸にも店と住居があって、どういう因縁かわからねえだが、紀州家のお屋敷へ親しく出入りしている、大納言《だいなごん》さまの茶席へも出るほどだっていうでね、——御三家さまとそんなあいだがらなら、将軍さまへ直訴をしたってむだなこんだ、そう思ってからわしはすっかり諦めただよ」

「話をそらすようだが」

と休之助は坐《すわ》り直した。

「その古木という者が、紀州家へ親しく出入りしているというのは事実か」

六

五郎兵衛は頷《うなず》いた。

「それはもう、結城では知らない者はないくらいでさ、いつのことだったか、紀州さまが日光へ御参拝のとき、帰りに古木へお寄りなすって、三日も泊ってゆきなすったくれえだからね」

休之助は呻《うめ》きそうになった。

徹之助は松平伊豆守《いずのかみ》から聞いていたが、弟には話しそこなったので、休之助が紀州家と古木との関係を聞くのは、いまが初めてであった。

——古木甚兵衛、そいつだ。

江戸から送った荷駄は、古木家か、古木家に縁のある場所へ隠されたに違いない。先に来ている三人が、その事をつきとめているかどうかわからないけれども、偶然の機会でこれを知ることが出来たのは、幸運である。

——目標は古木の屋敷だ。

休之助がそう思ったとき、引戸をあけて孫娘のお梅が戻って来た。

「火はいいだよ、お祖父《じい》さん」

「そうか、寒かったろう」

「寒いことも寒いが、また山霊《やまだま》さんが哭《な》いているだよ」

お梅はこう云って、聞いてみろというふうな身振りをした。老人は耳を澄まして、それから頷いた。

「うん、哭いてるだな、——」

休之助もつられて、じっと耳を傾けた。

炉で火のはぜる音のほか、夜半の山は死のような沈黙に包まれていた。なんの物音もせず、まして声などは聞えなかった。

「なにが哭いているのだ」

「山霊さまですよ」

老人が低い声で云った。

「——それ、よく聞いてごらんなせえ、あれがそうでさあ」

「いや私には、なにも」

云いかけて休之助は黙った。

遠く、遥《はる》かに遠く、びょうびょうと、なにかの声が聞えた。

それは人の声とももけものの声ともつかない、貝の音のようでもあるか、それとも違っていた。訴えるように、悲しげに、びょうびょうと長く尾をひいて、地の底でなにものかが慟哭《どうこく》するかのように、陰々と聞えて来るのであった。

「なるほど、聞えるな」

休之助はこう云ったが、云いながら、（なんという理由もなく）ぞっと膚《はだ》が粟立《あわだ》つのを感じた。

「だが、山霊とはなんだ、野獣か鳥のたぐいなのか」

「いや、そんなものじゃねえのです」

五郎兵衛は首を振った。

「あれは去年の夏ごろから聞え始めただが、場所は加波山の弁天谷のあたりでしょうか、ときどき夜になると、あんなような気味の悪い声で哭くだ、初めのうちは狼《おおかみ》かなんぞだと思って、土地の若い者たちが退治にでかけただが、——でかけていった者で、生きて帰ったのは、たった一人しかいなかったということでさ」

「あとはどうしたのだ」

「みんな山霊さまに掠《さら》われちまって、どこへ持ってゆかれるもんだか、死躰もみつからず、骨も残っちゃいねえのです」

老人はふと肩をちぢめ、寒い風にでも当ったように身ぶるいをした。

「しかし山霊というのはどういうわけだ」

休之助はたたみかけて訊いた。

七

老人はなにかを怖《おそ》れるように、声をひそめて答えた。

「それは、たった一人だけ生きて帰った者が見たというのです」

「山霊を見たって、——」

「それは真壁という村の、弥助という百姓の伜でしたが、七人の仲間といっしょに、ちょうど夜なかの八つ刻《どき》(二時)ごろ、——弁天谷を登っていったのだそうです」

妖《あや》しい声はときをおいて、谷の奥から聞えて来た。星もない闇夜《やみよ》であるが、かれらは狼かなにかのけもの（血気の連中だから化物だとでも思っていたらしい）を退治するつもりなので、松明《たいまつ》は持っていたが、火はつけてなかった。約三町ばかり登ると、昔そこに弁天堂のあったという、平たい空地がある。いまは雑草と灌木《かんぼく》が生えているばかりだが、そこへ来たとき、突然、闇の中から怪しいものがかれらに襲いかかった。数はこちらの倍くらいいた。

全身がまっ黒で、人か怪物かわからない。ぞっとするような奇声をあげて襲いかかり、弥助はたちまち気絶してしまった。

彼は脾腹《ひばら》を打たれたらしい。どのくらい経《た》ってからか気がついてみると、闇の中に自分だけ倒れていた。伴《つ》れの七人はどうなったか、呼ぼうとして立ちあがると、ふいに向うの闇がうす明るくなって、おどろおどろと異形《いぎょう》のものの姿が現われた。

弥助は恐怖のあまり立竦《すく》んだ。

――われはこの谷の山霊なるぞ。

異形のものはそう云った。

――この谷に近づくな、近づく者は生きては帰れぬ、命が惜しくばこの谷に近づくな。

この世のものとは思えないぶきみな声で、同じことを三度も繰り返して云い、そのままするっと煙のように消えてしまった。

「そのとき弥助は逆上していただで、はっきりした覚えはねえが、白い衣みてえなものを頭から冠《かぶ》り、白い長い髯《ひげ》を胸まで垂らして、自然木《じねんぼく》の杖《つえ》を持ってたようだ、と云ってました、ただ、七福神の絵にある寿老人みてえだった、と云ってたそうでごぜえますよ」

その話を信じない若者たちがいて、なお三回ばかり組になってでかけたが、異形のものの云ったとおり、一人も帰っては来ないし、死躰《したい》も発見されない、ということであった。

「そんなことも、あるものなんだな」

休之助は呟《つぶや》くように云った。

「お武家さまには信じられねえだかね」

「いや、――」

口を濁して、休之助は炉端から立った。

「山霊の声というのをよく聞いてみようか」

彼はこう云って土間へおりた。

外はいい月夜であった。

山の夜の空気は、結晶体のように、冷たく透徹して感じられた。もう霜がおりているのであろう、地上はいちめんに白く、細末に月光を映してきらきらと光っていた。——炭焼き場の上へ出ると、おぼろげに高く、加波山と思える山塊が眺められた。月の光りの下で、それは幻のようにおぼろであったが、山霊の哭く声は、正にそのあたりから聞えて来た。

びょうびょうと、長く尾をひいて、地の下から訴えるように、悲しみ嘆くように、——びょうびょうと、途絶えては聞え、途絶えてはまた聞えた。

「山霊が哭く、——」

休之助はにっと微笑し、それからもういちど云った。

「加波山で山霊が哭く」

舞う雪

一

万三郎は釣糸を垂れていた。

夜の十時ごろだろうか、——場所は結城郊外の、大河原という荒地であった。

そこには田川という名の、末は鬼怒川に注ぐ小川があり、たなごがよく釣れた。ちょうど鮒《ふな》とたなごの時期でいまそこでは万三郎のほかにも、四五人釣っているようであった。

雪もよいの闇夜《やみよ》だからよくわからないが、岸に沿った枯蘆《かれあし》のそこ此処《ここ》に、提灯《ちょうちん》の灯が四つ五つ見えていた。

そのなかの一人、——万三郎から四五間下流にいる男が、ときどきこっちへ声をかけた。それは古木家の下男頭だという、あの虎造であった。

「どうだきょうでえ、もういいかげんにあがらねえか」

「うん、まあもうちっと、——」

万三郎は不決断に答えた。

「おらあもういっそく(百)四五十もあげたぜ、そろそろひきあげて一杯やるとしようや、おらあもう軀《からだ》の芯《しん》まで冷えきっちまった」

「一杯もいいが、──おらあまだ、十尾《ぴき》も釣らねえんでね」

「釣れねえものはしようがねえ、こいつばかりは勘のもんだからな、いいからもうあがるとしようじゃねえか」

「うん、──まあもうひとっ時」

万三郎は動くけしきもみせなかった。

彼は釣糸を垂れているが、魚釣りが目的ではなかった。そこから半町ほど下流に、水戸街道が通っている。彼はそこを見張っているのであった。

ちょうど十日まえ、──

古木邸の裏門から、紀州家の荷駄らしいものを、夕方から夜にかけて運び出す、ということを聞いて、万三郎はそのゆく先をつきとめようと決心した。

そうして、街道口の大橋のところで待っていると、斧田又平が捜しに来て、自分たちの所在が気づかれ、つなぎ船を襲われたことを話した。

──いまは危険です。

又平はずぶ濡《ぬ》れのままで、がちがち震えながら云《い》った。

——いま荷駄を跟《つ》けることは、かれらの張った罠《わな》へ、こっちからわざわざ踏込むようなものです。

又平は万三郎の身を案じて、ずぶ濡れのまま一刻《とき》も捜しまわったのであった。友吉老人も待っているというので、そのときはついに諦《あきら》めたのであった。

結城の町から南へ、二十町ばかりゆくと、辻堂《つじどう》という村がある。家数にして十五六軒の貧しい農家が、枯田のなかにさむざむとかたまっている、という小さな部落で、そこに友吉老人の古い知人がいた。老人は二人をそこへ伴《つ》れてゆき、自分もいっしょに寄食することになった。

——おらが身を持崩して歩いているとき、この人の（と万三郎を指さし）親御さまに大恩を受けただよ。

友吉老人はそう紹介した。

——ひょんな事で、いま役人衆に追われていなさるだが、決して迷惑はかけねえ、おらが首に賭《か》けて保証するだから、ひとつ内証で世話をみてあげてくれ。

その家の主は承知した。

主は五十ばかりで、名を伝右衛門といい、まだ二十三四歳の若い妻がいた。親子ほど年のはなれた夫婦で、なにか事情があるらしい、渋いような顔をした、口の重い男であったが、友吉老人の頼みを聞いて、ぶすりとこう答えた。

——ひきうけた、安心するがいいだよ。

二

万三郎は二人に興味をもった。

二十六七も若い妻と同棲《どうせい》している、伝右衛門という男にも、複雑なゆくたてがあるようだ。友吉老人には厄介になったが、老人の身の上はなにも知らない。まえに渡し守をしていて、その舟にそのまま住んでいる、というふうに聞いただけであった。

しかし老人は云った。

——おらが身を持崩して流れ歩いていたじぶんに。

伝右衛門にそう云った言葉から察すると、友吉老人の過去も単純ではなさそうである。その地方は土地が痩《や》せているのだろうか、耕地も農家のようすも貧寒にみえた。筑波颪《おろし》の吹きすさぶ凍った平地に、どこの村にも小さく古《ふ》り朽ちたような家が、数少なく、辛うじて地面にしがみついているかのように、ひっそりと肩を寄せあっていた。

冬景色であるためか、気候もひどく凜烈《りんれつ》で暴《あら》い。道をゆく人も、野良《のら》でみかける児女たちも、身装《みなり》の貧しさはともかく、みな痩せて血色が悪く、顔はとげとげしていた。

——二人はこの土地に生れ、こういう環境のなかで育った、友吉老人はよそへ流れていったらしいが、やはり今ではこの土地に帰っている。

いったいかれらの過去にはどんな物語があるのだろうか。

万三郎はそこに強い好奇心を惹《ひ》かれた。おそらく、ほかのときだったら、なんとしてでもかれらの話を聞き出したであろう。だが今はそんな時間は少しもなかった。

——人のどころか、今はおれのほうがもっと複雑で、もっと緊迫した状態じゃないか。

彼は自分に苦笑した。

おちつき場所が定るとすぐに、万三郎は町の「大めし」へでかけていった。古木邸のようすを知るには、虎造と会っている必要があるし、急に会わなくなれば、疑われる惧《おそ》れもあった。

虎造は必ず「大めし」へ来た。昼飯と晩飯と二度のときもあるし、晩飯だけのこともあった。どっちの場合にも、晩飯のときには十時過ぎまで飲んだ。

——おい炭屋。

と呼んでいたのが、「炭屋のあにい」になったが、いまでは、

——なあきょうでえ。

というように変った。

もちろん勘定を万三郎が払うからである。酒も肴《さかな》も、好きなだけ飲んで食って、それを万三郎がきれいに払う。さからいもしないし、いやな顔もしなかった。

虎造にとっては夢のようであり、すっかり心服したようであった。立てないほど酔ったときには、

——済まねえが、裏門まで伴れていってくんねえ。

などと云った。

用心して屋敷へは近づかなかったが、いちどは裏門まで送ってやったこともあった。

その日「大めし」で会うと、

——きょうでえ釣りにゆこう。

と云いだした。田川という川でたなごが釣れる、それを肴に飲もう、というのである。聞いてみると水戸街道に近いので、早速でかけて来たのであった。

「おらあもう帰るぜ」

辛抱を切らして虎造が云った。

「熱いのをひっかけなけりゃあ死んじまいそうだ、おめえまだ釣ってるか」

三

「そうさな、――」

万三郎は迷うように云った。

――もう十時過ぎであろう、これから荷駄を送るようなこともあるまい。

そう思って竿《さお》をあげた。

「帰るとするか」

「おちついてちゃいけねえ、おらあしんじつ凍えちまったぜ」

「釣れねえもんだね」

万三郎は暢《のん》びりと云った。

街道の見張りはおもに斧田又平がやっていた。夕方から夜にかけてというので、およそ五時から十時くらいまで見張ればよかった。今夜もどこかで、又平が眼を光らせているに違いない。万三郎も加勢したわけであるが、もう又平もひきあげたろうと思った。

釣り道具をしまって、歩き出すとすぐに、

「きょうでえこっちだ」

と虎造が云った。

「どうして、大めしへゆくんだろう」

「今夜は違うんだ、今夜はおれん所でやろうと思って、支度をさせてあるんだ」

「だって、――お屋敷でか」

「お屋敷のおれの巣でよ」

「だってそれは」

万三郎はわざと危ぶんだ。

「そいつは、お屋敷がやかましいんじゃねえのか」

「大丈夫だよ、おめえがどんな人間だかもうわかってるし、おらあ屋敷じゃあ頭分だ、おれの古い友達だって云えば、御支配人にだって文句はいわせやしねえ」

「けれども迷惑をかけるといけねえから」

「おめえも臆病《おくびょう》な人間だな」

虎造は万三郎の袖《そで》を引いた。

「おれが大丈夫だと云ったら大丈夫なんだ、いつかのとりこみも終ったし、べつに取って食うような者もいやあしねえ、いいから安心していっしょに来な」

こう云って歩きだしたが、ふとくすくす含み笑いをして、

「おれのいろもみせてやるぜ」

と嬉《うれ》しそうに云った。

万三郎はゆく気である。邸内へ入ってみたいということは、以前からの望みであった。荷駄のようすも自分の眼で慥《たし》かめたいし、つながどこに（おそらく古木邸の中に檻禁《かんきん》されていると思われるが）押籠《おしこ》められているかも、探りだしたかった。檻禁されていないことがわかればいいが、もし捕われているとしたら、その所在を探って助けたかった。

――だが邸内にはかよがいる。

それが大きな懸念《けねん》であった。いつか江戸の芝で捉《つか》まって、「和幸」へ伴れてゆかれたときに、かよは艶然《えんぜん》と笑いながら云った。

――女の眼はのがれられない、どんなに姿を変えても、自分の好きな人なら、女の眼は必ずみつけてみせる。

その言葉には実感があった。

ぜんぶの女性がそうでないにしても、かよにはそういう能力があるように思えた。「大めし」の前で先日ゆきあったとき、もしも虎造が彼女に呼びかけなかったとしたら、彼の正体は見あらわされたかもしれない。おそらく見あらわされたであろうと、万三郎には思われるのであった。

そのかよが邸内にいた。——そうして、彼はいまそこへゆく決心をしたのである。

——虎穴《こけつ》に入らずんば虎児を得ずだ。

万三郎はそう肚《はら》をきめた。

四

虎造の住居はひどいものだった。

自分でも「馬小屋のような」と云ったことがあるが、それよりもっと狭く、古く、汚れていた。

暗くてよくわからないが、それは裏門を入ったすぐ右側にあった。召使たちはもっと奥の長屋にいるそうである。そこは虎造ひとりに与えられているのだが、建物の半分は物置で、他の半分を板で仕切ったものであった。三尺の土間には蓑《みの》や合羽が掛けてあり、四帖半《じょうはん》だけ畳の敷いてある部屋も、納戸《なんど》がないとみえ、隅には夜具がつくねてあるし、脱ぎっ放しの仕事着だの、なにかの包だのがごたごたして、足の踏み場もないようなけしきであった。

縁の欠けた火鉢に、火を熾《おこ》して待っていた若い下男は、虎造が帰るとすぐに出ていった。

「一杯やってゆけ」

虎造はその若者に云った。

「たなごの焼きたてでぐっと一杯どうだ、温たまって寝られるぜ」

「有難えがまたにしよう」

と若い下男は答えた。

「明日の朝が早いから、諄《くど》いようだが火を頼みますぜ、此処は火を禁《と》められてる処《ところ》なんだからね、いつもと違って預かった物があるんだから」

「わかってるよ、うるせえな、念にゃ及ばねえってことよ」

若い下男は去った。

虎造はうるさいからと云って、雨戸を閉め、火鉢に炭を足して、たなごを焼きはじめた。毎年やり慣れているのだろう、古い竹串の束を出し、魚を五六尾ずつ刺して、金網の上で焼くのである。

万三郎は酒の燗《かん》をつけた。

酒は一升徳利が二本用意してあった。それを燗徳利に移し、火鉢（一つしかないので）からおろした大きな湯沸しで燗をするのである。

虎造は湯呑《ゆのみ》に冷酒を注いで、それを飲みながら焼いていた。焼けたのは小皿に取り、塩を付けて喰べる。家の中はたちまち煙でいっぱいになり、脂肪の乗った川魚の焼ける香ばしい匂《にお》いが、万三郎の空腹な腹にしみいるようであった。

「燗がついたぜ」

万三郎が徳利を差し出した。

「おれはあんまりやらねえ口だから、虎あにいこっちへ来てくれ、おれが焼き番になろうじゃねえか」

「そうか、それじゃあひとつ」

虎造はすぐに立った。

「冷じゃあやっぱり美味《うま》くねえ、こんな晩は熱燗《あつかん》でねえと、――」

「いまの人が預かってる物とかなんとか云ったが」

万三郎は火鉢の前に坐りながら、ごくさりげなく云った。

「このお屋敷じゃあ預かり物もするのか」

「なあにそんなんじゃあねえ」

燗酒を湯呑でぐっと呷《あお》って、串焼きの、まだ膏《あぶら》のぶつぶついっているのを、ひと口にこいで喰べながら、虎造はちょっと自慢らしく声をひそめて云った。

「おめえだから云うがな、きょうでえ、この屋敷にゃあ今、わけのわからねえ事がいろいろあるんだぜ、わけのわからねえ、きびの悪いような事がよ」

「おどかしっこなしにしてくれ、おらあこうみえても気の小せえほうなんだから」

「ばかだな、誰がおどかすもんか、そんなんじゃねえんだ」

五

「こりゃあ内証なんだ、おめえよそへいって話すようなこたあねえだろうな」

「聞かねえほうがいい」

万三郎はぶすっと云った。

「おらあ虎あにいのほかに知り合いはねえし、当分は宝積寺の家へも帰れない、話してえにも相手はいねえんだ、また、――話すなといわれたら、口をふん裂かれたって話しゃあしねえけれど、おらあそんな、内証ごとなんぞ聞かねえほうがいいように思う」

「わかってる、おめえの気性はわかってるよ」

虎造は独りで承知し、ぐっと酒を呷ってから続けた。

「うちの殿さまが、御三家の紀州さまへ出入りしている、ってことを知ってるか」

「いんや知らねえ」

「そうだ、おめえは土地の者じゃあなかったっけな、うん、——そうなんだぜ、お出入りというより、紀州さまとはお友達づきあいみてえなもんだってよ、ほんとだぜ」

「焼けてるぜ、虎あにい」

「おっと有難え、酒がやっとまわってきやがった」

虎造は魚を喰べ、酒を飲んだ。すきっ腹で冷えきったところへ、焼きたての肴に熱燗だからよくきくとみえる、いいきげんに酔い始め、口もほぐれてきた。

「そこで去年からのことだが」

そう話しかけたとき、戸外でとつぜん人の声がした。万三郎は反射的に立ちあがり、隅のほうへと、すばやく身をひそめた。

「夜廻りだよ、慌《あわ》てるない」

虎造が手を振った。すると戸外から呼びかける声がした。

「まだ起きてるのか、あにい」

「平公か、もう寝るところだ」

「いい匂いがするぜ」

「たなごを釣って来たから一杯やってるところだ、御苦労だな」

なあに、と外の声が云《い》った。

「こいつあいけねえ、とうとう雪になりゃあがった」

そう云いながら去っていった。

「雪だとよ、もよおしてやがったからなあ、こいつは積るぜきょうでえ、おめえ泊るよりしようがねえぞ」

「泊めてもらえるだろうか」

「憚《はばか》りながらこの家の主人だ、おれが承知だから大手を振って泊んねえ」

大手を振って泊る、とは妙な表現である。万三郎は笑いを耐《こら》えて、また火鉢に向いながら云った。

「そうなれば話も悠《ゆっ》くり聞けるんだが」

「そうともよ、これからだぜ」

虎造はますますごきげんというようすで、大あぐらをかきながら話を続けた。

話の大部分は、もう万三郎の知っていることであった。古木甚兵衛が紀州公の信頼を得て、両者のあいだになにか大きな仕事（虎造はそれを「大儲《おおもう》け」と云ったが）を計画しているらしいこと。去年の夏まえから、たびたび大量の荷物が運ばれて来る。いつも侍たちが護衛に付いていて、いちど土蔵の中へ入れたのち、時機を計って他のどこかへ運び去られること。――以上のことはまったく秘密にされていて、支配人でさえ、その荷物の内容も、どこへ運ばれるかも知らず、雇人たちはみな厳重に口止めされていること、などであった。

「するとあれかね」

万三郎がふと口を挿しはさんだ。

「このまえ大めしの前で会ったあの娘も、やっぱりその事で江戸から来たのかね」

六

虎造は大きく頷《うなず》いた。

「そうなんだ、が、ただそれだけじゃねえ、こいつあ秘中の秘てえやつだが」

と彼は声をひそめて云った。

「半月か、もっとめえからか、あの土蔵の中に誰か押籠められている者があるんだ」

「なんだって、――」

万三郎は思わず声をあげた。

「どうもそれが女らしいんだ、どういうわけで、いつ押籠められたかおらあ知らねえが、食事なんぞの世話をするのがこの屋敷の女中頭で、お辰《たつ》という婆《ばあ》さんだし、このあいだの、江戸から来たお嬢さんも、ときどき入ってゆくのを見かけるんだ、——男が一人も近寄らねえところをみると、きっと押籠められているのは女にちげえねえと思うんだ」

「すると、江戸から来たあの娘さんは、その押籠められている人と知り合いなのかい」

「そいつはわからねえが」

虎造は首をぐらぐらさせた。

「とにかく、押籠められている人のために、江戸から来たことは慥かだと思うんだ」

「娘さんは一人で来たのか」

「いんや、お侍が五人いっしょに来た」

それから虎造は、その五人の侍のことを話したが、なかの一人は明らかに石黒半兵衛のようであった。睨《にら》まれるとぞっとするくらい凄《すご》みのある顔だとか、無反《むぞり》の長い刀を差している、などという点から、半兵衛にまちがいないと思われた。

「このあいだまた荷が着いたが、それでもう江戸から送るのは終りだそうだ」

虎造の舌はもつれ始めた。よっぽど酔って来たらしい、眼もたるんできたし、躯《からだ》ぜんたいが危なっかしく揺れていた。

「おらたちにゃあ、なにが起こるかわからねえ、誰にもなんにもわかりゃしねえ、だがなにかがおっ始まる、なにかどえれえ事がおっ始まるぜ、うん、こんな面妖《めんよう》なことばかりあるところをみると、それに相違ねえと思うんだ」

同じようなことを繰り返し云っていたが、そのうちにどしんとうしろへぶっ倒れた。

「虎あにい、どうしたんだ」

「もう飲めねえ、わけがわからなくなっちまった、もうだめだ、腹の中までたなごっ臭くなりゃあがった、もう寝るぞ」

「そのままじゃあしようがねえ、おめえ寝衣《ねまき》になって」

「うるせえ、放っといてくれ」

万三郎は手を放した。

虎造はそのまま眠るようである。手足をばたんと大きく投げ出し、たちまち鼾《いびき》をかき始めた。万三郎は隅につくねてある夜具を取って、虎造の上へ掛けてやった。

それから火鉢の火を埋め、暫《しばら》く虎造のようすを見ていた。

——どうするか、やるか。

——絶好の機会だぞ。

彼はそんな自問自答をした。

だがすぐに決心したらしい、着物の裾《すそ》を捲《まく》り、行燈《あんどん》を消して、土間へおりて草鞋《わらじ》をはいた。そこに掛けてある蓑を着、笠《かさ》を冠《かぶ》ると、音のしないように入口の戸をあけた。かなり強い風といっしょに、雪がさっと吹き込んで来た。

彼は戸を閉めたまま、その軒下からじっとあたりのようすをうかがった。どこに一つ灯の光りも見えず、人のけはいも感じられなかった。万三郎は自分に云った。

「――よしゆけ、三郎」

七

万三郎はまず裏門のようすをみにいった。

番小屋はあるが、灯も洩《も》れてはいず、人の声もしない。おそらく寝ているのであろう。だが、門の潜戸《くぐりど》には錠がおりていた。

――番人を縛りあげて、鍵《かぎ》を奪うか。

それは危険である。彼は門に沿ってずっと土塀をしらべた。高さはおよそ九尺あった。人を伴《つ》れては越せない、――彼はふと思いついて、虎造の小屋へ戻った。小屋の半分は物置になっている、そっちへ廻ってみると、はたして、そこに竹梯子《たけばしご》が立てかけてあった。

土塀までいって、その梯子をかけ、登ってその外側を見定めてから、よしと頷いて、万三郎は引返した。

風は横なぐりに雪を叩《たた》きつけ、また地面からも巻きあげた。風がなければ雪明りというものがあるけれども、強い風のために、あたりは雪の幕を張られたようで、どこがどうなっているのか殆《ほと》んどわからなかった。

土蔵のある場所へは（いつも外から見ていたので）そう困らずにゆりたが、十一棟もあるので、どこに人が檻禁《かんきん》されているかは、ちょっと見当のつけようがなかった。すぐ近くに厩《うまや》があるのだろう、地面を掻《か》く重たい蹄《ひづめ》の音と、短い嘶《いなな》きの声が二度ばかり聞えた。

万三郎は土蔵へ近寄って、順に見ていった。

白壁の正面に「山五」の印があり、一番二番と番号が書いてある。どれもみな観音開きが閉って、まるで大きな墓かなにかのように、ひっそりと雪の中に建っていた。自分では寒さは感じなかったが、手指の先は凍えてきたし、足の指はもう感覚がないようであった。

こうして九番めまで来たとき、万三郎はぴたりと足を停めた。

人の声が聞えたのである。

正に人の声であった。彼はすばやく地面に身を伏せて、あたりへ眼をくばった。夜廻りの者かと思ったが、提灯《ちょうちん》の灯は見えない。声も風には消されないで、ひとところで、同じ調子で聞えていた。

「あっ、――」

万三郎は低く叫んだ。

それは若い女の声であった。話しているのではなく、謡曲をうたっているらしい。いや慥《たし》かに、それは若い女性が謡曲をうたっている声であった。

――あの人だ。

万三郎はぐっと胸が熱くなった。

それはつなの声に相違ない。捕われているつなが、風雪の夜の、眠れない寒さを凌《しの》ぐために、独りで謡《うたい》をうたっているのだ。彼は謡曲というものを知らないから、なにをうたっているのかわからなかった。しかし、夜半ひとり端坐《たんざ》して、静かにうたっているつなの姿は、想像することができた。

「つなさん、万三郎が此処《ここ》にいるよ」

万三郎は口の中で、そっとこう呼びかけた。

「もうすぐ助けにゆくからね、もうすぐだよ」

涙がこみあげてきた。それと同時に、激しい怒りと闘志とが、軀の内部から燃えあがるのも感じた。

声の聞えるのは十番の土蔵であった。その二階の小窓の隙《すき》から、よく見るとかすかに灯が洩れている。彼は扉口に近寄った。観音開きには錠が掛っていない、彼は極めて静かに片方の扉をあけてみた。扉の内側は土間で、普通の倉座敷のように、上り框《がまち》があり杉戸が閉っていた。

謡の声はこんどははっきりと上から聞えて来た。

万三郎は観音開きを閉め、蓑《みの》と笠をそこへぬいで、静かに杉戸をひきあけた。

八

杉戸をあけると、そこは六帖ばかりの座敷で、暗くしてある行燈の脇《わき》に、夜具をのべて寝ている老女の姿が見えた。

雪の草鞋のままあがり、音のしないように杉戸を閉めた。音はしなかったようだが、老女がふっと眼をさました。

二人の眼が合った。

老女は身動きもしなかった。黙って、じっとこっちを見ていた。万三郎は迷った。

――どうしよう。

手荒なことは避けたい。が、いかにも時間がなかった。彼は低い声で云った。

「起きて下さい、お気の毒だが少し辛抱してもらいます」

「つ、つなさまを助けにいらしったのですね」

老女の声は平静であった。

「そうだ」

「では鍵を差上げます」

片手を枕《まくら》の下へ入れ、赤い紐《ひも》の付いた鍵を取って差出した。

「わたくしのことはお案じなさいますな、いつかどなたか助けにいらっしゃるだろうと、待っていたのでございます」

「それは有難う、しかし」

万三郎は心をゆるめなかった。

「残念ながらその言葉を信じている暇がないんだ、まかり違えば二人の命にかかわるばかりか、もっと大事なことにも影響するんでね、――好意にそむくようだが辛抱してもらうよ」

彼は起きろという手まねをした。老女はすなおに起き直った、万三郎は枕元にたたんである（老女の）着物の上から、二た筋の腰紐を取り、彼女の手を背に廻して縛り、また足を縛った。

「ほかに誰かいますか」

老女は首を振った。彼が手拭《てぬぐい》で猿轡《さるぐつわ》を嚙《か》ませようとしたとき、彼女はいちど避けて云った。

「つなさんはわたくしの死んだ娘に似ておいでなさる、わたくしは娘のように思っていました。本当の娘のようなつもりでお世話をしていました、どうか御無事に、——お二人とも、どうか御無事に」

万三郎は心を鬼にして猿轡を嚙ませた。老女は黙った、彼は夜具のまま柱の側へ引いてゆき、彼女の軀を、帯で柱に縛りつけた。

「こうしなければならないんだ」

と彼は云った。

「どうか勘弁してくれ」

謡の声はもうやんでいた。

万三郎は階段を登り、用心ぶかくようすをうかがった。有明行燈の光りで、座敷牢《ざしきろう》の太い格子《こうし》が見えた。しかし逆光線なので、中にいる人の姿はわからなかった。

——ほかに人はいない。

彼は低い声で呼びながら、そっちへ駆け寄った。

「つなさん、私です」

ああと呻《うめ》くような声が聞えた。

万三郎は格子の側へゆき、錠前をあけた。昂奮《こうふん》しているし、指が凍えているので、二度も三度も失敗した。

「ああ、万三郎さま、ああ、万三郎さま」

中でそう呟《つぶや》くのが聞えた。

つなが自分の両手を胸の上でしっかりと握り合せ、祈るような、涙のいっぱい溜《た》まった眼で、じっと万三郎をみつめながら、殆んど夢中に呟いているのであった。

高い音と共に、錠があいた。

九

つなは静かだった。

とびついて来るかと思ったが、そうではなく、身をちぢめてすっと出て来ると、おちついた声で云《い》った。

「有難うございました」

そしてなにか慥かめるような眼で万三郎を見あげながら、

「貯蔵庫の在り場所はわかりましたでしょうか」

と訊《き》いた。万三郎はうっと云った。そんな質問をされようとは思いもよらなかったのである。彼はつなの手を取って叫んだ。

「そんな話はあとのことです、さあ早く逃げましょう、ひとりで歩けますか」

「ええ大丈夫です」

階下へおりてみると、老女は柱に凭《もた》れたまま、じっとこちらを見ていた。つなはなにか云おうとしたが、万三郎は押しやるようにして、手早く彼女に蓑と笠を衣《き》せた。

「このままでゆきます」

彼が履物を捜そうとすると、つなはもう土間へおりていた。

「足袋をはいておりますから、これで充分でございます」

「では辛抱して下さい」

万三郎は観音開きをあけて外をうかがった。戸外にはやはり吹雪が舞っているばかりで、変ったようすはなかった。

二人は土蔵を出た。

万三郎は観音開きを閉め、吹雪からつなを庇《かば》うように、先に立って走りだした。すると約三四十歩ほど走ったとき、なにかに躓《つまず》いて、危なく倒れそうになった。

そこは六番倉の前であった。

そうして、彼が躓いたのは、鳴子の綱であったらしい。とたんに前後左右で、からんからんとけたたましく非常に高い金属性の音が鳴り響いた。

「鳴子です、――」

つなが云った。万三郎は黙ったまま、彼女の手を取って走った。

――さっき触らなかったのは幸運だった。

もしもゆくときに触れていたらと思うと、万三郎は走りながらもぞっとした。鳴子の音と同時に、人の叫びが聞え、うしろのほうで雨戸のあく音がした。

二人は虎造の小屋の蔭《かげ》へとびこみ、そこから土塀までひと息に走った。

裏門の番小屋があき、灯の光りがみえた。竹梯子は元のままになっていた。彼はつなを先に登らせた。

「雪で滑るから注意して下さい」

つなはすばやく登った。

そのとき、松明《たいまつ》を持った十四五人の者が、裏門の処《ところ》へ駆けつけて来た。吹雪を透して、松明のはぜる火の粉が美しく見え、人々の罵《のの》り喚《わめ》く声がま近に聞えた。

つなのあとから梯子を登った万三郎は、自分が先にとびおりた。そこは吹溜《ふきだま》りで、雪がもう三尺ばかりも積っていた。彼はすぐにつなのほうへ手を伸ばしたが、彼女はそれより早くとびおりた。しかしそのとき足首をどうかしたらしく、立とうとしてあと声をあげ、よろめいて膝《ひざ》をついた。

「挫《くじ》きましたか」

万三郎はすぐに援《たす》け起こした。

向うで裏門のあく音がし、同時に、二人の頭上で絶叫する者がいた。

「おーいこっちだ、此処《ここ》にいるぞ、此処だ」

梯子が発見されたのだ。

松明の火が、ばらばらとこぼれるように、門の外へ出て来るのが見えた。

邂《かい》逅《こう》

一

万三郎がまだ虎造とたなごを釣っていたとき、それは夜の八時ごろのことであったが、二人から三町とはなれない処《ところ》で、正に奇遇ともいうべき出来事が起こった。斧田又平は、万三郎が町へでかけたあと、身支度をして街道を見張りに出た。寄宿している伝右衛門の家の若い妻が、今夜は雪になりますよ、と云《い》ったので、厚く着重ねた上から蓑笠《みのかさ》を衣《き》ていた。場所は田川（万三郎たちが釣りをしていた川）の橋の東で、道の南側に小さく塚のような丘がある、そのまわりは雑木林と笹藪《ささやぶ》であるが、その丘の蔭《かげ》にはいると風をよけることができるので、それまでにもときどきそこを利用していた。

どんなに用心しても、同じ場所ばかりだと気づかれる惧《おそ》れがある。誰に見られるというのでもなく、人間がいつもいる処は、自然と感じでわかるようであった。

それで、同じ処に続けて隠れるようなことはしないのだが、その夜はその丘の蔭へいって、笹藪の中に身をひそめた。

するとと、彼がおちつく暇もなく、すぐ右側の雑木林のほうから、低く呼びかける声がした。

「そこにいるのは誰だ」

又平は愕然《がくぜん》とした。殆《ほと》んど跳びあがりそうになり、刀の柄《つか》に手をかけた。

「――三郎か」

またそう呼びかけた。

「万三郎か、斧田か、――」

又平はあっと思った。そしてやはり低い声で答えた。

「貴方《あなた》は誰です」

「休之助だ」

又平は藪をかき分けてそっちへいった。雑木林の側に、菅笠《すげがさ》をかぶり雨合羽を衣て、休之助が立っていた。

「甲野さんですか、斧田です」

「しっ、人が来る」

休之助が制止した。二人はそこへ踞《しゃが》んだ。

提灯《ちょうちん》を持った男を先に、六七人の男女が結城のほうから来て、黙々と、二人の前を右へと通り過ぎていった。――かれらは白い晒木綿《さらし》で包んだままの、小さな棺《ひつぎ》を担《かつ》いでいた。たぶん赤児《あかご》の葬《とむら》いであろう。誰もものを云わず、まるで影絵のように、黙って通り過ぎたのであった。

「よくわかりましたね」

「来るのを見ていたんだ、こんな処に隠れて街道を見張るようすだから、二人のうちのどちらかだろうと思ったのさ、――三郎はどうしている」

「いま町へいっています」

「つなもいっしょか」

「いやつなさんは」

又平はかい摘《つま》んで、これまでの事情を語った。休之助は諄《くど》いことは嫌いである、しまいまで聞かないうちに遮った。

「すると三郎はいま、その下男の虎造と飲んでいるわけだな」

「相手はすっかり信用して、そろそろ屋敷の中へ呼ばれそうだということです」

「もうそんな必要はないんだ」

休之助はずけずけと云った。

「必要がないんですって」

「荷駄の内容もわかったし、古木邸から運び出してゆく貯蔵庫の所在も見当がついた、今夜にでも此処《ここ》をひきはらわなければならないんだ」

「それは本当ですか」

又平はあっけにとられた。

「荷駄の内容も、貯蔵庫の在り場所も、――いったいどうして」

二

休之助も自分のほうの事情を話した。又平は聞いていて、頭がちらくらするようであった。

荷駄のなかみが鉄砲と弾薬だということは、さして驚きはしなかった。なにか武器の類《たぐい》だろうとは、誰もがおよそ推察していたが、追手との関係や、炭焼き小屋での話、山霊《やまだま》の哭《な》き声などに至っては、すっかり胆を抜かれたかたちだった。

「すると、そ、そこに」

と又平は吃《ども》った。

「つまりそこに、貯蔵庫があるというわけですね」

「山霊というのは人を近寄らせないための作りごとだ、妖怪《ようかい》退治だと云って、三度も若者たちがでかけてゆき、中でただ一人だけが生きて帰った、その若者が山霊の姿を見ている、つまりその若者の口から、山霊のいることを語らせるために、わざとその者だけ無事に帰らせたのだ」

休之助はそう云った。正にそのとおりであろう、又平にも異論はなかった。

「黒装束で現われた人数というのは侍たちだ、屈強の若者たちが手も足も出なかったというし、やり方の巧みなことも侍に違いない」

「とすれば紀州家のですね」

「こうなればもう紛れなしだ」

きっぱりと休之助が云った。

「そんな手を使ってまで人を近づけないようにするのは、貯蔵庫のある証拠というばかりでなく、相当大掛りなもの、ことによれば砦塁《さいるい》のような設備があると想像することもできる、いやおれはそれが慥《たし》かだと思うんだ」

「差当り実地につきとめることですね」

「すぐやりたいんだ」

「すると古木邸のほうはもういいわけですか」

「貯蔵庫をつきとめて、そこを見張っているほうが確実だ」

と休之助は歩き出した。

「此処をひきあげて、寄宿しているという家へゆこう、支度をしているうちには三郎も戻るだろう」

又平は案内に立った。

——つなさんのことはどうするのかな。

そう思った。彼女がもし古木邸に捕われているとすれば、それを棄《す》ててゆくのは不人情である。

——いいんですか。

と訊《き》いてみようかと思ったが、徹之助とこの休之助の二人は、「朱雀《すやく》調べ」に関する限りそのこと第一義で割り切っていて、些《いささ》かでも脇《わき》にそれた問題は冷酷にはねつける。少しも容赦しないので、訊く気にはなれなかった。

辻堂の家へ帰ると、又平は伝右衛門と友吉老人に向って、自分たちが此処を立退くことを告げ、厚く礼を述べた。

休之助もぶっきらぼうではあるが、礼を云ったうえ、若干の金を包んで二人にやり、伝右衛門の若い妻は、寒さ凌《しの》ぎにといって、自然薯《じねんじょ》入りの雑炊をもてなしたりした。

「いま何刻《なんどき》であろう」

休之助は頻《しき》りに刻を気にした。

九時となり、十時を過ぎたが、万三郎の帰るようすはなかった。

「十二時頃になるときもありますから、少し横になられたらどうですか」

又平がそう云うと、休之助は黙って首を振ってから、独り言のように呟《つぶや》いた。

「じっに尻《しり》の長いやつだ」

三

又平は失笑《ふきだ》しそうになった。

——じっに尻の長いやつだ。

いかにも休之助らしい。なにも万三郎は自分の好きで飲みにでかけたわけではない。古木邸のようすを探るために、あまり飲めもしないのに、虎造などという下男の相手をしているのである。

——二人は顔が合うとすぐに喧嘩《けんか》だ。

いつか花田徹之助がそんなふうに云ったようであるが、これでは喧嘩になる筈《はず》だ。などと思って、又平は笑いたくなるのをじっと耐えた。

「わしが迎えにいきますかな」

伝右衛門が炉端で云った。

「貴方がたは危ないが、わしなら誰に遠慮もない、よければそう致しますが」

「済まないが頼みましょう」

休之助がすぐに立とうとした。

「いっしょに出て、われわれは途中で待っているから、——慥か大めしといったな、そこへいって呼び出して来て下さい」

伝右衛門が立つと、

「とうとう雪になりました」

と云いながらその若い妻が蓑笠の支度をした。休之助には雨具があるので替え草鞋《わらじ》を与え、又平にも古い蓑笠を出してくれた。

「古くて悪いですけれど、これよりほかにないし、捨てて下すって結構ですから」

彼女は二人に去られるのが、いかにも淋《さび》しそうであった。

外へ出ると強い吹雪で、もう地面もまっ白であった。街道へ出たところで、休之助と又平は待つことにし、伝右衛門だけ町へでかけていった。

道の傍らに辻堂がある。ずいぶん古いものらしく、辻堂という字名《あざな》もそこから出たということであるが、二人はその蔭《かげ》へ入って、風を除《よ》けながら待った。

「江戸も圧迫がひどくなった」

休之助はそう云って、深川の本拠を、浅草の橋場にある和泉屋の寮へ移したこと、日光街道に対する警戒や、かよはじめ五人の者が結城へ来たことなどを語った。

「かよというのは、どういう人ですか」

又平は彼女を知らなかった。

「甲野とゆかりのある女で、事情は話す必要もないが、いま敵方に付いていろいろ奔走しているらしい」

「ではつなさんとも知り合いのわけですか」

そう云っているところへ伝右衛門が走って来た。

「そこにおいでですか」

「此処だ、——」

休之助が道へ出ていった。

「大めしにはいらっしゃいませんでした」

伝右衛門は笠や蓑の雪をはたきながら云った。走りとおして来たのだろう、彼の呼吸はひどく荒かった。

「いなかったって」

「いらっしゃらねえし、今日は二人とも一度もみえなかったと云っております」

「屋敷ですね」

又平がすぐに云った。

「虎造といっしょに古木邸へいったんでしょう、きっとそうだと思いますよ」

「それにしては遅すぎる」

休之助はそう呟いて、伝右衛門を振返った。

「いろいろ御苦労だった。ではあとはわれわれで考えるから、もうこれで引取ってもらうとしよう」

「さようですか、では、――どうか首尾よく」

伝右衛門はそう云って、吹雪の中へ去っていった。

四

「ようすだけでもみにゆこう」

休之助は気懸りらしく云った。

「用心の厳しい古木の屋敷へ初めていって、こんな時刻までいるというのは不審だ」

「雪で帰れなくなったのかもしれませんね」

「ばかなことを」

休之助は歩きだしながら、まるで叱《しか》りつけるように云った。

「雪の降るくらいでそんな、――あいつの底抜けには呆《あき》れてものも云えない」

又平は黙って案内に立った。

なにか云うたびに休之助を怒らせる。黙るよりしようがないと思った。

裏道を廻って古木邸のうしろへ出るつもりだった。そこは吹き曝《さら》しで、強い風が雪を叩《たた》きつけ、地面からも頻《しき》りに粉雪が舞いあがった。田畑や草原のあいだを、細い野道が幾曲りも曲るので、うっかりすると迷いそうであった。そうして、まもなく古木邸だと思われる処《ところ》へ来ると、その裏門のあたりで、松明《たいまつ》の火がちらちら動いているのが見えた。

「へんですね」

又平が首を傾《かし》げた。

「あの火は松明らしいが、ちょうど古木家の裏門に当るようですがね」

「あいつ、しくじったな」

休之助は舌打ちをした。

「なんというやつだ」

そして走りだした。

それはちょうど、万三郎がつなを援《たす》け起こしたときであった。足首を挫《くじ》いたらしいつなは、駆けだそうとして低く呻《うめ》き、抱えている万三郎の手からずり落ちるように、雪の中へ倒れた。

「わたくしに構わず」

とつなは叫んだ。

「お独りで逃げて下さい早く」

「なにをばかな」

万三郎はつなを抱き起こそうとした。そのとき、裏門のほうから十人ばかりの者が、松明を振り振り、こっちへ走せつけて来た。

同時に、土塀を越して（万三郎の竹梯子《たけばしご》を使ったらしい）五人ばかりの者がとびおりて来、退路を塞《ふさ》ぐようにうしろへ廻った。

「みれんでございます、万三郎さま」

つなは殆《ほと》んど絶叫した。

「逃げて下さい、逃げて、つなはあなたを恨みます」

だがもう遅かった。二人は前後から取巻かれていた。

裏門のほうから来た人数の中に、石黒半兵衛がいるのを万三郎は見た。こちらは無腰であった。刀を持っていたにしても半兵衛は大敵である。

――これはいかんぞ。

雪まみれになったまま、万三郎は心のなかで呻いた。素手でどうするか、――彼はとっさに肚《はら》をきめると、突然、土塀とは反対側にある田のほうへ走り出した。本当に田へとび込むつもりではなく、敵を誘い寄せるためであった。

「逃がすな」

うしろにいた五人が叫んだ。

二人はつなのほうへ駆けつけ、三人が万三郎を追った。とたんに、万三郎は踵《きびす》を返し、追って来た三人に向って、逆にとびかかった。

吹雪の中であり、足場が悪かった。

三人の一人に躰当《たいあた》りをくれ、殆んど同躰に倒れたが、すぐにはね起きた万三郎は、相手から奪い取った刀を持っていた。

「つなさん、――」

彼は声いっぱいに叫んだ。

五

万三郎がつなの名を呼んだとき、敵の一人が斬《き》ってかかった。

万三郎はそれより早く、左へ躱《かわ》しながら、元の場所へ走っていった。するとそこに、つなが短刀を抜いて立っているのを見た。

蓑と笠を衣た姿で、凛《りん》と立って、短刀で青眼に構えていた。一人の侍が左右から刀をつきつけていたが、近寄れないようすであった。

——石黒半兵衛はどうしたか。

見ると意外なことには、そちらでも激しい斬合いが始まっていた。動きまわる松明の火と、吹き巻く風雪とではっきりしないが、敵はおよそ十人ばかり、なかの五人は松明を持っているのでわかる。あとの五人ばかりが、刀をふるって、誰かを取詰めていた。

「斧田だ、——つなさん」

万三郎は反射的に叫んだ。すると同時に、向うで叫ぶ声がした。

「三郎、こっちは引き受けたぞ」

万三郎はあっと云《い》った。

——甲野の兄だ。

まさに休之助の声である。三郎という呼び方も、その響きの強い声も、休之助のものに紛れはなかった。

——斧田と二人だな。

そう思うと闘志が火のように燃えあがった。彼はつなの側へとび寄りながら、

「甲野の兄さん」

と声いっぱいに叫び返した。

「気をつけて下さい、その中に石黒半兵衛がいます、飛魚《とびうお》という突《つき》の名手です」

「こっちに構うな」

と休之助が叫んだ。

「つなを伴《つ》れて逃げろ」

万三郎は躰をひらきながら大きく刀を振った。一人の男が斬り込んだのであるが、同時にもう一人が猛然と突を入れて来た。

万三郎は右と左にその二人を斬った。先の男は太腿《ふともも》、次の男は二の腕である。手応《てごた》えは慥《たし》かだったし、かれらの悲鳴と、転倒した一人の姿を見て、万三郎は自分の腕の慥かさをはっきり自覚した。

——これならやれるぞ。

そう思った。小野派と念流の免許を取っているが、真剣の立合いは初めてだし、人を斬るなどということは想像したこともなかった。だがいま彼はやった。それも馴《な》れない他人の刀で、みごとに二人斬ったのである。

——石黒ともやれるぞ。

そういう勇気が実感として身内にわきあがった。

以上はごく短い時間のできごとであった。並の呼吸にして三十か五十くらいの間だろう、気がつくと、休之助たちのほうが急に静かになり、なにか云っている女の声が聞えた。

「おやめなさいと云ったらおやめなさい」

とその声が云った。

「石黒さん、承知しませんよ」

それはかよの声らしかった。その声はさらに高くなり、こっちへもはっきり聞えた。

「みんなおやめなさい、どちらも刀をお引きなさい、——万三郎さまはどこにいらっしゃるの、万三郎さま」

万三郎は困った。

かよの声で、まわりにいた残りの三人は、すばやく刀を引いて退《さが》った。すると門のほうから、松明を持った男を先に立たせて、かよがこちらへ近寄って来た。

「ああそこにいらっしゃるのね」

とかよが向うから云った。

六

かよはお納戸《なんど》色の被布に頭巾《ずきん》を冠《かぶ》って、顔にかかる雪を小扇で除けながら、静かに二人のほうへ寄って来た。

そのときはもう、休之助と斧田が走《は》せつけて、つなを左右から庇《かば》っていたし、かよのうしろへは、石黒半兵衛と七八人の者が来て、かよを護《まも》るように半円を描いていた。

「やっぱり万三郎さまは情があるわね」

とかよは周囲に人がいないかのように、狎《な》れ狎れとあまえた口ぶりで云った。

「あたしそう思っていたのよ、あなたはきっと来る、つなさんを助けにきっと来るに違いないって、――でもこんな下手なやり方ってないわ、どうしてあたしにそう仰《おっ》しゃらなかったんですの」

「どうしてって、なにを、――」

「あらいやだ、わかってらっしゃるくせに」

かよは嬌《なま》めかしく含み笑いをし、大胆に媚《こ》びた身振りを示した。

「あなたにこうと頼まれれば、どんな事だってかよには拒むことはできませんわ、それもまだなんにもないうちならべつでしょうけれど、山内の和幸であんなふうにお肌に触れたあとですもの」

「ばかな、なにをそんな」

万三郎は吃驚《びっくり》して叫んだ。

「そんな、肌を触れたなどということが」

「あら、嘘《うそ》だと仰しゃるの、あんなふうにかよを抱いて、骨が折れそうなほどきつくきつく抱いて」

「よしてくれ、やめろ」

「はい、やめますわ」

かよはまた含み笑いをした。

「わたくしなんでも万三郎さまの仰しゃるままよ、つなさんを出せと仰しゃれば、どんな無理をしたってお出し致しましたわ、そのくらいのことわかって下さいませんでしたの」

「云うことはそれだけか」

休之助が云った。

「それだけならそこを退《の》いてもらおう」

「さあどうぞ、万三郎さま」

かよは万三郎に向って一揖《ゆう》した。休之助にはもちろん、他の誰にも眼は向けなかった。そうして石黒半兵衛がなにか抗議しようとするのを見ると、手を振って云った。

「いいから逃がしておやりなさい、日本じゅうが網の中のようなもんじゃないの、どこに隠れ場所もありはしないし、捉《つか》まえようと思えばいつだって捉まえられるわ」

彼女がこう云っているあいだに、万三郎はつなを背負おうとした。だがつなは拒んだ。片手で休之助の腕に縋《すが》りながら、

「わたくし歩けます」

とそっけなく云って、そのまま、右足を少し曳《ひ》きながら、そろそろと歩きだした。

それを見て、斧田がすぐに片方へ寄り、つなの左の腕を支えた。

かよはからからと笑った。

「どうぞ御無事にね、万三郎さま、今夜お逃がしするのはまた逢《あ》うためだということをお忘れにならないで」

万三郎は歩きだした。

「あなたのいらっしゃる処には、きっとかよがいるものと思っていて下さいまし、たとえ蝦夷《えぞ》ヶ島、筑紫《つくし》のはてにでも、かよは決して万三郎さまから離れは致しませんから、ようございますわね、――きっとでございますよ」

歩くにしたがってかよの声は遠くなり、やがて吹雪にかき消されていった。だが、万三郎の耳には、いつまでも彼女の声が残った。

――きっとでございますよ。

芽ぐむ胸

一

夜の九時ごろであった。

おちづは金杉橋の袂《たもと》に立って、半次の帰るのを待っていた。

正月の七日。――暦の上では春になったが、寒さはまだきびしく、川から吹きあげてくる夜風は、寒《かん》の内よりも却《かえ》って凛烈《りんれつ》である。

「どうしたんだろう」

おちづはそっと呟《つぶや》いた。

「いつも早く帰って来るのに、なにか間違いでもあったんじゃないかしら」

半次は三日に一度ずつ、深川の井伊邸へゆく、午前十時ごろにでかけて、大抵は日の昏《く》れるまえに帰る。おそくとも七時を過ぎることはなかった。

金杉橋をはさんで、両岸には、船宿や居酒屋などが多かった。少し川上の将監橋《しょうげん》の脇《わき》には、ひところ岡場所（私娼《ししょう》）めいたものが出来たりして、この界隈《かいわい》はずいぶん繁《はん》昌《じょう》したものであった。

しかし松平越中守《えっちゅうのかみ》（定信）が老中になってから、しだいに取締りが厳しくなり、岡場所はもちろん潰《つぶ》されたし、船宿や居酒屋などでも、夜の八時以後は営業を禁じられてしまった。

だから、もうその時刻にはどこも店を閉めているので、あたりはひっそりと暗く、遠い犬の吠《ほ》え声や、ときたまどこかで雨戸をあける音などが、深夜の物音のように聞えて来た。

道にはまだ往来の人があった。

東海道の本道だから、公用の使いらしい早駕籠《はやかご》も通るし、夜遊びにゆくとみえる人や、肩をちぢめて小走りに橋を渡る女もあった。

おちづはふと身ぶるいをした。

寒さのためではない、半次に不吉な事が起こったような予感がしたのである。

「——半ちゃん」

彼女はふらふらと浜松町のほうへ歩きだした。

そのとき、右側の居酒屋の雨戸があいて、二人の酔漢が出て来た。おちづは気がつかずに通り過ぎたが、二人は彼女を見て、互いにちょっと頷《うなず》きあい、ひょろひょろとあとから追って来た。

「おい、待ちな、ちい公」

おちづは振返った。

「誰だい、——」

「誰だいはねえだろう、おれたちだよ」

「なあんだ」

おちづは鼻を鳴らした。

「お相撲くずれの三島に屁十じゃないか、何か用かい」

「おっそろしく威勢がいいな」

屁十が云《い》った。

この二人のならず者は、去年の冬の初めごろ、新銭座の「ぶっかけ」の前で、権あにいならびに「禿」と信州の五人で万三郎にいんねんをつけた。そのとき格闘になり、「禿」のやつがまごついて、丸たん棒で万三郎を殴る代りに、三島の頭をどやしつけ、おかげで三島は五十日ばかり眼が見えなくなった。――いまでは三島の眼は治ったが、それ以来あたまが少しおかしくなり、舌がよくまわらず、酔うと手のつけられない人間になっていた。

「おめえもそろそろいろけがついてきた頃だろう、ええちい公」

屁十が前へまわって来た。

「色も白くなったし、胸や腰っつきなんぞ、めっきり娘らしくなってきたぜ、嘘《うそ》あ云わねえ、まったくのところきれいになるばかりだ」

「うるさいね、どいとくれよ」

おちづは軀《からだ》をよけた。

「つまらないことをすると承知しないよ」

二

「そんなに怒るなよ」

屁十はにやにや笑った。

「おめえが娘らしくきれいになったたって、褒めているんじゃねえか、なあ三島、そうだなあ」

「そうらとも、褒めてるんら」

三島は手で口の端を撫《な》でた。軀も巨《おお》きいが、その手もばかげて大きかった。口の端を撫でて、その手を長半纏《ながばんてん》の腰へ擦《こす》りつけ、それから舌ったるい調子で云った。

「おめえがきれいになったってよ、ほんとられ、褒めてるんら」

「どいてくれってんだ」

おちづは叫んだ。

「屁十や三島なんぞにそんなことを云われると反吐《へど》が出そうになる、ひとを甘くみるとあとで後悔するよ」

「なにをそう怒るんだ」

屁十が寄って来た。

「おらあいつもおめえに同情しているんだぜ、家もなく親きょうでえもなし、世間さまからは冷たい眼で見られて、山猫のちい公なんぞと云われてるのを」

「山猫だって、――」

おちづは眉《まゆ》をつりあげた。

「あたいを山猫だって」

「おれじゃねえよ、世間でそ云ってるんだ、この頃みんなが蔭《かげ》でおめえのことをそ云ってるんだ、だからおらあちい公が可哀《かわい》そうで、いつか折があったら悠《ゆっ》くり慰めてやろうと、なあ、――そうだなあ三島」

「うん、そうら、そうらとも、おらっちれゆっくいなぐさめてやろうとら、ほんとらろ」

「やかましい、どかねえか」

おちづは叫びざまに、屁十の向う脛《ずね》を蹴《け》った。だがそれがまずかった、二人はそういうきっかけを待っていたらしい。

「おっ、やるか阿魔《あま》」

屁十は逆にとびかかった。同時に、脇から三島もつかみかかった。

おちづはかれらを舐《な》めていた。これまでついぞ一度も、人に負けたことがない。彼女が辛辣《しんらつ》な舌でまくしたて、着物の裾をくるり捲《まく》ってみせると、どんな相手も恐れをなして退散した。たまに捉まえようとでもする者があれば、爪《つめ》と歯で傷だらけにされ、悲鳴をあげて逃げるのがおちであった。

——屁十と三島なんぞ。

こう思っていたのだが、そのとき、二人に抱きすくめられると、おちづは身動きができなくなった。

「畜生、なにをするんだ」

叫ぶ口を三島が手で押えた。

三島は左手でおちづを抱えこみ、右手で口を押えた。三島の左手はおちづの背中から胸へまわっていた。その腕は彼女の胸のふくらみを押しつけ、さらに強く緊《し》めつけた。

——そこへ触らないで。

おちづは頭の中で絶叫した。

——そこへ触らないで。

屁十はおちづの腰へ手をかけ、すばやく脚のほうを抱きあげた。おちづは逆上した。こんなにもやすやすと、かれらの自由にされる自分がわからなかった。

——畜生、殺してやるぞ。

頭の中は怒りのために逆上しているが、軀は痺《しび》れたようになり、手足の力もぬけていた。

「砂利場へもちこめ」

屁十が云った。そして、二人はおちづを抱えて、すばやく暗い町を走りだした。

三

金杉橋の東の河岸に、ずっと将監橋へ寄って砂利置場があった。

そこは片側町で、縄や蓆《むしろ》をあきなう店や、砂や砂利、また土屋などが四五軒もあり、それらの大きな納屋《なや》が並んでいるため、夜になるとまっ暗で、あまり人通りもなくなるのであった。

屁十と三島とは、おちづをその河岸へ運んでいった。

かれらのうしろから、黒い人影がついて来て、砂屋の納屋のほうへ、つぶてのように消えたが、かれらはむろん気づきもしなかった。

「温和《おとな》しくするんだぞ、なあちい公、なにもおっかねえことはねえんだから」

屁十は律義《りちぎ》な口ぶりで宥《なだ》めた。

「おらっちでおめえを慰めてやろうっていうんだからな、いいか、大きな声なんぞ出すんじゃあねえぞ、わかったか」

「此処《ここ》へおろすべえや」

「ちょいとまて、こいつまだ暴れそうだぜ」

屁十は困った。手を放せばおちづは暴れだしそうであった。彼の抱えている腕の中で、少女はじっと両足をちぢめているが、それは少し力を緩めると発条《ばね》のようにはね返り、悪魔のように荒れ狂いそうな感じだった。

「頼むからよ、ちい公」

と屁十は哀訴した。

「おらっちは同情しているんだから、決して悪いようにゃしやしねえんだから、いいか、このとおり頼むから」

「ちい公をおろせ」

とつぜん叫ぶ者があった。

「やい屁十、ちい公をおろせ」

二人は仰天した。

かれらのすぐうしろに、いつ来たものか半次が立っていた。あたりは暗いが、川明りで、半次の敏捷《びんしょう》そうな軀と、その手に丸太を持っているのが見えた。

「ああ、ああら」

三島が喉声《のどごえ》で喚《わめ》いた。彼は新銭座で禿にやられてから、丸太を見ると逆上する癖がついていた。恐怖のあまり、おちづを放すことも忘れて、巨躰を跼《かが》めながら、彼は丸太から自分の頭を避けようとした。

「待て、待ってくれ半次」

屁十もおろおろと叫んだ。

「おらっちは、まさかそんな」

「よしゃあがれ、このけだもの」

半次は力いっぱい丸太を叩《たた》きつけた。

避けていたにも拘《かかわ》らず、丸太は三島の頭へしたたかに当った。ごつんというきみの悪い音が、かなり高く聞え、三島はそこへどさりと尻《しり》もちをついた。屁十はきりきり舞いをし、鼬《いたち》のように金杉橋のほうへと逃げ去った。

「ああ、またら、またやらいた」

三島は両手で頭を抱え、よくまわらない舌でこう悲鳴をあげた。

「おらあまた眼が見えねえ、また眼が見えなくなった、ああまっくら闇《やみ》ら、——」

砂山の上へ投げだされたおちづは、はね起きざまに半次へとびついた。半次は丸太を捨てるとおちづの手を取って走りだした。

おちづはなにも云えなかった。

半次も黙っていた。かれらは横路地へとびこみ、そこにある縄屋の納屋の中へもぐり込んだ。それは二人の寝場所の一つで、中には打藁《うちわら》の束や、縄や蓆や、あき俵などが積んであった。どんなに寒い晩でも、そこでは温たかく眠ることができた。

「半ちゃん、——」

中へ入るとたんに、おちづがそう叫んで半次にしがみついた。

四

「声が高いよ、聞えるよ」

半次はこう云いながら、おちづをいたわるように抱いて、そっと藁束の上へ坐《すわ》らせた。

「あたい口惜《くや》しい」

「わかってるよ、でも忘れなよ、あんなけだもののことなんぞ忘れるんだ、こんど会ったらもっとひどいめにあわせてやるから」

「口惜しいのはあいつらばかりじゃないの」

「ほかにも誰かいたのか」

「そうじゃない」

おちづは首を振ると、泣きながら半次の膝《ひざ》へ俯伏《うつぶ》した。

「自分が口惜しいの、自分で自分が口惜しくってしようがないのよ」

「云ってみな、どうして自分が口惜しいんだ」

「いつもなら、あんなやつら」

とおちづは泣きながら云った。

「あんなやつの二人や三人に、捉《つか》まるようなあたしじゃないわ、誰だって捉まえようとでもすれば、がりがりにひっちゃぶいてやったわ、そうだわね半ちゃん」

「そのとおりさ、この界隈《かいわい》でそれを知らねえ者はいやあしねえよ」

「それだのに今夜は」

おちづは身を揉《も》んだ。

「今夜のあたしはだめだったの、三島のやつに胸のところを抱かれたら、軀じゅうが痺れたようになって、どうにも手向いすることができなかったの、手も足も力がぬけちまって、自分の軀が自分のものじゃないみたいになっちゃったのよ」

「それはおめえ、あれだよ、三島は力があるからだよ」

半次はおちづの背中を撫でた。

「なにしろあいつは相撲くずれなんだから」

「いいえ違う、違うのよ半ちゃん、まえのあたしなら三島なんぞ血だらけにしてやったわ、できなかったのはあたしのせいなのよ」

「おれにゃあてんで、わけがわからねえ」

「あたしの軀のせいなのよ」

おちづは消えそうな声で云った。泣きじゃくりをしながら、両手でぎゅっと半次の膝を抱え、そして涙で濡《ぬ》れた頬を、その膝へすり寄せた。

「三島のやつが腕を巻いたとき、この胸のお乳のところが痛かった。とびあがるほど痛かったわ」

「そんな話よせよ」

「いいえ聞いて、——半ちゃんには話さずにいられないの、話してしまわなければ頭がへんになりそうなのよ」

おちづはさらに身をすり寄せた。

「頭の中ではあたし、この二人殺してやろうと思ったわ、でも軀が自由にならない、お乳のところのとびあがるほど痛いのが、頭から足の先まで響いて、身動きさえできなくなったの、あたし口惜しかった、そんなになった自分の軀が、口惜しくって憎らしくって、いまでもひっちゃぶいてやりたいくらいだわ」

「ばかなことを云《い》うなよ」

半次は当惑していた。おちづの話はよくわからない、はっきり意味はわからないが、なにかしら聞いては悪いような、また禁じられている秘密に触れるような感じで、われ知らず胸がどきどきした。

「もうそれでおしまいにしてくんな、そして寝ることにしよう」

「あたし眠れやしないわ」

「腹が減ってるんだろう」

半次はふところから焼芋の袋を出し、おちづに与えて、藁束の上へ横になった。

五

「半ちゃんは喰べないの」

「おらあ喰べて来た」

半次は頭の下で両手を組んだ。おちづはまだときどきしゃくりあげながら、空腹だったのだろう、もう冷たくなっている焼芋を、むさぼるように喰べた。

「おらあ明日、旅へ出るぜ」

半次が云った。

「旅って、——遠いの」

「紀州の田辺ってとこへゆかなくちゃならねえんだ」

「お屋敷のお使い」

「もうほかに人がいねえし、いろんな事がむずかしくなったから、いそいでゆかなくちゃならねえんだ」

「紀州って遠いんでしょう」

「当りきよ、お伊勢さまよりもっと遠いんだぜ」

「箱根とどっちかしら」

「そりゃあおめえ、——」

半次は詰った。おちづも彼も、箱根そのものを知らないのである、当時の江戸では「箱根から向うは化物が出る」といわれていたくらいで、無関心な人々にはこの世のさいはてのようにさえ思われていた。

「いってみなくちゃわからないわねえ」

とおちづがすぐに云った。半次はおとなぶった調子で、溜息《ためいき》をついた。

「わからねえさ、ぬけ参りというかたちで、遠州の浜松という処《とこ》までいって、そこで船に乗ってゆくんだ」

「ずいぶんだわねえ」

「そりゃあそうよ」

紀州とか箱根とか、遠州浜松などという地理的なことになると、云うほうも聞くほうもちんぷんかんで、まさに「いってみなければわからない」のだから、話はすぐに次へ移った。

「あたしも伴《つ》れてってくれるわね、半ちゃん」

「いやよあたし」

「じょ、冗談云うなよ」

おちづは半次により添って横になった。藁束のやわらかい音がし、藁のあまやかな匂《にお》いがひろがった。

「あたし付いてゆくわ、半ちゃんがいけないっていったってあたし付いてゆくわよ」

「冗談じゃねえ、遊びにゆくんじゃあねえぜ」

「知ってるわよ」

おちづは猫の仔《こ》のように、半次へすり寄って身をちぢめた。そして、極めて巧みに、片手でそっと半次を抱いた。

「でも半ちゃんだって、今夜のような事があったのに、あたしを独りで置いてきゃしないでしょ」

「そりゃあそうだけれど、おめえだってもう赤ん坊じゃあねえんだし、そのつもりになればどっかへ、奉公にだってへえれるしよ」

「いやいや、そんなことといやよ」

抱いた手に力をいれ、半次の胸へ顔を押しつけながら、おちづはあまえた声で身もだえをした。

「あたし奉公になんぞいかないわ、あたしは一生半ちゃんの側にいるの、半ちゃんが地獄へゆくなら、あたしだって地獄へいってよ」

「ばかなこと云うなよちい公」

「ほんとよ、あんたといっしょなら地獄へだってどこへだってゆくわ、あたしあんたと離れたら生きてゆけないのよ」

半次はおちづを押しのけようとした。おちづの軀《からだ》の躰温《たいおん》が、これまでになく激しく感じられ、髪の匂いも咽《む》せるほどに思われた。

六

「あたし半ちゃんに会うまえは、世の中も人間も、ただ憎くて憎くて、みんな洪水《おおみず》で流されるか、火にでも焼かれてしまえって思っていたの」

おちづはもっとすり寄った。

「おっ母さんと弟の金坊が水で死んでから、あたし二十日ばかり町内の厄介になっていたことがあるわ、そのあいだにどんな扱いをされたかわかるでしょ、乞食《こじき》よりもひどい、犬も食わないような喰べ残りの御飯に、辻番《つじばん》の裏の物置へ寝かされて、一日じゅう走り使いや子守りをさせられて、おまけになにかっていえば厄介者ってどなられたわ」

「おめえばかりじゃねえ、おいらだっておんなじこった」

「だから世間や世間の人たちを憎んだり、いっそおっ母さんたちといっしょに死ねばよかったと思ったものだけれど、この頃では生きていてよかったと思うようになったわ」

彼女は半次の胸へつよく頰を押しつけた。

「憎んでいた町内の人たちの気持も、少しずつわかってきたの、みんな自分たちのことで精いっぱいなんだもの、厄介者までそう親切に世話のできるわけがないわ」

「大人みたいなことを云うなよ」

「あたし十五よ、半ちゃん」

「重てえからどけよ」

半次は胸の上からおちづの頭を押しのけようとした。おちづはそれを押し返し、両手できつく半次に抱きついた。

「あたし十五になったのよ」

とおちづは続けた。

「十五っていえば、もうお嫁にゆく人だってあるでしょ、世間を見る眼や、ものの考え方も変らずにはいないわ、初めはあたし半ちゃんを護《まも》っているつもりだった、死んだ弟のような気がして、弟を護るように半ちゃんを護っているつもりだったの、そのために生きる張合いもできたし、ぐれて悪い女にもならずに済んだわね、――でもこの頃になってからわかったの、あたしは半ちゃんを護ってたんじゃなくて、半ちゃんに護られていたんだってことが」

「よせよ、つまらねえ」

半次は息苦しそうに首を振った。

「護るも護られるもありゃあしねえ、お互いっこじゃねえか」

「あんたが側にいて護ってくれたから、あたしこうして生きて来られたし、悪い女にならずにも済んだのよ、もしかあんたがいなかったら、あたしきっと死んじまうか、ぐれて夜鷹《よたか》にでもなっていたわ」

「ちい公はそんな女じゃねえ」

「いいえ、自分のことは自分がよくわかるわ、これからだって半ちゃんが側にいなくなれば、あたしどうなるかわからなくってよ」

「おめえ、おれを脅かすのか」

「証拠を見た筈《はず》よ、半ちゃん」

おちづは横になった軀で伸びあがって、半次の耳に口をよせながら云った。

「さっきあの二人に捉まったとき、あたしは身動きができなかった、頭では殺してやりたいと思っても、軀が痺《しび》れていうことをきかない、もしか半ちゃんが来てくれなかったら、あたしどうなったかわからないわ」

「そりゃちい公が今日どうかしていたんだ、今日だけどっか具合でも悪かったんだ」

「いいえ、そうじゃないの、あたしの軀がもうまえの軀じゃなくなったからなの、今夜はじめて、自分でそれがわかったのよ」

おちづはそう云って、告白の恥ずかしさを隠そうとするかのように、とつぜん、半次に頬ずりをした。

七

半次はすっかりあがっていた。

抱きついているおちづの、軀も頬も火のように熱い。髪毛や肌の匂いも、いつもとは違うようだ。

これまで二人は、たいていの場合、抱き合って寝た。人の家の物置とか、納屋の中で寝るので、寒さを凌《しの》ぐためもあるが、そうしなければ心細く、たよりなかったからである。

それは習慣になり、お互いに少しの不自然さも感じなかった。

去年の秋ごろから、おちづの胸のふくらみが眼立つようになり、手が触ったりするとひどく痛がった。抱き合って眠っていて、ふと寝返るときなど、大きな声で「痛い」と叫ぶようなこともあった。

——そんなら離れて寝なよ。

と半次が云えば、

――いやなこったわ。

おちづはやっぱり抱き合って寝ていた。

その夜まではそうだったが、おちづの告白を聞いたいま、半次は云いようのない不安と、恥ずかしさのために、胸がどきどきし、軀がふるえるようであった。慥《たし》かに、おちづの軀の熱さも、髪や肌の匂いも、これまでとは違っている。これまではそんなではなかった。それはもう彼の馴染《なじ》んで来た温たかみや匂いとはべつのもののようであった。

「ねえ、わかってくれるわね」

おちづは頰ずりをしながら囁《ささや》いた。

「いっしょに伴れてってくれるわね、半ちゃん」

耳に触れるおちづの熱い息で、半次はそこが焼けるように思った。

「伴れていければいきてえけど、入り鉄砲に出女《でおんな》といって、女が江戸から出るのはやかましいんだぜ」

「あんたに心配はかけないわ、自分のことは自分でやってよ」

「そう安く云ったっておめえ」

半次はぱっととび起きた。

納屋《なや》の表の戸があいて、提灯《ちょうちん》の光りがさし込み、二三人の男が（心張り棒などを持って）どかどかと入って来た。

「誰だ、そこにいるのは誰だ」

半次はおちづを押しやり、

「先へ逃げな」

と囁きざま、藁束《わらたば》を取って、かれらのほうへ投げた。三つ四つ、続けざまに投げつけ、おちづが逃げたのを認めてから、自分も裏のぬけ穴をくぐって、すばやく外へ脱出した。

「泥棒、泥棒だ」

男たちが喚《わめ》きたてた。

「半ちゃん、こっちよ」

おちづは河岸に立っていた。半次は黙って、おちづに手を振り、いっさんに将監橋のほうへ駆けだした。

「待ってよ、ねえ待って」

おちづがうしろから走りながら云った。

「そんなに早く駆けないでよ、半ちゃん、こっちの路地へ入ればいいじゃないの」

だが半次は足を緩めなかった。

——勘弁してくれ、ちい公。

心のなかでそう云《い》った。

——どうしたっておめえを伴れてはいけねえんだ、済まねえが勘弁してくれ、おれだって辛《つら》いんだ、どうか勘弁して待っていてくれ。

うしろでおちづが悲鳴のように叫んだ。

「半ちゃん、あんた、——あたしを置いてゆくのね、あたしを、ああっ、——半ちゃん」

半次は歯をくいしばって、山内のほうへと道を曲った。けんめいに駆けてゆく彼の頬に、あとからあとから、涙がこぼれてきた。

うぐいす

一

暖たかい日であった。

谷を登るゆるい山道の、片側には雪が残っているが、片側はぬくぬくと日光を浴びて、枯草や土がつよく匂《にお》った。

「まるで春のようですね」

万三郎は暢《のん》びりと云った。

「これを登りつめると、一本杉という峠へ出るんですよ、そこだと筑波山がよく見えるんですが、――ああ、此処《ここ》からも頂上がちょっと見えますね」

つなは黙って登り続けた。

「筑波山では大昔、かがいという習慣があったそうですね、御存じですか、かがい」

万三郎は独りで頷《うなず》く、

「いやわかってます、お返辞はなさらなくとも結構です、貴女《あなた》が御存じない筈《はず》はないですからね、それはもう云うまでもないでしょうが、ところが私はあまりよく知らないんですよ、謙遜《けんそん》じゃありません、私は学問――というか、文学というか、いったいに字をひねくるほうは不得手でしてね、ただなにかしら耳に残ってるというだけなんだが、――かがいというのは慥《たし》か、一年に一度、男と女がむやみに集まって、筑波山の上で歌ったり踊ったり酒を飲んだりして、お互いに好きな同志がその、――いや、いや、つまり、つまりそれは」

彼は激しく咳《せき》をした。ひどく苦しそうであるが、空咳だということは明瞭《めいりよう》であった。

つなはふと立停《たちどま》った。

万三郎の言葉など、まったく聞いていなかったかのように、日のいっぱいに当っている斜面へ近寄り、枯草の根の土を、きれいな指で掻《か》き分けながら、なにやら青い草の芽のようなものを摘み採った。

「なんですか、それは、——」

万三郎は脇《わき》から覗《のぞ》いた。

つなは答えなかった。それはまるくふっくらとして、浅緑の葉を重ねたようなものであった。土からほんの僅《わず》かに尖端《せんたん》を出している、万三郎にはわからないが、つなはめざとくみつけて、摘み採っては、持っている小さな手籠《てかご》に入れた。

「ああわかった、それはきっと春の七草のどれかですね、薺《なずな》とか、はこべらとか、きっと薺ですよそれは」

つなは思わず失笑した。

「でまかせを仰《おつ》しゃるのね、これは蕗《ふき》の薹《とう》でございますよ」

「しかし似てはいるでしょう」

「なんにですか」

「もちろん薺にですよ」

「わたくしをからかっていらっしゃるのね」

つなは怒ってそっぽを向いた。

万三郎は狼狽《ろうばい》し、決してからかうつもりなどはない、自分は本当になにも知らないのだ、ということを弁明しようとした。

だがつなは耳もかさなかった。

「どうもふしぎだ、私にはまったくわけがわからない」

万三郎は首を振りながら、

「休さんも貴女《あなた》もどうしてそんなに怒っているのです、あの晩からこっち、二人とも私にはろくに口もきかないし、話しかけても満足に返辞もしてくれない、――これはいったいどういうわけなんです」

「どうぞそんな大きな声をなさらないで下さい」

つなは冷やかに云った。

「わたくし聾ではございませんから」

「では云って下さい、なぜです」

万三郎はそうたたみかけた。

二

万三郎は辛抱を切らしていた。

——今日こそは聞くぞ。

と決心したのであった。

古木邸からつなを救い出したあと、四人はそのまま結城を去って、休之助の用意した加波山麓《さんろく》の隠れ家へ来た。

それから約三十日も経《た》つが、休之助とつなはずっと万三郎に冷淡な態度を示していた。彼がいまつなに云《い》ったとおり、二人とも彼とはあまり口をきかない。休之助はすぐどなりつけるし、つなはいつも彼を避けようとする。こっちには、そんなふうにされる覚えがないので、三度ばかりつなに訊《き》いてみた。

——いったいどうして私を避けるんです、なにか気にいらないことでもあるんですか。

だがいつもつなは答えをそらした。

——わたくし避けてなんかおりません、あなたのお考え違いでございますわ。

もちろん、そんなことにかかりきっていたわけではない。

かれらには観音谷を監視する仕事があった。万三郎が下男の虎造から聞いたところによれば、古木邸には最後の荷駄が入っていた。それが貯蔵庫へ送られて来る筈である。その転送が終ったということを慥かめたのち、貯蔵庫を焼き払う予定であった。一方では貯蔵庫と、その付近の地理を探らなければならないし、監視のほうも眼が放せなかった。しぜん、休之助やつなの態度について、ひらき直って訊く折もなかったのであるが、今日は初めから心をきめていたのであった。

つなは一日おきくらいにこの谷へ野草を摘みに来る。隠れ家が山の中なので、米味噌《みそ》は買ってあるが野菜がなかった。その谷の日溜《ひだま》りには、捜せばなにかしら草の芽がある。つなはそれを摘みに来るのだが、万三郎は今日それを待っていて、あとから追いついたのであった。

「もう辛抱ができない、今日はぜひとも聞かせてもらいます」

と彼はきっぱり云った。

「お二人ともどういう理由で、私をこんなふうに扱うんですか、私のどこが悪いんですか」

つなが眼をあげて彼を見た。

「休之助にいさまが怒っていらっしゃるわけを、あなたは本当に御存じないのですか」

「知りません、知らないから訊くんです」

「では休之助にいさまが、つなのことも怒っていらっしゃるということはむろん御存じではございませんわね」

「貴女《あなた》のことも怒っているって」

「わたくし、あなたがそんなに暢気《のんき》な方だとは思いもよりませんでしたわ」

つなは呆《あき》れたような顔で、しかし気持はいくらかほぐれたらしく、苦笑しながら、休之助の怒っている理由を語った。

休之助は、彼がつなを救い出したことを怒っているのだという。もっと重大な、切迫した任務があるのに、そんな二義的な事に手を出すのは「低能なやつだ」という。そのために、現に三人が危険に曝《さら》されたし、古木邸に在る最後の荷駄というのも、まだ転送されて来ない。つまり敵が警戒しているからで、みな万三郎の軽率な行為の結果だというのであった。

「へえーそうですか」

万三郎は万三郎で呆れた。

「それでつまり、貴女のことも怒っているというわけですね、呆れ返った朴念仁《ぼくねんじん》だ」

三

「自分の兄だがまったく朴念仁の金仏《かなぶつ》だ」

と万三郎は続けた。

「じつは花田の兄ともいつか云いあったんですがね、花田の兄も同じような不人情なこと云いましたよ、——つなさんは自分の始末くらいできる娘だ、仕事が第一だ、第一は仕事だ」

「そのとおりでございますわ」

「なんですって」

「お兄さまたちの仰《おっ》しゃるのが本当だというのでございますわ」

「ばかな、貴女までがそんな」

万三郎はどしんと足踏みをした。

「それはまあ、貴女がそう云うのは自分のことだからいいかもしれないが、まだ年の若い女の貴女が危険なめにあっているのに、大の男どもが任務が大事だからといって、平気で見殺しにするなんて人間じゃありません、そんなやつは私は大嫌いです、そんな不人情な人間に大事な任務がはたせるわけがありません」

「そんなふうに仰しゃっても、わたくしは少しも嬉《うれ》しくはございません」

つなは冷やかに云った。

「万三郎さまは、お兄さまたちを薄情とか不人情とか仰しゃる、任務よりも人間の命のほうが大切だと仰しゃる、それはそうかもしれません、あなたは人情に篤《あつ》くっていらっしゃるかもしれませんわ、ことに、――かよわい女にはね」

「もちろんですとも」

こう云いかけて、万三郎はふと、つなの言葉尻《じり》の、妙な調子に気がついた。

「なんですって、それはどういう意味ですか」

「べつに意味はございません」

「だっていま、ことに女には、――とか云われたでしょう」

「申しましたわ」

つなはつんとして、谷を静かに下りはじめた。万三郎は「ははあ」と思った。

――ははあ、そうだったのか。

胸の中でそう合点した。彼女を助け出したとき、あのかよが人々の面前で、万三郎にひどく狎《な》れ狎れしくした。思いきり当てつけがましく、嬌《なま》めいたことを云った。

――このひとはあれを嫉妬《しっと》しているんだ。

それでずっと怒っていたんだ。こう思って、万三郎はにわかに勇み立った。嫉妬するのは愛しているからであろうし、かよとはなんの関係もない、話せばわかることなので、すっかり気をよくし、弁明にとりかかった。

つなは黙って歩き続けた。

万三郎は情理をつくして語ったが、彼女はまるで信じないようにみえた。そして、ふいに彼の話を遮って云った。

「あの晩のことは仰しゃるとおりです、あの人はみんなに見せつけるために、わざとあんないやらしい態度をなすったのですわ」

「そうですとも、だから私は」

「いいえお待ち下さい、あの晩のことはそうだとしてもわたくし、ほかにもっといろいろなことを知っておりますのよ」

「ほかにいろいろって」

万三郎は不安そうな眼をした。

「ほかにはべつになんにもない筈ですがね」

「増上寺の山内に、和幸といういかがわしい茶屋があるそうでございますね」

「はあ、それはあれです」

「御存じでございましょう」

つなは足を停めて彼を見た。

四

万三郎はどきりとした。

つなは立停ったまま、じっと彼の表情をみつめた。いかなる嘘《うそ》も見逃しはしないぞ、とでもいうような視線であった。

「その茶屋を御存じでございましょう、万三郎さま」

「ええ、それは知っていることは知っていますが」

「あの人とごいっしょにいらしって、お二人だけで、仲良くお酒を召上ったそうでございますわね」

「それは誤解です、それはそうではないんで、それにはわけがあるんで、つまりそれは私がですね、つなさんの居どころを捜すために」

「わたくしを捜すためですって」

「むろんですよ」

彼はのぼせあがってきた。するとつなは刺すように云った。

「あの晩もわたくしを助けに来て下すったし、和幸のときもわたくしを捜すためだったと仰しゃいますの、はあ、ずいぶんたびたび同じようなことがございましたのね」

「しかし事実なんですから」

　彼は汗をかき始めた。

「貴女からみると偶然すぎるかもしれない、私が作りごとを云っていると思われるかもしれないが」

「わたくしなにも思いは致しません、ただかよさんから詳しく聞いていたので申上げるだけですわ」

「あの人が、話したんですって」

「わたくしが押籠《おしこ》められているとき、かよさんが来ては話してゆきました、和幸という茶屋が、破戒僧たちのいかがわしい出合い茶屋だということや、あなたとお二人きりで、どんなに仲良くお酔いになったかということなどを、――それはそれは熱心に、詳しく、二度も三度も話してくれましたわ」

「それで貴女は、まさかそれを、信用なさったんじゃないでしょうね」

「信じませんでした」

「有難う、さすがに貴女です」

彼はわれ知らずおじぎをした。けれどもそれは早すぎた。つなはきらきらと光る眼で、するどく万三郎を見あげながら云った。

「お礼を仰しゃることはありませんわ、信じなかったのは話を聞いたときのことで、今では本当だったのだと思っているのですから」

「それはばかげていますよ」

「どうしてですの、――あの晩、わたくしたちはすっかり取巻かれてしまいましたわ、紀伊家の侍たちや、まだあとから古木家の男たちが幾らでも加勢に来たでしょう。わたくしは足を挫《くじ》いていましたし、こちらの三人がどれほど強くとも、みんなで無事に切り抜けることは、決してできゃ致しませんでしたわ、――それができたのは、ただかよさんのお蔭《かげ》でございましょう」

「しかし待って下さい」

万三郎は手をあげた。あのときの勝負はつなの云うとおりではなかった、勝つと明言もできないが、負けると定《きま》ってもいなかった。その点を説明しようとしたのであるが、つなは耳も貸さずに続けた。

「なんのためにかよさんはあんな事をなすったのでしょう、いうまでもなくあなたのためですわ、万三郎さまを愛していればこそ、かよさんはみんなを助けてくれたんですわ、——ただあなたを助けたいばかりに、ね、そうでございましょう万三郎さま」

万三郎はまっ赤になった。

五

「もうこれは、黙ります」

万三郎は太息《といき》とともに云った。

「事実はそうではないのだが、貴女の云うことを聞いていると、なにもかもそのとおりで、弁解すればするほどぐあいが悪い、ますます情勢が悪くなるようですから、私はもうなにも云わないことにします」

「そのほうがようございますわ」

つなは冷笑するように云ったが、云いながらさっと蒼《あお》くなり、唇がふるえだした。

「事実はいつかわからずにはいないでしょうし、今わたくしたちに大事なのは朱雀《すざく》調べで、ほかのことにかかわっている暇はないのでございますから」

「わかりました、黙ります」

「どうぞそうお願い致します」

「ええもう、決して弁解なんかしません」

つなはくるっと向き直って、足ばやに坂道をおりていった。眼にあふれてくる涙を、彼に見られたくなかったのであるが、彼はそんなことには気づかない、彼女のうしろ姿の、あまりに冷たく、断乎《だんこ》としているのを眺めながら、

――なんという頭の冷静な娘だろう。

と思い、拳《こぶし》を握って、

「――こん畜生」

と呟《つぶや》いた。誰に対して呟いたのか、つなに対してか、自分に対してか、またこんなことになった事情に対してか、いずれともわからないが、ともかく「畜生」といわずにいられないようであった。

「女というやつは、なんと強情で冷酷で、意地の悪いものなんだろう」

万三郎は唸《うな》った。

「勝手にしろだ、おれは一生涯、誰とも結婚なんかしてやらないから、誰ともだ、女なんか勝手にしやあがれだ」

そのとき、彼の頭の上でふいに鶯《うぐいす》が鳴きだした。坂道の上に伸びている枯木の枝で、まだうまく鳴けないらしい。

ほきヨきヨ、ほっきヨきヨ。

といったふうな、かた言の鳴き方であるが、静かな谷にこだまして、いかにも春のおとずれのように、冴《さ》えて聞えた。

万三郎は向うを見た。つなは道を曲って、もうその姿は見えなかった。彼は頭上の枝をふり仰いで、鶯に向って話しかけた。

「よせよせ、ばかばかしい、おまえ雌を呼んでるんだろう、つまらねえぞ雌なんか、あんなものはうっちゃっとけよ、すべて雌なんてものは、――」

彼はふいに口をつぐんだ。

とつぜん鶯が鳴きやんで、吃驚《びっくり》するほど高い羽音を立てながら、谷のほうへと飛び去った。そして、(たぶんそれに驚いたのであろうが)右側の山の斜面のかなり上のほうで、ざらざらと土や枯葉の崩れ落ちる音がした。

彼は身を片寄せて、そっと音のしたほうを見あげた。

そこは斜面いっぱいに、上へ上へと枯れた雑木林が重なり、そこに混って若木の梅が一本だけ白くちらほらと咲きだしているのが見えた。

暫《しばら》く見あげていると、彼が見当をつけたよりはずっと右のほうで、また土の崩れる音がし、雑木林を縫って黒い人影がすばやく、まるで猿のようにすばやく、山の上のほうへと登ってゆくのが見えた。

「——なに者だろう」

そう呟きながら、なお彼はそちらを見まもっていた。

谷のかなたで、また鶯が鳴き始めた。

観音谷

一

かれらの隠れ家は松林の中にあった。

そこは真壁郡の長岡という村から、加波山に向って二十町ほど登ったところで、捨てられた古い樵夫《きこり》小屋に手をいれたものである。

それは休之助が筑波山麓《さんろく》から迷いこみ、僧正寺の山中で世話になった炭焼きの五郎兵衛老人から教えられたもので、お梅というあの孫娘が案内してくれたのであった。

その小屋には、五年前まで与兵衛という樵夫がいた。五郎兵衛老人がまだ結城の町で、松倉屋という糸屋を経営していたころ、与兵衛はずっと薪《まき》を納めていた。松倉屋が取潰《とりつぶ》され、五郎兵衛が孫娘と二人で山へ隠れたとき炭焼きを始めるまでの世話をしたのは彼であるが、五年まえに病死したあと、その小屋は住む者もなく、朽ちるままになっていた。

長岡の村から登って来る細い杣道《そまみち》が、二つに岐《わか》れて、一は頂上のほうへ向い、一は右の弁天谷のほうへ迂曲《うきょく》してゆく。その岐点の一段ばかり下のところを左がわの松林の中へはいったところに、その小屋があった。

古《ふ》り朽ちてはいるが、広い土間に、炉の間と納戸《なんど》があり、土間には竈《かまど》もあった。裏の崖《がけ》に清水の湧《わ》くところがあって、一日じゅう筧《かけひ》から余るほど水が出ていた。まわりはいちめんの叢林《そうりん》だから、焚《た》き物にも困らない。隠棲《いんせい》閑居にはもってこいの場所であった。

杣道はまえから廃道になっていたとみえ、かれらが住むようになって以来、かつて人の姿をみかけたことがなかった。

昏《く》れ方であった――

万三郎は裏の筧で顔を洗い、小屋の前へまわって来ると、

「どこをうろうろしているんだ」

いきなりどなりつけられた。

「えっ、な、なんですか」

万三郎は吃驚《びっくり》した。あんまり突然だったたし、おそろしく高い声でどなられたので、われ知らずうしろへとび退いたくらいだった。

戸口の前に兄の休之助が立っていた。

休之助は凄《すご》いような眼をして、口をへの字なりにして、いまにも殴りつけそうな姿勢で立ちはだかっていた。

「どうしたんです、なにを怒っているんですか」

「どこをほっつき歩いているんだ」

休之助はさらにどなった。

「必要のない限り出歩くなと云《い》ってあるじゃないか、どこに敵の目があるかわからない、用心の上にも用心をしなければならないのに、なにを毎日うろうろしているんだ」

「うろうろなんかしませんよ」

万三郎はむっとふくれた。

「しないことがあるか、ちゃんと知っているぞ」

「な、なにをですか」

「一昨日はどうした」

休之助はたたみかけた。

「つなのあとを跟《つ》けていって、つなをうるさがらせたのはおまえではないのか」

「それはその、しかし」

万三郎は赤くなった。

「しかしそれは、……それはつなさんが云ったんですか」

「あれが告げ口をするような娘だと思うか、また誰が云おうとおまえの知ったことではない、どうしてそんなばかなまねをするんだ」

「そうどなるのはよして下さい」

万三郎もやり返した。

二

「私はわけもなしにつなさんに話しかけたんじゃありません、辛抱できないことがあったから、その理由を聞くために」

「それもわかっている」

休之助は乱暴に遮った。

「おれがなぜ怒ってるとか、つながなぜ不愛想なのかとか、愚にもつかぬことを訊《き》いたんだろう、そんなことがおまえには辛抱できないというのか」

「兄さんは平気かもしれないが、私には辛抱ができなかったんです、私には人間の感情というものがありますからね」

「それはどういう意味だ」

「つまり石や金仏のようにはなれないということですよ」

休之助は拳《こぶし》を握った。ぎゅっと握った拳が、ぶるぶると震えた。

「おれは花田の兄から注意をされている」

と彼は呻《うめ》くように云った。

「三郎といっしょになったら気をつけろ、よく気をつけて喧嘩《けんか》をするな、どんなことがあっても喧嘩はならん、そう云われて来た、――だからがまんしているんだぞ、さもなければばきさまなんぞはり倒してくれるんだ」

「そうでしょうさ」

万三郎はふんといった。

「休さんは強いですからね、さぞみごとにはり倒せるでしょうよ」

「はり倒せないというのか」

「ためしてみてもいいでしょう」

「云ったな、きさま」

花田徹之助が心配したとおりである。この二人は仲が良いくせに、昔からいっしょにいると一日として喧嘩の絶えたことがなかった。年が明けたから休之助は二十八歳、万三郎も二十六になる。それでいてこのありさまだから、徹之助が案ずるのも無理はなかった。

「云いましたとも」

万三郎は片方の腕を捲《まく》った。

「私だってこれで侍のはしくれですからね、はり倒すなんて云われて黙ってはいられません、やってみようじゃありませんか」

「よし、堪忍《かんにん》が切れた」

休之助はそう叫んだ。

万三郎はぱっと脇《わき》へ跳んだ。

休之助がとびかかったのである。堪忍が切れたと叫びざま、身を躍らせてとびかかったのである。が、万三郎が脇へ躱《かわ》すと、休之助はつぶてのように、弟の横を走りぬけて、向うの松林の中へとび込んでいった。

万三郎はあっけにとられた。

――気でも狂ったのかな。

と思った。が、次の刹那《せつな》に、松林の中で休之助の叫びが聞えた。

「三郎来い、曲者《くせもの》だ」

あっといって、万三郎もそっちへ駆けつけた。

すでに暗くなった林の中で、休之助が一人の男を捻《ね》じ伏せていた。男は忍びの黒装束で、黒い覆面をし、右手に脇差を抜いて持っていた。

「大丈夫ですか」

「大丈夫だ、縄を持って来い」

万三郎は縄を取りに戻った。

「どうなさいましたの」

つなが土間にいて、心配そうに訊いた。万三郎は苦笑しながら云った。

「すっかりやられましたよ、休さんに、口も悪いが手も早いです、みごとに負けましたよ」

三

「こいつですよ」

万三郎が云った。

忍び姿の曲者を縛りあげて、小屋の土間へ曳《ひ》いて来ると、その縄尻《なわじり》を柱へ繋《つな》ぎながら彼は兄のほうへ振向いた。

「なにがこいつだ」

「こいつを捜していたんです」

万三郎は曲者を指さした。

「知っていたのか、こいつのいるのを」

「そうなんです、一昨日、つないさんと話をしたあとのことですが、私たちの通った谷の中腹に、妙な人間がいるのをみつけたんです、林の上のほうでよくわかりませんでしたが、どうやら私たちのようすをうかがっていたらしく、猿のようにすばしっこく逃げてゆくのを見ました」

「それで昨日も今日も出あるいていたのか」

「そうです」

万三郎は曲者の覆面を解きながら云った。

「ようすをうかがっていたのなら、また来るに相違ないと思ったんです、それで弁天谷の口のところを注意していたんです」

「それならそうと云えばいいじゃないか、なぜ黙っていたんだ」

「云ったって同じですよ」

万三郎は少しばかりさっきの仕返しをするように答えた。

「私のすることは休さんにはなんだって気にいらないんだから」

「よせ、ばかなことばかり云うやつだ」

休之助は顔をそむけたが、唇のあたりには微笑がうかんでいた。

つなが手燭《てしよく》を持って来た。

もう戸外もすっかり暗くなっていた、万三郎はつなから手燭を受取り、曲者の前へいってその風態をしらべた。

年は二十三四、色の黒い、尖《とが》ったような顔つきで、格闘したときに擦剝《すりむ》いたのだろう、左の頰骨のところに血が滲《にじ》んでいた。

「きさま、紀伊家の者だな」

「訊いてもむだだ」

と曲者が云った。

「おらあなにも饒舌《しゃべ》らねえ」

「というとなにか知っているわけだな」

「なにを知るもんか、知っているのは、おめえらが悪者で、いつかみんな捉《つか》まってお仕置になる、ってえことだけだ」

「おれたちがお仕置になるって」

「ならねえでどうするもんか」

曲者はふんと云った。

「天下の謀《む》反人《ほんにん》が捉まらねえ筈《はず》はねえし、捉まってお仕置にならねえ筈もねえ、おらあそれだけはちゃんと知ってるだ」

「――どう思います、休さん」

万三郎は兄を見た。

「こいつ、言葉のようすでは紀伊家の人間ではなさそうじゃありませんか」

「そうらしいな」

休之助も側へ来た。そして、曲者の顔をじっと睨《にら》みながら、

「そのほうの名はなんというんだ」

「そんなこと訊いてもむだだ」

「だが親兄弟はあるんだろう」

休之助は静かに云った。万三郎とは違って、彼の調子は静かだが凄味があった。

「いずれにもせよ、そのほうは生かしてはおけない、饒舌《しゃべ》ろうと饒舌るまいと、われわれはそのほうを斬《き》らなければならない」

曲者は顔をあげた。

四

「な、なんだって」

曲者は吃《ども》った。

「おめえら、おらを斬るってか」

「もちろんだ」

休之助は頷《うなず》いた。

「そのほうが信じているように、もしわれわれが天下の謀反人だとすれば、いいか、そういう悪人だとすればなおさら、ようすを探りに来た人間などを生かしておく筈はないだろう、そうではないか」

「そんなこたできねえ、そんなことのできるわけがねえ」

「われわれは斬る」

休之助が冷たく云った。

「斬らずにはおかないが、親兄弟があるなら死躰《したい》だけは渡してやりたい、だから、どこのなに者かを云うがいい、――もし云わなければ谷へ捨てるまでだ」

「おら、――おら云わねえ」

曲者の声はふるえだした。

「云うもんか、そんな、おどかしたって誰がそんな」

「――刀を取ってくれ」

休之助が云った。つなが刀を持って来ると、それを左手に持ったまま、曲者の顔をじっと見まもった。

「おどかしでないわけを云って聞かせよう、いいか、そのほうはわれわれを謀反人だと云ったな、そう信じているんだな」

「おらちゃんと知ってるだ、みんな聞いて知ってるだから」

「では私からも聞こう、そのほうは忍び支度をしている。そのほうの仲間にも、こんな支度で観音谷の仕事をしたり、山霊《やまだま》のまねをして村人たちをおどかしたりしている者があるだろう」

曲者は黙っていた。

「なぜそんなことをするのか、考えてみたことはないか」

と休之助は続けた。

「観音谷には鉄砲や弾薬が大量に隠されている。これは幕府の禁制を犯すものだ、そのくらいのことはそのほうにもわかるだろう」

「いや違う、あれは幕府御用のものだ、危険な物だから山の中に納めて置くだ」

「ではなぜ村人を騙《だま》すのだ」

「なにも、騙しなんかしねえだ」

「山霊さまというのもか」

休之助は悠《ゆっ》くりと云《い》った。

「山霊が哭《な》くなどといったり、村の若者たちがでかけてゆくと、黒装束で現われて、みんな捕えて殺してしまう」

「嘘《うそ》だ、殺しなんかしねえ」

「しかし帰った者はないぞ、帰ったのは一人だけで、あとの三十人ちかい若者たちはみな行方知れずのままだ」

そう云いながら、休之助は右手を前へ出して、曲者の顔をぴたっと指さした。

「おまえもその一人だ」

「――――」

「どうだ、それに相違あるまい」

曲者は頭を垂れた。

「観音谷の貯蔵庫が、もし幕府御用のものだとすれば、堂々とその旨《むね》を布令にする筈だ、下館には石川侯がいる、真壁には代官所もある、どうしてこれらに秘密でするのか、なんのために、そんなうしろ暗い手段を弄《ろう》するのか」

そして休之助は叫んだ。

「このばか者、どっちが謀反人か、これでもきさまにはわからないか」

五

休之助の一喝は痛烈であった。

――さすがにうまいな。

と万三郎は感心した。曲者はもっとこたえたらしい、云われてみればそのとおりである、一言もないという態で、さらにがくりと首を垂れた。

「田舎そだちで世間のことに昏《くら》いから、うまく云いくるめられたのであろうが、それにしてもあまりに愚かすぎる」

と休之助は続けた。

「われわれは公儀の役目で、観音谷の貯蔵庫を調べに来た。鉄砲弾薬を密蔵することは、それだけでも許し難い大罪だし、かれらはそれ以上の謀反を企《たく》んでいる、これを探索し摘発するのは、単に役目だけではなく天下の安穏を守るためだ」

「――――」

「そのほうに罪はないかもしれない、かれらに騙されたのではあろうが、われらは役目のためには生かしてはおけない、たとえ生かしておいたにしても、事が露顕すれば、大罪人の同類として仕置をされる」

「待って下せえ、どうか」

曲者はわなわなと震えだした。

「どうか待って下せえ、お話を聞いてよくわかりました、騙されていたです、おら、まったく騙されていたです、おらもみんなもほんとに騙されていたですから」

「そんなことは聞くまでもない」

「いんや聞いて下せえ、おらたちは知らなかったです、うまいこと騙されて、いまに侍にしてやるなんぞと云われたもんで、ついうっかり手伝っていただけですから」

「しかし、われわれが此処《ここ》にいることを、かれらにもう知らせたのであろう」

「いんや云わねえです」

「一昨日、この二人をみつけたのはそのほうではないか」

「それはおらですが、この小屋をみつけてから云おうと思っていたです」

「なぜ云わなかった」

「だって一昨日はただお二人を見かけただけだし、観音谷を探索に来ただか、加波山神社へ参詣《さんけい》に来ただかわからねえし、それに、早まって饒舌《しゃべ》って、ひとに手柄を取られちゃいけねえと思ったもんだで」

休之助は振返った。

人の足音がしたと思ったら、斧田又平が帰ったのである。彼は山薯《やまいも》掘りといった恰《かっ》好《こう》で、また事実、背負い籠《かご》の中に三本ばかり、山薯を掘って持っていたが、それを鋤《すき》といっしょに土間へおろすと、（曲者の姿が見えなかったのだろう）休之助のほうへ来ながら昂奮《こうふん》した声で云った。

「荷駄が来るようです、結城からいましがた馬が来まして」

「斧田さん、――」

と万三郎が遮って、曲者のほうを指さした。又平は眼をみはって、口をつぐんだ。

「いや構わない」

休之助が云った。

「結城からどうしたって」

「あの晩の女が、——」

と又平は云った。

「かよというんですか、あの女が五人の侍たちと馬で来て、弁天谷へ登ってゆくのを見たんです」

「かよが来たって」

万三郎が思わず叫んだ。

六

万三郎が叫んだのは反射的であった。つい知らず口から出たのであった。

——またぞろあの女か。

と思ったから。

「私は谷の中腹で、藪《やぶ》の中にいたんですが」

と又平は続けて云った。

「かれらが登ってゆきながら話すのを聞くと、どうやら今夜から荷駄が来るらしいんです、三晩ぐらいで運べるだろう、などと云っていました」

「それはなによりの知らせだ」

休之助は頷いて、てきぱきと云った。

「では今夜から見張りは、朝まで交代で続けるから、三郎は早く夕食を済ませて、ひと眠りしておくほうがいいだろう」

「その男をどうしますか」

「これはおれが片づける」

「お願いです、助けて下せえ」

曲者は哀れな声をだした。

「おらあすぐこの下の長岡の人間で、嘉平の伜《せがれ》の伝次っていう者であんす、おらばかりじゃねえ、二十六人も、みんなあいつらに騙されて、なんにも知らずに使われていたですから」

「助けてやれないという理由はもうわかっている筈だ」

「よくわかったです、お話を聞いたからわかったすがほかの二十六人はなにも知らねえ、なにも知らずに謀反人に使われているであんす、それがみんな罪人になっていまにお仕置にされるというのはあんまりむごい、それは旦那《だんな》あんまりであんすだ」

「黙れ、みれんがましいことを申すな」

休之助は平手打ちをくれるように、冷酷な調子で云った。

「たとえ知らなかったにもせよ、こんな悪事に加担すれば罪を逃れるわけにはいかん、ましてわれわれの役目はぬきさしならぬ大切なものだ、きさまなどを生かしておいて、万一にもかれらに内通されるようなことがあったら」

「そんなことはしねえです」

伝次というその若者は、喉《のど》を搾《しぼ》るような声で叫んだ。

「もう首を捻《ね》じ切られたってそんなことはしねえです、ほかの二十六人だって、ほんとうのことがわかれば使われてなんぞいやしません、みんな親も兄弟もあるんですから、謀反人と同罪なら親兄弟も縛られるくらい、みんなわかっているんであんすから」

「ではどうしろというんだ」

休之助は苛立《いらだ》たしげに云った。

「おまえの泣き言に免じて、おまえをこのまま放せというのか」

「そうじゃねえです、おらも助かりてえが、ほかの二十六人も助けてやりてえ、あの仲間にもほんとの事を話して、助かるようにしてやりてえです」

「どうすればそれができる」

「観音谷へいかして下されば、仲間に会ってよく話してやります」

「内通することもできるぞ」

休之助は冷笑した。

「謀反人どもにこれこれと話して、この小屋のことを教えることもできるぞ」

「――ああっ」

伝次という若者は絶望の呻《うめ》きをもらした。休之助は持っていた刀で、ぱちんとするどく鍔音《つばおと》をさせた。伝次はぴくりと首をちぢめた。

七

休之助は充分に伝次をおどしつけた。

それは予期以上の効果があったようだ。伝次は田舎の若者らしい朴訥《ぼくとつ》さと正直さで、騙されることも容易だったろうが、話を聞いて理非がわかれば、これまたすなおに、自分の悪いことを認めたようであった。

――これでよかろう。

休之助はそう思って、

「まず夕食を済ませようか」

と云い、万三郎や又平に眼くばせをした。

又平が裏の筧へ手足を洗いにいったあと、炉端へあがった休之助は、弟の耳になにごとか囁《ささや》いた。

万三郎は頷いて云った。

「――承知しました」

やがてつなの給仕で、かれらが食事を始めると、土間で伝次の忍び泣く声が聞えはじめた。

それはみえも外聞もなく、切々と迫るような声であった。自分が軽はずみで、ばかだったこと、もう逃れるみちはないし、なにもかもおしまいだということ、――それを充分に認め、諦《あきら》めようとして、諦めきれないという気持が、そのまま声になって出るような感じであった。

「馬で来た連中のなかに」と万三郎が斧田に訊《き》いた。

「雪の晩にいたあの石黒半兵衛という男もいましたか」

「ええ、無反《むぞり》の長い刀を差したやつでしょう、慥《たし》かにいました」

「三郎は彼を知っているのか」

休之助が訊いた。万三郎は眩《まぶ》しそうな眼つきで、あいまいに言葉を濁した。

「或《あ》ることでいちど会ったんですが、世間の評判よりも実際の腕は上らしいですから、貴方《あなた》も斧田さんも、立合うことになったら気をつけて下さい、いざとなったら私が引受けます」

「ずいぶん自信がありそうだな」

「刀を持ったら休さんより強いですよ」

「云うだけならなんとでも云えるさ」

「知らないような顔をしますね」

「まあいい、――喧嘩はよそう」

つながくすくすと笑った。

食事が終ると、休之助は身支度をして、荷駄の見張りに出ていった。万三郎は夜半に交代するので、納戸《なんど》へ夜具をのべて横になった。

横になるとかよのことが思いだされていまいましさに舌打ちをした。

「おかしな女があるもんだ」

つい独り言を云った。

「なんのためにこんな処《ところ》へ来るんだろう、女なんか来たってしようがないじゃないか」

「あなたがいらっしゃるからですわ」

つながが云《い》った。

万三郎は吃驚《びっくり》して頭をあげた。いつのまにか、そこへつながが来ていたのである。

「そこにいたんですか」

「また夜具も敷かずにおやすみになりはしないかと思って来てみたんですの」

「それで、——私がいるからとはどういう意味ですか」

「御自分で知っていらっしゃる筈《はず》でしょう」

つながが答えた。

「あの晩かよさんがはっきり云っていましたわ、万三郎さまのいらっしゃる処には必ずかよもいますって、蝦夷《えぞ》ヶ島でも筑紫のはてでも、あなたのいらっしゃる処には必ずいますからって、——そうではございませんでしたかしら」

悠《ゆっ》くりと丁寧に云い、そして、おやすみあそばせと挨拶《あいさつ》して、つなは納戸を出ていった。

万三郎は大きく溜息《ためいき》をついた。

八

夜の十時ごろであった。

起きて身支度をした万三郎は、土間へおりて伝次の側へいった。

若者は縛られた柱に背中で凭《もた》れ、足を投げだしたまま震えていた。もちろん眠るどころではあるまい、恐怖と寒さとでがたがた震えながら、充血した眼で、放心したように闇《やみ》のどこかを見まもっていた。

「おい、伝次とかいったな」

万三郎は彼の前に蹰《しゃが》んだ。

「おまえ死ぬのはいやだろう」

「——ええ」

「助けてもらいたいか」

若者ははっと息をひいた。投げだしていた足をちぢめわれ知らず立とうとしたが、縛られている縄に引かれて、どしんと尻《しり》もちをついた。

「助けて下せえ、死ぬのはいやです、おら本当に悪かったと眼がさめただし、親父《おやじ》やおふくろに嘆きをみせたくねえです」

若者は激しく咳《せ》きこんだ。渇いている喉《のど》で、いきなり夢中に叫びだしたからに相違ない。万三郎は「しっ」と制止した。

「ほかの者に聞えるぞ、もっと静かにしろ」

「へえ、へえ済みません」

「夕方おまえも見たろう」

と万三郎は低い声で云った。

「あれはおれの兄だが、いちどこうと思ったら雷が落ちてもあとへは退《ひ》かない性分だ、ましてこんどの調べは天下の大変にも関することで、みんなそれぞれが命がけなんだ、実際のところ二人や三人の生死にかまってはいられないんだが、しかし、おれにはおれで思案がある」

若者はごくっと唾《つば》をのんだ。

「いいか、よく聞くんだぞ」

と万三郎はひそめた声に力をこめて云った。

「兄はおまえを斬《き》るつもりだが、おれはどうかして生かしてやりたい、それには、おまえにそれだけの事をしてもらわなければならないんだ」

「します、どんな事でもします」

「おまえ二十何人かのなかまもいっしょに助けたいと云ったな」

「助けてえです」

伝次は本気だった。

「みんなおらと同様に、なんにも知らねえで使われているんですから、話をすればすぐに」

「まあ聞け、おれたちは観音谷の貯蔵庫に火をかける、あの鉄砲や弾薬は、謀反《むほん》を起こすための準備だから、火をかけてすっかり焼いてしまうつもりだ。それで、――おまえのなかまのうち、役に立つものは手伝ってもらい、そのほかの者は観音谷から立退いてもらいたいんだ、わかるか」

「よくわかりあんす」

「それには二つの方法がある」

と万三郎は続けた。

「一つはなかまと連絡をとって、外からみんなに呼びかける、もう一つは、おまえが観音谷に帰って、自分の口から説明する、この二つなのだが、おまえはどっちを選ぶか」

「へえ、おらはもうどっちでも、こうしろと仰《おっ》しゃるとおりに致します」

「信用してもいいか」

伝次はぐっと顔をあげた。暗くてよくわからないが、信じてもらいたい、と訴えるようであった。そして呻くように云った。

「おら旦那がたに、村にいる両親や兄弟の命を預けたようなもんじゃねえでしょうか」

そのとおりである、万三郎は頷《うなず》いた。そして伝次の縄を切ってやった。

九

「なに、放してやったって」

休之助は驚きの声をあげた。

「しっ、聞えますよ」

万三郎は見えもしないのに手を振った。

もう十一時をまわっているであろう。伝次を放してやって、その足で兄と交代するために、この崖《がけ》の上へ来たのであるが、ちょっと話しかけるとすぐに、休之助はもういきり立つけしきをみせた。

「まあしまいまで聞いて下さい、こういうわけなんです」

万三郎はよくわかるように話した。

伝次を帰らせたのは、なかまに事情を語らせること。それから一人を選んで伴《つ》れ出し、こちらの誰かがその人間の身替りになって、観音谷へ潜入し、実地に当って調べたうえ、焼打ちの手引をする。というのが万三郎の計画であった。

「それはいい、そのとおりにゆけば悪くはないだろう、しかし」

「いや大丈夫です、あいつは決して、裏切るようなことはありません、なぜなら村にいる親兄弟を、われわれに押えられると思いこんでいますから、つまり親兄弟を人質にとっているのも同様なんですから」

「だがもう一つ」

と休之助は追求した。

「あの人間にそれだけのことを、敵に悟られずにやることができるかどうか、あんな軽率の固まりのような男だから、もし敵に勘づかれでもしたら万事が水の泡だぞ」

万三郎は静かに答えた。

「一期《ご》の大事というようような瀬戸際《せとぎわ》には、たいていの人間がたいていな事はするものですよ」

「おまえは楽天家だよ」

「私は人間を信ずるだけです」

「朱雀《すざく》事件の一味をもか」

「また始まりそうですな、よしにしましょう」

万三郎は苦笑した。

「もう放してしまったんだし、私にだってめどはあるんですから、どうかこんどは怒らないで見ていて下さい」

「おれはおれの方法を守ってもらいたかったんだ」

休之助が弟に与えた案は手ぬるいものであった。伝次を伴れていって、なかまのものが見廻りに出て来たときそいつを捕える。次にまた同じようにして、順々に二十余人を観音谷からおびき出す、というのであった。

「わかりました、あやまります」

万三郎はあっさり低頭した。

「ときに、荷駄はどんなぐあいですか」

「半刻《はんとき》ほどまえに五駄いった」

休之助はそう云いながら、右手をあげて谷の下のほうを指さした。

「あれにまた提灯《ちょうちん》の火が見える」

「見えますね」

「この谷を登って来るようだが、あれもおそらく荷駄に違いない」

「こうなると張合が出ますね」

万三郎は笑って云った。

「では代りますから、どうかいって休んで下さい」

「しっかり頼むぞ」

休之助は去っていった。

そこは弁天谷に臨んだ断崖《だんがい》の上である。そのあたりは一帯が花崗岩《かこうがん》質だから、松や雑木林のある処のほかは、闇夜でも仄白《ほのじろ》く地形をみわけることができた。

いま、万三郎の見おろしている谷の、十二三町も下のほうから、五つ六つ提灯の火が、ゆらゆらと揺れながらひどく緩慢に登ってくるのが見えた。

虎穴《こけつ》の章

一

伝次という若者は、明くる夜の十時ころに、同じ忍び姿の若者を一人伴《つ》れて、かれらの小屋へ戻って来た。

荷駄の見張りには斧田がゆき、ちょうど休之助と万三郎がいたときで、休之助は（よほど心配していたのだろう）いかにもほっとしたようすをみせた。

「疑われるようなことはなかったか」

と万三郎が訊《き》いた。伝次はいくらか自慢そうに、そんな心配はなかったと云《い》い、伴れの若者をひきあわせた。

覆面をぬいだのを見ると二十三四、年は少し若いが、軀恰好《からだかっこう》は万三郎とつり合っていた。彼は雨引村の人間で名は秀といい、村相撲では小結だそうである。

「この伝次は関脇《せきわけ》で、二人で宇都宮まで相撲にいったこともありますが、旦那《だんな》にはころっといかれたそうで、やっぱりお武家さんにはかなわねえと云いあって来たです」

重い口でそんなことを云った。

「とにかく話を聞こう」

つなが持って来た茶を与え、万三郎は二人をそこへ掛けさせた。

弁天谷を登って、その奥を北に入った観音谷に、貯蔵所はあった。そこはもう頂上に近く、三段ばかり登ると加波山神社の境内になる。谷といっても水はないし、崖《がけ》を切拓《きりひら》いて五百坪ばかりの台地を造り、荒壁の貯蔵庫が三棟、ほかに番士たちの住む丸太小屋が三棟ある。周囲は松林だし、谷あいになっているから、ちょっと見たくらいではわからない。

番士たちはぜんぶで三十人くらいいる、侍が二十人ほどで、あとは小者ふうであるが、二日まえに、侍が五人と若い女（かよであろう）が来た。

誘拐された若者たちは二十七人で、初めは殺すと脅され、ついで、味方の役に立てば侍にしてやる、幕府の仕事だから金にも不自由はさせないと云って、各自に五両ずつ与えられた。

幕府の仕事で、侍になれる。

こんなうまい話はないし、金五両という、夢のような大金を貰《もら》ったので、若者たちはみなのぼせあがった。

——一生の運が向いて来た。

そう思って、なんの疑いもなく、かれらの云うままになった。

「あんまり棚から牡丹餅《ぼたもち》すぎるんで、なかには渋る者もあったですが、百姓をしていたでは一生かかっても五両なんて金は持てねえだし、つまりは金にひかされてうんといってしまったですよ」

「それはわかった、かれらが謀反《むほん》の旗挙げをしたあとではだめだが、いまのうちならおまえたちは罪にならぬようにしてやろう」

と休之助が云った。

「そこで、こちらから誰か入込みたいのだが、それができるかどうか、おまえたちの考えを聞かせてくれ」

「昼のうちはむずかしいが、夜ならばやりようによって大丈夫だと思いあんす」

若者たちは昼夜とも交代で、貯蔵所の周囲へ見張りに立つ、小屋へ帰れば覆面をぬぐからだめですが、夜なら見られないようにすることができる。

「お侍たちは夜は寝てしまうだから、する事があればそのあいだに悠《ゆっ》くりできるだ、なあ秀」

「私がやってみましょう」

と万三郎は兄を見た。

二

詳しく打合せを済ませてから、伝次と秀は帰っていった。

話を聞いていたつなは、二人が去るとすぐに、

「その役は斧田さまではいかがでしょうか」

と云った。

休之助も万三郎も彼女を見た。なんのためにそんなことを云いだしたのかわからなかったのである。万三郎はちょっと気にいらないという顔をした。

「どうしてです、なぜ私より斧田のほうがいいんですか」

「なぜといってべつにわけはございませんけれど」

そう云って、つなはぼっと赤くなりながら俯向《うつむ》いた。

彼女はわれ知らず云ってしまったのである。その役目の危険さは大さい、まさしく虎穴に入るというべきだ。

――そんな処《ところ》へ万三郎さまをやりたくない。

そう思ったのが、つい知らず口に出た。したがって、彼に反問されたとたん、本心をみやぶられたような感じで、眼があげられなくなったのである。

――ははあ、そうか。

と万三郎は万三郎で頷《うなず》いた。

「わかりましたよ、斧田のほうがいいという理由がわかりましたよ」

彼は挑むように云った。

「貴女《あなた》はあそこにかよがいるので、それで私をやりたくないんでしょう」

「まあ、万三郎さま」

つなは吃驚《びっくり》した。彼女はそのことに気がつかなかった。かよのことはふしぎに思いだされなかったので、万三郎にそう云われると、ああそうだったと思い、すっかりあがってしまった。

「理由はそれに相違ない、しかし貴女には、私がそんなにだらしのない人間にしかみえないんですか」

「いいえそうではございません、決してそんなわけで云ったのではございませんわ」

「じゃあ理由はなんです」

彼は昂然《こうぜん》と云った。これまで再三、彼女から云い負かされているので、今こそ仇《かたき》を取ってやろうと思った。

「云って下さい、ほかに私でいけないという理由があるなら聞こうじゃありませんか」

「でもそんな理由なんて本当にないのですから、ただふとそんな気がしたまでのことなんですから」

「じゃあ私でもいいんですね」

「それは、もちろん、――」

「もちろんどうなんです」

休之助はにやにやしながら聞いていた。弟のいやに昂然とした態度が、子供じみていて可笑《おか》しかったのである。しかし、つながが本当に困っているようすなので、

「いいかげんにしないか、三郎」

と苦笑しながらとめた。

「なにも理由がないと云っているのに、そんなに拘《こだわ》るやつがあるか、それより本当におまえがゆくのなら、あの女に用心しなければいけないぞ」

「休さんまでがそんなことを」

「事実だからいうんだ」

と休之助は遮って云った。

「自分でもそう云っていたが、あの女にはなにか妙にするどい勘がある、おまえがどこへいっても、必ずそこへついてゆくと云った」

「ばかな、みんな偶然ですよ」

と万三郎は唇を歪《ゆが》めた。

三

「いや偶然だけじゃない」

と休之助は主張した。

「偶然ということもあるだろうが、それ以外になにかふしぎな勘をもっている、たとえば、千人の群衆の中に紛れこんでいても、そこに三郎がいれば必ずみつけ出すといったような」

「おどかすのはよして下さい」

「おどかすんじゃない、だから用心しろと云ってるんだ。おまえ自分でそう思わないのか」

「それは少しはあれですが」

と万三郎は不平そうに云った。

「しかしそんな人間離れのした勘なんてことは信じませんね、また仮にそんなものがあったとしても、私だってそうぼやぼやしちゃいませんよ」

するとつなが、

「どうぞそうお願い致します」

と云って立っていった。

万三郎は睨《にら》みつけた。ほんとにぼやぼやしないで下さい、といわんばかりの調子だったからである。

——ようし、みていろ。

と彼は心の中でいきり立った。

明くる夜の九時、万三郎は裏道づたいに加波山神社まで登り、そこで二人とおち合った。そこで秀の忍び装束を着、覆面をして、伝次と二人で貯蔵所に向った。

「また三人なかまができました」

歩きながら伝次が云った。

「信用のできる人間か」

「同じ村の者で、安吉、大作、市太というですが、おらとはみんな幼な友達で、大作は小頭《こがしら》をしているですから」

「もうそれでやめておけ」

と万三郎が云った。

「あとのことはおれの指図するとおりにやるんだ」

「へえ、わかりました」

松林の中を右のほうへくだり、縄梯子《なわばしご》で崖をおりた。そのとき観音谷の地形が、ほぼ眼の下に眺望できた。櫛形《くしがた》の月が空にあるので、狭い谷あいはかなり明るかった。三棟の長い丸太小屋と、少し離れて、谷のどん詰りにばかげたほど大きな、荒壁の庫が三棟。それから厩《うまや》らしい建物もあった。

「ばかに静かだな」

「もっと低い声で話して下せえ」

と伝次が囁《ささや》いた。

「此処《ここ》では夜になると声を出しちゃいけねえことになってるです、おらたちは話をしてもいけねえし、お侍たちもこのくれえの声で話すですよ」

もういちど縄梯子をおりた。

この辺は二千尺ちかい高さだから、さすがに気温が低く、吐く息が、月の光りに白く凍って見えた。

基地におりると、杉丸太で組んだ柵《さく》があり、木戸口に二人（やはり忍び装束の）番人が立っていた。伝次は先に立って、

「境内見廻り、――」

と低い声で番人に云った。

番人は木戸をあけて通した。かれらが素槍《すやり》を持っているのを、万三郎は認めた。

――どうぞそうお願いします。

と云ったつなの声が、ふと耳の中で聞えるように思った。

二人が庫の近くまでいったとき、向うに提灯《ちょうちん》の火が見え、馬の嘶《いなな》く声が聞えた。

「荷駄が着いたですよ」

と伝次が囁いた。

四

伝次と万三郎は、三棟並んだ丸太小屋の、奥にある一棟へと入っていった。

それは幅三間に奥行十間ばかりの細長い建物で、中央に一間の土間が通じ、左右が三尺ほどの床張りになっていた。両側は板壁で、棚が造付《つくりつ》けてあり、おそらく挙兵のばあいに士卒の宿舎になるのだろう、——いまはそこにいる連中の持物が置いてあった。

長い土間のひとところが、二間四方くらい広くなっており、炉に火が燃え、自在鉤《じざいかぎ》で大きな湯沸が懸けてあった。

燈火《とうか》がないので、建物の内部は暗く、炉の火だけで用を便ずるらしい。その炉をかこんで、五人ほどの若者たちが、黙って影のように踞《かが》んでいた。

伝次は万三郎を促してかれらのほうへ近寄ってゆき、中の一人の肩を叩《たた》いた。

その男はふり返ったが、すぐに、傍らの二人になにか合図をした。つまり見張りの

交代であろう、その二人は立って、小屋から出ていった。万三郎はこれを見ていて、

――これが大作という男だな。

と推察した。

伝次が「小頭」と云《い》ったところから考えると、彼はひと組の指図をするらしい。交代の二人が出てゆくとすぐ彼は伝次と万三郎とを、奥のほうへ伴《つ》れていった。

そこまでこぎつけるあいだ、じつをいうと万三郎は腋《わき》の下に汗をかいていた。

伝次は裏切りはしない。

こう確信してはいたが、人間の心の中まではわからない。もしかすると罠《わな》があって、いきなり敵に取巻かれるかもしれない。そういう疑念がなくはなかった。柵の木戸を入ったとき、それからこの小屋へ入るまで、

――今か、今か。

と緊張し、忍ばせている脇差《わきざし》の柄《つか》を、指の痛くなるほど握り緊《し》めていたのであった。

だがもう大丈夫だと思った。

もし罠にかけたのなら、そこへ来るまでになにか仕掛ける筈《はず》だし、伝次の態度にも疑わしいようすは現われなかった。

「おら大作てえもんです」

いちばん奥へゆくと、その男はごく低い声で囁きながら、床張りへ腰をかけた。万三郎は彼のすぐ脇へかけた。

「あらましのことは伝次から聞きあした、お手伝い致しますから、どうかおらたちに罪のかからねえようにお願え申しあす」

「よし、わかった」

万三郎も囁き返した。

「これからいろいろ頼むことがある、その手助けをしてくれれば決して悪いようにはしない、——ところで、いま荷駄が着いたようだが、積下ろしはおまえたちがやるのか」

「いんえ、あの荷駄はおらたちには触らせねえです、みんなお侍たちだけで庫《くら》へ入れるですよ」

「見たりしてもいけないか」

「出ちゃあいけねえことになってるであすが、もしなんなら」

と大作が伝次を見た。伝次はそっと小屋の中を眺めまわした。

暗さに馴《な》れた眼で見ると、炉を囲んでいる者のほかに二三人ずつかたまったのが三組ほど、床張りの上で夜具をかぶって寝ていた。

「――でえじょぶだろ」

と伝次が頷《うなず》いた。

五

「旦那《だんな》は積下ろしを御覧になりてえですね」

「庫のようすを探りたいんだ」

「そんなら、――」

と大作は万三郎の袖《そで》を引いた。

足音を忍ばせて、入口とは反対のほうにある土間の突当りへゆき、非常口とでもいうものだろう、掛金を外して、開き戸を静かにあけた。炉の明りもそこまでは届かないが、大作と伝次がうしろを庇《かば》うようにしている。

「気をつけて下せえ」

伝次が云った。

「あんまり長く暇どらねえように頼みます」

「戻ったら爪《つめ》で叩いて下せえ」

と大作が囁いた。

「おらたち此処で待ってるだから」

万三郎はそっと外へ出た。

柵の内には監視はないが、そこで暫《しばら》くようすをうかがった。この辺も一帯に花崗岩質《かこうがん》なので、白っぽい地上に小屋の影が黒くうつっている。その影を伝いながら、――殆《ほと》んど躯《からだ》を小屋に貼《は》りつけるようにして、万三郎は前のほうへ出ていった。

貯蔵庫の位置は、その小屋より右奥であった。彼が小屋の出入口近くまで出てゆくと、ちょうど荷駄の列が、そこで左から右へと通り過ぎているところであった。

万三郎は板壁にぴったり身を押付けた。

荷駄は七頭、それぞれ一人の侍と、二人の小者が付いていた。そして、それらのあとから、身分ありげな武士が、鞭《むち》を持って、三人の侍たちと話しながら来た。

その武士は遠乗りの旅装で、塗笠《ぬりがさ》を冠《かぶ》り、背割り羽折を着ていた。荷駄といっしょに来たのだろう。――他の三人はこの貯蔵所の、番頭《ばんがしら》といったふうにみえるが、その武士に対してひどく慇懃《いんぎん》な態度を示した。

かれらは普通の声で話しながら来た。他の者は声をひそめているが、その四人の話は、かなりよく聞き取ることができた。

「なにそう多くはない、常駐の兵は二百人ぐらいのものだろう」

「いつ頃までいるのでしょうか」

「三月にまず五十人ほど――」

武士はそう云いかけて、ふいに立停《たちどま》った。ちょうど万三郎のいる直前である、そして、不審そうな眼でこっちを見た。

――みつかったか。

万三郎は全身の血が止るように思った。

「これが兵たちの小屋か」

と武士が云った。

「中を御覧なされますか」

「そうさな、明日にしよう」

かれらは庫のほうへ歩きだした。万三郎はほっと息をついた。

――江戸から来たやつだな。

かれらを見送りながら万三郎はそう察した。おそらく紀伊家のしかるべき身分の者だろう、それもいま此処の番頭たちの応対ぶりでは、相当以上の者のように思われた。

――休さんならわかる筈だ、休さんは浜屋敷にいたしこんどの策謀の本拠は浜屋敷らしいから。

万三郎はそう思った。

「だが休さんにはうっかり饒舌《しゃべ》れないぞ」

彼はそう呟《つぶや》きながら、折から月が雲に入ったのを幸い、すばやく庫のほうへと近寄っていった。

六

万三郎は夜明け前に小屋へ帰って来た。

休之助は寝ていたが、つなはもう起きて、監視から戻って来る斧田のために、朝の食事の支度をしていた。

「まあ、まあよく御無事で」

つなはかまどの前からとび立つように、こう云いながら出迎えた。

よほど心配していたのだろう、くいいるような眼で彼を見あげ、頬を赤くした。万三郎はゆうべあんなことを云われたので、冷淡にしてやろうと思ったが、そうはできなかった。たとえ相手がつなでなくとも、彼には澄ましていることができないのであった。

「うまくゆきましたよ」

万三郎はついにこにこした。

「ひどく腹が減ってるんです、いま足を洗って来ますからなにか喰べさせて下さい」

「すぐお支度を致しますわ」

つなもいそいそしていた。

――やっぱり愛しているんだ。

万三郎は裏へ出ながらそう思った。草鞋《わらじ》をぬぎ、足を洗うあいだも、鼻唄《はなうた》ぐらい歌いたいような気持だった。

「おれという男はよっぽどのお人好《よ》しなんだな」

こう呟きながら、独りでにやにやした。

万三郎が雑炊の膳《ぜん》に向うと、斧田又平が帰って来、また休之助が起きた。万三郎は手早く食事を済ませて、紙と筆を取出し、観音谷の地形と貯蔵所の見取図を書いた。

「あの男との身代りはうまくいったろうな」

休之助は洗面して戻るとすぐにそう訊《き》いた。斧田は雑炊を喰べ始めていた。

「うまくいったと思うが、はっきりしたことは今夜でないとわかりません」

「どうしてだ」

「私のほうはうまくいきましたが、あの秀という男が戻ってからどんな事があるかもわかりませんからね」

秀は伝次と組んで見廻りに出るのである。夜半に交代で戻るとき、万三郎がその身代りになって潜入し、秀は待っていて、朝三時の交代に万三郎と入れ代って帰ってゆく。したがって、今夜、秀が出て来るかどうかをみなければ、大丈夫うまくいったとはいえないのであった。

「これを見て下さい」

万三郎は書きあげた見取図をそこへひろげた。

「この間道をこう入ってゆくのですが、これが柵で、此処に木戸があり番士が立っています、これが武器庫、三棟ともずいぶん大きなもので、厚そうな荒壁です」

彼は調べただけのことを説明したうえ、四月には江戸から兵が来て駐在する、ということも話した。

「それも少ない数じゃない、まず二百人とか云ってました」

「どういう人間が云っていた」

「荷駄といっしょに来た男です」

万三郎は用心しながら云った。紀伊家の相当な人物らしいなどと、ちょっとでも口を辷《すべ》らせたら、兄は「おれがゆく」と云いだすに定《きま》っているからである。

「まあ下っ端《ぱ》の人間なんでしょう」

と彼は軽くごまかした。

「しかし駐在兵の来ることは事実らしいですから、どうしたって焼打ちはそのまえに決行しなければなりませんね」

「もちろんだ、それもできるだけ早いほうがいい」

と云って休之助は弟を見た。

「あの女には会わなかったか」

七

「――あの女ですって」

万三郎はそう反問しながら、(ふしぎなことに)われにもなく顔の熱くなるのを感じた。

「いいえ、もちろん、もちろん会やしません」

首を振ったが、それは事実そのとおりなのだが、どうしてか顔が熱くなり、兄やつの眼が眩《まぶ》しくなった。そこで彼は自分で狼狽《ろうばい》し、

「ほんとですよ、決して嘘《うそ》なんか云やしません、絶対に会わなかったんです」

「誰も嘘だなんて云いはしない、念のために訊いたまでだ」

「むろんそうでしょうけれど、しかしどうしてあの女に会ったかなんてことを気にするんですか」

「諄《くど》いな、ただ訊いてみただけだと云ってるじゃないか、会わなければ会わないでいいんだ」

「だから会わないと云ってます」

「わかったよ」

休之助はそっぽを向いた。同時につながすっと立っていった。どうやら感情を害したというようすである。

——またか。

と万三郎は舌打ちをした。

どういう加減のものか、かよのことが出ると必ず気まずくなる。彼が理由もないのにへどもどしたのも悪い、じつのところどうしてあんなに狼狽したかわからないのであるが、いってみれば、かよの話が出るとつなが気をまわすらしいので、こっちはまた気をまわされやしないかと思って、やっきになったわけだろう。

それがまた逆につなの感情を害するという結果になったとなると、ちょっとうんざりするなどという程度の気分ではなかった。

「これはこちたきもんだ」

万三郎は思わず呟いた。すると休之助がこっちを見た。

「なんだって、――」

「いやこっちのことです」

と万三郎は立った。

「では今夜があるから寝ることにします」

そして、納戸《なんど》口で振返り、もう荷駄は来ないそうだから監視はやめてもいいでしょう、と云《い》った。

その夜は伝次らと九時に会う約束だった。

つなは朝からまたすっかり冷淡になり、でかけるときにもいやにつんとして、

「お大事にあそばせ」

と切り口上で云い、眼ではそっぽを見ていた。万三郎はしょげた顔になり、逃げるように小屋をとび出した。

伝次と秀とは、昨夜の処《ところ》で待っていた。

「やあ、無事だったな」

万三郎は思わず声をあげた。

「どうかと思って心配していたんだ。気づかれずに済んだんだな」

「しっ、もっと低い声で」

と伝次が手を振った。

「大丈夫でしたが、今日は江戸から来た女が小屋へ現われまして、なかまの顔をそれとなく見てゆきあした」

「――あの女がか」

「そらめ使ってただが、慥《たし》かに、誰か人を捜しているようなふうであんした、なあ秀」

「なにがわかるもんだ」

と村の小結は云った。

「女なんてものは筑波山の雲みてえなもんで、変り易《やす》くって気まぐれで、なにをどう考げえてるか知れたもんじゃねえだ」

まったくだ、と云おうとして、万三郎は危うくがまんした。

八

「するとその女は、――」

と万三郎は訊いた。

「夜になってからも見に来るようなふうだったか」

「さあそこは、どんなものか」

伝次は首を捻《ひね》った。

「おらも秀も横になってたし、わざと起きて見るのも怪しまれると思ったで、そのまじっとしてたですが、でもまあ安心してったらしいだで、そんなことはねえと思うですがねえ」

万三郎は少しばかり寒くなった。

――あの女には一種ふしぎな勘がある。

と休之助が云った。

そう云われたときも、じつのところ彼はぎょっとしたのである。彼女がいつも万三郎のいる処へ現われるのはお互いが同じ「朱雀《すざく》調べ」の敵味方だからで、その点はごく当然なことであろう。つまり二人は一本の綱の両端を握っているようなものなのだ。

万三郎が動けば、他の一端を握っているかよが引き寄せられる、といった関係に似ているのである。

それにも拘《かかわ》らず、そこには条件とはべつの、なにかしら「運命」のようなものが感じられた。

——彼女のふしぎな勘。

万三郎は一種の肌寒さを感じながら、しかもまたその自分の感情のなかに、少しも憎悪《ぞうお》や嫌厭《けんえん》のないことを認めて、いまさら驚くのであった。

その夜の調査もうまくいった。

もう庫《くら》入れの仕事はすっかり終ったのだろう、万三郎が伝次と共にいったときは、所内はひっそりとして、木戸の立番のほかには人影もなかった。

彼は番士たちの小屋から、他の三カ所の木戸（一は谷の口、二は谷の両側にあり、万三郎の入ったのは谷尻《たにじり》に当っていた）そして厩《うまや》と、糧秣庫《りょうまつこ》。また多量の縄、藁《わら》、莚《むしろ》を積んだ納屋《なや》などの所在をつきとめた。

ただ一度だけ危ないことにぶっつかった。

番士小屋の脇《わき》をぬけていると、いきなり引戸があき、一人の侍がとび出し、あとから二人が追って来た。

初めにとび出して来た侍は、ひどく酔ったうえに昂奮《こうふん》しているらしい。とび出して来たのがあまり突然だったので、万三郎は躰《たい》を躱《かわ》したが、その侍のほうでだっと突当った。

「無礼者、なにやつだ」

とその侍は喚《わめ》いた。

万三郎はのめりそうになり、横っ跳びに二三間、脇へ避けながらあっと思った。

――石黒半兵衛。

相手は紛れもなく彼であった。

「へえ、ごめん下せえまし旦那《だんな》」

と万三郎は離れた処からおじぎをしながら云った。このときほど覆面黒装束の忍び姿が有難く思えたことはなかった。

あとから追って来た二人が、すぐに半兵衛を抱き止めた。

「待って下さい石黒先生」

「御短慮はいけません、相手が悪うございます、どうか気を鎮《しず》めて下さい」

「先生お願いです」

半兵衛はすぐに鎮まった。

「よし、放せ、やめる」

と彼は云った。そしてもう一と棟の番士小屋のほうを睨《にら》みながら、呻《うめ》くような声で云うのが聞えた。

「あの渡辺蔵人の狒々《ひひ》め」

九

半兵衛の声は呻くようであり、その言葉つきには痛烈な憎しみがこもっていた。

——渡辺蔵人。

こちらに身をひそめている万三郎の耳に、その名がはっきりと聞えた。

——なに者だろう。

もちろん彼は知る筈《はず》がない。

だが休之助なら知っている。いつか花田の兄に向って休之助はこう話したことがあった。紀州家お浜屋敷の支配で、のちに小田原河岸の屋敷へ移り、かよを後添いに欲しがっていた男である。「朱雀事件」のなかでも相当な役割を勤めているに違いない。

万三郎はそのときいなかったから、思い当るわけもないが、半兵衛の口ぶりで、

——昨夜の威張った武士だな。

と直感した。

「あいつはおれを、雇い人足かなんぞのように、鼻であしらう」

半兵衛は吐き出すように続けて云った。

「しかも自分のざまはなんだ」

二人に左右から支えられて、出て来た小屋のほうへ戻りながら、半兵衛はかなり高い声でどなった。

「おれたちには酒を飲むなとか騒ぐなとか云いながら、自分は気にいりの部下を集め、女をひきつけて酒宴をする、此処《ここ》は料理茶屋ではないんだぞ」

「わかってます、お願いですから、先生」

「あいつはかよどのに、――」

だがもう小屋のなかへ入ったのであとの言葉は聞えなかった。

――危ないところだった。

万三郎はほっと息をついた。

あの二人が止めに来ず、半兵衛があれほど酔ったり昂奮したりしていなければ、忍び姿でもことによると発見されたかもしれない。

――まさに虎穴《こけつ》だ。

万三郎は身ぶるいをした。

明くる朝も、同じ時刻に小屋へ帰り、見取り図へ必要な条項を、詳しく書き加えた。

休之助は側で見ていて、

「その縄や藁が焼打ちに使えるじゃないか」

と云った。万三郎もそう考えていたのである。

「この糧秣倉に燈油《とうゆ》があるだろうと思うんです。それを藁や蓆にぶっかけてやればまちがいなしですね」

「火薬が使えればもっと簡単なんだが」

「なお調べてみましょう」

つなはなにも云わず黙って話を聞いていた。

朝食のあと横になってから、万三郎はふと、石黒半兵衛の言葉を思い出した。

——あいつはかよどのに。

という終りの言葉である。

此処へ帰って気分がおちついたために、記憶がはっきりよみがえったものか、

「——気にいりの部下を集め女をひきつけて酒宴をしている」と云ったことも思いだされた。

「すると、渡辺蔵人という男が、かよを自分の側へひきつけて、酒を飲んでいるわけだな」

万三郎は独りで呟《つぶや》いた。

「半兵衛の怒りは嫉妬《しっと》か」

こう呟いて、仰向いて寝たまま大きな欠伸《あくび》をした。欠伸をして眼をつむったが、ふっとまた眼をあき、

「――半兵衛の嫉妬」

と口の中で云って、ながいこと暗い納戸の天床《てんじょう》をじっと見まもっていた。

十

それからのちの五夜――

万三郎は貯蔵所の内部を探る一方で、二十余人の若者たちの説得を進めた。二人または三人ぐらいずつを、ひそかに小屋の外へ呼び出し、伝次から事情を説明させるのである。

――この貯蔵所は幕府のものではなく、謀反人《むほんにん》どもの計画であること。

――幕府から隠密《おんみつ》に役人が来ていて、近く此処を焼き払うこと。

——そのとき役人に助勢すれば、これまで加担した罪は赦《ゆる》されるように計らうこと。それだけ話すと彼らの多くはすぐに承知した。

「おらも怪しいと思っていただ」

と彼らは云った。

「お上の仕事に山霊《やまだま》さまの声まねだの、黒装束で見廻りをするだのってことがあるわけはねえだ」

「五両なんていう莫大《ばくだい》もねえ金だの、侍にしてくれるって話からしておかしかったただな」

そう云う者もあった。

もともと疑惧《ぎぐ》はあったので、説明されればすぐに理非の判断だけはつく。判断がつけば「謀反人の同類」ということの恐怖に圧倒されるのが当然であった。

そこでかれらに万三郎が釘《くぎ》を打つのである。

「おまえたちのほかは、もうみんなが承知しているんだ、もし番士に密告でもするようなことがあるとすぐにわかるし、わかれば生きてはいられないぞ」

「それではあ、もうみんな合点しているですか」

「残っているのはもうおまえたちだけだ、——但《ただ》し、なかま同志で話すことはならない、万一にも番士どもに気づかれては水の泡になる、この事に関する限り、ひと言でも他の者と口をきいてはならんぞ」

ちょっとでもなかま同志で話したら、その場で殺すことになっている、というふうに、思いきった表現で釘を打った。

かれらの中には怯《おび》える者もあった。

五晩かかって約十四五人説きふせたし、みんな忠実に万三郎の注意を守るようであった。

こうして六晩めに、意外な出来事が起こったのである。

その夜は晴れていた。

三日ばかり薄曇りが続いたあとで、きれいに晴れあがった空には、十七夜くらいの月が皎々《こうこう》と耀《かがや》いていた。

万三郎が観音谷へ着いたのは夜の九時ころで、その夜は火薬の所在を捜すつもりであった。いちど伝次と共に丸太小屋へ入り、すぐに(例の如《ごと》く)裏の非常口からぬけ出した彼が、貯蔵庫の脇へ出たとたん、人の声がするので、すばやく物蔭《ものかげ》へ身を隠した。

声は番士小屋のほうから、しだいにこっちへ近づいて来た。

「いったいどこへいらっしゃるんですか」

「うるさいな、黙って来ればいいんだ」

「だって寒うございますわ」

かよの声であった。

「なにが寒いものか、お互いに酔った軀《からだ》で、夜気がひんやりとこころよいくらいではないか」

「酔っているのは太夫《たゆう》さまだけですわ」

「なにを云《い》うか、知っているぞ」

二人はそこへ来、そして右のほうへ、もつれあいながら通り過ぎた。

男は初めの夜、荷駄といっしょに着いたあの身分ありげな武士であった。

——渡辺蔵人だな。

万三郎はそう思いながら、物蔭を伝って二人のあとをひそかに跟けていった。

男はかよの肩へ手をまわし凭《もた》れかかるような恰好《かっこう》で、足もとも危なく、よろめきながら歩いてゆく。かよは突然身をもがいた。

「なにをなさいますの」

「騒ぐなよ、——ちょっと手がすべっただけだ」

男がかよのほうへ顔をすり寄せるのが見えた。

十一

「放して下さい、放して」

かよの抑えた叫びが聞えた。

「静かにしないか、かよ、冗談ではないぞ」

男の声が急にまじめになった。その声でかよは鎮まり男の顔を見あげた。

「わしが江戸から来たにはわけがあるんだ、その話をするためにこうして、――」

あとは声をひそめたので、万三郎には聞えなかったがかよのようすが変るのは、月の光りをあびてよく見ることができた。

「この上に加波山神社というのがあるそうではないか」

と男が高い声で云った。

「そこへいって、月を眺めながら一杯やるとしよう、たまには風流も味わうものだ」

男は肩にかけた五合入りほどの、大きなふくべを振ってみせ、かよを抱くようにしながら、谷尻の木戸のほうへ去っていった。

――尋常なことではないな。

万三郎はそう直感した。

江戸の情勢に変化があって、それをかよだけに知らせるのかもしれない。また、それは単なる口実で、本当は人のいない処《ところ》へおびき出したうえ、かよに乱暴をはたらくのかもしれない。いずれにもせよ、尋常でない事が起こりそうに思えた。

万三郎は丸太小屋へ戻った。

そして伝次に耳うちをし、空の一升徳利を取出したうえ少し時を計って、二人で出ていった。谷尻の木戸のところには、もうかよと男の姿は見えなかった。

「太夫は出てゆかれたですか」

いかにも用ありげに、伝次に訊《き》かせると、番士は素槍《すやり》で山のほうをさした。素槍の穂尖《ほさき》が月を映してぎらっと光った。

「山の上へ月を見にゆくと云っておられた」

「酒を持って来いと云われたで」

と伝次は一升徳利を示し、

「これから届けにいって来ます」

番士は木戸をあけた。

二人は外へ出ると、すばやく第一の縄梯子《なわばしご》を登り、そこからすぐ右へ、叢林《そうりん》の中をぬけてゆき、（第二の縄梯子は登らずに）急斜面をまっすぐに、加波山神社の境内へと出た。

もしかしてそこまで来ないのではないかと思ったが、かれらが境内へ入るのと殆《ほと》んど同時に、渡辺蔵人という男の声が聞え御手洗《みたらし》のところへ二人の来るのが見えた。

「――向うで待て」

万三郎は伝次を遠ざけて、樹《き》の蔭から蔭を伝いながら二人のほうへ近づいていった。

「それは本当のことですか」

かよの声が聞えた。

「こんなことを冗談に云えるか」

「でもそれだけで万事だめになるというわけでもないでしょう」

「わからん、――」

男は首を振った。

「まあ腰をおろして話そう」

二人は社殿の広縁へいって腰を掛けた。男はふくべの栓を抜き、袂《たもと》から盃《さかずき》を二つ出して、一つをかよに持たせた。

「わたくしもう頂けませんわ」

「まあ一つ、——少し酔わないと、聞いて胆を消すかもしれないぞ」

男はかよに酌をし、自分も手酌で三杯ばかり、続けさまに呷《あお》った。ふくべの口でとくとくと酒の鳴るのが、万三郎の耳にはっきりと聞えた。

「憎いのは花田徹之助だ」

と蔵人が云った。

烈火の剣

一

万三郎は殆《ほと》んど叫びかけた。

渡辺蔵人の言葉が、あまりに思いがけなかったからである。彼はさも憎にくしげにこう続けた。

「みんなあの男のためだ、花田徹之助というあの男め、——もう手も足も出まいと思っていたのに、くそっ」

そしてぺっと唾《つば》を吐いた。

全身が耳になったような、神経の激しい緊張を感じながら、万三郎はじっと次の言葉を待った。

蔵人はなおかよに酒を強い、自分でもぐいぐいと呷《あお》りながら云《い》った。

「深川にある井伊家の下屋敷がかれらの本拠だとわかったから、逐《お》い出しをかけたうえ一網打尽の策をとった、ところがほんの一歩の差でかれらを取り逃がした」

「なぜ踏込まなかったんです」

「井伊家で逃がすとは思わなかった、白川侯の睨《にら》みが利《き》いている、田沼との関係で逼《ひっ》塞《そく》している状態だから、よもやそんな勇気はないだろうと思ったのだ」

「そして行方知れずですか」

「行方が知れぬばかりではない、かれらものるかそるかで松平伊豆のふところへとびこんだ」

こちらで聞いていながら、万三郎はわれ知らず微笑し片方の拳《こぶし》で空《くう》を打った。

――やりましたか、兄さん。

心のなかでそう叫んだ。

「それがどうしたんです」

かよが反問した。

「伊豆さまはおろか御老中が出たって、こちらは紀伊家、びくともするものじゃあないでしょう」

「ところがさすが豆州侯だ、直接この問題には触れず、異国船が近海に出没する、沿岸の防備を固めるようにと白川侯に強硬な進言をした」

「それだけですか」

「それだけさ」

蔵人はふくべを置いた。

「それで充分だし、最も辛辣《しんらつ》な一札だ、豆州侯の進言には、紀州一帯の沿岸が覘《ねら》われていること、某地には現に異国船の補給港があるということまで述べられていたというう、そこで、——大殿から査察の使者が出されたくらいだ」

「大殿というのは何誰《どなた》ですの」

「な、なに、それは」

蔵人は失言したらしい、ひどく狼狽《ろうばい》したようすで、いきなりかよの手を攫《つか》んだ。

「あれ乱暴な、こぼれますわ」

かよは盃《さかずき》を持っていたので、こう云いながら身をひこうとした。蔵人も片手に盃を持っていたが、攫んだかよの手は放さなかった。

「よく聞いてくれ、かよ、話というのはこれからなんだ」

「まあ放して下さいまし、そんなに乱暴になすっては痛うございますわ」

「やぼな声を出すな」

「ではこれを頂きますから」

かよは盃の酒を飲んだ。そうすれば相手に隙《すき》ができると思ったらしい、が、蔵人は少しも油断しなかった。

「おれはもうだめだと睨《にら》んだ」

と彼は声をひそめて云った。

「仮にだめでないとしても、この辺が退却の汐刻《しおどき》だと思う」

二

「なんの汐刻ですって」

「おちついて聞くんだ、いいか」

蔵人はかよの手をぐっとひき寄せた。

「おれは握るだけの金を握った、大坂に家も買ってある。一生遊んで、贅沢三昧《ぜいたくざんまい》に暮す準備がすっかり出来ているんだ」

「では、——ではあなたは」

かよは身もがきをした。

「事が危なくなったので、御自分だけ身を遁《のが》れて、安楽に暮そうと仰《おっ》しゃるのですか」

「危なくなったからではない、初めからそのつもりでいたんだ」

「初めからって、——」

「そもそもの初めからさ、こんな大それた、夢みたような企《たくら》みが成功する筈《はず》はない、そのうちには邪魔がはいるか、お屋形御自身が飽きるに違いない、そのときまでに掴めるだけのものを掴んでやろう、そう思って奔走していたんだ」

「わたくしには信じられません、太夫《たゆう》さまがそんな方だなんて」

「まあそう騒ぐな」

蔵人はかよの肩へ手を廻した。

「おれの本心をあかせば、もっと大きい野心があったんだ、もう少し時日があればその野心が実現したんだ、それは花田徹之助のためにぶち毀《こわ》されたが、しかしこれだけでも充分だ、あとはただ、——この」

「あれ、いけません」

「この、――かよだけだ」

「いけません、太夫さま」

かよは両手で蔵人の胸を突いた。が、彼はその手を押えつけ、片手でかよを抱きすくめながら、喘《あえ》ぐような声で云った。

「おれの妻になってくれ、かよ、おれはおまえと暮したいばっかりに、金も握り家も買った、なにもかもおまえのためだ」

「あっ、――放して下さい」

「おまえのためならなんでもする、この世にありとある楽しみをおまえに与えてやる、おれにはそれが出来るんだ、かよ、おれといっしょに逃げてくれ、おれの妻になってくれ、おれはかよを」

「あっ、ああ、そんな」

かよは悲鳴をあげた。蔵人が彼女を押し倒したので、かよのなまなまと白い脛《はぎ》が、（月光をあびて）あらわに見えた。

万三郎はとび出していった。

自分でも血相の変っているのがわかった。彼は怒りのために嚇《かつ》となり、つぶてのように駆けつけると、かよの上にのしかかっている蔵人の衿《えり》を摑み、力まかせにひき起こした。

「このけだもの」

蔵人は強引にひきずられて広縁から落ち、わけのわからない叫びをあげながら、それこそまさしく「けもの」のようにはね起きて、万三郎にとびかかった。

「このけだものめ」

もういちど喚《わめ》きざま、万三郎は相手をたぐりこみ、同時に脾腹《ひばら》へ一拳《けん》、痛烈な当て身をくれた。

躰勢《たいせい》もよかったし、満身の怒りをこめた力で、注文したように当て身がきまり、蔵人はうっといって前のめりに倒れた。殆んど地響きをさせて倒れ、もちろん絶息したが、倒れたとたんに足がちぢまった。

そのとき伝次の声がした。

「あっ、女が、女が逃げます」

三

——女が逃げる。

伝次の声に、万三郎ははっと気づいて振返った。

かよが社殿からとびおり、御手洗《みたらし》のほうへ走っていた。だが、そのゆく手へ、秀の現われるのが見えた。

「手荒なことをするな」

万三郎はそう叫びながら駆けていった。

かよは左へ曲った。しかし、そっちには伝次がいた。

「おやめなさい、かよさん、逃げられやしませんよ」

万三郎が叫んだ。

逃げられないと悟ったらしい、かよは立停《たちどま》って振返った。万三郎はまっすぐにそっちへ走せつけながら、

「伝次、向うの男を縛れ」

と命じた。

「お気をつけなさい」

かよが万三郎に呼びかけた。近よって来る万三郎に向って、そう呼びかけながら、右手を振って身構えた。その手に、ぎらっと懐剣が光った。

万三郎は構わず進んでいった。

「どうするんです、それで私を斬《き》ろうとでもいうんですか」

「斬れないと仰《おっ》しゃるの」

「と思いますね」

万三郎は足を停めて、じっとかよを見つめながら云った。

「なぜなら、いま渡辺蔵人とかいうあのけだものが、あんな無礼なことをしたのに、貴女《あなた》はその懐剣を抜いてみせようともしなかったじゃありませんか」

「必要があれば抜きます」

「へえー、すると私はよけいなお節介をしたというわけですか」

「もちろんですとも」

かよは懐剣を持ち直した。

「あなたがもう少し見ていればおわかりになったでしょう、自分の身を護《まも》るくらいのことはあたしにだってできます」

「慥《たし》かですか、それは」

「お望みならば証拠をごらんにいれますわ」

かよの眼がきらきらと光った。まるで燐《りん》でも燃えるかのように、さらさらと妖《あや》しく光るのが万三郎に感じられた。

「こうすればいいでしょう」

かよはそう云《い》いざま、持ち直した懐剣を、さっと自分の胸に突き刺した。

万三郎はあっと叫び、かよにとびかかってその手を摑んだ。

「放して、――」

かよは身を跼《かが》めようとした。

すさまじいほどの力であった。万三郎は彼女を押えつけ、その腕を捻《ね》じあげた。かよは苦痛の呻《うめ》きをもらした。

「ばかなことを、ばかな」

彼はしっかり押えつけたまま、懐剣の突立ったところを探ってみた。着重ねた着物のためにそう深くは刺さっていないようだった。

「死なせて下さい、お願いよ」

かよは泣きながら云った。

「万三郎さま、どうかあたしを死なせて」

「動いちゃいけない」

万三郎は懐剣を抜くと、いきなりかよの衿をひろげ、乱暴にふところの中へ手を入れた。手は肌着の上から、弾力のある温たかい胸乳の下へすべりこんだ。するとその指先が、ねっとりと濡《ぬ》れている傷口に触れた。

かよは気絶した。

四

万三郎たちが帰ったのは十時過ぎで、小屋ではまだみんな起きていたが、入って来た万三郎たちの姿を見ると、

「おお、――」

とまず休之助が叫んだ。

「またか、またか三郎」

斧田も眼をみはり、つなはさっと顔色を変えた。

うしろ手に縛りあげ、猿轡《さるぐつわ》を嚙ませた渡辺蔵人を伴《つ》れ、万三郎はかよを抱いていた。

伝次や秀と交代しながら、ずっとそうして抱いて来たのであった。

「どうしたんだ三郎」

休之助がまた云った。

「それはどうしたことだ」

「話はあとでします」

万三郎は答えた。

「つなさん、寝る支度をして下さい、この人は怪我《けが》をしているんです」

「あたし大丈夫です」

かよが身をもがいた。

「どうかおろして下さい、自分で歩けますから」

「黙んなさい」

万三郎は怒った声で云った。

「洒落《しゃれ》や道楽でやってるんじゃない、これ以上せわをやかせると承知しないぞ」

かよは黙って眼をつむった。立って奥へゆくつなを見ながら、万三郎は（かよを抱いたままで）上り框《がまち》に腰をおろした。

「伝次、おれの草鞋《わらじ》をぬがしてくれ」

伝次は云われるようにした。

休之助は炉端に坐《すわ》って、まるで嚙みつきそうな眼で弟を睨んでいた。万三郎は平然として、土間にいる蔵人を顎《あご》でしゃくった。

「休さん、その男を知っていませんか」

休之助がそっちを見た。蔵人は猿轡を嚙まされたうえ低く頭を垂れているので、休之助には顔がよくわからなかった。

「なに者だ、——」

「わからないが相当なやつらしいんです、名は渡辺蔵人とかいってましたがね」

「なに、渡辺蔵人」

休之助は驚きの声をあげた。

そのときつなが戻って来て、支度が出来たと云った。おそろしくつんとして、万三郎のほうを見ずにそのまま炉端へ坐ってしまった。

「手をかして下さい、つなさん」

万三郎はかよを抱いて納戸《なんど》へゆきながら、命令するように、そうどなった。

「着物をぬがせて傷の手当をしなくちゃあならない、女の貴女でないと困るんだ、来て手伝って下さい」

つなは黙って立って来た。

傷は左の乳房の脇《わき》で、かなり深く、急所は外れているが、出血が多量で、手当をしているうちに、かよはまた失神した。

初めつなは冷淡で、強い反感（或《あ》るいは嫉妬《しっと》）を示していたが、多量な血に浸っている着物や、その傷口を見るとすっかり態度を変えた。

「あなたがなすったのね」

つなは咎《とが》めるように万三郎を見あげた。

「いやそうじゃない、自分でやったんです」

「自分でですって」

「自害しようとしたんですよ」

「どうしてですの」

「あとで話します」

つなは彼を押しやった。

「わたくしが致しますわ、あちらへいらしって下さい」

万三郎はそっと立った。

五

炉の間へ戻ると、休之助が土間からあがって来るところだった。

「知っている男ですか」

「お浜屋敷の支配だ」

休之助は昂奮《こうふん》していた。元の座に坐ると、いま怒ったことは忘れたように、

「さあ聞こう、話してくれ」

とせきたてた。万三郎はおちついたもので、まずあの二人は帰らせましょうと云い、秀と伝次を呼んだ。

「おまえたち、観音谷へ帰ったら、することはわかっているな」

「へえわかっているです」

「木戸で疑われたらおしまいだぞ、いいか、太夫《たゆう》さまを捜すのに暇取った。太夫さまはもう少し月を眺めると仰しゃっていた、はっきりそう云うんだぞ」

「間違いなくそう云うです」

「それから藁《わら》と油だ、油を藁にたっぷり掛けて、武器庫の裏に用意しておけ、——ほかの者たちに知らせるときよほど用心しないと危ないぞ」

「よくわかってるです」

伝次が云った。そしてまた自分に向って念を押すように、

「柵《さく》は木戸から南へ二十本めであんすから、どうか旦那《だんな》も忘れねえで下せえ」

「わかった、早く帰れ」

二人は出ていった。

「さあ話せ、いったいどうしたというんだ」

休之助はせきたてた。万三郎は悠々たるもので、斧田が渡辺蔵人の縄尻《なわじり》を、柱に縛

りつけているのを眺めた。

「どうしたんだ三郎、なにをぐずぐずしているんだ、話せというのに話さないのか」

「まあそうどならないで下さい」

万三郎は微笑しながら、ようやく兄のほうへ振向いた。

「休さんはいつも私のする事が気にいらない、なにかというとどなりつける、いまもそうだ、入って来るといきなり、またか三郎、——という始末だ、まったくこいつにはうんざりしますよ」

休之助は凄《すご》い眼つきをした。

「またどなるんですか」

万三郎は肩をすくめた。休之助はけんめいに怒りを抑えつけ、できる限り穏やかな、むしろあいそのいい調子で云った。

「さあ、——頼むよ三郎」

万三郎はにっと笑った。休之助の閉口したようすに、すっかり気を好《よ》くしたのである。彼は坐り直して云った。

「花田の兄さんがやったんだそうですよ」

「兄上がどうしたって」

「こうなんです、――」

万三郎は話しだした。

聞いているうちに、休之助は眼をきらきらさせ、拳《こぶし》を握り、顔を赤くし、前へ前へと乗り出した。

「そうか、そうか、伊豆さまを動かしてくれたか、やっぱり花田の兄上だ」

休之助は息をはずませた。

「おれが別れて来るときには、あまり頼みになりそうもない話だったが、――しかし、紀州家で国許《くにもと》へ査察使を出したというのはどういうことだ」

「その点なんです」

と万三郎は蔵人のほうへ眼をやった。

六

「この男の話によると」

と万三郎は云った。

「老中から紀伊家に向って、沿岸に異国船の補給港があるという申入れをしたところ、大殿がすぐに査察使を出したというんですが、大殿といえば宰相（徳川治宝《はるとみ》）さまでしょう、ところで、話のなかにお屋形というのが出ました」

「お屋形といえば、和歌山に御在城の左近将監《しょうげん》（頼興《よりおき》）さまのことだろう」

「その人がくさいんです、もっとその男の口を割らないとわからないが、どうやら朱雀《すざく》事件の首謀はその人の帷幄《いあく》にあるらしい、そんなような口ぶりでしたよ」

「それが事実ならなによりだ」

休之助はふと眼をつむり、顔を仰向きにして、なにか祈りでもするように云った。

「万一にも宰相さまであったらと、それがなにより心配だった、しかしお屋形さまであってくれれば助かる、紀伊家五十万石のためにも、天下のためにも、――」

万三郎もちょっと頭を垂れた。

――養子にいった身でも、やっぱり主家となれば大事なんだな。

当然のことではあるが、兄の心のなかにある真実に触れたように思って、万三郎は少しばかり感動した。

「これ以上はあとのことにして、差当り観音谷の始末をつけませんか」

万三郎が坐り直して云った。

「この男とかよさんが戻らなければ、貯蔵所は騒ぎだすに違いありません、今夜のうちにやってしまうほうがいいと思うんですが」

「できればそのほうがいい」

「伝次と秀にはそう云ってあるんです、柵も抜いてあるし、焼打ちの支度もできているでしょう、かれらのなかまも殆《ほと》んど味方に付くし、事を起こす手筈《てはず》も教えてあります」

「――おまえ残るか、三郎」

「なんですって」

「みんな死ぬわけにはいかん」

休之助はきっぱりと云った。

「この渡辺蔵人は生き証人として、江戸まで送らなければならない、朱雀調べには初めての、しかも重大な人間だ、彼を送るために誰か残らなくてはならない」

「冗談じゃない、いや冗談じゃないじゃない、そいつは私の役じゃありませんよ」

万三郎はやっきとなった。

「それは休さんか、いや斧田さんがいいでしょう、斧田さんでなりればふ、なさんか誰か」

「まあ待って下さい」

斧田又平が云った。

「それはいま定《き》めないでも、焼打ちが済んでからでもよくはないでしょうか」

「しかし貯蔵所には侍が二十人、小者が十人ほどいるんですよ」

と万三郎が云った。

「仕掛けるほうに分があるとしても、三人と三十人ですからね、伝次たちのなかまが二十余人味方に付いてくれる筈だがどこまで頼みになるかはわかりませんからね」

「だが目的は焼打ちでしょう、武器庫を焼くのが目的なんで、三十人と勝負をしにゆくわけではないと思いますがね」

万三郎はにこっと笑って兄を見た。休之助も頷《うなず》いて云った。

「まさにそのとおりだ、斬合《きりあ》いにゆくわけじゃあなかったな」

「そう定ったら支度をしましょう」

万三郎は早くも立ちあがった。

七

つなはあとを引受けると云った。

「あの人はいま眠っています」

あの人とはかよのことであろう。彼女がかよの話をするときは、定って万三郎から眼をそらすのであった。

「傷もそれほど深くはないようです、もう案ずることはないと思いますが、ですから、――もしそのつもりがあれば、逃げることもできると思います」

こう云って休之助を見た。

「もしそのようなことがありましたら、どう致したらようございましょうか」

「そんなことは訊《き》くまでもない」

休之助は言下に答えた。

「では、――」

「もちろんだ」

万三郎はつなを見、それから兄を見た。それから二人をなだめるような調子で、

「いやそんなことはないでしょう、大丈夫ですよ、あんなにひどく出血して、そのために気を失ったくらいなんですから、二日や三日はきっと歩けもしないですよ」

「たぶんそうでございましょう」

つなが冷やかに云った。

「わたくしも万一のときのことを申しただけでございますわ」

万三郎もつい云い返した。

「貴女の油断のないのにはいつも感心しますよ」

「三郎、――」

と休之助が睨《にら》みつけた。万三郎は立っていって、渡辺蔵人を縛った縄のぐあいを見、それから高い声で独り言を云《い》った。

「危ないのはむしろこっちのほうだ、ひとつ念のためにもうひと縄からめあげるか」

それには誰も答えなかったが、万三郎はもう一本縄を出して来て、蔵人を床の上へあげ、厳重すぎるくらい柱へ縛りつけた。

「気の毒だが長くても夜明けまでだ」

と彼は蔵人に云った。

「これまでずいぶん好いおもいをして来たらしいから、その代償と思って諦《あきら》めるんだな、断わっておくが、――もし逃げようとでもすると、番に残るものが遠慮をしないぜ、じつに断乎《だんこ》たるものなんだから、わかったな」

「三郎、――」

とまた休之助が叱《しか》りつけた。

軽く夜食をとり、身支度をして、休之助と万三郎と斧田の三人は、まもなく観音谷へ向って出立した。出てゆく三人にも、送り出すなにも、むしろ「出陣」といいたい感じであった。斧田の云ったように、三人がぜんぶ死ぬとも思えないが、みんなが無事に帰れるとも思えなかった。

――これが別れになるかもしれない。

万三郎はそう思って、戸口のところで振返り、つなの眼を見た。

つなも彼の眼を見あげた。

屋根をかすめておちる月の光りで、彼女の顔はかなりはっきり見えた。おそらく冷淡な、すました顔をしているだろう、と思ったが、月の光りのなかで、つなの眼はくいいるように彼を見あげ、今にもなにか云いたげに唇をふるわせた。

それは情感のあふれるような表情であった。

「ではいって来ます」

万三郎はたちまち嬉《うれ》しくなり、まるでおどりあがるような声で云った。

「私はたやすくは死にませんよ、きっと帰って来ます、どうか安心して待っていて下さい、きっと帰って来ますからね」

三郎、と休之助の呼ぶ声がした。万三郎は首をすくめて出ていった。つなが誘われるように微笑し、かれらのあとから叫んだ。

「どうぞ御武運めでたく、――」

八

伝次たちに与えた計画は、意外なほどうまくいった。

谷尻の木戸の脇《わき》、南へ二十本めの柵が抜いてあり、三人はそこから中へ入った。通路とは反対の、貯蔵庫の裏をぬけてゆき、万三郎が、若者たちの丸太小屋の、非常口を叩《たた》いた。

開き戸をあけたのは、伝次であった。

「うまくいったです」

と伝次は囁《ささや》いた。万三郎が訊いた。

「なかまにはみんな話がついたろうな」

「みんな承知です、これまで話してなかった者にも話しました、よければすぐにでも始めるです」

「藁のある処《ところ》を教えてくれ」

伝次が出て来た。

それから約半刻《はんとき》、四カ所にある木戸の番士を片づけ、三棟の武器庫へ火をかけた。これは、荒壁造りの庫《くら》の窓を毀《こわ》し、そこから燈油《とうゆ》に浸した藁を入れて、合図と共に火を放ったのであるが、三棟のうち谷尻のほうの一棟が、どうしたわけかうまく燃えあがらなかった。

そのとき、若者たちは、みな、六尺棒や、なかには槍《やり》などを持って、番士小屋の前に人垣をつくっていた。もちろん、かれらに期待をかけてはいなかった、敵の攻撃力を分散させるだけでよかったのだが、これも思ったより役に立った。

「三郎、こっちのはだめだぞ」

燃えあがらない庫の前で、休之助がそう叫んだ。

他の二棟はうまくいって、もう窓や戸の隙間《すきま》から煙がふき出し、ちらちらと赤く、焔《ほのお》の色も見えはじめていた。

「やり直して来ましょう」

万三郎は窓下へいった。

すると番士小屋のほうで、わあっと高くどよめきの声があがり、若者たちの崩れたつのが見えた。それでふと思いだし、

「休さん気をつけて下さい」

と万三郎はどなった。

「石黒半兵衛がいます、彼には手を出さないで下さい、彼とやってはいけませんよ」

休之助の手を振るのが見えた。

万三郎は梯子《はしご》を登り、毀した窓から庫の中へ入った。中はくすぶった煙がいっぱいで、どこがどうなっているかわからなかった。初めは火を放《つ》けた藁《わら》を投げ込んだので、中までは入らなかったのである。

彼は煙に咽《む》せて咳《せ》きこんだ。

壁に沿って、なにかの箱が積んである。彼はその箱を足掛りにして、中へおりてゆこうとした。するとそのとき、ふいに妙な音が起こり、充満している煙の中に火の舌が見えた。

音は「しゅしゅっ」というふうに聞えた。万三郎は反射的に身をひいた。

――こいつは火薬だ。

そう直覚したのである。

これまで、どうしても火薬の所在がわからなかった。それが此処《ここ》だったのであろう。火の燃えあがるのが遅かった理由はわからないが、その音で火薬に相違ないと思った。

「――いけねえ」

われ知らず叫びながら、殆んど梯子をすべりおりた。

「煙硝に火がつくぞ」

と彼は絶叫した。

「みんな伏せろ、爆発するぞ」

そして自分もまるくなって走り、柵《さく》の処《ところ》までいって地面に伏した。

とたんに、どかんと来た。

九

「やった、――」

地面に伏したまま、万三郎はそう喚《わめ》き、両手で頭を抱えた。

そのときは兄たちのことも、斬合いがどうなっているかも考えなかった。

――危なかった。

窓へあがるのがもうちょっと遅かったら、爆発のために吹飛ばされたであろう。火薬と早く気づいたのも幸運であった。

――まったくの命拾いだ。

頭を抱えたまままそう思った。

爆発は初め小さく来た。どかんという音がし、閃光《せんこう》がはしった。ついでまたどかんと来、さらに二度、大きく続けさまに轟音《ごうおん》が炸裂《さくれつ》し、谷ぜんたいが崩壊するかと思うほど、すさまじく大地が震動した。

建物の燃える、ばりばりという音が聞えて来た。

「──終ったな」

と呟《つぶや》くとたん、初めて休之助や斧田のことを思いだし、はね起きてそっちへ走った。

「休さーん、無事ですか」

走りながら叫んだ。

通路は吹き飛ばされた建物の、柱や板片などが散乱し、また、そこらいちめんに人が倒れて、呻《うめ》いたり泣き声をあげたり、苦しそうに地面を転げまわったりしていた。燃えあがる焔が、爆発した硝煙に映って、あたりはさながら赤い濃霧に包まれたようである。どっちを見てもまっ赤で、そして息もつけないほどの煙だった。

「休さーん、休さーん」

彼は叫び続けながら、夢中で左に右に走りまわった。

──不人情なことをしちまったなあ。

彼は心のなかでそう呟いた。自分だけ助かって、兄を見殺しにしたようなものではないか。火薬に火がつく、と叫んだ筈である。爆発するから伏せろともどなった。自分では慥《たし》かにそう警告したのであるが、しかし、休之助が死んだとすると心が咎《とが》め、なんとも不人情なような気がしてならなかった。

「いませんかー、休さーん」

万三郎は谷尻《たにじり》のほうへ走った。

すると壊れた板片のごたごた重なっている処から、自分を呼ぶ声がするのを聞きつけ、はっとしながら駆け寄った。

「どこです、休さんですか」

「此処、こっちです、――」

板片の下から手が出た。

「斧田ですが、甲野さんも此処にいます」

万三郎はああと云い、手早く板片を取りのけた。斧田又平が起きあがった。

「兄はどこです、だめですか」

「いや、ただ頭を、――」

又平がそう云いかけたとき、

「花田万三郎、やりおったな」

と云う声がした。

万三郎はぱっと、左へとびあがって振向いた。そこに石黒半兵衛が立っていた。

半兵衛も爆発でやられたらしい、軀《からだ》に傷はないようだが、顔の半面が黒く焦《こ》げ、着物はずたずたにひき裂け、さんばら髪になっていた。そうでなくとも凄気《せいき》のある相貌《そうぼう》が、いまはまるで幽鬼のように見え、万三郎はぞっと背中から寒くなった。

「みごとだ、よくやった、褒めてやるぞ」

半兵衛は唇を片方へ曲げた。

「だが、こんどはこっちの番だ」

十

こっちの番だと云いながら、半兵衛は右手に持った寸延びの刀を、ゆらりと振った。それは例の無反《むぞり》の刀であった。

「まあ待って下さい」

万三郎は片手をあげた。

「それはもう無意味ですよ、もうそんなことをする必要はないじゃありませんか」

「なにが無意味だ」

「ごらんのとおりこの貯蔵所は全滅したし、それに、そうです、渡辺蔵人という人間も私たちの手に」

「やかましい」

半兵衛は絶叫した。

「そっちに意味がなくともこっちにはあるんだ、此処が全滅したことは、このおれ自身が破滅したことだ、おれはもう生きている要はない、この貯蔵所といっしょに亡びるつもりだ、が、——きさまを生かしたままでは死なんぞ」

「ちょっと云わせて下さい石黒先生、まあひと言だけ聞いて下さい」

「よせ、おれは石黒半兵衛ではない、その名を口にするな」

「悪ければ云いません、しかし」

と万三郎は少しずつ脇のほうへ身を除《よ》けながら、熱心な口ぶりでなだめにかかった。

「貴方《あなた》がそんな、破滅だなどと仰《おっ》しゃるのは違うと思います、貴方は無神流の師範として、立派に道場の持てる腕がおありだし、此処と縁を切ればいつでもその途《みち》がひらけるではありませんか、どうかそんなにつきつめたことをお考えにならないで、——」

「黙れ、黙れ黙れこの青二才」

半兵衛は歯を剝《む》いて怒号した。

まっ赤な焔の光りを半面にあびて、彼の相貌はまさに悪鬼そのままにみえた。

「きさまは、このおれから、二つの大事なものを奪った、おれが生涯の夢にしていたものを、二つともおれから奪い取った」

「一つはこの陰謀ですね、が、もう一つはなんですか」

「刀を抜け」

「貴方の大事なもの、――」

云《い》いかけて、万三郎はあっと口をつぐんだ。つい先夜、半兵衛は酔って、渡辺蔵人に対していろいろと怒っていた。そのなかで、

――あいつはかよどのを。

と云うのが聞えた。蔵人がかよをひきつけて、酒宴しているのを怒っていたらしい。

――そうか、かよさんか。

万三郎は初めて了解した。

新銭座の「ぶっかけ」の前の出来事からこっち、いつもかよの側には半兵衛がいた。それは、（誇張して云うと）まるで主人に仕える忠実な番犬のようにさえみえた。万三郎は単に仕事の上の協力者と考えていたが、印象に残っているのは、もっと切実な、もっと根の深い感じのものであった。

――そうだ、彼はかよを愛していたのだ。

それがいまはっきりわかった。

——彼はおれがあの人を奪ったと思っているのだ。

万三郎は思わず叫んだ。

「誤解です、それは貴方の誤解です、私とかよさんはなんでもありません」

「その名も云うな」

半兵衛はまた絶叫し、

「抜け、このわかぞう」

といきなり斬《き》りつけた。

十一

万三郎は大きくとび退いた。

——誤解はとけない。

半兵衛の思いつめたようすでは、なにを云っても徒労だということが明瞭《めいりょう》だった。

——しかも逃げられない。

休之助が倒れている。自分が逃げれば、半兵衛は休之助を斬るだろう。

万三郎は刀を抜いた。

半兵衛は大喝して、上段から二の太刀を打ちおろした。万三郎はさらにとび退いた。万三郎には相手の「飛魚《とびうお》」という突《つき》の秘手が怖かった。評判を聞いただけであるし、自分の腕に自信のないわけではなかったが、その突が無類のものだという深い先入観はどうしてもぬけなかった。

「なにを恐れるんだ、斬って来い」

半兵衛は叫んだ。

「きさま、このおれが斬れないのか」

万三郎は黙って刀を中段につけていた。

半兵衛の直刀は中段やや下っていた。眼は刺すように万三郎を睨《にら》み、歯をくいしばって、踵《きびす》を浮かした足でじりじりと間《ま》を詰めてくる。

そのとき小屋の一棟に火が移ったとみえ、あたりの煙がぱっと橙色《だいだいいろ》に耀《かがや》きだした。万三郎はその光りを真面《まとも》に受け、眩《まぶ》しさに思わず顔をそむけようとした。そのとき、半兵衛が踏込んで来た。

相手の刀をどう受けたか夢中だった。

戞《かっ》！　と音がし、火花が散った。

万三郎は左へ跳躍した。ひっ払った刀に、相手の刀が触れたのを感じた。相手の刀は充分に力がこもって、しかも柔軟だった。

——切り返して来る。

という直覚で、大きく跳びながらぞっとした。

自分の感じでおよそ四五間、つぶてのように跳躍した。が、半兵衛はすばらしい敏速さで追いつめ、

「えい、えいっ、——」

と息もつかせずあびせかけた。

万三郎はその切尖《きっさき》を躱《かわ》すだけで精いっぱいだった。若さと躰力《たいりょく》を賭《か》りて、右に左に、跳躍し、すりぬけた。

すると半兵衛が転倒した。

追うことに苛立《いらだ》って、足もとを誤ったらしい、なにかに躓《つまず》いて、だっと前のめりに倒れ、その手から刀が遠く飛んだ。

万三郎は吃驚《びっくり》して、

「危ない、——」

われ知らず駆けよろうとした。

「斬れ、斬ってしまえ三郎」

うしろで声がした。休之助が斧田といっしょにこっちへ来るのが見えた。

半兵衛は倒れたまま、地面に長くのびて、背に波をうたせながら、喘《あえ》いでいた。

「なにをぐずぐずしているんだ、なぜ斬らないんだ」

休之助がそこへ来てどなった。

「動けなくなった人を斬れやしません」

「そいつは敵だぞ」

「しかしもうなにもできなくなった人です」

「ではおれが片づけてやる」

休之助が前へ出た。

「待って下さい、いけません」

「きさま、——また悪い癖がはじまったな」

「この人は斬らせません」

万三郎はきっぱりと云った。

「この人は不幸な人です、これまでも実際にはなんにもしなかったし、これからはなおさらなにもできやしません、翼の折れた鷲《わし》のようなものです、この人に構わないで下さい」

「――おかしなやつだ」

半兵衛がそう云った。

十二

「おかしな男があったものだ」

地面にのびたまま、そう云いながら、半兵衛はくすくす笑いだした。が、それは笑うのではなく、泣いているのだということが、すぐにわかった。彼は泣きながら、なお云った。

「世の中にはじつに、妙な人間がいるもんだ」

万三郎は兄の顔を見た。

休之助は顔をそむけ、

「伝次たちのようすをみよう」

と云って、斧田といっしょに、負傷者をしらべに戻っていった。

万三郎は、はね飛んだ石黒の直刀を捜し、それを持って来て、彼の側へ蹲《しゃが》み、その肩へ手をやった。

「さあ、刀を此処《ここ》へ置きます、お願いですから江戸へ帰って下さい、なまいきなことを云うようですが、人間は死ぬまでが修業でございましょう、貴方はちょっと脇道《わきみち》へそれただけで、元の道へお戻りになればいいのです。そのくらいの勇気がおありにならないとは信じられません、どうか勇気をおだしになって下さい、私はいつか、無神流師範としての石黒先生にお会いできるものと信じています」

そして、彼は休之助のほうへ去った。

伝次は無事だった。が、なかまのうち五人が死に、十三人が負傷した。秀もはね飛ばされて片足を折り、伝次たちに助けられて、他の負傷者といっしょに、木戸口の外に退避していた。

貯蔵所の者たちは死者十余人、負傷者も同じくらいあったが、その他はすべて逃げ去った。軀が満足で残っている者は一人もなかった。幸い番士小屋と糧秣庫《りょうまつこ》が焼けなかったし、番士小屋には医療品があったので、敵味方の差別なく、負傷者を小屋へ運んで、みんなで応急の手当にかかった。

「三郎、おまえはいいから、先に首尾を知らせに帰れ」

休之助が万三郎に云った。

「だって手が足りないでしょう」

「どうせ素人《しろうと》の手には負えやしない、伝次を医者の迎えにやって、おれたちはできるだけ早く江戸へゆく工夫をするんだ」

「しかし休さんはどこか怪我《けが》をしているんでしょう、知らせに帰るんなら休さんが」

「おれの云うとおりにしろ」

休之助が云った。

「おれは頭を打ってちょっと気を失っただけだ、おれのことを心配するより、自分がよけいなことをしないように気をつけるがいい」

「そのとおりでしょう多分、いやいいです、帰りますよ」

万三郎は伝次たちに労を謝して、観音谷から去った。

焼け落ちた建物はまだ赤々とくすぶり、谷は煙に閉ざされていた。石黒半兵衛はもう元の処《ところ》にはいなかった。忠告を容《い》れて立退いたものかどうか、――煙に閉ざされた谷を見かえりながら、万三郎はそっと口の中で呟《つぶや》いた。

「これでこの谷は、元の静寂にかえるだろう、こんな貯蔵所が造られたことも、この一夜の死を賭《と》した争闘も、やがて時に押し流されて消えてしまい、あとにはただ叢林《そうりん》が茂るに違いない、人間のすることなんて、はかないものだ」

万三郎は谷に向って、別れを告げるように手を振った。

それから五日めに休之助たちは山の小屋を出立した。

渡辺蔵人とかよを駕籠《かご》に乗せ、三人は歩いて、――もちろん順路は危ない、一行は笠間から水戸へ出、そこで江戸へ使いをやって、迎えの来るのを待ったのであった。

薄紅梅

一

おちづは鏡に向っていた。

肌ぬぎをして、白粉《おしろい》を塗りかけたまま、鏡の中の自分を、まじまじと眺めていた。

――これがあたしかしら。

自分が変ったことに、いまさら眼をみはる思いだった。

胸のふくらみは、僅《わず》かなあいだに恥ずかしいほど豊かになり、まるで疣《いぼ》くらいの小さな乳首と、その乳首のまわりが、ほのかな鴇色《ときいろ》に色づいていた。乳房の中には、まだ少し固いしこりがあって、強く押したりすると痛みを感じるが、それも以前とは違う痛さであった。むず痒《がゆ》いような、じれったくなるような痛さで、ときにわれ知らずぎゅっと押しつけ、そうするとやはり刺すように痛むので、声をあげてとびあがることもあった。

肩から腋《わき》へかけてのまるみも、それとわかるほど弾力を帯び、艶《つや》が出てきた。

——半ちゃん。

おちづは心の中で呼びかけた。

——あたしこんなに娘らしくなったのよ、あんたに見てもらいたいわ、あんたいまどこにいるの。

向うの縁先で縫物をしている松吉が、糸をこきながら、

「それからどうしたの」

と云《い》い、返辞がないので眼をあげた。

「あらいやだ、なにをそんなに見惚《みと》れているのさ、そんな恰好《かっこう》でぼんやりしていると風邪をひくよ」

「あたしもう大人だわねえ、松吉姐《ねえ》さん」

「あたりまえよ」

松吉は持った針を髪で撫《な》でながら云った。

「十五と云えばもうお嫁にゆく年じゃないの、あんたの躯《からだ》はおくなくらいだわ、——それよか話のあとをお聞かせな、その半ちゃんって子を追っかけてどこまでいった

の」

「藤沢ってとこまでいったわ」

おちづは化粧を始めながら話し続けた。

此処《ここ》は深川仲町の、松島屋という芸妓屋《げいしゃや》のひと間である。松吉という、その姐さん芸妓が主で、ほかには飯炊《めした》きのお仙というばあやがいるだけだった。

「藤沢って聞いたことがある名だわねえ」

松吉は針を進めながら、

「どこなのそこ、箱根よりかも遠いの」

「いやだ姐さん、箱根のずっとこっちよ、大山へ登る道のわかれる処《ところ》ですって、江の島ってとこへもいけるんですってよ」

「その藤沢でどうしたの」

「あたしお金を持ってないでしょ、川崎って処から水ばかり飲んでったもので、藤沢までいったらふらふらになって、なんとかいう橋の袂《たもと》で倒れちゃったのよ」

「そこで鬼六に捉《つか》まったんだね」

「そうじゃないの、そのときは大山帰りの親切なお爺《じい》さんに助けてもらったのよ」

おちづは溜息《ためいき》をついた。

「親切でやさしくって、ほんとにいいお爺さんだったわ、——でもいい人って大抵お金がないもんね、そのお爺さんも木賃宿へ泊って、自分でお粥《かゆ》を拵《こしら》えてあたしに喰べさしてくれたわ」

「そういうものらしいね、世の中ってものは」

誘われたように松吉も溜息をついた。

「金持にはろくな者はいないし、善い人は貧乏、——そんなところが世間の相場らしいよ、いくら御時勢が変っても、こればかりは変らないようだからね」

二

「そのお爺さんは江戸へ帰るところだったわ」

とおちづは続けた。

「あたしにも江戸へ帰れと云うの、あたしお伊勢さまへぬけ参りにゆくと云ってあったでしょ、お爺さんはそんなことはやめて江戸へ帰れ、途中でどんな災難にあうかもわからないからって。

でもあたし帰る気にはなれなかった、どんな苦労をしてもいいから、紀州という処までいって、半ちゃんに会うつもりだったの、その話を聞かれたのね、こっちは気がつかなかったけれど、あたしとお爺さんが話しているとき、そばにいたへんなお婆《ばあ》さんが、急にこっちへ話しかけたのよ。

――ぬけ参りとは感心な娘さんだ、あたしが箱根までいっしょにいってあげましょ。やさしそうな顔をしてそう云うの、それがとてもやさしそうで、あたしにもおまえさんぐらいの孫娘がある、こうして見ていると他人とは思えない、なんていったわ、――そうすると、あたしより先にお爺さんのほうが信用しちゃって、どうかぜひ伴《つ》れていってくれ、自分からも頼むなんて云っちゃったの」

「善い人ってものは疑うことを知らないからねえ」

「その明くる日、いっしょに木賃宿を立つと、まだ藤沢の宿を出るか出ないうちに、おまえさんは軀がまだ本当じゃないから、駕籠《かご》に乗っておいでと云って、あたし駕籠に乗せられました、まる一日半も水ばかり飲んで歩いたあとで、まだ疲れも治らないし、安心もしたんでしょう、揺られているうちについうとうとと眠ってしまったんです」

どのくらい経《た》ってからか、駕籠がおろされたので眼がさめた。出ろというので駕籠から出てみると、ごたごたしたうす汚ない町はずれの、小さな一膳《ぜん》めし屋の前で、――少し早いけれど午飯《ひるめし》にしよう。

と云われるまま、老婆《ろうば》といっしょにその店へ入った。

食事をしているあいだに、中年増《ちゅうどしま》の女があらわれて、おちづの機嫌をとるように、いろいろ話しかけたり、身の上を聞いたりした。おちづは（半次のことはべつにして）正直に自分のことをすべて語った。

――おやおやまあ、おっ母さんと弟を洪水《おおみず》でとられて、へえ、それはさぞ悲しかったろうねえ。

その中年増の女はそんなふうに云って、袂で眼を拭《ふ》いたりした。いつか老婆はいなくなり、ごろつき風の四十男が入って来た。

「そのときあたしすぐにわかったわ、ああいけない、これは人買いに捉まったなって」

おちづは化粧の手を止めた。

「それであたしいきなり啖呵《たんか》を切ったの、ばかにしちゃあいけないよ、江戸の金杉で山猫のおちづといえば、知らない者のないおねえさんだ、へたなまねをして後悔しないようにおしって」

「よくもまあ、――」

松吉は眉《まゆ》をしかめた。

「旅先のそんな家で、そんな人間によくもまあ云えたものだね」

「そのくらい馴《な》れたものだわ」

おちづはちょっと舌を出した。

しかしその啖呵は効果がなかった。むしろ逆に、相手の肚《はら》を据えさせた。

――そうか、そんなにいい顔の姐御か。

こう云うなり、男はおちづを殴りつけ、そこへ捻《ね》じ伏せた。

三

おちづは眼が眩《くら》んだ。

男はその逞《たくま》しい軀にあるだけの力で殴りつけ、ひき倒して捻じ伏せ、髪毛をつかんで顔を畳へ擦《こす》りつけた。

少しの仮借もない、力いっぱいの思いきったやり方であった。

おちづは抵抗をやめた。

――いまなにをしてもだめだ、温和《おとな》しくして、隙《すき》をみて逃げるよりしようがない。

そう思ったのである。

中年増が男を制止し、おちづを慰めながら、一方ではそれとなく威《おど》すようなことを云った。おちづを伴れて来た老婆が、おちづの身《み》の代金《しろきん》として、もう二十両という金を持っていった、とも云った。

——証文もちゃんと取ってあるんだよ、おまえの軀はもうおまえの自由にはならないんだからね。

おちづはなにを云われても返辞をしなかったし、また聞いてもいなかった。隙があると逃げだそうとし、そのたびに捉まって折檻《せっかん》された。相手は金にするつもりだから、殴る蹴《け》るの乱暴にも限度がある、決して傷をつけるようなことはなかった。それがおちづにわかって来た。

「あたししめたと思ったわ」

とおちづは自慢そうに云った。

「どんなことをしたって、決して傷をつけたり殺すようなことはない、どんなに暴れたって大丈夫だって」

おちづは徹底的に暴れた。

半次と金杉で別れた夜、彼女は三島と屁十のために、危ないめにあわされた。そのとき、女の軀に弱い部分のあることを知らされたので、暴れ方はまさに徹底的であり、「山猫」の名にふさわしいものであった。

逞しい四十男（ついに名はわからなかった）が軀じゅう爪痕《つめあと》だらけになり、

——このあま、殺してくれるぞ。

などと逆上し、しまいにはぐるぐる巻きに縛ったままで置かれた。

するとおちづは縛られたままで、気持の悪いのをがまんして、着物から夜具から畳まで汚した。そのために、家の中がすっかり臭くなったくらいであった。

——しようがない、叩《たた》いて売っちまおう。

かれらは諦《あきら》めた。

うまく仕込んで高く売るつもりだったらしい。が、とうてい手に負えないとみて、十日ばかりすると他の男に売り渡された。

「それが鬼六だったのね」

「そうじゃあないんです、鬼六は五人めにあたしを買った男なんです」

「まあ五人めだって」

松吉姐さんは口をあけて、吃驚《びっくり》したようにおちづを見た。

「そのあいだずっと暴れとおしたのかえ」

「片っ端から傷だらけにしてやったわ」

おちづは片手で、左の乳房をそっと押えた。

「がりがりひっ掻《か》いてやるし、嚙《か》みつくし、蹴っとばす殴る、――みんなあたしの十八番《おはこ》ですもの、三人めのやつなんか耳へ嚙みついて耳たぶを食い切ってやったわ」

「――呆《あき》れたひとだこと」

「そのときは怒ったわよ、そして、このお乳のところを拳骨《げんこつ》で突かれて気を失っちゃったわ」

おちづは押えている左の乳房の脇《わき》を、伸びあがって鏡に写してみた。

「ほら姐さん、そのときの痕《あと》がまだここに痣《あざ》になって残ってってよ」

四

女衒《ぜげん》の手から手へ渡って、正月下旬に、江戸へ来た。

藤沢の木賃宿を出て以来、どの町をどう移されたのかわからなかった。いつも家の中に檻禁されたままだし、売られてゆくときには、身動きのできないように縛られ、猿轡《さるぐつわ》を嚙まされた。

そうして五人めに、鬼の六兵衛と異名のある男の手に渡り、そこで松吉に救われたのであった。

松吉の旦那《だんな》という人は侍で、本名はわからないが「岡さま」と呼ばれ、五十四五になる温厚な人物だった。去年の十月、松吉に家を持たせてくれ、十日に一度ぐらいずつ逢《あ》いにくるが、もちろん料理茶屋へ呼ぶだけで、家のほうへ来たり、泊ったりするようなことはなかった。

——抱えでも置いたらどうだ。

たびたびそう云われ、松吉もその気になったとき、おちづの話を聞いた。

——鬼六の処《ところ》でまた娘の泣き声がする、例によってあこぎなまねをしているんだろう。

そんな噂《うわさ》であった。

六兵衛は深川八幡《はちまん》前に住んでいた。もう七十にちかい老人であるが、女衒としては、その冷酷と無情と、同時に女をみる鑑識の慥《たし》かさとで、その世界では知らない者がないくらいだった。

松吉は六兵衛の家を訪ねた。

「運だったわねえ、——」

とおちづは化粧を終って、肌を入れながら、大人びた口ぶりでそう云った。

「あたし姐さんを見たときすぐに、ああこの人はあたしを助けてくれる、って思ったわ」

「とびついたじゃないの」

と松吉は微笑しておちづを見やった。

「いきなりあたしにとびついて、助けて下さい、ってどなったじゃないの、――あたし吃驚してとびあがりそうになったわ」

「ごめんなさい、あたし夢中だったんです、この人に助けてもらえなければ、もうだめだって気がしたんです」

「そう云われると辛《つら》いわ」

「あら、なあぜ姐さん」

「だって助けたと云ったって、このまま堅気にさしてあげられるわけじゃなし、やっぱり芸を覚えて稼いでもらわなくちゃならないからねえ」

「そんなこと覚悟のうえよ」

おちづは向き直って、ひどくまじめな顔つきになって云った。

「あたし鬼六の処へ来るまでに考えたの、あたしのような者はお店《たな》の女中奉公もできないし、といって十五にもなってみれば、いつまで街をうろついてもいられない、なにか生きてゆくしょうばいを身に付けなければならない、それならいっそ軀を張ってやれって」

「そこへおちるわねえ、女は」

「いいえ、おちるんじゃないわ」

おちづは強く首を振った。

「あたし女衒の男をやっつけるたびに気がついたの、男はあたしたち女を食いものにしたりなぐさんだりする、けれど、こっちがそのつもりになれば、男ほどたあいのないものはない、こっちの思うままにすることができるって、——そうじゃないかしら、姐さん」

「そうかもしれないわね」

松吉がふとからかうような眼を向けた。

「半ちゃんていう子をべつにすればね」

五

「あら、——姐《ねえ》さん」

おちづは赤くなった。

「いやだわ姐さん、半ちゃんとこの話とはまるっきりべつよ」

「だから半ちゃんはべつにして、って云《い》ったでしょ」

「だっていやだわ」

ますますおちづは赤くなった。松吉は縫物を膝《ひざ》からおとし、ふとしんみりした眼つきでおちづを見た。

「あたしが云うのはね、女は結局のところ弱いもんだと云うことなんだよ、いまあんたは、そのつもりになれば男なんか手玉に取ってみせるって、云ったわね」

「あたし姐さんにその証拠をみせてあげられると思うわ」

「でも半ちゃんはべつなんだろう」

「姐さんったら」

「まあお聞きよ、――そりゃあね、女がいちどこうと肚《はら》をきめれば、男なんてこっちの思うままさ、鼻づらに縄を付けて曳《ひ》き廻すことだってできるわ、でもそれは好きな人ができるまでのことよ、好きな人もないし、男なんてけだものだと思っていられるうちは、あんたの云うようにやれるだろうけど、いちど好きな人ができ、情愛というものを知ってしまうと、――女はもうだめ、こんどはまた泣く番がまわってくるのよ」

おちづはじっと姐さんの顔をみつめた。

「――姐さんにも、好きな人がいるのね」

「そりゃあおまえ、あたしだって女だもの」

「——いまでもいるの」

「あたしはあんたに話してるんじゃないの」

松吉は釵《かんざし》で頭を掻《か》いた。

「半ちゃんていう子が帰って来て、あんたと会うことができたにしても、お互いに年も若いしすぐいっしょになれるわけじゃない、あんたはあんたで稼ぎ、半ちゃんにもなにか職を覚えてもらって、さきを楽しみに辛抱するんだわね」

「ええ、そうするつもりです」

おちづは仔細《しさい》らしく頷《うなず》いた。

「だからあたし、半ちゃんが帰ったら此処へ来るように半ちゃんの知っている家へ頼んでおいたんです」

「あたしもできるだけのことはしてあげるつもりよ、——このしょうばいには、あんたなんぞの知らない辛いことがいろいろある、それも八方から義理に絡《から》まれて、泣いても泣ききれないような事さえあるんだよ」

「あたしおよそ知ってます」

おちづは強く頷いた。

「あたしは街で育ったようなものだし、ごろつきやならず者たちの、云うことすることを聞いたり見たりしてきたんですもの、どんな事があったって驚きゃしませんわ」

「ああ、――あんたってひとは」

松吉は膝へばたりと手を落した。

――見たり聞いたりしたことがなんになるものか、いざ自分のことになってみると、そんなものは少しも役に立ちはしない、人間はみんな、自分で火傷《やけど》をしてみてから、初めて火の熱いことを知るものなんだよ。

こう云いたかったが、云ってもむだだということがわかっていた。松吉は溜息をつきながら立ちあがった。

「さあ手伝ってあげよう、着替えをしてお稽古《けいこ》にいっておいで」

春昼

一

万三郎は井戸端で汗をながしていた。

下帯だけの素裸になり、釣瓶《つるべ》で水を汲《く》みあげては、肩からざあざあ浴びるのである。

〽——嵯峨《さが》にては、ただ、片折戸したる所とこそ、きこし召し候《そうら》え、さようの賤《しず》が屋《や》には、片折戸と申すものの候——。

植込の向うから、女の謡《うた》う声が、いかにものどかに聞えて来た。

万三郎はなお水をかぶる。

筋肉のよく発達し、艶《つや》つやと緊張した膚《はだ》を、水は白玉を飛ばして洗い流すが、膏《あぶら》にはじかれて水滴も残らない。春とは云《い》ってもまだ二月中旬で、朝の空気はかなり冷たかったが、まる一時間も刀を振った（彼の日課であった）あとでもあるし、若い血の充満している軀《からだ》は、水で打たれるとますます緊張し、みごとに赤くなっていった。

〽——やがて出《い》ずるや秋の夜の、やがて出ずるや秋の夜の——

謡の声はまだ続いていた。

「はてな、——」

万三郎は首を傾《かし》げ、手拭《てぬぐい》できゅっきゅっと軀を拭《ふ》きながら、眼を向うへあげた。

此処《ここ》は向島須田村で、青山大膳亮《だいぜんのすけ》の下屋敷である。結城から帰って来てすぐ、かれらはいちど橋場の和泉屋の寮に入ったが、あまり人数が多いと、敵に嗅《か》ぎつけられる危険があるし、また近いうちに、紀伊家の小田原河岸の邸《やしき》から、花田徹之助の妻子を奪回して来る計画もあるので、かよに万三郎を付けて、向島へと移らせたのであった。

青山（大膳亮）幸直は若年寄で、井伊直明とも親しかったし、松平伊豆守《いずのかみ》とはさらに深い交友があった。それでその下屋敷を借りたのであるが、此処は前に綾瀬川《あやせがわ》の流れがあり、向うは畑や田や、雑木林などの、うちわたして見える田園で、晴れている日には、筑波山が美しく眺められた。

「あの山の向うだったな、——」

いま、万三郎の眼にその筑波山が見える。

結城から加波山、観音谷のあの夜までの、眼まぐるしい出来事が、なつかしい回想となって、記憶のなかによみがえって来た。

「そうだ、いまになってみると、なにもかもなつかしい」

彼は眼を細めながら呟《つぶや》いた。

「あのときは死ぬか生きるかという騒ぎだった、特に古木邸へ忍び入ったあの晩は、——」

そこで万三郎ははっとした。

〽——げにや一樹の蔭《かげ》に宿り、一河の流れを汲むことも、——みなこれ他生の縁ぞかし。

謡の声はあまりうまくない、間拍子もおかしいが、聞いているうちに万三郎は、その文句に覚えのあることを知った。

「慥かに初めてではない」

彼は首をかしげた。

——慥かにどこかで、——なんでも雪が降っていたようだが。

そしてぱっと眼をみはった。

「そうだ、古木邸の中だ、あの土蔵の窓から聞えて来たのだ」

雪が舞い狂っていた。

彼はつなの所在を捜して、その雪の中を歩きまわっていた。すると、吹き荒れる吹雪の彼方《かなた》から、静かな、よく澄んだ声で、その謡曲が聞えて来たのであった。

「そうだ、あの人が謡っていたんだ、土蔵の二階の座敷牢《ろう》の中で、——つなさんが」

二

軀を拭き、着物を着ると、万三郎は木戸をぬけて中庭へ入っていった。

かよの住居はかなり大きい。大膳亮が来るようなときは、おそらく老臣の宿舎にでも使うのであろう。十帖《じょう》に八帖二た間と、小部屋が四つばかりあり、かよのほかに青山家の老女と、二人の下婢《かひ》がいた。

老女は藤井という名で、もう五十六七になり、かよの監視役であるが、五六日もするとすっかりかよが好きになって（つまりまるめられて）しまい、いまではあまやかして育てた娘のように大事にしていた。

万三郎の住居はべつであった。

それは中庭の南がわにある侍長屋の一棟で、隣りには和田東麿《はるまろ》という、勝手係りの侍とその老妻が住んでいた。東麿などと、名前だけは公卿《くげ》のようにみやびやかであるが、当人は年も六十三になり、白髪頭で腰が曲りかけている。自分でもその名に気がさすらしく、

――どうもこの名前には困ります、昔からずいぶん恥ずかしいおもいをして来ました。

と万三郎にも云った。おそらく初対面の人には誰にでも云うことらしい。

――父が国学に凝って、こんな名を付けたのだそうです、はるまろと読んでくれる人はごく稀《まれ》で、たいていはあずままろ、なかにはとうまるなどといやがらせのように読む者もありました。

――とうまるでは囚人を護送するとうまる駕籠《かご》を連想するから、これはいやがらせ

と思うのもむりはないであろう。——しかしその東麿老人の妻女が、万三郎の世話をしてくれるのであった。

万三郎はかよの住居へいった。

かよは障子をあけ放した八帖にいて、とり澄ました恰好《かっこう》で、謡曲をうたっていたが、万三郎が来たのを見ると、ぴたっとうたいやめ、てれたように、首をすくめながら舌を出した。

「いまうたっていた謡曲は、なんというんです」

「いやですわ、謡曲だなんて」

かよはまた首をすくめた。

「わたくしのはうろ覚えで、ひとのうたっているのを聞いたんです、わたくしには謡を稽古《けいこ》するような時間はございませんでしたわ」

「それにしては上手じゃありませんか、なんというんです」

万三郎は広縁に腰をおろした。

「なぜそんなに気になさいますの、御存じなのでしょ、三郎さま」

「知らないから訊《き》くんですよ」

「あらそうかしら、——」

こう云って、かよはいたずらそうに、横眼で彼を見た。

——ふしぎな女だ。

万三郎は心のなかで思った。

初めて築地飯田町の「増六」で逢《あ》ったときから、敵味方に分れながら、どこかに深いつながりが感じられた。見ぬ恋にあこがれていた、というかよの言葉は、おそらく嘘《うそ》ではなかったろう。が、それだけではなく、彼女のすること云うことのすべてが、いちいち万三郎の心に温たかくしみいるようである。

いま謡を聞かれた恥ずかしさに、首をすくめたり、舌を出したりしたが、

——つなら決してそんなことをしない。

と思うし、いかにもかよに似合っていて、むしろ微笑《ほほえ》ましいほど愛らしくみえた。

三

——こんな妹があったら、さぞ可愛《かわい》いことだろうな。

万三郎はそう思いながら、

「知っているなら教えてもいいでしょう、なんという謡曲ですか」

「わたくし知ってますわ」

「じゃあ教えて下さい」

「いいえ謡じゃなく、あなたがどうしてお訊きになりたいかということ」

「――悪い癖だ」

万三郎は手を振った。

「貴女《あなた》はいつも話をはぐらかす、肝心なところになるときまってはぐらかすんだから」

「はぐらかしはしませんわ、本当のことを云っているんです、あなたはつなさんがうたっていらしったので、なんという謡かお知りになりたいんでしょ」

「それはまあ、それもあるが」

「あらいやだ、お顔を染めたりなすって、三郎さまもずいぶんだこと、――でもね」

とかよはくすっと笑った。

「本当は三郎さまは思い違いをしていらっしゃるのよ、御存じないでしょ」

「なにが思い違いですか」

「あなたはね、――云ってもいいかしら」

かよは媚《こび》のある眼で、じっと万三郎をみつめながら云った。

「あなたが本当にお好きなのはね、つなさんじゃないっていうこと、つなさんを好きだと思っているのは、御自分の思い違いだっていうことよ」

「ほほう、――」

万三郎はにやっとした。

「それが思い違いだとすると、私が本当に好きな人はほかにいるというわけですね」

「もちろんですわ」

「教えてもらいましょう、誰です」

「わ、た、く、し、――」

一字ずつ句切って、あまえたような、舌ったるい調子で、しかしはっきりと云った。

万三郎は毒気をぬかれた。

「貴女ですって、私が貴女を」

「お好きなんですの」

かよは躯ごと向うを向いた。そうして恥ずかしさを隠すためだろうか、こちらへ背中を向けたまま、羽折の下でしきりになにかしながら云った。

「あなたは長崎にいらっしゃるうちに、つなさんのことをお聞きになって、あの方をお嫁にもらうおつもりになったでしょ、そのことがあなたのお頭《つむ》に残っていて、まだ約束もなにもなさらないのに、まるで許婚《いいなずけ》かなんかのような気持でいらっしゃるんですわ」

「もちろん約束はしていません、しかし私の意志は休さん、いや甲野の兄からもうちゃんと伝えてあるんです、あの人もそれを知っているんですよ」

「それでどうして婚約をなさいませんの」

かよはひそかに帯を解いていた。万三郎は単純だから、話にひきこまれたのと、かよが恥ずかしがっているものと思いこんでいるのとで、それにはまったく気づかなかった。

「どうしてって、それはつまり」

彼は大いにせきこんだ。

「つまりですね、いくらなんだってこんな騒ぎのさいちゅうに、婚約だなんて、そんなことが云いだせるわけがないからですよ」

「あら、なぜでしょう」

四

「なぜいけませんの」

とかよは続けた。

「まさか合戦をしていたわけではなし、あんな山の中の小屋に、長いあいだいっしょにいて、本当に好き合っている同志なら、婚約はおろかもう愛し合っていていい筈《はず》ですわ」

「かよならそうしますわ」

「ばかな、冗談じゃない」

万三郎は本当に赤くなった。

「断わっておきますがね」

と彼は吃《ども》りながら云った。

「そういう話は私も聞きたくないし、貴女にとっても褒めたことじゃない、また、私がつなさんよりも本当は貴女を好いているんだなんということもよして下さい」

「あら、なぜですの」

「そんなことは事実じゃあないし、若い男女の口にすべきことでもないからです」

「事実じゃあないんですって」

「むろんですとも」

「では三郎さまは、かよを好いてはいらっしゃらないというんですわね」

かよはくるっと向き直った。

片手でひき寄せた薬箱をあけ、中から膏薬《こうやく》を取出すと、ごく自然な動作で万三郎を招いた。

「ちょっと此処《ここ》までいらしって下さい」

万三郎はあがっていった。

諄《くど》いようだが、彼は単純であり、底抜けなほど人間を信頼する、かよはそれをよく知っていた。彼を翻弄《ほんろう》することにかけては、誰にも負けない自信があったし、それはまたいいようもなく楽しいものであった。

「はいこれ、――」

そばへ来た万三郎に、かよはそう云《い》って膏薬を渡した。じつに巧みな自然さである。

万三郎はそれを受取った。

「どうするんです」

「貼《は》り替えて頂くのよ」

そして、かよは着物の衿《えり》を左右にひらいた。

「う、――」

万三郎は妙な声を出した。

眼の前でぱっと、かよの胸があらわになった。雪白の肌が、いきなり彼の眼へとびこんできたようであった。彼は反射的に眼をそらしたが、なめらかに脂肪を包んだ肌の色と、たっぷりと豊かに、重たげな乳房のまるみと、そうして二つの小さな鴇色《ときいろ》の蕾《つぼみ》とが、そらした眼の裡《うち》にはっきりと残って、彼を狼狽《ろうばい》させ、のぼせあがるような気持にさせた。

「さあお願いしますわ」

かよはあまえた声で云った。

「好きでもなんでもなければ、このくらいのこと平気でしょ、三郎さまがわたくしを愛していらっしゃるとすれば、それは無理かもしれませんわ、愛している女の肌にじかに触るなんて、そうたやすくできることじゃありませんもの、――でも愛してもいず好きでもなければべつですわ、石かなにかに触るのと同じですもの、ねえそうでしょ」

「つまり、――つまり貴女は私をからかっているわけですね」

「いいえ、かよが好きでないという、証拠を拝見したいだけですわ」

「私は、云っておきますが」

「おできになれませんの」

かよはあらわな胸を彼のほうへ向け、眼を細めて、斜交《はすか》いにじっと見あげた。

五

「できないことがあるものか」

万三郎は下腹へ力を入れた。

「お望みならばやりますよ」

「ではどうぞ、まえのを剥《は》がして、そのあとをよく拭《ふ》いて、それから新しいのを貼って下さいましな」

「なにそのくらいのこと」

かよはもっと衿をあけた。

傷は左の乳房の下にあった。膏薬を貼り替えるには、乳房を少しあげなければならない、かよは知らん顔をしていた。

——こうなれば男の面目だ。

万三郎は悲壮な顔つきで、もういちど下腹に力を入れそれから片方の手で、かよの乳房を押えた。内がわに温たかさを包んで、表面のやや冷たい、指に吸いつきそうな乳房の触感は、——大なる決心にもかかわらず、万三郎を殆《ほと》んど惑乱させそうであった。

「あらいやですわ」

かよが肩をすくめた。

「そんなふうに触っては擽《くすぐ》ったいじゃございませんの、もっと遠慮なしにやって下さいまし、ぐいぐいと」

「もちろん、――やりますよ」

万三郎は眼を脇《わき》へ向け、火にでも触るような手つきですばやく乳房をかきあげるなり、右手の指で、（貼ってある膏薬を）さっとひき剝がした。

「あっ、痛い」

かよが叫んでとびあがった。

「まあひどい」

「こ、これは失礼」

「まあひどい」

かよは自分で乳房の下を見た。殆んどふさがっていた傷口の一端から、血が滲《にじ》み出ていた。万三郎はすっかり度を失い、

「これは悪かった、とんでもないことをしました、貴女が遠慮なくぐいぐいやれと云うもので、ついその、――済みません、勘弁して下さい」

「それにしてもずいぶん邪険になさるわ」

「まったく済みません」

「これで拭いて下さいまし、それから、これが血止め薬ですから、これを先に塗って、それから膏薬を、——」

云いかけて、かよは庭のほうを横眼で見た。誰か庭先へ来たように思ったのであるが、横眼で見ると、若い女がこっちへ近づいて来るところだった。

それは甲野のつなであった。すっかり武士の娘姿になり、髪もきれいに結いあげてどうやら薄化粧をしているらしかった。こちらのようすにはまだ気がつかない、かよは微笑した、嬉《うれ》しくって堪《たま》らないという微笑だった。

「こんどはそっとなすってね」

かよは鼻声の舌ったるい口ぶりで、こう云いながら胸を前へさし出した。乳房が顔へ当りそうになり、万三郎は身を反らした。

「そんなに動いてはだめです、少し動かないでいて下さい」

「だって痛いんですもの」

「動くからですよ、じっとしていれば、——もうちょっとこっちへ向いて下さい」

つなは縁先まで来た。そして、そこでぴたっと立停った。

まるで急に石にでもなったように、ぴたっと立停り、大きくみはった眼で、座敷の中の二人を見た。

「あらいやあ——擽ったい」

かよが嬌声《きょうせい》をあげた。

六

つなの顔は紙のように白くなった。

彼女は見た。——いちどは自分の眼を疑った、それはあり得べからざる情景であった、これまで見たこともないし、想像したこともなかった。——しかし現に彼女は見た。眼の誤りではない、慥《たし》かに、現実に、彼女はその情景を見たのであった。

つなは眼が眩《くら》みそうに思った。

女の眼にも羨《うらや》ましいほどの、美しく嬌《なま》めかしい胸、すっかり成熟した、あらわな、むきだしの胸。そして、その胸にちかぢかと顔を寄せて、その豊かな乳房に手を触れている万三郎。

つなは自分が辱《はずか》しめられたように思った。屈辱と怒りがつなを圧倒した。それは、日頃のたしなみを忘れさせるほど、強く激しいものであった。

「ごめんあそばせ」

つなが声をかけた。

二人は振返った。かよは自分の企《たくら》みがまさに成功したことを認めながら、ひどく吃驚《びっくり》したように、あっと眼をみはり、

「まあ、つなさま」

と云って衿をかき合せた。

「いついらっしゃいましたの、まあ、少しも存じませんでしたわ」

「やあいらっしゃい」

万三郎はにこっと笑った。彼としては良心が咎《とが》めないから平気であった。つなはまったく石のように硬《こわ》ばった顔で、しかし眼にはらんらんと怒りの焔《ほのお》をこめて、刺しとおすように万三郎を睨《にら》んだ。

「いまかよさんのね」

と万三郎は明朗に云った。

「あのときの傷の手当をしていたんですよ、慣れないもんでちょっと失敗したりしま

したが、まあおあがりになりませんか」

「此処で失礼いたします」

つなは切り口上で云った。

「花田のお兄さまからお言づけがあってまいりました、御用があるから来て頂きたいとのことでございます」

「そうですか、今日ですか」

「よければすぐにということでございました、おわかりでございますか」

「わかりました、しかし」

「おわかりでしたら帰ります」

つなはもういちど、ぐっと睨みつけた。

「たいそう失礼いたしました」

そしてくるっと踵《きびす》を返した。

「どうしたんです、つなさん、まあいいじゃありませんか」

万三郎は広縁まで出ていって呼んだ。

つなは返辞をしなかった。かよもなにか云ったようである、が、その声は嘲笑《ちょうしょう》のように聞えた。つなは殆んど夢中で、走るようにその屋敷から逃げだした。

——なんという憎らしい、いやらしい胸だろう。

外へ出るとつなは激しく首を振った。

——年は同じじゃないの、あたしの胸はまだこんなに小さいのに、あの人ときたらもうあんなにもきれいにふくらんで、——ああ憎らしい。

彼女は歩きながら、自分の胸を押えてみた。躯《からだ》ぜんたいのひき緊《しま》っている彼女の胸は、それなりに魅力のあるふくらみと、豊かな弾力をもっていた。しかし彼女にはそれがいかにも貧弱で、薄く、みすぼらしいように思えた。

「あたし忘れないわ、決して」

とつなはうわ言のように呟《つぶや》いた。

「今日のことだけは、決して忘れないわ」

道ひらく

一

万三郎が和泉屋の寮へいったとき、つなはもう先に帰っていて、恐ろしいような眼で彼を睨《にら》んだ。

彼はつなが誤解していることを知り、その弁明がしたかったので、兄の部屋へゆくまえに、つなをつかまえて強引に庭はずれのほうへ伴《つ》れていった。

「たったひと言、――ひと言でいいんです」

つなは拒んだが、拒みとおしはしなかった。怒りと復讐《ふくしゅう》の神（そんな神があるとすれば）のような顔つきで、黙って冷やかについて来た。

「お願いですから、どうか私の云《い》うことをすなおに聞いて下さい」

「――さあどうぞ」

「貴女《あなた》はつまり、なにか考え違いをなすっていらっしゃるようですが、実際のところあれはなんでもないんです、ほんとですよ、本当にただ膏薬《こうやく》の貼《は》り替えをしていただけなんです」

「あの人には藤井という老女が付いている筈ですわね」

「ええ付いています」

「どうしてその老女がしないで万三郎さまがなさいますの」

つなは冷静な声で云った。

「それもほかのところならともかく、あんなに胸をひろげて、――親に見られても恥ずかしい胸などをひろげて、それをまた万三郎さまが、たいそう御熱心に」

「待って下さい、つまり、そ、そこに、誤解があり理由があるんですよ、私だってべつに好んであんなことをしたわけじゃないんです」

「でもまさか腕ずくでさせられたわけでもございませんでしょ」

「ひとつすっかり話しましょう」

万三郎は咳《せき》ばらいをした。

——話せばわかるんだ、原因はこの人にあるんだから。

彼はそう思った。まさにそのとおりである、つなさんよりも本当はあたしのほうを好いているんだ、とかよに云われたのが、事の始まりであった。そして、もしもそうでないなら、膏薬の貼り替えをしてみろ、よろしい、という結果になったのである。

——要するにこの人が好きだという証拠をみせたんだからな。

彼としては堂々たるものなのである。が、さてそれを話そうとしたとたん、ぐっと舌が詰ってしまった。

「なぜあんな事をするようになったかといえばです、その、——私がですね、つまり」

彼は急に赤くなった。

「あ、あ、貴女と私とが、いや私が長崎にいたときにですね、私が長崎にいたことは御存じでしょう」

「どうぞ続けて下さいまし」

「ええ続けます、もちろん」

彼の顔が汗ばんできた。

「その、いや、長崎は問題じゃないんです、休さんから手紙で、いや、もっと話を端折《はしょ》りましょう、私は云ったんですよ、そんなことはないですって、私は、私たちはもう」

「なにを仰《おっ》しゃっているんです、わたくしには仰しゃることがまるでわかりませんわ」

「そうでしょうか、――」

万三郎は溜息《ためいき》をついた。

これは口に出して云えることじゃない、本当はかよよりもつながが好きだ、その証拠をみせるためにしたことだなんて。

そんな話を、いくら万三郎が単純な人間にもせよ、男の口から云えることではなかった。

二

「それでおしまいですの」

つなは皮肉に云った。

「いやそうじゃない、話はこれからなんですよ、しかし、どうも考えてみるのに、これは私の口からは云えそうもないんです」

「つまり弁解はできないと仰しゃるんですわね」

「弁解じゃない、真実を云いたいんです、しかし、——」

「わたくし無理にお聞きしたくはございませんわ」

つなは冷やかに微笑した。

「あなたのお話がどうあろうと、わたくしの眼で見たことに変りはないと思います、どんなに条理の立った弁明より、わたくしは自分の眼で見た事実のほうを信じますわ」

「それが誤解のもとなんですがね」

と万三郎はべそをかきながら云った。

「人間の眼で見ることなんてたかが知れてます、誰が殴ったとか、泣いたとか、転んだとか、そんなことはみんな上っ面《つら》の問題で、真実なんか見えるもんじゃないんですから」

「では真実を仰しゃって下さい」

「それが貴女はそう軽く云うけれども、真実というものはそう易々《やすやす》と口にできないばあいもありますからね」

「はあ、そうでございますか」

つなはゆっくりと頷《うなず》いた。

「眼で見たものも間違い、口で云うこともできない、――そう致しますと、万三郎さまの真実と仰しゃるのは、どうして理解したらいいのでございますか」

万三郎はうっといった。

こう理詰めにやられると、普通の男ならむかむかするところである。相手が好きな女であればあるほど、怒りたくなるのが一般らしい。が、万三郎は閉口するだけであった。

――この人は頭がいい。

そう感心したくらいであった。

「そこをひとつ、わかって頂きたいんですが、――」

彼がそう云いかけたとき、裏の堀へ通ずる木戸があいて、休之助が入って来た。

二人は庭はずれにいたので、入って来た休之助はすぐにかれらをみつけ、例の性分で、いきなり大きな声で呼びかけた。

「そんな処《ところ》でなにをしているんだ三郎」

万三郎は頭を搔《か》いた。

「お帰りあそばせ」

つなはいそいそと休之助のほうへ近よっていった。休之助は弟に向って云った。

「もう兄上に会ったのか」

「いや、それがその、いま来たばかりなもんで、これからすぐ」

「いっしょに来い」

休之助は顎《あご》をしゃくった。

「すばらしい知らせがあるぞ」

「――なんです」

万三郎は気が重かった。かよにさんざん翻弄《ほんろう》されたうえ、ぎゅっというほどつなに油を絞られ、云いたいことも云えず、誤解を誤解のまま残さなければならない。そう思うとうんざりするほど気が塞《ふさ》いだ。

しかし、休之助が低い声で云った次の言葉を聞くと、頭から水を浴びたように、はっと立停って、眼をみはった。

「おい三郎、中谷がやったぞ、紀州田辺で、中谷がみごとにやっつけたぞ」

三

徹之助の部屋へゆくと、休之助は坐《すわ》るのももどかしげに話しだした。

その日、休之助は連絡する用があって、深川の井伊家下屋敷へいった。するとそこに、中谷兵馬からの手紙が来ていた。文面は簡単で、

——発見、始末完了。

というぐあいに書いてあった。

おそらく、休之助たちと同じように、貯蔵所かそれに類する場所を発見し、それをきれいに片づけたというのであろう。

「ああ、あの半次という少年がうまく会えたな」

その手紙を読みながら、徹之助が云った。

「どうかと思って案じていた、たぶんだめだろうと諦《あきら》めていたんだが、これでみると無事に会っているし、こっちから云ってやった問題も調べ済みだったらしいな」

「なにを云ってやったんですか」

と万三郎が訊《き》いた。

「左近将監さま、——頼興さまの御動静だ」

「だって中谷がいったのは田辺でしょう」

「だから使いを出したんだ」

休之助がそばで云った。

「頼興さまがお忍びで、田辺へしばしば遊猟にいらっしゃる、そういう密報があったんだ」

「休さん知ってたんですか」

「おれは兄上から聞いたんだ」

「なーんだ」

万三郎は口をへの字にした。

「ずっと加波山でいっしょだったのに、いやに知ったようなことを云うからどうしたのかと思った」

「おれが知ったふりをするって」

「やめろ、二人とも黙れ」

徹之助が二人を睨んだ。二人は黙った。徹之助は舌打ちをし、さらに、こんどは手紙のあとを黙読して、終るとそれを万三郎に渡した。

「——半次がなあ、可哀《かわい》そうに」

読みながら彼は首を振った。こちらでは休之助が長兄に訊《き》いていた。

「江戸邸の中心について、あいつどうしても口を割りませんか」

「云わない、どうやら知らないというのは事実らしい、ただ一つだけ新しいことを白状した」

「なんです」

「深川のさる料亭で、月に二度ずつ日を定めて会っていた人間があるそうだ」

「紀伊家の者でしょうか」

「そうかも知れない、——かたく秘密が守られていたところをみると、同家中でありながら屋敷の外で密会する、ということも不自然ではない」

「しかし、顔でわかるでしょう」

「相手はいつも覆面しているということだ」

休之助はちょっと考えて、

「そいつを押えてみましょう」

「おれもそう思う、が、——」

徹之助が云いかけたとき、万三郎が「あれっ」と頓狂《とんきょう》な声をあげた。

「これはなんです、これを読みましたか兄上、甲斐《かい》のくににも貯蔵所があるというじゃありませんか」

「静かにしないか」

「しかしここにちゃんと書いてありますよ」

「わかっている」

徹之助が頷いた。休之助はうんざりしたような眼で弟を見た。徹之助が云った。

「甲府城の近郊に貯蔵所のあることは、つい数日まえにわかったのだ、が、われわれはそれより先にやらなければならないことがある」

四

「うかがいましょう、なにをやるんですか」

万三郎は坐り直した。

「まず情勢の概況をよく頭に入れておいてもらおう」

徹之助が云った。

加波山で渡辺蔵人が語っていたように、情勢はたいそう味方に好転していた。すなわち、松平伊豆守《いずのかみ》が（ひそかに）各方面に運動し、老中筆頭の松平定信、若年寄の安藤対馬守《つしまのかみ》、溜間詰《たまりのまづめ》の大久保加賀守、板倉左近らを説得、さらに水戸宰相治保からも援助の確約を得た。――だが、幾たびも記したとおり、問題が非常に重人であるから、どんなことがあっても表沙汰《おもてざた》にはできない。飽くまでも隠密《おんみつ》のうちに処理しなければならないので、以上の人々の助力も、結局は捜査の便宜を計る、という程度のことしか望めないのであった。

では敵のほうはどうか。――

和歌山在城の左近将監頼興が、いまのところでは頭首らしい、ということがわかった。

頼興は紀伊家七代の宗将の四男で、現藩主治宝《はるとみ》の叔父に当っている。そのとき三十四歳になっていたが、七年まえからずっと和歌山に帰ったままで、褒貶《ほうへん》いろいろの評があった。たいそう豪放闊達《かったつ》な人らしく、江戸でなにか乱暴な事をしたため、国許へ蟄居《ちっきょ》させられたのだ、などという噂《うわさ》もあった。

同情する向では、彼が紀伊家を継ぐつもりだったといわれる。というのが、七代宗将の長男が重倫《しげのり》といい、これが八代を継いだ。九代はその子の治貞《はるさだ》であるが、治貞には女子ばかりで、二人生れた男子は早世したため、重倫の三男である治宝、つまり治貞の弟が世子に直ったわけであった。

この世子問題のとき、頼興は自分が推されるものと思った。現に重倫（頼興にとっては長兄に当る）が、そういう口約を与えたとさえいわれるくらいで、もちろん真偽のほどはわからないけれども、頼興はその点に相当つよい希望をもっていた。

それが期待外れになった。

もしも右の話が真実とすれば、頼興のあまりに奔放な性格が嫌われたのかもしれない。そうして、その失望がさらに彼の性格に火をつけ、ついには、紀州へ蟄居させられるようなことになったものかとも、思われるのであった。

右のような情勢とすれば、イスパニアと密契して、「朱雀事件」という桁外《けたはず》れな陰謀を企図したことも、ほぼ頷かれるのであるが、しかし、それは頼興ひとりで為《な》し得ることではない。頼興の豪放不羈《ふき》な性格と、その立場からくる不平不満とに乗じて、頼興にとりいり、頼興を煽動《せんどう》して、この企図の頭首にした人物がいる筈《はず》である。

——慥《たし》かに背景がある、頼興よりも、もっと直接にイスパニアと通謀し、ぜんたいの実権を握っている人間がいる。

個人であるか、それとも集合体であるかはわからないにしても、背後になにものかのいることは、疑う余地がないと思われた。

「これまで、手を替え品を変え、渡辺蔵人を訊問《じんもん》してきた」

と徹之助は云《い》った。

「だが、彼が詳しいことを知らないと云うのは、事実のようだ、これまで彼は、ときどき覆面した或《あ》る人物と密会して、その命令によって動いていたらしい、そこで、まずその覆面の人間に手掛りをつけてみたいと思う」

五

「わかりました」

万三郎がいそいそした。

「お呼びになったのは、つまり私にその人間を捉《つか》まえろというわけですね」

「まあおちつけ、――」

徹之助は弟を制して云った。

「渡辺の口ぶりでは、その男は枢要《すうよう》な位置にいる人間のようだ、おそらく、その料亭へ来るときには、蔭《かげ》に護衛者が付いているだろう」

「そんな者の五人や十人」

「うるさい、おちついてよく聞けというんだ」

「はい、——よく聞きます」

万三郎がかしこまるのを見て、徹之助はちょっと舌打ちをし、それから続けた。

「護衛の有る無しにかかわらず、できるならその男から情報を聞きたい、捉まえるよりは、そのほうが敵の動きや内情がわかる、そう思わないか」

「そう思います」

「そこで、——渡辺は結城へ去って以来ずっと会わない、加波山の貯蔵所の潰滅《かいめつ》したことはむろんわかっているだろうし、かれらのほうでは渡辺が、死躰《したい》の出ない以上、連絡のあるのを待っているに違いない、だから、おまえが渡辺の使いということになって、その男に会ってみるのだ」

「本来なら私の役なんだ」

と休之助がそばから云った。

「三郎では不安心なんだが、私は紀伊家の者に顔を知られている、その男が紀伊家の人間だとするとぶち毀《こわ》しになるから、やむなくおまえに代行させるんだ」

「そう口惜《くや》しがらなくってもいいですよ」

万三郎はこうやり返して長兄を見た。

「むろん私はうまくやりますが、渡辺の使いだといって、相手を信じさせる方法があるんですか」

「――これだ」

と云って、徹之助は一本の脇差《わきざし》をそこへ取出した。

「拝領の品とみえて、目貫《めぬき》に花葵《はなあおい》の紋がある、中身は来国俊《らいくにとし》だから、かれらのあいだでは相当ひろく知られている品だと思う」

「つまり証拠に使うんですね」

「そして、こういうぐあいに云うんだ」

徹之助は嚙《か》んで含めるように、念を入れて口上を教えた。

――渡辺は加波山からうまく逃げ、いまは江戸へ来て、浅草の裏町に隠れている、花田ら一味に跟《つ》け覘《ねら》われているため、自分は外へ出ることができない、それでこの者を使いにやるから、必要な事があったら今後はこの者に申しつけてもらいたい。

そういうのであった。

「わかりました」

「忘れてはならんぞ」

徹之助は繰り返した。

「渡辺がその男に会うのは月に二度、十一日と二十一日だ、臨時に用のあるときは、その男から小田原河岸の下屋敷へ知らせて来る、十一日と二十一日は、用の有無にかかわらずその料亭で会う、これが二人のあいだの規約だ、――いいか」

「向うは疑ってかかるぞ」

休之助が戒告を加えた。

「むやみに質問したりすると曝露《ばくろ》するから、初めはただ云うことを聞くだけにするんだ、よほど注意しないとあべこべにやられるぞ」

六

「私だってそのくらいのことは承知していますよ」

万三郎は休之助に云った。

「まあ休さんは黙って見ていて下さい」

「どうかそう願いたい」

休之助が云った。

「おれだっておまえがそれほど凡くらだとは思ってやしない、相当なことができるとは信じているよ、ただ一つ悪い癖があるんだ、――肝心な事だけやれば立派なんだが、おまえとくると必ずよけいな事にちょっかいを出す、つまらないようなところで情にほだされて、肝心な事をお留守にする、そいつが三郎のなによりの欠点だ」

「わかってますよ」

「本当にわかってもらいたいね、今日だって呼ばれて来たのに、あんな庭の隅のところで」

「もういいですよ」

万三郎は赤くなった。

「あれはべつなんだ、あれにはわけがあって、休さんは知らないだろうが」

「いつもそれだ、いつもそれじゃないか、いつもなにか理由があって肝心の事をそっちのけにする、それが悪い癖だというんだ」

「それは休さんの誤解だよ」

万三郎はひらき直った。

「そう云うなら訊くけれども、これまでそのことで失敗した例がありますか、古木邸のときだって、つなさんを助け出したのをよけいな事だというけれど、結局は加波山の焼打ちに成功しているでしょう、観音谷のときだってそうだ、かよを掠《さら》って来たのはよけいかもしれないがあの人を死なせたからってべつに焼打ち以上の価値があるわけじゃない、そんなに云われるほどばかなまねをしてはいないと思いますがね」

「もういい、やめろ」

徹之助が苦い顔をした。

「休之助は注意をしているんだ、おまえが抗弁をすることはない、三郎には慥かにそういう欠点があるし、これまでうまくいったからといって、今後もうまくゆくとは限らない、休之助はそこを云っているんだ」

「ええそれはわかってます」

「わかったらはいと云えばいい」

万三郎は、「はい」と大きな声で云った。そして、渡辺蔵人の脇差を袋に入れて持ち、兄たちの前を立った。

「――つまらないもんだ」

彼は玄関のほうへ出ながら、いまいましそうに呟《つぶや》いた。

「――三男坊になんか生れて来るもんじゃない、ぜんぜん頭ごなしなんだから、――いつかひとつ、がんと休のやつをぶん殴ってやりたいもんだ」

廊下の曲り角で、ばったりつなとゆき合った。彼は慌《あわ》てて独り言をやめ、にこにことあいそ笑いをした。

「いま帰るところです」

つなは黙っていた。

「これからちょっとひと働きやるんですよ、深川の方面なんですがね、この、――いや、さきほどは失礼しました」

つなは冷たい眼で見あげた。なにがですか、と云うような眼つきである。彼はどぎまぎし、頭を掻《か》きながらおじぎをした。

「済みません、用が終ったら弁明に来ます、あの誤解だけは解いてもらいたいですからね、なんでもないことなんですから、――ではまた」

つなは黙っていってしまった。万三郎はべそをかいたような顔で、しおしおと玄関のほうへ去った。

蕨《わらび》めし

一

牡《ぼ》丹色《たんいろ》の、すばらしく美しい雲が、頭上から西の空へかけて、ひろがっていた。

黄昏《たそがれ》の街が、その夕焼け雲のために、いっとき華やかに明るく、家も人も影をなくして、夢幻的なけしきをあらわしていた。

おちづは永代寺門前町の裏河岸《うらがし》を歩いていた。

姐《ねえ》さんの松吉が「船宇」という船宿へ出ているが、洲崎《すざき》の「升屋《ますや》」という料理茶屋から座敷がかかって来たので、いま着替えを持って知らせにゆくところであった。

堀の水も牡丹色に染まっていた。

暮れがたのならいで、河岸の道には子供たちが集まって騒いでいた。一日の終りを惜しむように、がやがや駆けまわったり、幼い唄《うた》をうたったり、喚《わめ》きあったりしていた。

「あたしもこんなふうに遊んだんだわね」

おちづはふと呟いた。

母や弟が生きていた頃の、自分の姿が眼にうかぶようであった。そして、遠い風の音のように、自分たちがよくうたった、毬唄《まりうた》の文句が記憶のなかからよみがえってきた。

——向う山で鳴く鳥は
ちいちい鳥か　みい鳥か

源三郎のみやげ
なにをかにを　もらって
金《きん》ざし釵《かんざし》もらって、――

暗くなってゆく街裏の草原に立って、ぼんやり空を眺めているような、侘《わび》しい自分の姿が思いだされ、ものかなしく、そしてなつかしい気分にひたされた。

そんな気分になっていたので、気がつかなかったのだろう、「おうれ」という驚きの声を聞いて、ひょいと見ると、すぐ前に二人の男が立っていた。うす汚ない、ごろつきふうで、一人は巨漢、一人は痩《や》せて小さな男であった。

「さあこの山猫、みつけたぞ」

ちびのほう、つまり屁十が云《い》った。巨漢はいうまでもなく相撲くずれの三島である。

「こんな処《ところ》にいやあがったのか」

「いやあがったのか」

と三島がだらしのない舌つきで云った。

「この山猫め、こんな処にいやがって、ふてえあまら、――が、どうしたんら、ばかにきれえになったらねえか」

「そうだ、いい着物を着て髪なんぞ結やあがって、すっかり見ちげえちまったぞ、すっかり見ちげえるほどきれえになりやがった、おまけにもうちゃんとした娘じゃあねえか」

「娘ら、娘ざかりら」

「なにかうめえ蔓《つる》でも捉《つか》めえやがったな、――いや、そんなこっちゃねえ、そんな褒めてるようなばええじゃあねえぞ」

屁十は腕捲《うでまく》りをした。しかし蚊の脛《すね》のように細くて、乾《ひ》からびた貧弱な腕だから、腕捲りをしても勇ましくはみえなかった。

「やい、この山猫、あのときはひでえめにあわせてくれたな」

「それはこっちの云うことだよ」

おちづは鼻で笑った。

「大の男が二人がかりで、あたしを手籠《てご》めにしようとしたじゃないか、ひどいめにあったのはあたしのほうだよ」

「な、なにを、この、その、てめえなんぞ知らねえからそんな大きな口をきくんだろうが、あのとき三島のあにいはまた眼が昏《くら》んじまったんだぞ、まるでめくらも同然てえありさまになっちまったんだぞ」

「そうらとも、まったくらぞ」

二

おちづはぷっと失笑した。

「笑いごとじゃあねえぞ、とんでもねえあまっ子だ、笑うどころの話か、あれからこっち五十日の余もおめえ、こっくりさまのお灸《きゅう》へ通ったんだぜ」

「そうらとも、五十日の余も、こっくりさまのお灸へ通ったんら」

「なんのためにさ」

おちづが云った。

「なんのためだって、ちぇっ」

と屁十が口を尖《とが》らせた。

「なんのためだってやがら、へっ、冗談じゃねえとぼけるなってんだ、おめえがまた三島のあにいの頭をどやしつけたから」

「殴ったのは半ちゃんだよ」

「半公、――ああそうか」

「殴ったのは半ちゃんさ、あたいなら頭を叩《たた》き潰《つぶ》してやったんだ」

「なんだって」

「あたいなら丸太で叩き潰して、蟹《かに》びしおのようにしてやったっていうんだ、半ちゃんは温和《おとな》しいから命が助かったのさ、お礼でも云いたいっていうのかい」

「このあま、大口をたたきゃあがって、畜生、よくもぬかしゃあがったな、やい、よく聞けよ」

と屁十はまた腕捲りをした。

「おかげであにいはまた眼が見えなくなり、金杉からこの深川のこっくりさままで、五十日の余もお灸に通ったんだ」

「そうらとも、五十日の余も」

「その御利益《ごりやく》でようやく見えるようになったが、五十日余の日当とこっくりさまへ払った療治代はどうしてくれる、さあ、これをどうしてくれるか返答しろ」

「そうら、これをろうしてくれるんら」

「やかましいね」

おちづは鼻で笑った。

「日当や療治代が欲しかったら、番太にでも訴えて出たらどうだい、恐れながらおちづ姐さんを手籠めにしようとして、殴られてこんなことになりましたってさ、そうすればきっとたんまり日当を下さるだろうよ」

「な、なんだと、このあま」

「どいてくれってんだ、あたしは用のあるからだなんだよ」

「——どうしたんだ」

うしろで声がした。おちづが振返ると、若い侍が立っていた。

花田万三郎であった。二人はもちろんお互いを知らない、万三郎は兄からいいつかって、覆面の武士に会うため、料亭「升屋」へゆく途中、そこへ通りかかったのである。

「——よう、おまえたちか」

と万三郎は、三島と屁十を見て、驚いて云った。

「たしか権あにいとかいう男の子分だったな、そうだろう」

「へ、へえ、それはその」

「忘れたのか、いつか新銭座のぶっかけの前で、おれにいんねんをつけて喧嘩《けんか》になったことがあったろう、うん、姿が変ったからわからないかもしれない、それ、よく見ろ、おれはあのときの拾い屋だ」

「あっ、いけねえごめんなさい」

屁十は蒼《あお》くなった。そして三島の手を引いて、ぺこぺこと頭をさげながら、わけのわからない詫《わ》び言を云い云い、逃げだした。

「あの男たちがなにか悪さでもしたのか」

彼はおちづへ振返った。

三

「いいえ、いいんです」

おちづは首を振りながら、なつかしそうに万三郎を見あげた。

「つまらない文句をつけただけで、もっとうるさくしたら、あべこべにやっつけてやろうと思ってたんです」

「ほう、そいつは強いな」

「それよりか、あの、――」

おちづは恥ずかしそうに微笑した。

「あたし貴方《あなた》を知っています」

「私をか、――」

「ぶっかけの前のことを仰《おっ》しゃったので気がついたんですけど」

「ははあ、するとあれを見ていたんだな」

「ええ、そして、そのあと半ちゃんと二人で、山内の和幸まで跟《つ》けてゆきました」

「和幸まで、――」

「半ちゃんが深川のお屋敷へ知らせにゆき、あたしは残って見張りをしていました」

「へえ、――それはどうも」

万三郎はそのときのことを思いだし、改めておちづを見直した。

「それは奇遇だ、よく覚えているよ、おかげで危ないところを助かった、お礼を云う
ひまもなかったが、では、――おまえが」

「ええ、ちい公です」

「そうだ、半次とちい公と聞いたっけ」

「本当はおちづっていいます」

おちづは頰を赤らめた。

「それで、今はどこでなにをしているんだ」

「半ちゃんが紀州へいっちゃいましてから、いろいろなことがありました、ずいぶん
辛《つら》いことがありましたけれど、今はもういいんです」

おちづは簡単に現在の身の上を語った。

「そういうわけで、これから姐さんのところへこれを届けにゆきますから、ゆっくり

話してはいられないんですけれど、――半ちゃんのようすはまだわからないでしょうか」

「いや、半次は無事だよ」

万三郎は涙ぐんだ。

――こんな小さな子供たちにまで苦労させるなんて、じつに兄貴たちは不人情なことをするもんだ。

そう思うと、いじらしくって堪《たま》らなくなるのであった。

「紀州から手紙が来て、半次はうまく中谷という者に出合ったそうだ、もう用事も終ったようだから、まもなく帰って来るだろうと思う」

「まあ、よかった、それで安心しましたわ」

「いろいろ苦労させて済まなかったな」

「いいえそんなこと」

おちづは強く首を振った。にわかに顔色が明るくなり、眼も活《い》き活《い》きと耀《かがや》いた。

「あたしたちなんてろくなお役にも立たなかったんですから、ただ半ちゃんが無事で、近いうちに帰るとわかれば、それでもうなんにも云うことはありません」

「私も今日は用があるので、これで別れなければならないが、――家は仲町だといったね」

「ええ仲町で松島屋っていえばわかります」

「わかった、いずれみんなと相談して、なんとか身のふりかたを考えるとしよう、決して悪いようにはしないからな」

「いいえ、そんな心配はいりませんわ、半ちゃんさえ帰れば、あたしたちちゃんとやってゆく段取りがついているんですから」

おちづはいさましく云った。

「ではどうも有難うございました、半ちゃんのこと宜《よろ》しくお願い致します」

四

深川洲崎の升屋は、江戸における料理茶屋の開祖といわれて、しばしば貴人紳商の遊宴に使われる繁昌《はんじょう》な店であった。

洲崎弁天に面した、堀沿いの広大な構えで、総二階の善美を尽した母屋《おもや》に、大小三十余の座敷があり、ほかに別棟の数寄屋《すきや》が三棟と、庭の一部には鞠《まり》場が設けてあった。めざす相手と会う符牒《ふちょう》は「西の数寄屋」と云うのであった。

万三郎がそれを云うと、玄関へ出迎えた中年の、女中頭とみえる女が、ちょっと不審そうな眼で見あげた。

「私は代理なんだ」

気がついて万三郎が云った。

「それはどうも失礼致しました」

女はすぐに会釈《えしゃく》をした。

「では御案内を致しますからどうぞこちらへ」

万三郎は女のあとからついていった。

広い廊下を二度曲ると、玄関の式台のような処がありそこから草履をはいて庭へおりた。

——これは壮大なもんだな。

万三郎は少なからず驚いた。

すばらしく天床《てんじょう》が高い。太い柱も、厚いがっちりとした床板も、顔が写るほどよく拭《ふ》きこんであり、障子や襖《ふすま》なども、重おもしくおちついて、ちょっと大名の御殿といった感じであった。

——ただ飲み食いをするだけなのに、こんな贅沢《ぜいたく》な家を建てるなんてばかなものだ。

彼はそう思った。

——こんな家で宴会なんぞやったら、さぞ高いものにつくことだろうが、——待てよ、もしかして勘定が足りなかったら困るぞ。

彼は兄から金一枚だけ貰《もら》って来た。当時、金一枚持っていれば、それで不足なときでも侍として恥ではなかった。しかし、その料亭の豪華な結構を見て、万三郎はにわかに不安になったのである。

——たぶん相手が払うんだろう、向うのほうが上役なんだから、まさかこっちにおんぶすることもないだろうが、それにしても万一ということがあるからな。

兄貴のやつ吝《けち》なことをしないで、もう二三枚呉《く》れておけばいいのに。などと、肚《はら》のなかで舌打ちをした。

「とにかく、思い遣《や》りというものがないんだ」

「はい、なんでございますか」

つい知らず云った独り言を聞きつけられ、万三郎はどぎまぎして頭を掻《か》いた。

「いやなに、べつに、こっちのことです」

女はふっと笑った。万三郎のまごついたようすが、子供めいていて可笑《おか》しかったらしい。好意のあらわれた笑い方で、数寄屋のひと棟へ案内した。

「どうぞ此処《ここ》で暫《しばら》く、——」

そう云《い》って女は去った。

数寄屋は深い樹立《こだち》に囲まれていた。彼の通されたのは、炉の切ってある部屋で、無風流な彼にはわからないが、火のない炉に、古ぼけたような茶釜《ちゃがま》が掛っていた。天床は網代《あじろ》というのだろう、壁は砂ずりだし、なにかの消息の残欠で裾《すそ》張りがしてあるが、これも彼の眼には、書き損じの反故《ほご》にしか見えなかった。

「壁が古くなって剝《は》げたので、反故っ紙で繕ったんだろう」

軽蔑《けいべつ》したように呟いた。

「向うの壮大な建物に比べて、こいつはまたおそろしく古ぼけた、うす汚ない造作じゃないか、こっちまで金がまわらなかったのかな」

五

まもなく若い女中が二人で、茶と菓子を運んで来、行燈《あんどん》に火をいれて去った。

「ただいますぐおみえになりますから」

女中の一人がそう云ったが、それっきり小半刻《こはんとき》も待たされた。

口で小半刻というけれども、独りで一時間も、ぽつねんと待つのは楽ではない。囲んでいる樹立の彼方《かなた》には、母屋の二階の灯が見え、すでに絃歌の声も聞えはじめた。

「どうしたんだいったい、冗談じゃない腹が減ってきたぞ」

菓子もきれいに喰べ、茶も飲んでしまった。あさましいはなしではあるが、いちど空腹感に気づくと、それを待ってでもいたように腹が鳴りだした。

——ぐっぐっぐっ、くう。

などというのである。

「おい、よさないか、みっともない」

彼は自分の腹部に云った。

「相手が来て、聞かれたらどうする、おれたち一統の恥辱じゃないか、少しは辛抱しろ」

——くうくうくう、ぐるるる、くう。

「こいつは呆《あき》れたもんだ、こ、——」

万三郎はふっと眼をあげた。

樹立の中をこっちへ、提灯《ちょうちん》の光りが近づいて来た。

——来たな。

と彼は坐《すわ》り直し、左に置いてあった刀を、右がわへ、少し離して置き直した。

玄関へはゆかず、坪庭から濡縁《ぬれえん》のさきへ、一人の武士が近寄って来た。どっしりと肥えた、七寸あまりもある堂々たる軀《からだ》で、黒い衣服に縞《しま》の袴《はかま》をはき、柄《つか》の白い脇差《わきざし》だけを差していた。

聞いたとおり、眼だけ出した覆面で、濡縁のところまで来ると、暫くじっとこちらを見た。

——これは相当な人物だぞ。

そう思いながら、万三郎も静かに見返していた。

覆面の武士が手を振ると、提灯を持っていた若い女中が会釈をして去っていった。武士は悠然とした動作で濡縁にあがり、部屋へ入って来た。その動作の一つ一つが、尺で計るかのようにきっぱりとして、半歩の迷いもなく、床《とこ》を背にして坐った。万三郎は相手が坐るまで黙っていた。それから、やはり黙ったままで、袋に入れて持って来た、蔵人の脇差をそこへ差出した。

「当人の来られない理由は」

相手が云った。謡曲でもやるような、韻の深い、きれいな声であった。万三郎は相手の眼を見たまま、静かに答えた。

「敵の監視が厳しいうえに、加波山で手傷を負いまして、暫く動くことができないのです」

「そのほうは、——彼とどういうかかわりがあるのか」

「渡辺さんが江戸へ帰る途中で会い、そのまま浅草の裏に家をかりて、いっしょに住んでいます、申しおくれましたが、私は常陸《ひたち》のくに石岡在の郷士の二男で」

「いや、名を云うには及ばない」

相手は首を振り、それからおもむろに、脇差を袋から出した。鞘《さや》から鍔《つば》、目貫と見てゆき、鞘をはらって中身を検《あらた》めた。刀を見る作法などは知らぬかのように、ごくむぞうさに見て、元のようにおさめると、それを下に置きながら云った。

「——蕨《わらび》めしをたべるか」

六

そうでなくってもだめだったろうが、こっちは空腹なので、なんの疑う余地もなかった。

——蕨めし。

と聞くなり、思わずにこりとした。そうして、またしても腹が鳴りだすので、それをごまかすために高い声で云った。

「結構でございますな、蕨めしというのはまだ聞いたこともなし、もちろん喰べたこともありません、想像するだけでも美味《うま》そうですが、やはりどこか田舎のほうの名物でございますか」

「たぶんそうだろう」

相手もにやっと笑ったようであった。覆面しているのでよくわからないが、その眼つきが笑ったようにみえた。

「では喰べながら話すとしよう」

相手はこう云って、蔵人の脇差を持って立とうとした。

「いや、それでは恐縮です」

万三郎もすぐ立とうとした。

「申しつけるのなら私がいってまいりますから、どうぞ」

「なに、ほかに用もあるのだ」

相手は気軽に庭へおりた。

「では提灯を、――」

万三郎がそう云ったけれど、こんどは返辞もせずに、相手は暗い樹立をぬけて去っていった。

――少しへんだな。

相手の足音が聞えなくなったとたんに、万三郎はふとそう思った。

「べつにへんなことはないさ、食事どきだから喰べながら話をする、世間一般どこでもやってるじゃないか」

自分にそう云ってみた。

しかしやっぱり不審であった。蔵人と会うのは重要な用件があるからで、もし食事をするなら終ってからでもいいわけである。それに、見たところ相当な身分の者と思われる人物が、自分で支度を命じにゆくというのはおかしい。

彼は不安になり、おちつかない眼つきで、すばやく周囲を見まわした。

「そうだ、ことによると蕨めしというのが、なにかの符牒だったかもしれないぞ、うん、蕨なんて物が飯に炊《た》きこめるかどうか、――おそらくぐちゃぐちゃのぬるぬるになっちまうだろう、こいつはおかしい」

万三郎は右がわに置いた刀を取った。

――もしそうだとすれば。

と彼は心のなかで思った。

――ひとのことを飯でひっかけるなんて卑劣だぞ、しかもこんなに腹の減っているときにさ。

突然ぴゅっ、となにかが万三郎の頰をかすめ、うしろの壁で「ふつッ」という音がした。

まったくの不意うちである。

首をすくめながら振返ると、壁に一本の矢が突立ってまだぶるぶると震えていた。

——弓だ。

彼はちょっと足が竦《すく》んだ。そこへ二の矢、三の矢と、続けざまに矢が飛んで来た。

ぴゅっ、ぴゅっ。

万三郎はかっとなり、刀を持って左へ、玄関のほうへ行燈を蹴倒《けたお》しながら跳躍した。

かっとなった頭の中で、休之助の怒った声が聞えた。

——またか、三郎、またか。

七

行燈を蹴倒したので、数寄屋の中は暗くなった。

だが敵には敵の用意があった。

矢は坪庭のほうから来たので、彼は水屋から裏へとび出したが、すぐ眼の前へ、松明《たいまつ》を持ったのが三人、素槍《すやり》の穂をぎらぎらさせたのが五六人、ばらばらと押詰めて来た。

——いけない。

彼は刀を抜きながら引返し、玄関へ出てみた。

そっちも同じことであった。

いつもそんなに用心しているのか、何十という松明、(万三郎にはそう見えた)がぐるっと並び、抜刀や素槍を持ったのが、まるでこの数寄屋を囲んで人垣を作っていた。

——これは失敗だ、大失敗だ。

彼は玄関へ戻った。

「神妙にしろ、刀を捨てろ」

庭のほうから呼びかけた。

「もう遁《のが》れる途《みち》はない、神妙にしないと射殺すぞ」

「卑怯者《ひきようもの》——」

万三郎はどなり返した。

「たった一人のおれを、それほどの人数でなければやれないのか、さっきの男を出せ、あの覆面をした男はどこにいる」

「やかましい、刀を捨てろ」

万三郎は柱を楯にとっていた。しかし相手は人数が多い、問答をしているうちに、隙《すき》をみつけたのだろう、脇のほうから突然、ぴゅっ、と矢が飛んで来て、彼の肩先を射抜いた。

着物だけを射抜いたのであるが、万三郎はあっと叫び、おおげさによろめいて、どしんと壁にぶっつかり、そのまま横さまに、ずるずると倒れた。

もちろん射倒したと思ったのだろう、なにか叫びながら、三人の若侍が入って来た。

万三郎は苦しそうに呻《うめ》いた。

「大丈夫か、気をつけろ」

そんなことを云いながら、三人はこっちへ近寄った。かれらの呼吸が聞えた、とたんに、万三郎が大喝し、はね起きざまに刀を振った。

「わっ、――」

悲鳴をあげて一人が倒れ、二人は身を翻《ひるがえ》して逃げた。

逃げてゆく二人のあとから、その二人とすれすれに、万三郎も外へとび出した。

――しめた。

うまくいった。正に、うまくいったと思ったが、敵の用心ぶかさは念のいったもので、樹立の間に綱が張ってあった。

万三郎はその綱に足を取られ、みごとにつんのめって、なにかの楠木の上へだっと転倒した。すぐにはね起きたが、とたんにうしろから組みつかれた。

「くそっ、――」

そいつを肩越しに投げ、横へ跳ぼうとすると、こんどは木の根に躓《つまず》いた。躰勢《たいせい》が崩れ、危なく転ぶのはまぬかれたが、まわりはぐるっと松明で、しかも、抜刀と槍が、一尺の隙もないほどびっしり取巻いていた。

「だめらしいな、どうやら」

万三郎はそうどなった。

「もう諦《あきら》めるとするか」

「刀を捨てろ」

と向うから叫んだ。万三郎は刀を投げた。

「このとおりだ」

と彼は明朗に云った。

「負けと定《きま》れば諦めはいいんだ、しかしその刀は大事にしてくれ、それでも粟田口《あわたぐち》の古刀なんだぜ」

鼠《ねずみ》

一

おちづはお手玉をしていた。

黒江町の堀に面した「ちづか」という料亭のお内所《ないしょ》で、その家の小さな娘の、お民が相手であった。

お民は八つで、色は白いが、毬《まり》のように軀《からだ》も顔もまるまると肥えている。眼も眉毛《まゆげ》も尻《しり》さがりで、おちょぼ口が可愛《かわい》らしい。

——あたしおかめなのよ。

と云《い》うのが口癖である。

——あたしおかめなんですってよ。

と自慢そうに云う。まるで褒められたような口ぶりである。

おかめには限らない。なんでも自分のことを云われると嬉《うれ》しいらしい、母親に、なんてまあ縹緻《きりょう》の悪い子かしら、などと云われても、

——それたあちゃんのこと、あらそう。

などとにこにこするのであった。

松吉姐《ねえ》さんのお出先の一軒で、おちづは使いに来るたびに仲良くなり、暇なときはよく二人で遊ぶようになった。

姐さんの旦那《だんな》は、いつも初めに此処《ここ》へ来る。それから洲崎の「升屋」へゆくこともあるが、此処だけで帰ることのほうが多い。「升屋」へゆくときには、姐さんの着替えを手伝うので、今日も旦那の「岡さま」が来ているため、おちづはそこで待っているのであった。

おちづはその料亭がどこよりも好きだった。「ちづか」というのが自分の名と似ているのがいいし、おかみさんも親切、お民も妹のように可愛かった。

「ちづか」はあまり大きい店ではない、昔は船宿で、岡さまはその当時から贔負《ひいき》にしていたが、主人の仲造が死んだあと、料理茶屋のほうが女手ではやりいいだろうと云って、金を出してくれたのだそうである。——つまり岡さまの助力で「ちづか」を開業したのであるが、今でも舟は三艘《そう》あり、客に求められれば舟を出すこともできる。船頭は向う岸の「船宇」から借りるわけで、岡さまが「升屋」へゆくときには、たいていのばあい舟であった。

「——お袖《そで》、お袖、お袖はたいて、おさらーい」

おちづは熱心にお手玉をやっていた。

「うまいのねえ、ちいちゃんは」

お民は感に耐えたように、

「あたしお袖のとき、どうしてもうまく集まらないのよ」

「せんはもっとうまかったわ」

おちづは鼻をうごめかす。

「町内のお絹ちゃんだってあたしにはかなわなかったのよ」

「お絹ちゃんて、——」

「酒屋の子よ、お金持だもんだからいつも威張りくさってたわ、あらいけない、——さ、こんどはたあちゃん」

「あらあたし」

当然の番でもお民はもうにこにこする。おちづはそれをいかにも可愛そうに眺めながら、おかみさんに話しかけた。おかみさんは大きな長火鉢の前に坐《すわ》って、酒の燗《かん》をつけたり、出入りする女中たちになにか命じたり、また絶えず注文の品を書いたりしていた。

「ねえおかみさん、旦那の岡さまって、神さまみたいだわね」

「神さまだって、――」

「だってそう思うわ、うちの姐さんにもよくして下さるし、あたしを鬼六から助けて下さるし、ここのお宅だってやっぱり岡さまのおかげだし、――あたしそんな人って初めてよ」

二

「そういえばそうね」

「そういえばって、――世間はずいぶんせち辛いのに、そんな人がいるなんてふしぎに思わない、おかみさん」

「はいお銚子《ちようし》あがりました」

おかみさんは、徳利を出して女中に渡し、それから筆を取りながら云った。

「ほんとに、そう云われてみればそうだわね」

「あら、同じことばかり云って」

「だって気がつかなかったんだもの、あたしたちは長いこと御贔負になって来たし、この頃ではもうお世話になるのがあたりまえみたいになっているもんでね、――そういえば松吉さんだって、あんなによく面倒みてあげていながら、まだいちどもわけがないなんて、いくら通人にしてもちょっと珍しいと思うわね」

「よっぽど御大身のお武家さまなのね、――それともお忍びのお大名かしら」

「まさか、いくらなんだってお大名ってこともないだろうけれど、でも相当御大身だということは慥《たし》からしいわ」

「あたしもいちど、お眼にかかってみたいわ」

そんな話をしているところへ、松吉が二階からおりて来た。

「やっぱり升屋へいらっしゃるんですって、あんたもいっしょに伴《つ》れてってやれって仰《おっ》しゃってよ」

「あら、あたしも」

おちづは眼をまるくした。

「いま云ってたとこなのよ」

とおかみさんが云った。

「あたしもいちどおめにかかりたいって、願《がん》がかなったわけだね、ちいちゃん」

「どうしておめにかかりたいの」

松吉は着替えをするために、帯を解きながら訊《き》いた。おちづは風呂敷《ふろしき》包をひろげながら、ちょっと羞《はにか》んで首を振った。

「どうしてでもないけど、だって姐さんの旦那だし、あたしも御恩になってるんですもの、お顔も知らないっていうほうがへんだと思うわ」

「それもそうね」

松吉はくるっと肌襦袢《じゅばん》だけになった。

「でも気をつけておくれよ、舟の中は狭いから、失礼のないようにね」

「ええ知ってますわ」

「あんたは男の子みたいに乱暴なことをするんだから」

「大丈夫よ姐さん」

おちづは自信ありげに大きく頷《うなず》いた。

支度ができると、かれらは舟で洲崎へ向った。

岡さまは五十四五になる。中肉中背で、おっとりとした、動作も言葉つきもごく静かな、武家というよりもどこかの大店《おおだな》の主人といった感じの人であった。

おちづは隅のほうに小さくなって、ときどきそっと岡さまをぬすみ見た。

岡さまは殆《ほと》んどなにも云わなかった。松吉がなにか話しかけると、頷くか、簡単な返辞をするだけで、少し酔っているのだろう、赤くなった顔で、ゆったりと両岸の景色を眺めていた。

「あら、あそこだわ」

おちづがふいに大きな声をだしたので、松吉も吃驚《びっくり》したが、岡さまも驚いたとみえ、屹《きっ》とこっちへ振向いた。

その、振向いたときの、岡さまの顔を見て、おちづはまた、水を浴びたようにぞっとした。

「どうしたの、いきなりそんな声をだして」

と松吉姐さんが咎《とが》めた。

三

「あそこで、――」

とおちづは岸のほうを指さした。

「このまえ、いやなやつと良い人に会ったんです、このまえ升屋へお座敷のあった日なんです」

「このまえって、十一日のときかえ」

「そうです」

答えながら、おちづはそっと岡さまのほうを見た。岡さまはもう、いつものおっとりした顔になっていた。

だがおちづの眼には、一瞬まえの、岡さまの表情がはっきり残っていた。おちづの声に驚いて、こっちへ振返ったときの顔は、いつもの岡さまではなかった。濃い眉が歪《ゆが》み、眼は鷲《わし》のようにするどい光りを放った、僅《わず》かに開いた唇の間から、白い歯が見え、頬がぐっと落ち窪《くぼ》んだ。――いつもの岡さまではない、まったく違う人の顔であった。しかも、それはぞっと身の竦《すく》むほど、凄《すご》く、険しい顔であった。

「おかしな子ねえ」

松吉は苦笑した。

「いやなやつと良い人に会ったなんて、いったいそれはどういうことなの」

「それはあの、あの、――」

おちづは口ごもった。

「いやなやつっていうのは、いつか姐さんに話した、金杉のならず者で、相撲あがりの三島と屁十っていうやつなんです」

「ああ、半ちゃんが丸太で殴ったとかいうあれだね」

「ええそうです、三島っていうのは、まえにも丸太で殴られて眼が見えなくなったんですけど、こんどもまた見えなくなって、――こっくりさまのお灸《きゅう》へ五十日も通ったんですって、――でも、こんな話もうよしますわ」

「良い人というのはどうしたの、その人が助けてくれたんじゃないの」

「ええそうなんです」

「知らない人なのかえ」

「いいえ、ええ、――」

どうしてか、ふとおちづはあいまいに口を濁した。花田万三郎のことは云ってはいけない、という気持が起こったのである。

幸い舟は堀を曲り、ひらめ橋をくぐるので、話が途切れたまま、升屋の前へ着いた。岡さまと松吉は奥の座敷へ去り、おちづは内所で夕食を馳走《ちそう》された。――まだ五度ぐらいしか来ていないが、おちづは此処でも女中たちに好かれていた。升屋は（まえに記したように）貴顕の客が多いので、女中たちの躾《しつけ》がきびしく、行儀作法も一般の料亭とは違うので、もちろん座敷の手伝いなどはできなかったが、おちづは内所のこまごました雑用や、廊下までの手伝いは手まめにするので、みんなが「ちいちゃん」といって可愛がってくれるのであった。

「あたしお手伝いするわ」

夕食を終るとすぐ、彼女は襷《たすき》をかけて甲斐《かい》甲斐《がい》しく立った。

「いいから坐ってらっしゃい」

女中頭のお紋が云った。

「岡さまがいらしっているときは、定《きま》っている係りの者のほかは、お座敷へ近よってもいけないんだから、今夜はお手伝いはしてくれなくてもいいのよ」

「だってあたしならいい筈《はず》よ、松吉姐さんのうちの者なんですもの」

「それでもだめ、今夜はじっとしていらっしゃい」

おちづは口を尖《とが》らせた。

四

——岡さまの来ているときは特にやかましい、定っている係りの女中のほかは、座敷へ近よることもできない。

女中頭の云った言葉が、少し経《た》ってからおちづに一種の不審を起こさせた。

それは舟の中で、岡さまの顔つきの、ふしぎな変化を見たあとだったからかもしれない。また、おちづが世間の娘とは違った生活をして来て、少しでも怪しいと思うことがあると、敏感にそれを感じ取る習慣が身についていたからでもあろう。

――なにか普通じゃないことがある。

おちづはそう直感した。

――自分たちや船宇の人たちへの親切さや、おっとりしたあの人柄の裏に、なにか隠していることがあるに違いない。

そういう疑惑がつよく起こった。

もちろん、それはそれだけのことで、だからどうしようというのでもなかった。

「でもあたしなんかの知ったこっちゃないわ」

と独りで呟《つぶや》いた。

「姐さんやあたしはお世話になってるんだから、なにかあるにしたって知らん顔をしていればいいんだわ」

暫《しばら》くお内所で、散らかった物を片づけたりしていたが、すぐに、なにもすることがなくなった。升屋には遊び相手もいないし、ぼんやり坐っていられる性質でもない。

「お庭へ出てもいいでしょ」

女中の一人にそう云った。

「木戸のこっちだけよ」

とその女中が注意した。

「木戸から中へ入っちゃだめよ、鳥舎《とや》へいってごらんなさい、鳥がみんな眠っているから、それでも見て来るといいわ」

おちづは庭へ出ていった。

鳥舎は木戸の近くにあった。木戸のこっちではなく、木戸を入った中にある。そっちへ入ってはいけないと云いながら、鳥舎を見て来いというのは矛盾しているが、女中はなにげなく云ったらしい。

「構やしないわ、夜だもの」

おちづは独りでそう云い、ちょっと舌を出して、木戸から中庭へ入っていった。

庭へ出るのは初めてであった。

松吉姐《ねえ》さんから、升屋の庭の豪奢《ごうしゃ》なことは聞いていた。鞠《まり》場というのはどんなふうになっているのか、いちど見たいと思っていたし、築山《つきやま》へ登ると（夜ではしようがないが）富士山と筑波が見えるそうであった。一丈五尺もあるというその築山へも、いつか登ってみたいと考えていた。

鳥舎は二間四方くらいの大きさで、網が張ってあり、中には十幾種かの鳥が飼ってあった。鷺《さぎ》、鴨《かも》、鷭《ばん》、しぎ、雁《かり》などもいるそうである。小鳥にも珍しいのがいると、姐さんが話していた。

「いつかの赤い雀《すずめ》もいるかしら」

独り言を云いながら、そっと鳥舎へ近づいていった。

月のきれいな、春らしい晩であった。

雲が流れているので、ときどき暗くなるが、雲が去ると、月の光りであたりがよく見えた。

鳥舎の中はひっそりとして、鳥どもは本当に眠っていた。月の光りにすかして見ると、小さな池の中に一本足で立って、首を翼の中へ隠して眠っているのもいた。

「きようなまねをするわね」

おちづは感心したように首を捻《ひね》った。

五

鳥舎のすぐ向うに石倉がある。

それも升屋の自慢の一つだそうで、どこかの遠い島から持って来た、軽石のようなもので造ってある。火に包まれても中まで熱が透らないし、大きな地震にも倒れないということであった。

おちづはその脇《わき》を通って、築山のほうへゆこうとした。
すると、その石倉のところで、足もとになにかちょろちょろ動く物をみつけた。白い紙玉のような物が、右に左に動きまわるのである。眼の誤りではない、月の光りの下で、はっきりと白い物の動きまわるのが見えた。

「——しっ、なんだ」

おちづはこう云って、とんと足踏みをした。すると、その物は驚いたとみえてちちちと鳴き、向うへ走ってゆこうとしたが、反対にするすると、石倉のほうへ引き戻された。

おちづは身を跼《かが》めて、その物をよく眺めた。

「なあんだ、鼠《ねずみ》じゃないの」

それは正に小さな鼠であった。

「どうしたのさ、おまえ」

おちづは鼠に話しかけた。

「そんな処《ところ》でなにをまごまごしているの、自分の巣がわからなくなったのかえ、きっとまだおちびさんで、迷子にでも、——あら、紐《ひも》でいわかれてるじゃないの」

鼠は紐で縛られていた。

おちづはもっと顔を寄せて見た。紐は石倉の下へと続いていた。土台石のひとところに、ちょうど小鼠の出入りできるくらいの隙間《すきま》がある、その鼠は紐につながれて、その隙間から出て来たものらしかった。

「あらいやだ、罪なことをするわねえ」

おちづはこう云って、さらにまた気がついた。

小鼠の首に白い物が巻きつけてあるのだ。おちづは急に興味を唆《そそ》られ、はいていた庭下駄の片方をぬいで、すばやく鼠を押えつけ、巻いてあるその白い物を取った。

懐紙を折って結びつけたものであった。

「――手紙だわ」

ひろげて見ながら、おちづはそう呟き、同時にぞっと背筋が寒くなった。

自分が女衒《ぜげん》の手から手へ渡りながら、きびしく檻禁《かんきん》されていたときのことを思いだしたのである。その紙には字が書いてあった。おちづには読めないが、字が書いてある以上は、誰かが石倉の中にいるのだろう。

――そうに違いないわ。

自分が暗い納戸《なんど》に押込められていたときの、恐怖と絶望が思いだされた。

ちちち、ちちち。

鼠が悲鳴をあげた。見ると、土台石の隙間の中へ、紐で引き込まれるところであった。慥《たし》かに、石倉の中に人がいて、その鼠を引き戻すようであった。

おちづはまたぞっと寒気立ち、慌《あわ》てて逃げだそうとした。しかしふと思い返し、土台石の隙間のところへ跼んで、

「手紙は取りましたよ」と低い声で云った。「あたし字が読めないから、誰か安心な人に読んでもらいます、それからなんとかしますから、――きっとなんとかしますからね」

そして隙間へ耳を近よせた。中からなにか聞えるかと思ったのである。だがなにも聞えなかったので、おちづはそのままそこを立ち去った。

夜ざくら

一

向島の青山大膳亮の下屋敷へ、珍しくつながあらわれた。

このまえ、万三郎を迎えに来て、怒って帰ってから、ちょうど十二日めのことであった。

「まあ、どうした風の吹きまわしかしら」

かよは艶然《えんぜん》と笑った。

「あなたがわたくしを訪ねていらっしゃるなんて、ちょっと信じられませんわね」

「あなたはお笑いになるの」

つなは軽侮の眼で見た。かよは媚《こ》びたように首を振った。

「いいえ、笑うどころですか、きみが悪くって軀《からだ》がちぢむくらいですわ」

「そんなにおちついていらっしゃるところをみると、あなたは知っておいでなのね」

つなは縁先に立ったままであった。

このまえの、万三郎とかよとの、不謹慎な姿がまだなまなましく、鮮やかに印象に残っていた。万三郎が悪いのではない、かよがわざとそうしたのである。自分にみせつけるために、ことさらみだらがましい姿態をしてみせたのだ、ということはわかっていた。

だが、二人の不謹慎な姿は、つなの眼に焼き付いていた。たとえそれが作られたものであったにしても、つなの眼に焼き付けられた、その不謹慎な姿を消すことはできないし、それを赦《ゆる》すこともできないのであった。

「なんのお話かわかりませんけれど、そんな処《ところ》に立っていないでおあがりになったらどう、べつに取って食いはしませんことよ」

「知っていらっしゃるのね」

つなはあがろうとはしなかった。

「なんのことでしょう」

かよは冷やかな眼になった。

「もちろん万三郎さまのことよ」

「——万三郎さまですって」

「どこにいらっしゃるの」

つなはしんけんな顔つきで、じっとかよを睨《にら》みながら云《い》った。それを見て、かよも坐《すわ》り直した。

「どこにって、——それはつなさんのほうが知っていらっしゃるでしょう、万三郎さまはあの明くる日、此処《ここ》を出ていらしったままお帰りになりませんわ」

「それで、そんなにおちついていらっしゃれるの」

「おちついてって、——」

「出ていらしったまま十二日も音沙汰《おとさた》がないのに、少しも案じているようすはないし、平気で笑うことさえできるではありませんか、それはあなたが万三郎さまのいどころを知っているからでしょう」

「では、——あの方は」

かよはにわかに緊張した。

「あの方は、あのまま帰っていらっしゃらないんですの」

「だからまいったんですわ」

つなは唇をふるわせた。

「聞かせて下さいまし」

かよも膝《ひざ》を進めた。

「いったいあの方はどこへ、どんな事をしにいらっしゃいましたの」

「深川洲崎の料亭へ、渡辺蔵人の使いとして、ゆかれました」

「まあ乱暴な、——」

かよは顔色を変えた。

「どうしてそんな無謀なことをなすったのでしょう、升屋の会合はたいそう厳重で、一味の者でもなかなか出席は許されませんのよ、まるでこっちから罠《わな》へとび込んだようなものですわ」

二

「それでそのとき、あの方は独りでいらしったのですね」

かよの問いに、つなは黙って頷《うなず》いた。

「なんということでしょう」

かよは両手を打ち合せ、それを固く握り緊《し》めた。つなよりも昂奮《こうふん》し、いたたまれないというふうに立って来た。

「それでいったいどうなさるおつもりですの、観音谷の事もあるし、ぐずぐずしていると取返しのつかないことになりましてよ」

「ではかよさんは本当になにも御存じないんですのね」

「わたくしがなにか知っていると思っていらしったの」

「だってあなたは向うの一味でしょ、押籠《おしこ》められていたって、どこからどう連絡がつかないものでもないし、万三郎さまはあのとおり正直な方ですから、あなたが騙《だま》すくらいぞうさのないことですもの」

「それならそう思っていらっしゃればいいわ、いまそんなことで口論してもしようがありませんもの、それより万三郎さまをどうなさるんですか」

「御存じないとわかれば宜《よろ》しいのよ」

つなは縁先から離れた。

「もしやと思って来たのだけれど、なにも御存じないということがわかりましたから、わたくしもうお暇《いとま》しますわ」

「待って下さい」

かよは縁側へ出て来た。

「これから方法を考えるようでは手後れになります、なにか手配をなすってあるんですか」

「そんなこと御心配には及びませんわ」

「つなさん」

とかよは殆《ほと》んど哀訴するように云った。

「お願いですから聞いて下さい、万三郎さまをお助けするいい方法があります、どうか聞いていって御相談なすって、あの方を早く助けてあげて下さい」

「いい方法ですって」

つなは足を停めて振返った。

「――うかがうだけうかがいますわ、仰《おつ》しゃってごらんなさい」

「渡辺蔵人を返すんです」

「――まあ」

「捉《つか》まえて置いたって、あの人はそれほど役に立ちはしません、また仮に少しぐらい役に立つにしても、万三郎さまと交換ができれば充分じゃございませんの」

「あなたのいい方法というのはそれだけですの」

「もしそれでだめなら、あたしを代りにやって下さい」

「あなたをですって」

「あたしなら助けてあげられます、あたしならどんなことをしたってきっと、――つなさん、待って下さい」

歩きだしたつなのあとから、庭へ（はだしのまま）とびおりたかよは、走っていって前へ立ち塞《ふさ》がった。

「あたしを信じて下さい、ほかの事とは違います、万三郎さまのお命にかかわる大事なばあいですから、お願いですつなさん、あたしを代りにやって下さい」

「そこを通して下さい」

つなは蒼《あお》い顔で云い返した。

「そんなことは兄上たちが御承知でも、それはわたくしがお断わりします」

三

かよは前へ出た。

「あなたが断わるですって」

「それはどういう意味ですの、あたしが裏切るとでもいうんですか」

「裏切らないという証明がおできになれて」

「あの方の命が危ないというときに、まだそんなことを疑っていられるのね」

「万三郎さまのことを口になさらないで下さい、あなたは関係のないことですから」

「――わかったわ」かよは眼をきらきらさせた。

「わかりました、つなさんは嫉妬《しっと》していらっしゃるのね」

「嫉妬ですって」

「そうよ、あたしが万三郎さまを取ると思って、嫉妬しているんだわ」

「なんのために、――」

声をふるわせてつなが云った。

「わたくしがなんのために嫉妬しなければならないんです、万三郎さまから望まれて、わたくしあの方の妻になる約束ができているんですのよ、もし嫉妬するとすればそれはわたくしではなくかよさんの筈《はず》です」

「ええもちろん、あたし嫉妬しています」

かよは昂然《こうぜん》と頷いた。

「嫉妬のために軀が焦《こ》げてしまいそうよ、――でもね、それはつなさんの嫉妬とは違いますの、あたしは万三郎さまが、あなたのような冷たい、お利巧だけれど情のない、自分勝手な人に好意を持っているのが、口惜《くや》しくってお気の毒でじれったいのよ」

「わたくしが冷たい情のない女ですって」

「おまけに高慢で負け嫌いで見栄坊《みえぼう》で理屈屋よ」

かよは烈《はげ》しくまくしたてた。

「万三郎さまはあなたなんぞで幸福になれやしないわ、あなたは万三郎さまを訓戒したり叱《しか》ったり、やりこめたりすることはできるでしょう、でも愛してあげることはできやしないわ、愛するというのは、相手の悪いところも欠点もすべてそのままうけいれることよ、あなたにそれができて、つなさん、――できるもんですか、万三郎さまを愛してあげ、幸福にしてあげられるのは決してあなたじゃありませんわ」

「それは自分だというわけね」

つなは冷やかな眼で、軽侮に耐えぬもののようにかよを見、そして唇で笑った。

「かよさんなら万三郎さまを仕合せにしてあげられるというのね、ほほほ、試してごらんなさい、わたくし拝見させて頂くわ」

「できないと思うの」

「わたくしあなたと張合うつもりなんかありません、あなたに自信があるならやってごらんになればいい、わたくし黙って拝見していますから」

「その言葉を忘れないでちょうだい」

かよはそう叫んだ。つなは顔をそむけ、相手の脇《わき》をすりぬけて、そこを去った。

——冷たくて情のない女。

かよの言葉が耳の中で喚《わめ》くように聞えた。

——高慢で見栄坊で負け嫌い。

——訓戒したり叱ったり、やりこめたりすることはできるだろう、しかし愛することはできない。

ひと言ひと言が、棘《とげ》でも刺されるように、するどい痛みで胸を突刺した。

「——ああ」

と歩きながらつなは呻《うめ》いた。

「なんという女だろう、なんといういやな、下品な女だろう」

四

和泉屋の寮へ帰るまでつなの昂奮は鎮《しず》まらなかった。

——あの人の云ったことは本当かもしれない。

真崎の渡しを舟で渡りながら、ふとそういう反省が起こった。

万三郎はよく休之助と喧嘩《けんか》をする。徹之助にも叱られてばかりいるし、たいていのばあいつなも彼の味方ではなかった。

結城で古木邸からつなを救い出したあと、休之助がひどく怒った。大事の任務をよそに、つなを助けるなどというのはみれんだ、というのであった。つなもその意見に賛成であった。

——侍は任務が第一。

自分のことなど捨てておいてくれるほうが、むしろたのもしいと思った。

それ以来、(かよの問題もあるが)事毎《ことごと》につなは万三郎をやりこめるようになった。ふしぎと気にいらないことばかり眼につくのである、特に、彼の人情に篤《あつ》いところが不満だった。敵の一味であるかよについてはもちろん、観音谷で石黒半兵衛を助けたことなども、本末顛倒《てんとう》としか思えなかった。

――大事のまえには親《しん》を滅する覚悟がなければならない。

それは武家道徳の根本的な条目の一であり、つなもそのように育てられて来た。まして、休之助のきびきびと割切った態度を見ているので、どうしても万三郎のすることが歯痒《はがゆ》く、みれんがましいようにしか受取れないのであった。

「あんまり頑《かたく》なだったかもしれない」

渡し舟をあがってから、つなはそっと口の中で呟《つぶや》いた。

「いつもあの方の弱点にばかり眼をつけて、あげ足を取るようなことをして来たようだ、もっと良いところを認めて、劬《いたわ》ってあげ、慰め、励ましてあげるようにしよう、――悪いところも欠点も、無条件でうけいれることが愛することだ、というのは本当かもしれない、それが女の愛というものかもしれない」

渡し場へあがると真崎稲荷《いなり》で、そこを左へまわってゆくと、舟入り堀に沿って和泉屋の寮がある。つなは気をとり直して、足早に裏木戸のほうへ近寄っていった。

すると、その木戸の外に、色街の者と思われる少女が一人、なにやら躊《ため》らいぎみに往《い》ったり来たりしていた。

「なにか御用ですか」

つなが声をかけると、少女は吃驚《びっくり》して振返った。そして、つなを見るなり、あっと声をあげた。

「あっ、甲野さまのお嬢さま」

「――だあれ、あなたは」

「おちづです、いいえあの、半ちゃんの友達のちい公です」

「――まあ、あなたが」

つなは眼をみはった。

金杉の半次といつもいっしょにいた娘、乞食《こじき》のような恰好《かっこう》をして、街をとび歩いていたちい公。髪をきれいに結いあげ、着物も帯も派手な物ではあるがきちんと着付けている。顔つきも娘らしくふっくりとして、小麦色の肌は磨いたように冴《さ》えてみえた。

「まるで人が違ったようね」

つなはこう云《い》って、つくづくと見た。

「それで、――いまどうしておいでなの」

五

「あたしのことはあとでお話ししますわ」

とおちづは云った。

「それよりか大変な事があって、それでいそいで来たんです」

「そう、では中へ入りましょう」

つなはこう云って、おちづといっしょに寮の中へ入った。

借りている住居へゆく途中、おちづは用件を話しだしたが、それを半ばまで聞かないうちに、つなはああと叫び声をあげた。

「それで、それでどうしたの」

と彼女は思わず立停《たちどま》った。

「あたし迷ったんです」

とおちづは続けた。

「誰か石倉の中に押籠められているに違いない、その人が助けてもらうために、鼠《ねずみ》の首へ手紙を付けたんでしょう、でも、あたしには字が読めないし、うっかり升屋の人にも読んでもらえないでしょう、だって升屋の石倉の中にいるんですもの、みんなその事を知っているかもしれませんから」

「よくそこに気がついたわね」

「ですから、――それはゆうべのことだったんですけれど、姐《ねえ》さんと仲町の家、――

これはあとでお話ししますわ、仲町の家へ帰ってから、あたし船宇というお茶屋へいって、おかみさんに読んでもらったんです」

おちづは松吉姐さんにも油断しなかった。升屋へゆく舟の中で、旦那《だんな》の岡さまの凄《すご》く変った表情を見てから、岡さまが急に底の知れない人のように思えてきたし、それにつながる松吉にも、しぜん用心する気持になったのであった。

「そうすると、この手紙を真崎稲荷の近くの、この寮へ届けてくれ、と書いてあるって云われたものですから」

「持っているのね、その手紙」

「ええ持ってます、これですわ」

おちづの取出した結び文を、つなは奪い取るようにして、披《ひら》いて見た。

万三郎の筆蹟《ひつせき》であった。

煤《すす》を濡《ぬ》らして棒の先ででも書いたのだろう、ひどくかすれた大きな文字であった。

「有難うよおちづさん」

つなはおちづの手を摑《つか》んだ。

「この手紙を書いたのは、わたくしたちにとって大事な人なの、十日ばかりまえから行方がわからないので、みんなでどうしようかと心配していたのよ」

「もしかして、それは」

とおちづは口ごもりながら、

「あの、花田万三郎さまじゃないんですか」

「あなた知っておいでなの」

「ええ、十日ばかりまえだとすると、あたし花田さまに道でお会いしたんです」

おちづははっきり思いだした。

永代寺門前町の裏河岸で、屁十と三島に捉まったときのことである。ちょうど十一日の夕方で、そのとき松吉に升屋から座敷が掛って来たので、着替えを持って迎えにゆくところだった。升屋といえば、たいてい岡さまに定《きま》っている。そして、万三郎もそのとき升屋へいったのであろう。

——これはきっと岡さまに関係がある。

こう気がついて、やはり姐さんに手紙を見せなくってよかったと思った。

「とにかく兄上さまたちにおみせしましょう、いっしょにいらっしゃい」

六

徹之助が初めに手紙を読み、次いで休之助からつなにと渡された。

文字がかすれているので、ところどころ判読に苦しんだが、――覆面の武士と対談するなり、すぐに偽者《にせもの》だということを看破され、一人に手傷を負わせたが、ついに捕えられた、ということを、簡単に記したあと、

――自分はいま石倉の中に押籠《おしこ》められているが、見廻りに来る番士たちの話から察すると、かれらは近く事を起こすらしい、それには左の理由がある。

一、紀州田辺の貯蔵所が、加波山と前後して焼払われたこと。

二、老中の圧迫がしだいに強くなり、このままでは自滅するおそれのあること。

三、甲府で早急に挙兵し、その動揺に乗じて諸侯を抱き込む策を立てたらしいこと。

――こういう事情だから自分のことは構わないで、すぐ甲府のほうへ手配をするように頼む。

そういう文面であった。

「たまには三郎も筋の通ったことを云いますね」

休之助は機嫌よく云った。

「甲府へは私がでかけましょう、人数は五人もあれば充分だと思うが、斧田と、こんどは村野や太田、梶原、添島たちにもいってもらえるでしょう」

村野伊平は二の丸大目付の与力、太田嘉助は八丁堀与力の二男、梶原大九郎と添島

公之進の二人は町奉行与力で、それぞれ公務を持っているため、これまで江戸を離れる仕事は頼まなかったのである。

「いいだろう」

徹之助も頷《うなず》いた。

「これが最後の仕事になるだろうし、あとの始末はそのときになってからのことにしよう、しかし、——甲府というだけで、貯蔵所の所在がわからないが」

「蔵人をもういちど痛めてくれませんか、それでだめなら現地で当ってみます、どうせかれらは甲府城を覘《ねら》うでしょうし、狭い土地のことだからそう探索に困難はないと思います」

「ちょっと申上げたいのですけれど」

つながそう遮った。

表情は冷静であるが、昂奮しているとみえて、額のあたりが白くみえた。

「お話のようすでは、万三郎さまをそのままにしてお置きなさるようですが」

「むろんですとも、なぜです」

休之助が訝《いぶか》しそうに反問した。つなはきっぱりと云った。

「わたくし、それはあんまりだと思います」

「なにがあんまりです」

「万三郎さまは敵の手で殺されてしまいます、それでもいいのでしょうか」

「万三郎が殺されるんですって」

「――かよさんがそう申しました、あの人は敵の一味ですから、敵の内情もよく知っています」

「貴女《あなた》はかよの処《ところ》へいったのか」

「まいりました」

「なんのために」

休之助はかっとなった。つなは恐れるけしきもなく、休之助の眼を見返しながら云った。

「万三郎さまの事が知りたかったからです、もしかしてあの人のところへなにか消息がありはしないかと思ったからですわ」

「それでどうだったんだ」

休之助は眼を怒らせた。

七

「かよさんはなにも知りませんでした」

とつなは続けた。

「そして事実を話すと、すっかり取乱して、万三郎さまは殺されるに違いない、と云いました、升屋の会合はたいそう厳重なもので、一味の者でも出席を許されるのはごく稀《まれ》だし、誰と誰が会うか、まったく秘密になっている、だから、そこへ偽って入って捉《つか》まれば、生かして帰す筈《はず》は決してないと云いましたわ」

「それだけか、——」

徹之助が低い声で云った。

「かよの申したのはそれだけか」

「はい、それから、——」

とつなは口ごもったが、すぐ思いきったように、かよが万三郎を取返すために提案した二つの条件を語った。

——渡辺蔵人と交換するか。

——かよをかれらに返すか。

休之助はしまいまで聞かずに冷笑した。

「ばかげたぺてんだ、そんな子供騙《だま》しを信じたのか」

「あなたにはおわかりにならないのですわ」

「あの女は逃げたいだけだ、自分がゆけば万三郎を返させる、——そんな洒落《しやれ》にもならないことを」

「あなたは御存じないんです」

つなは激しい調子で云った。その調子の激しさで、本来なら口にしたくないことが、すらすらと出た。

「かよさんは万三郎さまを愛しているんです、自分でもそう云いましたし、わたくしにもそれがよくわかりました、あの人は本当に万三郎さまの命の危ういことを知って自分の身に代えてもお助けしようとしていましたわ」

「——わけがわからない」

休之助は首を振り、じっと、なにかを試すようにつなを見た。

「貴女《あなた》はこの朱雀《すざく》調べの重大さを知っている筈だ、甲野の父上やいとは焼死しているし、花田の嫂上《あねうえ》や松之助はまだ檻禁《かんきん》されたままだ、われわれはできるだけ犠牲を少なくしたいが、犠牲を少なくするために、第一義を忘れるようであってはならない、それは貴女も」

「わかっています、これまでは私もそう思ってまいりました」

とつなは云った。

「でも今はそうは思えませんの、万三郎さまはいつか仰《おっ》しゃいましたわ、いかなる大事も人間を無視してよいものはない、死に当面している人間を見棄《みす》ててもよいような事はこの世にはない筈だ」

つなは眼を伏せて、しみいるような声で続けた。

「わたくし初め、その言葉をみれんだと思いました、第一義のまえには親を滅してもよいと思っていました、でも今はそうは思えません、万三郎さまの仰しゃったことが本当だと信じます、人間の命を軽んずるところからは本当の大事は果せないと信じます」

「よろしい、そうお信じなさい」

休之助は冷やかに睨《にら》んだ。

「そう信ずることは貴女の勝手だ、われわれは貴女の信念を変えようとは思わないし、そんな時間もない、――兄上、人を集める使いを出しましょう」

「まあ待て、――」

徹之助は静かに制した。

八

徹之助は、いきり立つ弟を、制止して、

「そのおちづという娘をこれへ呼んでくれ」

とつなに云った。

つなは立っていったが、すぐにおちづを伴《つ》れて戻った。おちづは神妙に、かしこまって坐《すわ》った。

「今日は御苦労だった」

徹之助はやさしく礼を述べてから、升屋のことを知っているか、と訊《き》いた。

「はい、あまり詳しいことは存じません、まだ四五たびしかいったことがないんです、でも中のようすはあらまし知っています」

「石倉のある場所はどんなふうになっているか」

「ええと、――此処《ここ》に母屋《おもや》がこんなぐあいにありまして」

おちづが指で、畳に図取りをしようとするのを見て、つながいそいで硯箱《すずりばこ》と紙を持って来た。おちづは羞《はにか》み笑いをして、

「あたしは字はだめなんです、読むことも書くこともできないんです」

「字は書かなくともいいの」

つなが微笑しながら云《い》った。

「升屋の中のようすを、できるだけ間違えないように書いてみてちょうだい」

「筆なんて持つの生れて初めてだから」

おちづはこう云って、なるほど、いかにも妙な手つきで筆を持ち、墨をちょっと含ませて、こわごわ紙へ当てるのであった。

あまり太く線を引きすぎて、墨を滲《にじ》ませたり、ぼとっと墨汁を落したり、幾たびか失敗したあとで、どうやら升屋の見取り図ができあがった。

「これが母屋、これが離れの数寄屋《すきや》、これが石倉です」

徹之助は覗《のぞ》いて見ながら、

「こっちは道だな」

「はい、ずっと堀に沿っています、堀の向うは洲崎弁天です」

「こっちは空地か」

「いいえ三方とも堀で、堀の北側は館屋《たてや》の木場、西側は山屋の木場、こっちの東だけが、堀を越すと空地になっています」

「――よくわかった」

徹之助はその図を取って、

「休之助、今夜やろう」

と云った。休之助はさも意外そうに兄を見たが、唇には快心の微笑がうかんでいた。

「しかし甲府のほうを一刻も早く」

「心にもないことを云うな」

徹之助は渋い顔をした。

「おまえは初めから三郎を助けたいと思っていたんだろう、ごまかしてもだめだ、おれの口から云わせるためにことさら乱暴につなを叱りつけた――わかっているぞ」

「そんな、決してそんな」

休之助は弁明しようとした。

つなは顔を赤らめ、ほっとしたように、そしてひそかに詫《わ》びるように休之助を見あげた。

「もういい、弁解はたくさんだ」

徹之助が云った。

「それよりまず、手順を考えよう、刻《とき》は夜半過ぎがいいだろう、弁天社の海側へ舟をまわして置く、それから、西側の堀に沿って塀を越え、――一手は裏門で騒ぎを起こすがいいな、石倉へは三人、おまえと、斧田、それから太田嘉助は一刀流を相当にやるから、太田を頼んで」

「御案内はあたしがします」

とおちづが昂奮《こうふん》して云った。

怪刀飛《ひ》閃《せん》

一

「おい権兵衛さん、茶をもらいたいんだがね、小さい権兵衛さん」

万三郎は戸を叩《たた》いて叫んだ。

「うるさい」

戸の向うから声がした。ねぼけたような、もったりした声で、続いて大きな欠伸《あくび》をするのが聞えた。

「うるさいなんて不人情なことを云うなよ、喉《のど》がすっかり渇いているんだ、からからに渇いて喉笛《のどぶえ》がひりつきそうなんだ、たのむから茶を一杯くれないか」

「うるさいと云ったらうるさい、少しは黙って寝たらどうだ」

「それは寝たいさ、寝たいことはやまやまなんだ、しかしこう喉が渇いていては寝ようにも寝られないいんだよ、なあ、頼むよ権兵衛さん、茶を一杯だけ頼むよ」

万三郎は独りでにやにやした。

暗くてその笑い顔は見えないけれども、彼は満足であるし活気に満ちていた。

——手紙はもう届いていた。

檻禁《かんきん》されてほぼ十日め（正確な日はわからなくなっていた）に、ようやく目的を半ば達したのである。

彼の押籠《おしこ》められているのは、石倉の地下にある奥の仕切で、なにを納《しま》うために使われたのか、床が張ってあり三方は板壁になっていた。——仕切の隣りには、いつも二人の番士が詰めきりであった。昼夜二交代で、一人は火縄をかけた銃を持っている、食事その他の用で出入りするときには、銃を持ったほうが、絶えず万三郎に覘《ねら》いをつけて、

——動くなよ、一歩でも動くと射つぞ。

などと、度たび威嚇《いかく》するのであった。

彼は初めの三日で、脱出することを諦《あきら》めた、自分が帰らなければ、兄たちがなにか手段を講ずるだろうと思った。

しかし、交代する番士たちの会話を聞いて、一味が甲府で事を起こそうとしているらしい、という情勢がわかると、そのまま安閑としてはいられなかった。

そこでいろいろ脱出を計ってみたが、自分がぬけ出すことは不可能であった。だが不可能では済まない、彼は考えられるだけの手段を考え、実際ぬけ出す隙《すき》がないかどうかを、飽きずにくふうし続けた。

そうして、鼠《ねずみ》を使う方法を思いついたのであった。

天床《てんじよう》の一隅に隙間のあることは、押籠められたときからわかっていた。昼のうちは、そこから微《かす》かに外光が漏れるのである。——彼はそこを調べてみて、土台の石と石の間に、赤児《あかご》の拳《こぶし》くらいの隙間のあるのを発見した。

——これが使えるぞ。

万三郎はそのとき独りでおどりあがった。

それから鼠を使うことを思いつき、手紙を首へ結びつけて、人の足音（番士の交代時間はわかっていた）がするたびに、その隙間から、紐《ひも》をつけた「鼠の使者」を外へ出したのであった。

それがちょうど六日めに当る昨日の夕方、ようやく人の手に渡ったのである。相手は少女らしかった、そして石の隙間から、

——この手紙は誰か安心な人に読んでもらって、きっとなんとかしますから。

と云うのを聞いた。

彼は、どこかで聞き覚えのある声だ、と思ったが、それを思いだしている気持のゆとりはなかった。

——しめたしめた、これで役目をはたしたぞ。

と喚《わめ》きだしたいのをやっと辛抱するばかりであった。

二

それからまる一日、——万三郎は自分のことは考えず兄たちが甲府のほうへ手配するだろう、ということばかり考えていた。

——どうせおれを助けになんか来やあしないさ、なにしろ花田の兄も休さんも第一義で凝り固まってるんだからな。

こう思いこんでいた。

しかし、まる一日経《た》って、日が昏《く》れかかる頃から、ふと一種の予感のようなものを

感じた。ことによると助けに来るかもしれない、どうも助けに来そうだ、そんな気持がし始めたのである。

——そうだ、もしかすると、もしかするかもしれないぞ。

そんなことを呟《つぶや》いた。それから騒ぎ始めたのである。兄たちが助けに来るとすれば、番士を疲れさせておくほうがいい、そう気がついたからであった。

「なあ頼むよ、でかいほうの権兵衛さん」

万三郎は戸を叩く、

「本当に喉がからからで眼が眩《くら》みそうなんだ、茶を一杯だけでいいんだから、なあ権兵衛さん、でかいほうの権兵衛さん」

「黙れ、われわれを愚弄《ぐろう》するか」

仕切の向うでどなる声がした。

「でかい権兵衛だの小さい権兵衛だの、いいかげんにしろ、われわれにはちゃんと姓名がある、なにが権兵衛だ」

「だってその名前を知らないんだからしようがない、名前がわからなければ名無しの権兵衛、二人を区別するためにでかいの小さいの、これで理屈に合ってるじゃないか、なあでかいほうの権兵衛さん」

「黙れ黙れ、黙れというんだ」

「茶を呉《く》れれば黙るよ」

「ええくそ、人をばかにするな」

でかい権兵衛だろう、仕切の向うでそう叫びながら、足踏みをする音が聞えた。顔をまっ赤にし、拳《こぶし》をふり廻して怒っている姿が見えるようで、万三郎は声をころしながらくすくす笑った。

「人をばかにするな」

とでかい権兵衛は続けた。

「きさま宵のうちから茶を呉《く》れ茶を呉れといって、もう五たびも茶を飲んでいるじゃないか、その合間にはなにか喚きちらす、どたばた暴れる、いったいどうしようというんだ、なんのためにそう騒ぎたてるんだ」

「済まなかったね、そんなに怒るならいいよ」

こう云って万三郎は黙った。

「なんというやつだ、本当に」

権兵衛は暫《しばら》くぶつぶつ云っていた。

かれらは着たままごろ寝をするらしい、片方の権兵衛がなにか慰めるようなことを云い、でかい権兵衛の横になるらしい物音が聞えた。

万三郎は待っていた。

首をすくめたり、声を忍ばせて笑ったりしながら、——そうして、やがて二人の権兵衛が、気持よくうとうとし始めた頃をみはからって、拳骨《げんこつ》でどんどん戸を叩き、破れるような声で叫びたてるのであった。

「権兵衛さん権兵衛さん、ちょっと起きておくれよ、どうしてもだめなんだ、喉が渇いてどうにもがまんができないよ、権兵衛さん、小さい権兵衛さん、ちょっと起きて茶を頼むよ、ねえ、小さい権兵衛さん頼むよ」

そして戸をむやみに叩き続けた。

三

「畜生、殺してくれるぞ」

でかい権兵衛だろう、そう喚いて、はね起きるけはいがし、仕切戸のところへ来て、悲鳴をあげるように叫びだした。

「きさま、いま、なん刻《どき》だと思う、もう夜なかだぞ、夜なかを過ぎようとしているんだぞ畜生、いったいなんのためにそう騒ぐんだ、どういうわけでおれたちを寝かさないんだ、なんのためだ」

「喉がね、渇いてるんでね」

「おれは誓って云うがきさまを殺してやる、引摺《ひきず》り出して、この手でこう絞め殺して、軀《からだ》じゅうをめちゃめちゃに踏みにじってやる、こうこう、こう」

彼はずしんずしんと足踏みをした。怒りのあまり狂人のようになって、仮想の万三郎を踏みにじっている姿がこれまた鮮やかに見えるようであった。

「いいか本当にこうだぞ、きさまなんぞいずれは殺される人間なんだ、おれがちょっとそういうつもりになれば今が今だってぶち殺してやれるんだ、威《おど》かしだなんて思ったら大きな間違いだぞ、わかったか」

「わかったよ、よくわかった」

「そんなら黙れ、黙っておとなしく寝ろ」

「ああ、そうするよ」

「騒がずに寝るか」

「騒がずに寝るよ」

「きっとだな」

「きっとだよ」

相手はちょっと沈黙し、それから念を押すように云《い》った。

「そんなことを云って、また騒ぎだすつもりじゃないだろうな」

「そんなつもりはないさ」

と万三郎が云った。

「だがねえ、喉が渇くんだよ」

「ひい、——」

慥《たし》かに「ひい——」という声であった。おそらく逆上したのであろう、だっだっだっと仕切戸を殴りつけ、

「おい鍵《かぎ》を出せ」

と小さい権兵衛にどなった。

「火縄に火をつけろ、鍵をよこせ、おれはもう堪忍《かんにん》がならない、おれはこいつを殺してやる、えい畜生、おれはもう」

「まあ待て、そんなことを云ったって」

「黙れ黙れ、鍵をよこして火縄をかけろ、おれはこいつを」

「いけない、そんな乱暴な」

「ええよこせ、邪魔をするな」

「待てといったら、――あっ」

「あっ誰だ」

二人の権兵衛が同時に叫んだ。そして、ほんの一瞬間しんと物音が絶えた。

ほんの一瞬間、いままでの騒ぎがぴたっと止り、異様な沈黙がひろがった。が、次の刹那《せつな》に、二人の権兵衛が悲鳴（こんどこそ正しく）をあげた。

「――曲者《くせもの》だ」

「鳴子を引け」

万三郎もあっと声をあげた。

――助けに来てくれた。

そう直感したのである。

彼はふるい立った。そうして、仕切戸に向って、その若く逞《たくま》しい軀を、力いっぱい叩きつけ、そうして絶叫した。

「休さん此処《ここ》にいるぞ」

四

二度、――三度。

巌《いわお》も砕けよとばかり、躰《たい》当りをくれた。仕切戸は少し軋《きし》んだが、樫材《かしざい》の頑丈な造りで、もちろん壊れるようなけしきは微塵《みじん》もなかった。

「休さん、此処だ此処だ」

喉いっぱいに叫んで、それから耳を澄ませた。

仕切戸の向うでは荒々しい足音がし、二人の権兵衛の怒号に続いて、休之助の力ある声が聞えた。

「じたばたするな、騒ぐと斬《き》るぞ」

万三郎はにっと微笑した。

でかい権兵衛が、つい今しがた、火縄をかけろ、と云っていた。もし小さい権兵衛が、云われるとおりにしていたら、誰かが射たれたことだろう。

——うまくいった。

まるで諜《しめ》し合せたようであった。二人の権兵衛を（疲れさせるために）からかっていたことも、休之助たちが救助に来た時刻も、お誂《あつら》えどおりになった。が、——万三郎はふと、権兵衛の一人がいま「鳴子を引け」と叫んだことを思いだした。

——救援を求める合図だ。

万三郎はまた仕切戸に軀をぶっつけながら叫んだ。

「外に注意して下さい、休さん、助勢の者がやって来ますよ」

だが、そのとき早くも鍵を廻す音がし、戸がさっと開かれた。

休之助と斧田がいた。

「やあ、済みません」

万三郎が云いかけると、休之助は眼もくれずに、二人の権兵衛をせきたてて、万三郎のあとへかれらを押し込めた。

「あ、ちょっと待って下さい」

万三郎は追っていって、

「私のを取られたから代りを貰《もら》っておきますよ、どうせ鰯《いわし》みたいな代物《しろもの》でしょうがね」

そしてでかい権兵衛の刀を取って腰に差し、相手の肩をやさしく叩《たた》いた。

「あとで大将から私のを貰いなさい、いろいろお世話になりましたね、お二人ともどうか気をつけて」

「早くしろ、三郎」

と休之助がどなった、万三郎が出て、仕切戸に鍵をかけると、中でどっちの権兵衛かが叫んだ。

「きさまら、逃げられやせんぞ」

三人はすばやく階段を登った。石倉を出たところに、太田嘉助が立っていた。そして出て来た三人に、向うを指さしてみせた。

松明《たいまつ》の火が、ざっと数えて十五六、この石倉を取巻くように並んでいた。そして、そのあいだあいだに、刀や素槍《すやり》の穂が、ぎらぎらと光るのが見えた。

——あの晩と同じだ。

万三郎はそう思い、

「気をつけろ、弓があるぞ」

と云いながら刀を抜いた。

休之助たち三人は充分に身支度をしていた。足拵《あしごしら》えをし、襷《たすき》、鉢巻に、袴《はかま》の股立《ももだち》を取って、どんなにでも活躍ができる。が、万三郎はそうする暇がなかった。帯も袴の紐《ひも》もきっちりとは緊《しま》っていないし、この家の鼻緒のゆるんだ庭草履をはいているだけだった。

——またこれで叱《しか》られるな。

そう思いながら、彼はぱっと草履をぬいだ。

五

「三郎、おれについてこい」

休之助が云った。

「太田は左、斧田は右だ、かたまるな」

そして三方にひらいたと思うと、取囲んだ敵のなかへまっしぐらに、斬って入った。

万三郎は休之助から離れないように、同時に敵は自分が引受けようとした。

「縄に気をつけてくれ」

彼は思いだして喚《わめ》いた。

「地面に縄が張ってあるかもしれないぞ、足を取られるな」

斧田又平が「おう」と答えた。

敵は槍と刀と二段に構え、踏み込めば退《さが》り、力をぬけば押すという、柔軟な戦法をとった。休之助は庭の仕切りの木戸のほうへと、しだいに位置を進めていったが、敵もまた巧みにまわり込んで、その人数と松明とで、いつか四人をがっちりと包んでしまった。

「むだな抵抗はよせ」

敵の中から叫んだ。

「刀を捨てろ、もう逃げるみちはないぞ」

だがそのとき、敵の背後に、少しゃがれた高い声で、

「逃げるみちはある」

と絶叫するのが聞えた。

「そちらの御兄弟、助勢をするぞ、隙《すき》があったら切りぬけてゆかれい、こいつらは引受けた」

そうして、その声の起こったあたりから、敵の囲みがさっと崩れ立った。

「斬り込め」

と休之助が叫んだ。

又平と太田嘉助は左と右へ、休之助と万三郎はまっすぐに、(仕切りの木戸へ向って)猛然と斬り込んだ。

あの声の主はどうしたか。

その男は黒い覆面をし、黒装束で、飛鳥のように闘っていた。松明の光りを映して、その刀がきらりきらりと閃《ひらめ》き、その一閃《いっせん》するたびに敵を倒していた。

「えい、えいっ、やあっ」

腹を貫くような掛け声と、倒れる敵の悲鳴とが、まるでその腕の冴《さ》えを証明するかのように、あたりを圧して響いた。

敵の囲みは乱れた。

——誰だろう。

万三郎には誰だか見当がつかなかった。

「こっちだ、三郎」

休之助が叫んだ。

そこに木戸があった。太田が走って来、あとから斧田又平も駆けつけた。

「早く、なにをしている、三郎」

「——あの人が」

「ばか者、いそげというんだ」

かれらは木戸をぬけた。あとから五六人、追って来た。太田嘉助が足を返して先頭の二人を斬った。

「もらった！」

と景気のいい声をあげ、そのとおり、鮮やかに左右へ斬って取った。すると、残った四五人はばらばらと逃げた。

休之助たちは母屋《おもや》の脇《わき》を走りぬけた。

母屋はひっそりと眠って、（もちろんその騒ぎを知らない筈《はず》はないのに）漏れてくる灯のけはいもなかった。

——大丈夫だろうか。

万三郎は堀のところで振返った。庭のほうではまだ大きな掛け声と、悲鳴や怒号が聞え、松明の火の揺れ動くのが見えた。

六

二挺《ちょう》をかけた舟が、洲崎弁天社の海際《うみぎわ》に着けてあった。

待っていた梶原大九郎と村野伊平の二人が、四人を迎えてすぐに舟へ乗った。舟の中にはもう一人、おちづがいて、

「まあよかった、御無事でしたのね」

と万三郎を見て云った。

暗いのですぐにはわからなかったが、おのおの座を取って舟が出ると、万三郎はようやく気がついて「ああ」と声をあげた。

「——おまえだったのか」

「ええあたしでしたの」

「そうか、うん、そうだったか」

万三郎は二度も三度も頷《うなず》いた。彼の眼には涙が滲《にじ》んだ。

——土台石の隙間から聞えたのはこの娘の声だったのだ。

増上寺山内の「和幸」のときも助けられ、こんどもまたこの少女のために助けられた。彼はいつか兄たちのすることを、ひそかに怒ったことがあった。

——半次やこんな少女に、危険を冒させるなんてひどい。

しかし、そう思った彼自身が、二度まで危ないところを救われたのである。

「三郎、あの覆面の剣士は誰だ」

舟が大川ぐちに向って進みだすと、休之助が弟のほうへ振返って訊《き》いた。

「誰でしょう、私も知りません」

「太田は知っているか」

「い、いや、——」

太田嘉助は少し吃《ども》る癖がある。彼は一刀流ではかなりの腕があり、江戸市中の剣士にも顔が売れていた。だがその彼にも、あの覆面の助勢者には記憶がなかった。

「よく見る暇はなかったが、凄《すご》いほど冴えた腕のようでしたね」

と呟りながら嘉助が云《い》った。

「一刀、一刀、じつにみごとに相手を倒していました、あのくらい使える人はそう多くはないでしょう、花田さんそう思いませんか」

「えっ、なんですか」

万三郎は考えごとをしていたので、こう訊き返してから、頷いて答えた。

「慥《たし》かにあのくらい使える人は少ないと思いますね」

「どういうことだろう」

休之助には珍しく、そのことが頭から去らないようであった。

「敵にも気づかれなかったわれわれの行動を知り、最も危急と思われるとき助太刀に出てくれた、——いったいどうしてそうすることができたのか、そこがまったくわからない、殆《ほと》んど不可思議というほかはない」

万三郎は暗い海の彼方《かなた》へ眼をやりながら、独りで首を振ったり、口の中でぶつぶつなにか呟《つぶや》いたりした。

「そのほかに思い当ることはないし思い当る人もない」

彼はそんなふうに呟いた。

「しかし、どうもそうとは思われない、あの人が突然、こんな処《ところ》へ現われるわけがない、だが、いや、そのほかには想像もつかないが、やっぱりそうとは思えない」

「あたし永代橋のところであげて頂きますわ」

舟が大川へはいるとすぐに、おちづが云った。しかし休之助は承知しなかった。

「いや、橋場までいっしょにおいで、明日家まで送っていってあげるよ」

再　会

一

休之助たち六人が、和泉屋の寮へ帰ったとき、そこに中谷兵馬ら三人がいるので吃驚《びっくり》した。

かれらは十時ごろ、休之助たちが升屋へでかけるのと殆んど入れ違いに帰ったのだそうで、すぐあとから助勢にゆこうというのを徹之助が叱《しか》りつけるように止め、風呂《ふろ》へ入れて、酒や食事をとりながら待たせた、ということであった。

中谷兵馬と沢野雄之助、それに半次の三人で、林市郎兵衛は斬死《きりじ》にをし、三人が遺骨を持っていた。

「それは無残だな」

万三郎が低い声で云った。

——あの娘はなんと聞くだろう。

すぐにそう思ったのである。小田原河岸の紀伊家下屋敷にいるお八重は、市郎兵衛とたしか婚約があった筈《はず》である。——それが縁で八重は徹之助の（捕われている）妻子との連絡役も勤めることになったし、お八重の生家のものであるこの寮を、かれらが借りることにもなったのであった。

——みんな許婚《いいなずけ》の市郎兵衛のためであったのに、その許婚が死んだと聞いたら、彼女の気持はどんなだろうか。

さすがの休之助も、このときは黙って、なにか祈るように、暫《しばら》く頭を垂れていた。

これよりまえ、——

半次とおちづは廊下のほうへぬけ出していた。二人はお互いを発見するとあっと口をあいたまま、すぐには声も出なかった。大きく眼をみはって、お互いに相手を茫然《ぼうぜん》と見まもっていた。だがまもなく、心と心で呼びあうかのように、二人とも同時に立ちあがり、廊下へと出ていった。

「——ちい公」

「——半ちゃん」

　廊下の隅までゆくと、そう呼びあいさま二人は抱き合った。

　おちづは半次の躯《からだ》に両手をまわし、半次はおちづの肩を抱いた。抱き合った瞬間、おちづは本能的な羞恥《しゅうち》で、つと身を反《そ》らした。自分から抱きついたとたんに、自然とそうなった。まったく無意識な動作で、同時に全身が火のように熱くなり、からだがわなわなとふるえた。半次の手も不決断に迷った。

　おちづの羞恥は彼には理解できなかったが、身を放そうとした動作が、彼をまごつかせ、肩へまわした手を、そのまま抱いていいものか放すべきかに戸惑いをした。

「よかったわね半ちゃん」

　おちづはふるえ声で、半次の腕につかまりながら云った。

「きっと無事に帰って来ると思っていたけれど、でもずいぶん心配していたわよ」

「ごめんよ、ちい公」

　肩から手を放しながら半次はじっとおちづを眺めた。

「あんなふうにして置いてきぼりにして悪かった、でもああするよりほかにしようがなかったんだ、勘弁しておくれね」

「いいのよ、こうしてまた会えたんだもの、勘弁するもなにもないわ、でもさぞ苦労なすったんでしょうね」

「おいらよりもおめえこそ」

こう云って、半次はふと訝《いぶか》しそうな眼をした。

「おめえすっかり変ったな」

二

「着物もきれいな物を着ているし、あたまの恰好《かっこう》やなんか、まるで」半次はちょっと吃った。

「まるで人違いがしちゃったぜ、さっき見たときは、どこかのお嬢さんみてえだった」

「いやだわ、半ちゃん、よしてよ」

おちづは赤くなり、袂《たもと》をあげて打つまねをした。

「いくら髪や着物が変ったからって、あたしがお嬢さんにみえるわけがないじゃないの」

「だってそうみえたんだよ、――それに」

と彼は眩《まぶ》しそうな眼をした。

「それにおめえ大きくなったぜ」

「――そうお」

「大きくなったし、それになんてったらいいかわからねえけど、なんだかおとなにな
っちまったような気がするよ」

「あらいやだ、それは髪や着物のせいだわ」

「そりゃあそうさ、でも」

と半次は淋《さび》しそうに云った。

「それだけじゃねえさ、だっておめえ、もう十五になったんだからな、まえのような
恰好をしていちゃわからねえが、そうやってきちんとすると、やっぱし年が出るんだ
よ」

「そんなふうに云わないでよ」

おちづは羞《はにか》みながら、ふと悲しげに声を曇らせた。

「それは十五は十五だけれど、おとなびてみえるとすればわけがあるの、あたし今ね、
半ちゃん、怒っちゃいやよ」

「おれがなにを怒るんだ」

「今ね、あたし芸妓屋《げいしゃや》にいるの」

「――芸妓屋に」

「あたし深川の仲町で下地っ子になったのよ」

半次は眼をまるくした。まったく思いもかけなかったし、あんまりいきなりで、継ぐべき言葉もないようであった。

「そんなこと、むろん、あれさ」

半次はまごついて云った。

「むろん、おいらの怒る筋じゃあねえけど、でもいったいどうしてそんな」

「あたしもずいぶん苦労したのよ、半ちゃん」

おちづは縋《すが》りつくような調子で、半次が去ったあとの出来ごとを語った。気がせくので、話は前後したり、脇へそれたりしたが、聞いている半次はすっかりまいったらしい。女衒《ぜげん》から女衒の手へ売られてゆくところでは、さも肚《はら》が立つというように、呻《うめ》き声をあげたり、

「くそっ、そん畜生、――」

などと拳《こぶし》で自分の腿《もも》を打ったりした。

「おいらがいたら、その畜生めら、一人残らず叩《たた》きのめして、足腰の利《き》かねえようにしてやるんだったのに」

「あたしも半ちゃんがいてくれたらって、ずいぶん思ったことよ」

おちづは溜息《ためいき》をついた。

「でも松吉姐《ねえ》さんっていう、善い人に助けられたし、これからのことも見当がついたんだから、不幸が却《かえ》って仕合せになったともいえるわ」

「これからの事って、——おめえこれから、どうしようっていうんだ」

「あたし松吉姐さんにみっちり仕込んでもらって、仲町第一の芸妓になるの、もう三味線や踊りのお稽古《けいこ》をしているんだけれど、どのお師匠《しよ》さんも筋がいいって褒めてくれるわ」

「そうだろうな、きっと」

半次はべそをかいたような顔で、顔をそむけながら云った。

「おめえは利巧だし、勘がいいから、うん、きっと深川一の名妓《めいぎ》になれるぜ」

三

「あんたもそう思ってくれて」

「——思うともさ」半次は頷《うなず》いた。

「おめえは縹緻《きりよう》もいいし、気はしが利くし、きっと評判の名妓になれるよ、——でも、そうなるともう、おいらなんぞは側へも寄れなくなるなあ」

「なにを云うの半ちゃん」

「なにをって、おめえだってそんなこたあ、わかってる筈じゃねえか」

半次は足の爪尖《つまさき》で廊下を擦《こす》りながら、拗《す》ねたような声で云った。

「おらあこんな街の宿無しで、読み書きもできねえし手に職もありゃしねえ、どうせいまに土方か人足になるくれえがおちだ、そんな者が、深川で名うての芸妓なんぞに」

「待って、待ってよ半ちゃん」

おちづは半次の袖《そで》を摑《つか》んだ。

「あたしの云うことも聞いてちょうだい、あたしがゆくさきの見当もついたと云ったのは、自分だけのことじゃなくあたしたち二人のことを云ったのよ」

「おいらがどうするんだ」

「あたしはあたしで誰にも負けない芸妓になるわ、だから半ちゃんもなにかしっかりした職を身につけて、二人でお互いに稼ぐのよ、そうしてそのときが来たら、——もしかして、半ちゃんがいやでなかったら、二人でいっしょに家を持つのよ」

おちづは云い終ると同時にまっ赤になり、片手で髪を撫《な》でるふりをしながら、顔を隠した。半次は吃りながらそっけない調子で、これもそっぽを向いて云った。

「そんなことは、ただのお話さ、いまおめえがそう思ってるだけのこった」

「ただのお話ですって」

「売れっ妓《こ》の芸妓になれば、いい客が掃いて捨てるほど付く、それこそ玉の輿《こし》ってやつを断わりきれねえほど持ち込まれるんだ、おめえがいま口でなんて云ったって、そのときになればおいらみてえな」

「よして、よしてよ半ちゃん」

おちづは激しく遮った。

「あんたあたしをそんな人間だと思ってるの、あんたが紀州へいったあと、自分が置いてきぼりにされたのも忘れて、ただあんたに逢《あ》いたい、あんたが辛《つら》い思いや、危ないめにあっていやしないかどうか、それだけで気違いみたいになって、夢中であとを追っかけていった気持を、あんたわかっちゃあくれないのね」

「そんなこたあわかってるよ」

半次はつっけんどんに云った。

「今のおめえの気持ならわかってるんだ、おめえはまだちいい公だし、ひとの納屋《なや》で寝た匂《にお》いが躯に付いてる、――けれども芸妓になって、客に騒がれるようになれば」

「じゃあ、半ちゃんはあたしが、芸妓になるのが不承知なのね」

半次は黙っていた。

「そうなんでしょ、半ちゃん」

「知らねえさ、そんなこと」

「そうなんだわ、芸妓になるのがいやなんだわ」

おちづはぎゅっと唇を嚙《か》んだ。それから、半次がまだ子供であり、自分のしんじつな気持など、理解させるのは無理なのだ、ということを認めた。

——そうだわ、半ちゃんはまだやんちゃ坊主《ぼうず》なんだわ。

こう思うことは、おちづにかなりな満足感を与えた。

四

「いいわ、半ちゃん、もうこんな話よしましょう」

おちづは姉が弟をなだめるように、そっと半次の肩を押えながら云った。

「もう少し経《た》てば、あんたにもわかってもらえるわ、もし芸妓になることが間違っているにしても、あたしに間違いがなければいいんだし、それは見ていてもらうよりしようのないことだわ、これからはまた、いつだって逢いたいときに逢えるんだし、あたしが変るか変らないかは、半ちゃんの眼で見ていてくれればいいのよ」

「おいらのことなんぞ、放っといてくれ」

半次はそっぽを向いた。

「おらあ自分のことは自分の好きにするよ、それに、すぐまた江戸を出てゆくんだ」

「――江戸を出てゆくって」

「中谷さんや花田さんたちといっしょにゆくのさ、ことによると生きて帰れるかどうかもわからねえんだ」

「――あたしを脅かすのね」

おちづはじっと半次の眼を見つめた。半次はおとなびたふうに唇を曲げた。

「なんのためにおめえを脅かすんだ」

「だって半ちゃん、あんたたち紀州から帰って来たばかりじゃないの」

「おめえにゃあわからねえさ」

「嘘《うそ》よ、嘘だわそんなこと」

そのとき二人のうしろに足音がし、万三郎の声が聞えた。

「そうだ、半次の云うことは嘘だよ」

「あっ――」

と半次が振返った。彼は近づいて来る万三郎に向って喧嘩腰《けんか》でくってかかった。

「なにが嘘ですか、おらあいっしょにゆくんですぜ、中谷さんに訊《き》いてごらんなさい。ちゃんと約束がしてあるんだから」

「まあいい、そう怒るな」万三郎はにこにこしながら、「おまえたち二人にはずいぶん厄介をかけた、この私までが二度も危ないところを助けられている。もうたくさんだ」

「おいら自分の好きでやってるんですぜ、そんな水臭いことを云わねえでおくんなさい」

「わかってるよ、わかってるが物には切目ということがある。私たちの仕事もどうやら最後のひと押しというところへ来たし、もうおまえたちの力を借りなくとも済む、おまえとちい坊のことは花田の兄が引受けるから、こんどは江戸で待っているんだ」

「それは、――それは、中谷さんも承知したんですか」

「もちろんさ」

万三郎は半次の肩を叩いた。

「なあ半次、私はいま向うで、ちい坊の云うことを聞いていた」

あらっと云って、おちづはぱっと、両手で顔を隠した。

「おまえはむやみに怒っていたが、私はちい坊の云うことが本当だと思う。ちい坊はちい坊で一所懸命にやり、おまえはおまえで職を身につける、それがおまえたち二人には、いちばんふさわしいように思えるんだ、——ほかにも途《みち》があるかもしれないが、おまえたち自身でやることが、おまえたちにはいちばん似合っていると思う。——あとは花田の兄に相談すればいいし、私たちが帰って来れば私たちも相談相手になる、わかるだろう半次」

万三郎は二人を押しやった。

「さあ、朝までひと眠りするんだ、ちい坊をいじめるんじゃないぞ」

五

半次とおちづの二人を、つなに任せてから、万三郎も中谷兵馬と同じ部屋で横になった。

「紀州のほうはどうでした」

「案外なほど、楽でしたね」

兵馬は例によって、おちついた柔らかな口ぶりで、ゆっくりと話した。

「土地が狭いうえに、なにしろ領分の中のことですからかれらは公然とやっていたし、われわれが乗込もうとは夢にも思わなかったんでしょう、貯蔵所もすぐにわかったし、夜襲もじつにうまくゆきました」

「林さんがやられたのはそのときですか」

「いや、ずっとあとです」

兵馬はちょっと眼をつむった。

「田辺へは船でいったんですが、夜襲を終って脱出するとき、港のほうへ手が廻ったものですから、陸路を古座の港へぬけようとしたんです」

「追手が掛ったわけですね」

「見老津《みろづ》という処で追いつかれまして、――そこでちょうど半次に会ったんですが、いちおう斬《き》りぬけたと思ったとき、鉄砲を射たれましてね、たった一発でしたが、林の背中から胸を射抜いてしまったんです」

そこで兵馬は黙った。

万三郎も黙って眼をつむった。彼は林市郎兵衛をよく知らない、顔つきも覚えていないが、たった一発の弾丸《たま》に当った、ということを聞くと、なにかしらそんな不運な影をもっていたように思われて、心が痛んだ。

「――雨のようですね」

兵馬がぽつんと云《い》った。

云われて耳を澄ますと、庇《ひさし》を打つ静かな雨の音が聞えた。

兵馬は寝返りをうった。

「結城のほうはどんなぐあいでしたか」

「仕事はうまくいきましたが」

と万三郎は苦笑した。

「例によって私はへまばかりやって、休之助に怒られどおしでしたよ、そうそう、いつか中谷さんに助けてもらったときのあの女」

「和幸のときのですね」

「あれにすっかり付纏《つきまと》われましてね、あの女はいまわれわれの手に押えてあるんですが、おかげでずいぶん誤解をまねきまして」

兵馬はくすくす笑った。

「——なんですか」

万三郎が訝《いぶか》しそうに訊いた。

「いや失礼、——」

兵馬は笑いやめて云った。

「あのときのことを思いだしたもんですから、そう、あの女に付纏われれば誤解されるのは当然でしょう、いや誤解じゃあない、あの女は本気ですからね」

「冗談じゃない、中谷さんまでがそんな」

「いや私は見ていました、和幸のときによく見ていましたが、あの女は、云ってみれば貴方《あなた》に首ったけですよ」

「ところが、あの女に首ったけの人間がいたんです」

万三郎は話をそらした。

「それこそ夢中になっている人間が二人いましてね、そのために一人はやはりわれわれの手で押えましたが、もう一人は、――」

そう云いかけて、万三郎はふいに「あっ」と声をあげ半身を起こした。

――そうか。

と彼は心の中で呻《うめ》いた。

六

「どうしました」

兵馬が不審そうに振向いた。

万三郎がいきなり起きあがったので、なにごとかと驚いたらしい。万三郎も自分で気がついて、ちょっと苦笑をもらした。

「いや、じつは今、とつぜん思い当ったことがあるんです」

「あの女に首ったけの男ですか」

「その一人なんですが」

万三郎は兵馬のほうに向き直った。

「中谷さんは石黒半兵衛という剣士を覚えていますか」

「知っています」

「飛魚《とびうお》という突の秘手で名高かったでしょう」

「和幸のときも見ましたよ」

「ああ、そうでしたね」

慥《たし》かに、和幸でかいよに捉《つか》まったとき、半兵衛が護衛に付いていた。それで兵馬は、かいよに当て身をくれて万三郎を救い出すという、手段に出たのであった。

「石黒半兵衛がどうしたんです」

「今夜のことはお聞きですね」

「あらまし聞きました」

「升屋で敵に取巻かれたとき、覆面の剣士が助太刀に現われたんです、それがずばぬけた使い手で、たちまち敵を圧倒したんですが、なに者だか全然わからない、――それがいまわかったんです」

「するとその剣士が」

「まちがいなく、石黒半兵衛だということです」

「しかし、それは、――」

兵馬は疑わしげに云った。

「彼はしかし敵がわの人間でしょう」

「理由があるんです」

と万三郎は説明した。

半兵衛がかよと共に加波山へ現われたこと、渡辺蔵人とかよを争い、焼打ちの夜に、万三郎と刃を合わせたこと。そうして、万三郎が斬ることのできるのに斬らず、（休之助にどなられながら）江戸へ出て更生するようにと、意見をして別れたことなど、手短かに話をした。

「――なるほど、いかにも三郎さんらしい」

兵馬は微笑しながら頷《うなず》いた。

「いい話だ、甲野さんが怒るのは当然だし、ちょっと誰にもできないことでしょう、——なるほど、そうだとすると、それは石黒剣士かもしれませんね」

「だってそのほかに、あれだけ腕が立って、しかも助勢に出るような人間はないんですからね」

万三郎はこう云って、ふと暗い部屋の一隅へ眼をやった。

「——石黒半兵衛」

と兵馬は低い声で云った。

「——事実そのとおりだとすると、今夜だけではない、彼はまた現われますね」

「また現われる、というと、——」

「彼は三郎さんから眼を放さないんですよ、貴方の情けが身にしみたんでしょう、きっといつも蔭《かげ》から貴方を見張っていて、貴方を護《まも》っているに違いないと思う」

「——そうでしょうかね」

万三郎はまた溜息《ためいき》をついた。

「私はそうであってもらいたくないんだが」

「彼はきっと甲府へも来ますよ」

と兵馬が云った。

「私はそう信じますね、——甲府へもきっと来るに違いない、と」

ながれる雲

一

その翌日、——

休之助、万三郎の兄弟と、中谷兵馬、太田嘉助らの四人が、甲府へ向って立っていった。

「どうかおいらもゆかしておくんなさい」

半次は泣いて頼んだ。

「決して足手まといになるようなことはしません、どんな御用でも勤めますから、お願いですからお供をさせておくんなさい」

中谷をくどき、万三郎をくどき、しまいにはつなにまで、口添えをしてくれるようにと哀訴した。

だが、徹之助が頑としてきかなかった。

「おまえたち二人には充分やってもらった、もういい、こんどはおまえたち自身のことを考えなければならぬ」

徹之助はこう云《い》って、きっぱりとはねつけた。

そして、四人が出立するとすぐ、おちづと半次を前に坐《すわ》らせて、将来どうするつもりかと訊《き》いた。

半次はよほど口惜《くや》しいとみえ、あとからあとからと、溢《あふ》れてくる涙を、手の甲でこすりながら、返辞もせずにうなだれていた。

おちづは答えた。

半次に云ったとおりのことを、はきはきした、おとなびた口ぶりで、要領よく語った。

徹之助は渋い顔をした。

――深川一の芸妓《げいしゃ》になる。

などということが彼には気にいらなかったのである。

「それが望みなら、いいかもしれないが」

と徹之助は反問した。

「しかし、おまえは無断で家をあけたし、その女主人の旦那《だんな》という人間の、いわば敵にまわったようなものだから、帰っても無事には済まぬと思うが、どうだ」

「家をあけたことは悪うございますけれど」

とおちづは勇ましく答えた。

「でも人間ひとりの命にかかわるばあいですから、話をすれば堪忍《かんにん》してくれると思います、そして、——姐《ねえ》さんは旦那のなさる事はなんにも知りませんし、旦那の岡さまも、あたしがこんなことをしたとは御存じないんですから、なにも面倒なことは起こらないと思います」

「——そうかもしれない」

徹之助はなお不得心なようすで、おちづの眼をじっとみつめながら云った。

「だが芸妓にならずとも、たとえば私の家に行儀見習いとして奉公し、半次は半次でしかるべき職を身につける、という方法もあるではないか」

「有難うございますけれど」

とおちづは微笑した。

「あたし姐さんに恩がありますから、——悪い人買いの手で、どんな辛《つら》いめにあわされるかわからないとき、姐さんに助けられた恩がありますから、いまここで姐さんの家を出るわけにはいかないんです」

「それは違う、おまえがそれを恩義だと思うのはよいが、もともと人間を金で売り買いするというのが道に外れたことで、それだけの金を返しさえすれば恩も義理もない筈《はず》だ」

「――そうでしょうか」

おちづはまともに徹之助の顔を見た。

「――それは、人間を金で売り買いするのは、道に外れたことかもしれません、でも、道に外れたことでも、世間にはざらにありますし、女衒《ぜげん》という悪いやつは、大手を振って歩いていますわ」

二

「あなたは女衒という者も御存じじゃないし、そういう人間に捉《つか》まって、それこそ血の涙の出るようなおもいをなすったこともない、――だからそんなふうに仰《おっ》しゃるんだと思いますけれど」

とおちづは続けた。

「あたしは自分でひどいめにあって、いっそ死んでやろうと思ったことさえあるんです、お上《かみ》というものがあり、ちゃんとお役人がいて、人間を売り買いしてはいけないと定《きま》っていても、食うに困って娘を売るよりしようがないような者は絶えませんし、そういう者から血を絞るような女衒がいます、——あたしはそんな男のために、地獄のようなところへやられるかもしれなかったんです、そこを姐さんに助けてもらったんです、——女衒などという悪い人間を平気でのさばらせておいて、そして、娘を売るほど困っているものをそのままにしておいて、ただ人間を売り買いするのは道に外れていると仰しゃっても、あたしにはとんちんかんのようにしか思えません」

徹之助はもっと苦い顔をした。

「あなたは金を返せばそれで済むとお思いでしょうけれど、あたしは金は金、助けてもらった恩は恩だと思います」

そして、おちづは云い過ぎたと思ったのだろう、ちょっと恥ずかしそうな眼をし、調子をやわらげて云った。

「こんななまいきなことを申上げて、どうぞ怒らないで下さいまし、——あたし、うまく云えないんですけれどもう一つは、あたしも半ちゃんもぐれた育ちですから、お屋敷勤めなんか本当は肌が合わないんです、あたしたちにはあたしたちの性に合ったことをするほうが間違いがないと思うんですけれど、——それでもいけないでしょうか」

徹之助はやや暫《しばら》く黙っていたが、やがて静かに訊いた。

「おまえ年は幾つになる」

「はい、十五です」

ああというふうに、徹之助は眼を伏せながら太息《といき》をついた。

——とんちんかん。

などと云われて、気を悪くしたものの、おちゞの言葉は彼の心を打った。あまりに幼稚であり、単純すぎる割切り方であるが、単純なだけに、なにやら「ずばり」としたものが感じられ、いってみれば、軀《からだ》を張って生きている者のぎりぎりの本音、というふうな印象で、彼にはちょっと抵抗のできないものがあった。

「私にはなんとも云えない」

やがて徹之助が云った。

「けれども、そこまで考えているなら、ともかく自分の思うとおりやってみるがよかろう」

「有難うございます」

「できたら私のほうと連絡をして、もし困るようなことがあるときには、そう申してよこすがよい、事情の奈何《いかん》に拘《かかわ》らず、必ず力になるであろうから、——次に半次だが」

　そう云って彼は少年を見た。

「そのほうは将来になにか望みはないか」

「――――」

「黙っておらんで、遠慮なく申してみるがいい、いったいなんになるつもりなんだ」

　半次は答えなかった。

「ねえ半ちゃん、云いなさいよ」

　おちづがおろおろと云った。

「あんたは男だしなにか御相談になって頂くことが」

「うるせえ、黙ってろ」

三

　半次は眼も向けずにどなった。

「おめえは、自分の身のふり方せえ考げえてりゃあいいんだ、おいらのことに口を出すな、黙ってろ」

「なにを怒るのだ半次」徹之助が制止した。

「おちづはそのほうを案じて云っているのではないか、なにが不服でそうどなるのだ、甲府へやらなかったのはおちづではない、この私だぞ」

半次は黙って俯向《うつむ》いた。

「――云えないのか、将来どうして身を立てるか、自分に望みはないのか」

「――ありません」

「おちづは女ながら、二人のゆくすえについて、これだけ考えておる。男のおまえがなんの望みもないで済むのか」

唇をぎゅっとひき緊《し》め、かたくなに頭を垂れたまま、半次は石のように黙っていた。

「――答えなければ答えなくともよい」

徹之助は始末に困ったとみえ、

「いずれ改めて話すとして、暫く気を鎮《しず》めておれ」

そう云って二人をさがらせた。

沢野雄之助を呼んで、おちづを深川まで送り届けるように命じ、また斧田又平に、半次を向島の青山家下屋敷へ伴《つ》れてゆかせた。

そこで又平と共に、かよの監視をしながら、おちついて身のふり方を考えさせるつもりだったのである。半次は終始無言で、又平と共に出ていった。

おちづと半次を出してやるとまもなく、——紀伊家の小田原河岸の屋敷から、和泉屋の娘の八重が来た。

徹之助の妻子を脱出させるために、まえから打合せていた機会が近づいたので、その念を押しかたがた、重要な情報を持って来たのであった。

妻子の脱出は舟でやる手筈《はず》であった。

その下屋敷は小田原町の地端れにあり、一方は堀、一方は海になっている。海手には邸内へ出入りする水門があるが、これは常時、見張りが厳しいので、とうてい望みはない。しかし堀のほうは築地《ついじ》塀《べい》があり、外は高い石垣になっているから、そっちへ舟を着け、塀を乗り越えて出れば、さしたる危険なしに脱出できる成算があった。

「雛祭《ひなまつ》りの宵節句がよろしいかと思ったのですけれど、じつは思いがけないことが起こりましたので、こちらへまいるまえに、舟の用意を命じてまいりました」

「——思いがけない事とは」

徹之助は心が重かった。

彼女の許婚《いいなずけ》が死んでいる、林市郎兵衛は紀州で死んで、遺骨になって帰っている。それを知らせるのも辛いところへ、自分の妻子を救い出す用談を持って来られたのだから、もともと律義《りちぎ》な性格だけ、よけいに、その話を聞くのが辛いのであった。

だが八重の持って来た情報の重要さは、そんな感情をたちまち払拭《ふっしょく》した。

「昨夜おそく、——」

と八重は語った。

「築地塀のところへまいりまして、乗り越えるために用意してあるものが、みつからずにあるかどうか調べておりました、——これは毎晩欠かさず調べにまいるのですが、そのとき海手のほうで水門のあく音が致しました」

四

「夜半のそんな時刻に」

と八重は続けた。

「それも、ずっとまえからあいたことのない水門があきましたので、なに事かと思って見にまいりました、築地塀に沿って、植込の蔭《かげ》をまわっていったのですが」

徹之助はにわかに緊張した。

「すると、灯をつけない舟が三ばい、水音を忍ぶように入ってまいりました」

「水門の番士になにか云わなかったか」

「申したかもしれませんけれど、でも、番士からすぐに知らせたのでしょうか、舟が着きますと同時に、御殿のほうから提灯《ちょうちん》を持って、五人ばかりの人が駆けつけてまいりました」

「そして、その舟の者たちは」

「全部でおよそ十二三人でございましょうか、提灯の光りでちらと見えただけですけれど、お一人だけ、際立《きわだ》って立派な服装の方がいらっしゃいまして、舟からあがるとすぐに、他の方々が、その人を護衛するように取囲み、なかの一人が、

――お屋形さまであるぞ、粗忽《そこつ》するな。

と申されますと、迎えに出た人たちは、地面へ膝《ひざ》をついて平伏しました」

「そうか、そうか、――」

徹之助は昂奮《こうふん》して、片手で自分の膝をきっとつかんだ。

――いよいよ来た。

と彼は思った。

――左近将監だ。

幕府の硬化と、加波山、田辺の焼打ちとで、左近将監頼興が江戸へ来た。おそらく大勢挽回《ばんかい》のためであろう、さもなければ、かねて通謀している大名と、江戸でなに事か起こすためかもしれない。いずれにもせよ、その情況から判断して、頼興だという

ことに間違いはないと思った。

「見たのはそれだけだな」

「はい、――そこからすぐ御殿のほうへゆかれましたがお供の方らしい人が、乗って来た舟の者に向って、

――知らせのあるまで、元船は品川沖から動かさぬように。

と云うのが聞え、舟のうち二はいが、すぐに水門を出てゆきました」

そして、今日は早朝から邸内に厳しい布令がまわり、当分のあいだ、（夜間はもちろん）許しのある者以外はその住居から出てはならない、ということになった。――したがって脱出するには却《かえ》って好機会だから、今夜か明晩の夜半に、決行するほうがよいと思う。と八重は主張するのであった。

「わたくしそう考えたものですから、此処《ここ》へ来るまえに、舟のほうへそう申しつけ、いつでも出せるように手配を致させたのですけれど、いかがでございましょうか」

「そういうことなら、思いきってやることにしよう」

「今夜に致しますか、それとも明日の晩がようございましょうか」

「邸内の情勢によるから、今夜と明晩、夜半一時に、こちらから人を乗せて、定めの場所へ舟を着けて置くことにしよう」

「はい、わかりました」

八重はすぐに去ろうとした。それを見て、徹之助は決心したように呼び止め、

「じつはこなたに話したいことがあるのだ」

と坐《すわ》り直し、心を鬼にして、林市郎兵衛の死を告げた。

五

徹之助の話を半ばまで聞いて、八重はさっと蒼《あお》くなり、全身がぶるぶると震えだした。

「まことに、なんと申しようもない、——」

頭を垂れて徹之助が云《い》った。

「その場は無事に斬《き》りぬけながら、追手の放った一発の弾丸で斃《たお》れたとのことだ、不運というほかはないが、——われわれはじめ、当人も死は覚悟していた。わかってくれるか」

「——はい、わかります」

八重は微笑しようとした。唇で、けんめいに微笑しようとしながら、頷《うなず》いた。

「——自分でも、紀州へまいるときに、そう申しておりました。生きて帰ることはで

きないかもしれない、生きて帰ろうとは思っていない、――そう申しておりました」

そう云いかけたとき、彼女の眼から、涙がにわかにこぼれ落ちた、それをぬぐおうともせず、唇ではやはり微笑しようとしながら、八重は低い声で続けた。

「おまえもその覚悟で、もし自分が骨になって戻ってもとり乱すようなことをしないでくれ、――万一武運に恵まれて、生きて帰れたら、そのときは、……そのときは婚礼の式を」

声が喉《のど》に詰った。そして、そこでがまんが切れたのであろう、八重は両手で顔を押えながら泣きだした。

――やはり町人の娘だ。

徹之助は渋い顔をしてそっぽを向いた。

――武家の娘なら、人の見る前で泣いたりはしないだろう。

そう思った。そんなふうにでも思って自分を支えなければ、その場に居たたまれなかったのである。

「私は悔みは云わない」

やがて徹之助は云った。

「こなたの辛《つら》さはよくわかるし、悔みを云われて慰められるものでもあるまい、だが林は武士として立派に死んだのだ、天下の大変にも及ぶべき陰謀を、未然に潰《つぶ》すために、武士の本分をはたして死んだのだ」

八重は泣きながら頷いた。

「こう申しては無情かもしれぬが、彼は、百年息災に生きるよりも、もっと末永く生きたも同じことだ、――どうかそう思って、辛いではあろうが、諦《あきら》めてくれ」

「はい、よく、わかりました」

「今後のことは、及ばずながらわれわれが相談相手になろう、あまり悲しんで軀に障《さわ》ってはならない、また、――盃《さかずき》は交わさずとも、こなたも武士の妻になる筈《はず》であった、どうかみれんなまねをしないように」

こう云って、彼もまた耐えられなくなったのだろう、立ってその部屋から出ていった。

八重が帰ったあと、妻子救出の舟に、村野伊平と添島公之進をやることに定め、その手筈を済ませてから、徹之助はすぐに、駕籠《かご》を命じて寮を出た。

――左近将監頼興を押えよう。

紀伊在城の頼興が、幕府に届けもなく、ひそかに江戸へ潜入したということは、なによりの好機会である。先手を打ってこの事実を押えれば、「朱雀《すざく》事件」の本源を潰すことになるだろう。

——それには早いほどいい。

こう思って彼は松平伊豆守《いずのかみ》の邸《やしき》へ駕籠をとばしたのであった。

ようやく春たけなわな二月下旬の空に、しきりと白雲のながれる午後のことであった。

猿橋

一

甲斐《かい》のくにの猿橋が、奇橋として名高いのは記すまでもないだろう。休之助はじめ四人の者は、江戸を出てから三日めに、猿橋の宿《しゅく》へ着いた。

四人いっしょでは眼につきやすいので、休之助と太田嘉助、万三郎と中谷兵馬、という二た組にわかれた。

泊る駅は勿論《もちろん》同じだが、宿屋もべつにするし出立もべつ、途中も常に二三町の間隔をおくようにしていた。

万三郎と兵馬は、笹屋《ささや》平吉という宿に泊った。兵馬は酒が好きなので、風呂《ふろ》からあがるとすぐに膳拵《ぜんごしら》えを命じ、街道の見える窓をあけ放して、ゆっくり飲み始めた。

「この魚をなんだと思います」

兵馬が膳の上の焼魚を箸《はし》で押えながら訊《き》いた。

万三郎は首をかしげた。

此処《ここ》まで来る途中ずっと、これで弱らされたのである。兵馬は好奇心が強いのか、それとも無聊《ぶりよう》を慰めるためか眼につくものを片っ端から万三郎に訊くのである。

――この草はなんだか知っていますか。

――この木はなんだと思います。

――この花の名を云《い》ってごらんなさい。

万三郎が知っているわけはなかった。

彼にはそういう知識はないし、興味をもったこともなかった。山川草木虫魚これといって知っているものはないのである。

「さあて、なんでしたかな」

彼は首をかしげて、さも考えるような恰好《かっこう》をする。

訊いている兵馬に対して、いきなり「知りません」では愛嬌《あいきょう》がないからである。或《あ》る程度までは考えるふりをし、思いだそうとするふりをするのが、少なくとも（いっしょに旅をする者の）礼儀だと思うからであった。

「ええと、喉《のど》まで出て来ているんだが、なんという魚だったか」

「ほほう、知ってるんですか」

「ええ知ってたんですよ」

「喰べたことがあるんですね」

「あまり好きじゃなかったと思います」

兵馬はにこにこした。

「海の魚だと思いますか川魚だと思いますか」

「それですよ」

万三郎は手を振った。

「ちょいと見ると川魚のようですがね、人はよくそこで間違えるんですが」

「すると海のほうですか」

「いやそれがそう簡単じゃないんでね、川魚でなければ海の魚っていう、こいつはそう簡単なもんじゃなかったようですよ」

「川でなし海でなしとすると」

兵馬はわざと眉《まゆ》をしかめる。

「ああ、では湖水の魚ですな」

「そうですそうです」

万三郎はあいそよく笑う。

「こいつはその湖水でとれた魚ですよ、たしかに間違いありません、湖水の魚です」

「名まえはなんといいますかな」

「その名ですがね、こうっと」

またしても仔細《しさい》らしく首を捻《ひね》るので、兵馬はついに笑いだした。

「なんです、なにが可笑《おか》しいんですか」

「いやまあ、ちょっと笑わしてもらいましょう」

「つまり、間違えたわけですか」

「まあそうですな」

と兵馬が云った。

「これは赤腹という魚ですよ」

二

「——まさかね」

万三郎はそら笑いをした。

「私が知らないと思って、赤腹だなんてそんな、——中谷さんも人が悪いですな」

「いや本当です」

あんまり笑ったので、兵馬は涙を拭《ふ》きながら坐《すわ》り直した。

「これは処《ところ》により、季節によっていろいろ違った呼び方をしますが、ふつうは鮠《はえ》、この腹のところに赤い斑紋《はんもん》ができると赤腹っていうので、これは川魚なんです」

「それはどうも」

万三郎は頭を搔《か》いた。

「そいつはどうも失敗でしたな」

「しかしなぜまた湖水の魚だなんて思いついたんですか」

「どういうわけですかな、そこは自分にもわかりませんが、いや、じつを云うと私にはそんなような妙な癖があるんですよ」

万三郎は盃《さかずき》を取りながら話しだした。

いつか観音谷で、つながが蕗《ふき》の薹《とう》を摘んでいたときのことである。そんな物は見るのも初めてで、なんという植物であるかさっぱりわからなかった。しかし早春のことだ

し、たぶん春の七草のどれかだと推量したので、

——それは薺《なずな》でしょう。

と断言した。

似ても似つかない、蕗の薹だったそうで、つなは失笑したうえ怒った。

——でまかせを云う。

と怒ってそっぽを向いた。

「私としては閉口したわけですが、しかしわからないんだからしようがないですよ」

「怒るでしょうな、あの人なら」

「私は清国《しんこく》を羨《うらや》ましいと思いますね、あっちでは花といえば菊のことで、そのほかの花はぜんぶひっくるめて洋花というそうじゃありませんか」

万三郎はぐいと酒を呷《あお》った。

「それでいつも思うんですよ、木は木、草は草とひとまとめにしてしまったらいい、魚なんぞもこれは海魚、これは川魚、これは湖水魚、それでいいと思うんですがね」

「人間も名前なんかとって、男は男、女は女とひとまとめにしてしまいますか」

ばかな会話である。

万三郎も暢気《のんき》だが、兵馬も暢びりした性分で、こんな話になると二人とも飽きない

のである。――川魚の塩焼に芋の甘煮《うまに》で、万三郎はあまり強くないが、二人はいい心持そうに盃を重ねた。

そのうちに吸物が出た。

「こんどは先に訊きますよ」

椀《わん》の蓋《ふた》を取って、中を見ながら万三郎が云った。

「なんですかこの野菜は」

「――うん、洒落《しゃ》れていますね」

「なんという物です」

「知らないんですか」

兵馬は中のみを箸《はし》で摘んだ。

「――蕨《わらび》ですよ」

わらびと聞いて、万三郎はくしゃんと顔を歪《ゆが》め、恐ろしい物をでも見たように、慌《あわ》てて椀へ蓋をした。

「どうしたんです、嫌いですか」

「嫌いです、大嫌いです」

万三郎は「蕨めし」の失敗を思いだしたのである。彼はさらに力をこめて云った。

「私は一生、これだけは喰べません、見るだけでぞっとするほど嫌いです」

三

山ぐには日の昏《く》れるのが早い。

残照がいっとき明るく部屋にながれ込んだと思うと、いつかしら、盃を持つ手許《てもと》がたそがれて来た。

「これはいけない、合い部屋になりそうですよ」

飲みながら街道を眺めていた兵馬が、そう云って渋い顔をした。

「合い部屋ですって」

「入れこみですよ、つまりこの部屋へほかの客もいっしょに泊るというわけです」

「すると銭湯のようなものですな」

こう云いながら、万三郎も覗《のぞ》いてみた。

この笹屋の前にも、四頭ばかりの荷駄が停《とま》り、人足や旅装の侍たちが右往左往していた。どこかの大名でも着いたのであろうか、――それにしては、鳥沢か大月に泊る筈である。猿橋は間《あい》の宿で、大名の泊るような設備はないようにみえるが、万三郎がそう思っていると、まもなく女中が灯をいれた行燈《あんどん》を持って来て、兵馬の予言どおり合い宿を申し込んだ。

「済みませんけど、急に大勢さんのお客が着きましたでどうかお頼み申します」

と女中は恐縮そうに云った。

「なにしろ二十何人という人数ですで、旅籠《はたご》ぜんぶに割振ってようやくっていうわけでございますから」

「大名でも着いたのかい」

兵馬が訊いた。

「いいえ、お大名じゃございません、お侍衆だけでございます」

「侍だけ二十余人、――どこの御家中だか知ってるか」

「なんでも、はい、甲府御勤番にいらっしゃるとか、仰《おっ》しゃってましたようです」

万三郎はふと兵馬の眼を見、それからさりげなく云った。

「合い宿はいいが、その侍たちは困るね、ほかの旅商人《あきんど》かなにか、侍でない客にしてもらおうじゃないか」

「それで宜《よろ》しゅうございますか」

「ぜひそうしてもらいたいね」

では宜しくお願いしますと云って、女中は階下へおりていった。

万三郎と兵馬は眼を見合せた。

「――そう思いますか」

と兵馬が云った。

「――間違いないでしょうな」

と万三郎が答えた。

「場所は猿橋、――もしそうだとしたら、仕止めるにはもってこいですな」

「一夫関《いっぷかん》に当れますからね」

「四対二十余人なら楽なもんですよ、が、まあともかく祝杯といきましょう」

「私はもう、――」

と万三郎は盃を伏せた。

「慥《たし》かめなくてはわからないが、いちおう休さんに知らせて来ましょう」

「まあお待ちなさい」

兵馬は手で押えた。

「升屋のことがあるから、もしかして三郎さんの顔を知っている者がいるかもしれない、甲野さんには私が知らせにゆきますよ」

「なるほど、――」

「それにしてもせくことはない、かれらが泊るとすれば出立するのは明朝ですからね、慥かに相違ないとわかってからでも充分です、まあ任せておきなさい」

万三郎は坐った。――するとそこへ、合い宿をする男女の旅客が五人ばかり、遠慮しながら入って来た。

四

夜明け前、――

東の空がやや白みを帯びた程度で、あたりはまだ暗く、濃い霧が幕を引いたように猿橋の宿を深く包んでいた。

橋の西の袂《たもと》に、休之助と兵馬が立っていた。二人とも鉢巻をし、襷《たすき》をかけ、袴《はかま》の股《もも》立《だち》をきゅっと絞っている。草鞋《わらじ》の緒が気になるとみえて、兵馬はしきりに足を踏みしめていた。

万三郎と兵馬の直感は正しかった。

二十余人一団の侍たちは、江戸の紀伊家の者で、甲府で事を起こすために密行する途中であった。

笹屋へ泊ったのは五人であるが、酒に酔った高ごえの話を聞いて、そのことが二人にすぐわかった。

——間違いなし。

そう認めて、二人はすぐに休之助の宿を捜した。

狭い間の宿のことだから、手間はかからない、山口屋という旅籠にいるのをつきとめて、四人で対策を相談した。

山口屋へゆくまえに調べたところ、侍は十二人、あとは中間小者《ちゆうげんこもの》と人足で、荷駄が七頭あり、五頭にはかなり重量のありそうな箱荷が付けてあった。侍たちの中に三人、——これはじかに見たわけではないが、裏金の塗笠《ぬりがさ》をかぶった人物がいて、他の侍たちの態度からみると、相当な身分の人らしい、というはなしであった。

「——十二人に四人ならお茶の子ですな」

太田嘉助がほくほくした。

「——一人で三人ずつか」

「——甲野さんは見物です」と兵馬も勢い立った。

だがそのとき、万三郎が云《い》いにくそうに、それよりも万全の策を採るほうがよくはないか、という意見を出した。

「——またなにか妙なことを考えだしたな」

休之助は苦い顔をした。

「——万全の策とはなんだ」

「——休さんはすぐ怒るから、話ができやしません」

万三郎は心外そうに云った。

「——いいから云ってみろ」

「——そうせかさないで下さい」

ぐっとおちついて、万三郎が意見を述べた。

それは、鳥沢まで誰か戻って、番所の役人に出張させようというのであった。四人は大目付から、地方巡検使として派遣されたことになっていて、老中、若年寄の判のある手形を持っている。それを役人に示し、紀伊家の荷駄を検査させたうえ、こちらが役人に助力して、かれらを捕えてしまう、というのであった。

「——あの荷駄の中には、なにか武具が入っているに相違ありません、ことによると鉄砲かもしれないので、そうなれば文句なしに縛れますからね」

と万三郎は三人の顔を見た。

「——つまり、双方にけがもなし、血を見ずに済むというわけです」

三人ともいやーな顔をした。

「――おまえは、――」

休之助がどなりかけ、他の二人は大いに期待するような顔をした。役人など呼んで来ては、せっかく存分に暴れようと思ったのがだめになってしまう。

「――どうかそんなつまらない策は採用しないように」

と祈るような表情であった。しかし万三郎の説は正しい、それを否定する理由はどこにもないので、休之助はやけくそな調子でどなった。

「――よし、おまえいって来い」

そして万三郎は馬で鳥沢へとばしたのであった。

五

「戻って来たようですな」

兵馬が東のほうを見ながら云った。そっちのほうに馬蹄《ばてい》の音が聞え、やがて万三郎が橋を渡って来た。

「もうすぐ来ます」

馬からおりた彼は、兄と兵馬にそう云いながら、道からちょっと入った雑木林の中へいって、馬を繋《つな》いだ。

「十七人ばかりですが、みんな馬でやって来ますから、もうすぐに着くでしょう」

「その馬は返さないのか」

休之助が訊《き》いた。

「なんで必要になるかわかりませんからね、事が済んでから返すことにします」

「番所では信用したわけですね」

兵馬が訊いた。

「手形があるし大目付から急の通達があったようです」

「大目付から、――」

「われわれが立って来たあとで、なにかあったんじゃないでしょうか、そうでないにしても老中が積極的に出はじめたことは慥かなようですよ」

ひときわ濃く、川霧が条《しま》を描きながら巻いて来た。三人とも着た物がじっとりと湿っているし、髪毛には霧粒が美しく、微小な珠《たま》を綴《つづ》っていた。

鳥沢の番所の役人たちは、まもなく騎馬で到着した。

「私が支配の小林重兵衛という者です」

四十あまりの、口髭《くちひげ》のある男が、そう云いながら近寄って来て、二人の組頭をひきあわせた。上田三郎助、与石藤十郎、武田市之丞《いちのじょう》といい、上田の組の五人は槍、武田市之丞は鉄砲組の頭で、その五人の鉄砲にはもう火縄がかけてあった。

「鉄砲ですかね、――」

兵馬は低い声で呟《つぶや》いた。

「こうなるとわれわれは高みの見物ということになりそうですな」

万三郎は済まなそうに首をちぢめた。

ぜんたいの人数を二た手に分け、橋を渡ったところで前後から挟む、ということに相談が定った。

人数の配置が終ったころ、ようやくあたりが白みかかり、早立ちの旅客や、馬などが、往《ゆ》き来をし始めた。すると、見張りに立っていた太田嘉助が、橋を渡って来て、

「出立の支度を始めました」

と休之助に告げ、すぐに身拵《みごしら》えをしようとした。それを見て、兵馬がひやかすように云った。

「よしたほうがいいぜ、どうやら寝ころんで見物することになりそうだ、襷や鉢巻をして寝ころぶというのも妙なものだろう」

「寝ころんでどうするって」

「あれを見ろよ、火縄をかけた鉄砲が五挺《ちょう》、あのとおりちゃんと控えているんだ」

指さされて、嘉助は大股《おおまた》にそっちへゆき、霧の中にいる鉄砲組の者を見ると、むっとふくれ顔になった。

「――飛道具か」

さも軽蔑《けいべつ》したように云うのを聞いて、万三郎はますますぐあいの悪そうな表情をし、脇《わき》のほうへ避けてゆきながら、

――なんとまあ暴力行為の好きな連中だろう。

と思った。

霧がにわかに動きはじめた。

六

霧が動きはじめるのと共に、みるみる空が明るくなり、東の雲が赤く染まりだした。紀伊家の一行が勢揃《せいぞろ》いを始め、吹きだした弱い東南の風に、霧が薄れてゆくなかを、やがて出発するのが見えた。

休之助が手を挙げた。

それが配置された人々のほうへと、次ぎ次ぎに伝えられ、眼に見えないなにかがはしりでもするように、颯《さつ》と緊張が拡《ひろ》がった。

行列はこちらへ進んで来た。

先頭に「甲府城御用」という札を立て、裏金の途笠に背割り羽折を着た武士が二人、馬上でうたせて来た。槍《やり》が二人、あとはみな徒士《かち》で、七頭の荷駄を護《まも》るような隊形をつくっていた。

彼らが宿を出たとき、――

番所支配の小林重兵衛に休之助と太田嘉助が付添い、番士十人が左右に分れて、この行列の先頭を塞《ふさ》いだ。

そのとき万三郎と兵馬は、橋をうしろにして、与石藤十郎の一隊と共に、行列の退路を断つように位置していた。したがって、先頭のほうの出来事はわからない。

「おそらくひと荒れしますよ」

万三郎は兵馬を慰めるように云った。

「かれらにとっては最後の機会ですからね、甲府の貯蔵所へたてこもって、挙兵の一戦に参加しようとして来たんですから」

「そうあってもらいたいですな」

「此処《ここ》で手を束《つか》ねて捕えられる筈《はず》はありません、噛《か》みついて来ることは必定《ひつじょう》ですよ」

「まあ見ているとしましょう」

そのとき先頭では、――

塗笠の武士の一人が馬からおりて、小林支配と問答をしていた。武士は年のころ四十あまりで、五尺七寸ばかりの逞《たくま》しい軀《からだ》つきだった。眉毛《まゆげ》が濃く、眼がするどく口髭を立てていた。

「私は戸田下総《しもうさ》守の家臣で、松野次郎右衛門という者です」

「御身分は、――」と小林重兵衛が訊いた。

「戸田家の中老です」

戸田下総守（忠誠）はそのときの甲府城支配である。甲府城は初め城代制、次に親藩の甲府家を設け、さらに柳沢家の所領となったが、享保《きようほう》九年からまた幕府に直轄《ちよつかつ》されて、甲府勤番支配が任命されるようになっていた。

「戸田家御家中の中老をお勤めなさる」

小林はちらと休之助を見た。それから咳《せき》をし、胸を反らせながら云った。

「じつは必要があって荷駄の内容を調べたいのですが」

「荷駄を調べる、――」

松野という武士の眼が光った。

「それはどういう理由ですか」

「役目の上の必要からです」

「ばかなことを――」

松野次郎右衛門が声を荒らげた。

「甲府勤番は老中の支配である、そこもとはいかなる職権でさようなことを要求されるのか」

「失礼ですが、――」

休之助が前へ出て、ふところから巡検使の符札を出した。

「私はこういう者です」

相手の顔色が変った。

「老中ならびに大目付から、地方巡検の命をうけて出張して来たのです、おわかりでしょうか」

七

「お役目の点はわかりました」

松野は左右へ眼をくばった。

「しかし、――荷駄を調べるというのは、なにか不審があるからでしょうが、その理由をうかがいましょう」

「そんな必要はない」

休之助は首を振った。

「巡検使の権限で調べるのだ、荷駄の内容がなんであるか云ってもらいましょう」

「――甲府城の、用度品です」

「どういう品です」

「――器具、帳簿――」

「器具はどんな物です」

相手は口をつぐみ、行列のほうへ振向いて、なにか合図をした。

「それはまずい、よしたほうがいいな」

休之助が云った。

「こっちにも用意がしてあるんだ、悪あがきをしても逃げられやしないぜ」

そして手を振った。

待っていたように、道の左側から鉄砲組が走り出て来て、すでに火縄のかかっている銃口を、一斉に行列のほうへ向けた。

松野次郎右衛門は蒼《あお》くなった。

塗笠を冠《かぶ》ったもう一人の馬上の武士も、行列の者たちも虚を衝《つ》かれたようすで、その場に釘付《くぎづ》けになったようにみえた。

休之助が小林支配を見た。

「荷駄を調べろ、――」

と小林重兵衛が云った。

上田三郎助の組が出てゆき、七頭の荷駄の荷をおろさせた。休之助はいっしょにゆきながら、

「人は片寄れ、荷駄は右、人は道の左へ片寄っていろ、動くな」

そう叫んだ。

道にはもう人馬の往来が繁《しげ》くなっていたが、それらはこの一団の前後で停められ、遠くから好奇の眼で眺めていた。

荷駄の荷がおろされ、その縄が解かれようとした。そのとき馬上の武士が叫んだ。

「かかれ、斬死《きりじ》にだ」

そして彼自身は、馬にもろかくをいれ、銃口を向けている鉄砲組の中へだっと馬を乗り入れた。

だだーん。

硝煙がはしり、銃声がこだました。鉄砲組の一人が馬蹄にかけられ、馬は武士を乗せたまま西へと疾走した。武士は弾丸に当ったものかどうか、馬の背にぴったり伏していたが、落馬するようすもなく、通行を停められて見物していた群衆が、ばらばらと逃げ散る中を、みるみる道の彼方《かなた》へと消え去った。

「道を塞げ、一人も逃がすな」

休之助が叫んだ。太田嘉助が刀を抜いた。そして乱闘が始まった。

銃声が起こったとき、後尾では兵馬がにやりと万三郎を見た。

「万三郎さんの老婆《ろうば》心《しん》もどうやらむだのようでしたな、貴方《あなた》は見物していらっしゃい」

「私は荒れると云いましたよ」

「口ではね」

兵馬は刀を抜いた。組頭の与石藤十郎も、刀を抜きながら叫んだ。

「道を塞げ、逃がすな」

万三郎は拳《こぶし》をあげて振った。

——やっぱり斬合いか。

瞬時に乱闘が始まっていた。こうしたくはなかったのである。が、もうしようがなかった。彼もまた刀を抜いた。

要害山

一

日が昏《く》れかかっていた。

甲府の城下町まで一里何町という、坂折村のはずれを一挺《ちょう》の駕籠《かご》が右へ折れた。

そこは田に挟まれた村道で、向うに古い神社の森があり、周囲は青々と麦の伸びた畑や、林や、土を耡《す》き返した田などが続き、遠く土を打っている農夫の姿が、二三見えるほかには、家らしいものも眼につかなかった。

駕籠かき人足は、けいきのいい掛け声をあげながら、神社の境内へ入ってゆき、古びた小さな社殿のうしろへまわって、そこへ駕籠をおろした。

「やれやれ、骨を折ったぞ」

「百里もとばした馬のようだぜ、あにい、この汗を見てくれ」

「まず一服とするか」

二人は草の上へどっかと、腰をおろした。

片方は三十がらみ、片方は二十六七であろう。どちらも人相のよくない男である、三十がらみの人足は髭《ひげ》だらけの頬に大きな傷痕《きずあと》があり、そこだけ髭を剃《そ》ったようにみえる。若いほうは動物的な、魯鈍《ろどん》と狡猾《こうかつ》の混りあった肉の厚い無表情な顔で、鼻がぺしゃんと潰《つぶ》れていた。

年上のほうが莨入《たばこいれ》と燧袋《ひうち》を出し、なたまめきせるでゆうゆうと一服つけた。

「なん年稼いでも下り坂の駕籠は骨が折れていけねえ」

「おらあ腰の骨が外れそうだぜ」

「それ、おめえも一服やんねえ」

年上の男は、若いのにきせるを与えた。

このとき、——深編笠《ふかあみがさ》をかぶった旅装の侍が一人、かれらの背後にある藪《やぶ》の蔭《かげ》へ近よって来た。街道から跟《つ》けて来たらしいが、もちろん人足どもは気付かなかった。

「日が長くなったな、助」と年上のほうが云《い》った。

「もうかれこれ五時だろうが、まだこんなに明るいぜ」

「だが昏れるとなると早いぜ、あにい、山ぐにには日が落ちるとすぐまっ暗だ」

「旅の客のいそぐ時刻か」

わけもないことを云っている。

明らかに、駕籠の中の客に聞かせているのである。おそらく客がじれるのを待って、酒手をねだるつもりだろう、——が、駕籠の中はしんとしていた。

二人は待ちくたびれたらしい。

「ええお客さん」とあにいのほうが云った。「此処《ここ》は坂折様といって、小せえけど古い由緒《ゆいしょ》のあるお宮さんですがひとつお参りをなすっちゃいかがですか」

答えはなかった。

「もしお客さん、——」

「聞えねえのかい、お客さん」

助と呼ばれた若いのが云った。しかし、駕籠はしんとして、答える声もせず、みしりとも動かなかった。

「——寝ちゃったのかな」

助があにいを見た。あにいはきせるの吸殻をはたき、立っていって、駕籠の垂れをあげた。

中には女客がいた。

それはかよであった。旅装をして、手甲、脚絆《きゃはん》に、草鞋《わらじ》をはいたまま、駕籠の中で横坐《ずわ》りになって、——垂れがあがると、静かにあにいのほうへ振向いた。

「こんな古い手がまだ流行《はや》ってるの」

とかよは云った。

「田舎は暢気《のんき》だねえ」

二

「な、なにを、——なんだと」

あにいはうしろへ退《さが》った。

「暇をつぶして古い手を使うことはないっていうのよ、おまえさんたち眼がないのかえ」

「よしゃあがれ、きいたふうなことをぬかすな、あま」

あにいは喚《わめ》きたてた。

「えらそうなふりをして、さも伝法な口まねをしたって、そんなことでごまかされるような半端《はんぱ》野郎じゃあねえんだ」

「おや、たいそうお怒りじゃないか、あたしがなにをごまかすというんだい」

「その口をよせってんだ」

あにいは冷笑した。

「大月から御城下へかけて蝮《まむし》の八兵衛といえば番所の役人もそっぽを向く、笹子峠の狼《おおかみ》も尻尾《しっぽ》を巻いて逃げるおあにいさんだぞ、十五の年から駕籠を担《かつ》いで二十と一年、乗せた客が金持か貧乏人か、こすっかれえ人間かお人好《よ》しか、女なら人の女房か後家さんか、生娘か若嫁かということまでちゃんとけじめがつくんだ、おめえがそんな啖《たん》呵《か》をどこで覚えたか知らねえが、いくら伝法なふりをしたってな、軀《からだ》も手入らずなら育ちも堅気、まるっきりおぼこ娘だってこたあ、へん、——この眼と肩でちゃんと見抜いているんだぜ」

かよはぎょっとした。

ふしぎなことであるが、軀も手入らず、——と云われたことが、自分のもっとも弱いところを指摘されたように感じたのである。かよは狼狽《ろうばい》した、ごく短い瞬間ではあったが、蝮の八兵衛という相手に対して、自分がまったく無力な存在のように思われ、顔色の変るのがわかった。

しかしそのとき、かれらの背後にある藪の蔭で、声だかに笑いだす者があった。

「——誰だ」

蝮の八兵衛はとび上った。若い助という人足もとびあがり、息杖《いきづえ》を取って身構えた。高笑いはなお続いた。

かよもそっちへ振返った。その笑い声には聞き覚えがある、慥《たし》かに、はっきりと覚えのある笑い声であった。

「――野郎、誰だ」八兵衛が赤くなって喚いた。

藪の端をまわって、深編笠の侍がこっちへ出て来た。笠はかぶったまま、大股《おおまた》に八兵衛の前へやって来て云った。

「きさまなかなかいい眼を持っているな、さっきから聞いていたが、この婦人を見抜いた眼力も慥かなものだ」

「な、なにょうぬかしやがる」

「駕籠かき人足より観相占易でもしたらどうだ、そのほうが汗もかかないし、人に敬われて儲《もう》かるぞ」

助は歯を剥《む》いた。

魯鈍で無表情な助の顔が、兇猛《きようもう》な野獣のように、ひきつったとみると、息杖を持ち直して侍のうしろから撲りかかった。

侍は片足をあげ、僅《わず》かに肩を反らした。すると、びしっという激しい音がし、助はつんのめって、湿った土の上へ毬《まり》のように転倒した。

どうしてそうなったか、見ている眼にもまったくわからなかった。八兵衛はあんと口をあけ、こいつはかなわない、ということを理解しながら、呆然《ぼうぜん》とそこに立竦《たちすく》んだ。

「かよさん、そいつに酒手をおやんなさい」

と深編笠の侍は云った。

三

——酒手をやれ。

侍がそういうのを聞くと、どう勘違いしたものか、蝮の八兵衛はふいに逃げだそうとした。

「待て、なにを逃げる」

侍が叫んだ。

骨に徹するような声で、八兵衛は足がすくみ、及び腰になったまま動けなくなった。

「酒手をもらってやろうというのに、逃げるやつがあるか、まだきさま駄賃も頂戴《ちょうだい》してはいないんだろう、ばかなやつだ、——戻って来い」

「へえ、どうかひとつ、御勘弁なすって」

「いいから戻って来るんだ」

そう云いながら、侍は笠をぬいだ。それはかよの察したとおり石黒半兵衛であった。八兵衛が戻って来ると、助もようやく起きあがり、二人でおそるおそるこっちへ来た。こういう手合は、相手が強いとわかると猫のようになるものである。半兵衛は二人をぐっと睨《にら》んでおいて、かよのほうへ振向いた。

「多分にはいりません、駄賃に少しいろを付けて遣《や》って下さい」

「ふしぎな処《ところ》でお会いするのね」

かよは云われたものを紙に包み、それを八兵衛の手に渡しながら半兵衛を見た。

——こっちのほうが難物だ。

と思ったのである。半兵衛にもそれがわかったのだろう、ちょっと眼を伏せて、ぶきような、云い訳をするような調子で云った。

「たぶん貴女《あなた》もそうだろうが、私も花田さんのあとを追って来たのだ」

「——なんのためにですの」

「それも貴女と同じだと思う」

「——わかりませんね」

「私のほうが先に来たんだ」

と半兵衛は眼をあげた。

「まる一日早かったので、貴女の知らないことを知っている、というのは、昨日の朝、猿橋の宿でちょっとした騒ぎがあった、例の紀の字の人数と、花田さんたちとが斬合《きりあ》いをやって」

「万三郎さまが、あの方が」

「いや大丈夫、――」

かよの驚く顔を見て、半兵衛は胸を刺されでもしたように眉《まゆ》をしかめた。

彼はかよを恋していた。これまでにもわかっているとおり、中年の灼《や》けるような、殆《ほと》んど妄執《もうしゅう》にちかい恋であった。観音谷このかた、すっかり諦《あきら》めてはいたけれども、今、眼の前でかよが、他の男を案ずるあまり顔色を変えるのを見ることは、耐え難い苦痛だったのである。

「大丈夫、心配はない」

と半兵衛は云った。自分の胸のするどい痛みを、けんめいに抑える声であった。

「敵の三分《さんぶ》一《いち》は斬死に、残りは鳥沢の番所へ捕えられた、そうして、花田さんたち四人は、目的の地へ乗込んでいったそうです」

「目的の地がわかりましたの」

「わかったから、私もこのとおり追って来たんです」

「――もういちど訊《き》きますわ」

かよはじっと半兵衛を見た。

「――なんのために、貴方《あなた》があの方のあとを追うんです、あの方をどうしようというつもりなんですか」

「ああそうか、そうですか」

半兵衛は悲しげに頷《うなず》いた。

「貴女はなにも知らないんだな、そうか、私と花田さんのことを、――よろしい話しましょう、そうすればわかってもらえる筈《はず》だ」

そして彼は話した。

四

かよは黙って聞いていた。

半兵衛はうまく話せなかった。自分の気持をうまく話せないのが、いかにももどかしそうであった。

しかしかよは了解した。

彼が万三郎の温たかい思い遣りに対して、また、そんなにも彼がおちぶれ、敵味方となっていながら、剣士として尊敬してくれることに対して、——ついに甲《かぶと》をぬぎ、半兵衛それ自身をとり戻した。ということは、万三郎の性格を知っているかよにはよく了解ができるのであった。

——誰だって万三郎さまにはかなわないわ。

かよは心のなかで呟《つぶや》いた。

——万三郎さまの底無しの愛情にかなう者はありはしないわ。

半兵衛は語り終った。

「私は新しい世界を知ったように思った、慥《たし》かに、暗い世界から明るい世界へ出た、これはまだ私の知らない、初めて見、初めて感ずる世界だ、しかし私はもう石黒半兵衛ではない」

「——どういう意味で」

「花田さんは私に、剣士として立直れと云ってくれた、だがそれは不可能だ、剣の道は清高廉直《れんちょく》でなければならない、私はいちど節操を売った。剣士として立直ることは、かつて剣士であった石黒半兵衛の良心がゆるさない——だから、私は自分の過去のつぐないをしようと決心した」

半兵衛は初めて力づよくかよを見た。

「私は花田さんたちの仕事に、蔭から助勢をするつもりだ、私にできるのは剣を使うことだけだが、せめてその剣でだけなりとお役に立ちたい、——こういうわけでやって来たのだ」

そして初鹿野の宿でかよを見かけ、それからずっと駕籠《かご》のあとを跟けて来た、ということであった。

「よくわかりました」

かよは頷いて半兵衛を見た。それ以上なにも云うことはなかった。半兵衛にもかよの気持がわかったのであろう、にっと微笑しながら、蝮の八兵衛のほうへ振向いた。

「きさま要害山というのを知っているか」

「へえ、知っております」

「そこへ裏からゆく道があるそうだな」

「北原という処から、茶屋越えというのがございます」

「よし、それを駕籠でやれ」

八兵衛は助と顔を見交わした。

「酒手はたっぷり頂いてやる、悪事の罪ほろぼしにもなるだろう、やれ」

「へえ、ようございます」

八兵衛はしぶしぶ承知した。

「その要害山というのが、例の場所なんですのね」

かよはすぐ駕籠に乗りながら訊いた。

「さよう、猿橋で捕えた小者《こもの》の自白で、そこが本拠だとわかったのだそうです――私は鳥沢の番所まで戻って聞いたのだが、聞きに戻ったために貴女にも会えたわけです」

「ものごとがうまくゆき始めると、なにもかもうまくゆくようになるのね」

「しかし、――ふしぎですな」

半兵衛が感慨ふかげに云《い》った。

「私も貴女も、こんなことになろうとは思わなかった、いや、そうじゃない、かよさんはそうじゃなかった、貴女は初めから花田さんに」

「仰《おっ》しゃらないで」

と駕籠の中からかよが遮った。

「わたくしも貴方と同じですわ、かよもやっぱり、あの方に負けましたのよ、あの方を手玉にとる気で、すっかり手玉にとられたかたちよ、――さあまいりましょう」

駕籠があがった。

五

炎々たる焔《ほのお》が、夜の空を焦《こ》がしていた。

小さな爆発が起こるたびに、その赤い焔を稲妻のような閃光《せんこう》が貫き、眩《まぶ》しいほどきらきら光る火の粉が、渦を巻いて噴きあがった。

万三郎は空壕《からぼり》の中にいた。

深さ五尺ばかりの空壕で、爆発が起こるとばらばら土が崩れた。

その壕を伝ってゆくと、山腹をまっすぐに下る竪壕《たてぼり》がある。どういう戦法に使われたものかわからないが、それは幅が約六尺、深さ五尺ばかりのもので、山の上から麓《ふもと》ちかくまで殆んどまっすぐに掘られていた。

空壕の外では激しい斬合いが始まっていた。

彼はその竪壕から脱出する敵に備えているのだが、まだそこへ現われる者は一人もなかった。

襲撃は半刻《はんとき》まえに始まった。

その山は「要害山」といって、甲府城下から、北へ一里二十町ばかりのところにある。武田氏が甲斐のくにに勢力を張っていたころ、古府本城の出丸でもあったらしく石塁や空壕や石垣などの跡が残っていた。

そこは甲府盆地が山へと続く、深くきれ込んだ谷の奥で、敵は山上の西北の斜面に、本拠と貯蔵所を設営してあった。観音谷のそれと同じく、本拠は丸太で組んだ小屋が五つ、貯蔵庫はやはり荒壁の大きな倉造りで三棟。たてこもった人数は（あとでわかったのだが）百六十人ばかりいた。

敵にとっては、それが残された唯一《ゆいいつ》の機会であり、相当「断乎《だんこ》たる」決意をもっていることは、前後の事情から察しても明らかであった。そこで、休之助は珍しく慎重に構え、甲府城と連絡を取った。

これは鳥沢の番所へ、江戸から通達があったということ、それは老中がこの事件に対して、積極的に乗りだしたことを証明するものだ。と思ったからであるが、果して、甲府城にも同じような通達が来ていて、支配が自分から援助を買って出た。

だいたい甲府勤番は「大手」と「山ノ手」の両支配に分れ、各支配の下に組頭二人、勤番士百人、与力十騎、同心五十人、——その他武具奉行、破損奉行、蔵立会、目付、勝手組小普請《こぶしん》などの諸役付もあったが、——といった組織で、夜襲には「山ノ手」支配の岡村武太夫が八十人の部下をすぐって参加した。

猿橋から馬で逸走した一人は、石和《いさわ》の代官所で捕えられていた。太腿《ふともも》に銃傷があり、そこから多量に出血して、弱っていたのだろう。その出血を怪しまれ、刀を抜いて脱走しようとしたため、捕えられたのであるが、――もし彼が本拠へ逃げ込んでいたとしたら、事態はずっと困難になったろうと思う。

夜襲は極めてうまくいった。

本拠では江戸から来る人数を待っていたらしい。正面から登った岡村隊は、なんの妨害も受けずに山上へ達した。

休之助たち四人は谷の西側から登り、二人の番士を斬って、貯蔵所に火をかけた。その炸裂《さくれつ》で敵は初めて襲撃に気づき、殆んど身支度もせずに斬って出たのであった。

だだだーん。

ひときわ高く、大きな爆発が起こり、空いちめんが閃光のために裂けたように見えた。万三郎は思わず首をちぢめ、ばらばらと崩れる土煙に噎《む》せて咳《せ》きこんだ。

「花田さん、どこです」

向うから兵馬の呼ぶ声が聞えて来た。

六

「おーい」

万三郎は大きく答えながら、声のしたほうをすかして見た。

兵馬が壕の中を走って来た。

「あがってごらんなさい」

と兵馬が云った。

「予想したとおりですよ」

「なにがです」

「覆面の怪剣士です、――きっとやって来るって云ったでしょう、つい今しがた現われて、すばらしい手並をみせていますよ」

万三郎は壕の縁にとびついた。

「気をつけなさい」

兵馬が叫んだ。

「すぐ上に敵がいますよ」

だが万三郎は答えなかった。崩れやすく脆《もろ》い壕の縁に腕をかけ、幾たびも失敗しながら、しかしすばやく上へ這《は》いあがった。

そこは広い平坦《へいたん》な台地で、すぐ向うに、五棟の丸太小屋が燃えており、その焔のためにあたりは真昼のように明るかったし、また、煽《あお》りつける火気が息苦しいほど熱く感じられた。

台地の到《いた》る処《ところ》で、敵味方が、押しつ返しつ斬《き》りむすんでいた。

万三郎は刀を抜き、乱闘の群のなかに、その人を捜した。

その人はすぐみつかった。升屋のときと同じように、覆面をした黒装束で三人の敵と刃《やいば》を合わせていた。

「あっ、石黒先生」

万三郎はわれ知らずそう叫びながら、まっしぐらにそっちへ駆けつけた。

その声を聞いたのかどうか、怪剣士は大きく跳躍しながら、敵の一人を斬って、向うへさっと身を隠した。

「——先生」

もういちど叫んで、追おうとする万三郎の右手から、敵の一人が槍《やり》をふるって突っかけた。万三郎は危うく躰《たい》を捻《ひね》り、のめってゆく相手には眼もくれず、そのまま怪剣士のあとを追った。

——止めなければならない。

万三郎はそう思った。

彼は升屋の怪剣士が石黒半兵衛だと気づいたときから半兵衛がなにを決意しているか、およそ察していた。

——あの人はもう剣士として出直すつもりはない、それよりも、死所を求めるであろう。

そう思ったのである。

万三郎の情に負けたばかりではなく、自分の過誤にめざめたとき、それがすでに取返しのつかぬものであり、剣士としては、せめて死所を誤らぬだけが、残された道だと考えたであろう。——升屋へ斬り込んで来たときのすさまじい太刀さばきにも、その覚悟がうかがえたし、こんど同じような機会があれば、すすんで死所を求めるだろうと思った。

——あの人を死なせてはならない、どんなことがあっても、そんなふうに死なせてはならない。

万三郎はそう決心していた。

それで、兵馬から「怪剣士が、——」と聞いたとたん殆《ほと》んど狼狽《ろうばい》して駆けつけたのであるが、相手は彼の声を聞くなり、逃げるように身を隠した。

——やっぱりそうだ。

おそらく、相手のほうでも、自分の駆けつけた気持を察したに違いない。それでこちらの眼から自分を隠したのだ、ということが、万三郎には痛いほど切実に推察できた。

七

「石黒先生、——」

万三郎は声かぎり叫んだ。声かぎり叫びながら走った。

だがそのまま追い続けることはできなかった。

敵はすでにその大半を失っていたが、残った者たちはみな相当な腕達者で、しかも全部がそこを最期《さいご》の場ときめ、そこで斬死にをする覚悟のようであった。

その数はおよそ四五十人とみえるが、誰一人として、脱出しようとか、生き延びようとか考えている者はないようにみえた。

走ってゆく万三郎の面前へ、また、左から、右から、そういう敵が襲いかかった。

「おやめなさい、むだですよ」

そのたびに彼は叫んだ。

「そんなことをしてどうなるんです、もうだめだということはわかってるでしょう、およしなさい、どうかよして下さい」

だがどの相手もきかなかった。

狂気のように斬ってかかり、逃げると追って来た。しかも適当にあしらえるようなものではなく、うっかりするとこっちがやられそうなので、万三郎も本気にならざるを得なかった。

彼はしだいに本気になった。

「心得た、さあ来い」

そんなふうに刀を合わせると、こんどは爽快《そうかい》といってもよいほどの闘志が湧《わ》いて来た。全身が軽くなり、手足は発条《ばね》のように柔軟な弾力をもって、敵を選ばず相手になった。

彼は殆んど一刀で敵を倒した。

正面から来ても横から来ても、斬り込ませておいて、跳びちがえざま太腿へ一刀、骨に徹する一刀を与えた。

決して他のところではなく、正確に一刀、太腿を斬った。

「三郎、竪壕はいいのか」

そういう声がしたので、振返ると、向うに休之助の姿が見えた。おそらく返り血をあびたのであろう、髪の乱れかかった顔の、半面がべっとり血に染まり、着物の袖《そで》が裂けて垂れていた。そうして、右手に刀を提げ、まっ赤な焔に照らし出されている姿は、まるで悪鬼のように凄《すご》くみえた。

万三郎は答えなかった。

答える暇などはない、そのとき彼は二人の敵と対峙《たいじ》していた。一人は槍、一人は刀で、刀を持ったほうは相当達者だった。しかも、槍を持った男が隙《すき》を覘《ねら》っていて、彼が休之助のほうへ眼をやった刹那《せつな》、猛然と突っかけて来た。

万三郎は大きくうしろへ跳び、

「やっ、——」

と叫んで、伸びた槍をはねあげると、そのまま刀を持った相手へ空打ちを入れた。

相手はそれを空打ちと看破した。

それで、万三郎がとび退《の》くところへ、絶叫しながら斬り込んだ。充分に間合を計ったするどい打ち込みである。万三郎は躱《かわ》せなかった。刃を返して受止めたが、踏み込んだ相手の激しい力に押された。

――しまった。

躰を捻ろうとしたが、そのために却《かえ》って躰が崩れ、足をとられて転倒した。

やられる、と思った。

刀を上段に振上げた相手の、劈《つんざ》くような叫びと、大きくみひらいた眼と、電光のように閃《ひらめ》く刀とが、幻覚のようなすさまじい印象で、彼の上へのしかかって来た。

八

まさに「万事休す」と思った。

上段から打ちおろす刀を、僅《わず》かに躱したが、二の太刀は受けきれなかった。

だが、――相手は打ち込んだとみるとたん、ぞっとするような悲鳴をあげて、横ざまにのめっていった。

――どうした。

万三郎ははね起きた。

するとすぐ向うに、覆面の怪剣士が立っていた。万三郎はあっと叫んだ。

「石黒先生！」

だが、怪剣士は燕《つばめ》のように身を翻《ひるがえ》し、再び乱闘の群の中へと姿を消した。それを追

おうとすると、

「待て三郎」

休之助の声がした。竪壕はいいのか、と呼びかけたときから、それまでの出来事を見ていたのだろう、走って来て叱《しか》りつけた。

「敵はみんな斬死にの覚悟だぞ、脇目《わきめ》をふるな」

まさに脇目をふる暇はなかった。彼の言葉が終るまえに、兄弟は五人ばかりの敵に挟まれた。

万三郎は二人を斬り、休之助の右を詰めていた一人を斬った。みんな型どおり太腿への一刀であるが、寸分の狂いのない一刀で、二度と立ちあがれる者はなかった。

休之助と立合っている残りの一人は、さしたる腕ではないとみて、万三郎はすばやくそこから身をひき、半兵衛を捜すために走りだした。

要害山の山頂は広くはない、半円をなした台地の三方はすぐに急勾配《きゅうこうばい》の斜面で、密生した灌木《かんぼく》と雑木林の間に、ところどころ松の大木がぬきんでて見える。北側は狭い尾根で、次の山頂に続いているが、そちらにも甲府城の人数が配置されており、敵の逃げ場もないし、隠れる場所もなかった。

石黒半兵衛の姿はみつからなかった。

敵はつぎつぎに討たれ、その数が減るにしたがって、みるみる勢いが落ちていった。小屋も五棟のうち、燃えているのは二棟だけで、その焔《ほのお》の照らしだす乱闘の様相は、もはや最後の近いことを示し始めた。万三郎は竪壕《たてぼり》のほうへ戻った。するど石塁の趾《あと》のところで、とつぜん名を呼ばれ、立停《たちどま》って振返ると、そこにかよがいるので仰天した。

そんなことが有り得るとは夢にも思わなかったし、あんまり突然すぎるので、すぐには自分の眼が信じられないくらいだった。

「いったい、ど、どうしたんです」

彼は吃《ども》った。

「こちらへいらしって、――」

かよは手招きをした。

万三郎はすばやく四辺《あたり》に眼をやり、休之助が見ていないことを慥《たし》かめて、石塁の脇へ入っていった。

「なんという乱暴なことをするんですか、なんのためにこんな処へ来たんです」

「わたくしのことより」

と云《い》ってかよはそこへ身を踞《かが》めた。

それで初めて気がつき、見るとそこに、石黒半兵衛が倒れていた。半兵衛はもう覆面はしていなかった。剛《こわ》い髭《ひげ》の伸びた顔は蒼《あお》ざめ、唇が白くなり、半ば開いた眼はつりあがっていた。それらは、焰の明りの下で、あまりにはっきりと、死の迫っていることを示した。

「――石黒先生」

万三郎は膝《ひざ》をつくと、こう叫びながら半兵衛の手を握った。

九

「――花田さん」

半兵衛はつぶれたような声で答えながら、焦点のぼやけた眼で万三郎のほうを見た。

「うまくいったようですね、おめでとう」

「先生、どうして貴方《あなた》は」

と万三郎は半兵衛の手を固く握り緊《し》め、声をふるわせながら云った。

「なぜ貴方はこんなことをなすったのですか、私は先生に生きて頂きたかった、石黒先生として生きて頂きたいために」

「もうたくさんです、それを云われるのが、なにより辛《つら》い、――どうかもう、もう、

「そのことは云わないで下さい」

半兵衛は眼をすぼめた。万三郎の顔がよく見えないらしい、言葉つきもやや舌がもつれるようであった。

「私はこれで満足です」

と半兵衛は続けた。

「人間には立直れるばあいと、どうしても立直ることの、できないばあいとある、私はよく考えたうえで、この途《みち》をとりました、師範として立直ることはできなかったが、——剣士としては、無神流の技を存分にふるい、存分に闘って倒れたのです。私はこれで、満足です、本当のところ、身も心もさっぱりと、洗い清めたような心持ですよ」

万三郎はうっと嗚咽《おえつ》した。

「泣いてくれるんですか、花田さん、——ああ、それは勿体《もったい》ない、私のような人間のために、泣いてくれる人がある、などとは、想像もできなかった、——これで思い残すことは、一つもなしです、どうかお仕合せに」

「先生、泣いているのは私だけではない、もう一人いますよ」

万三郎はかよの手を取って、半兵衛の片方の手を握らせた。

「――そうか、かよさんか」

　半兵衛は顔を歪《ゆが》めた。

「貴女には、詫《わ》びを云わなければならない、が、もうその必要もないでしょう、さあ」

　さあと云って、彼は万三郎とかよの手を重ねさせ、それを自分の手で挟んだ。

「花田さん、この人を頼みます」

　かよがふいに咽《むせ》びあげた。

「かよさんは、必ず貴方を仕合せにする人です、一生の事は、勇気をもって、つかむべきものをつかんで下さい、わかりますか」

「よくわかります」

「この二つの手は、このまま放れることはないでしょうね」

「決して、――」

「それでこそ花田さんだ」

　半兵衛は喘《あえ》ぎながら云った。

「かよさん、おめでとう」

　そして半兵衛は長い太息《といき》をつき、ぐらっと、片方へ頭を倒した。万三郎は半兵衛の手首を押え、脈をさぐりながら、呼びかけようとしてやめた。

かよは蹲んだまま、顔を掩《おお》って泣いた。

かよの泣くのは初めてである。万三郎は黙って聞きながら、半兵衛の脈の絶えるのを、じっと自分の指で慥かめていた。

台地の乱闘はすでに終ったらしい、味方の人たちの呼びあう声が、倒れた負傷者の呻《うめ》きや、水を求める叫びなどに混って、にわかにはっきりと聞えだした。

「――亡《な》くなったよ」

万三郎がかよに云った。

「眼をふさいであげないか」

かよが涙に濡《ぬ》れた顔で、万三郎をふり仰いだ。

十

かよが半兵衛の眼を閉じさせていたとき、万三郎がふいに立ちあがった。

石塁の脇をまわって来る、人のせかせかした足音を聞いたのである。そして、彼が立ちあがるのと同時に、休之助が現われて、危なく二人はぶっつかりそうになった。

「ああ、吃驚《びっくり》した」

万三郎はかよを背中で庇《かば》いながら、かよに向って「早く隠れろ」というふうに手を振った。

「休さんですね、どうしました」

「どうしたとは、こっちで云うことだ」

休之助は肩で喘いだ。

「こんな処《ところ》でなにをしていた」

「まあそうどならないで下さい」

「なに、どならないでくれって」

休之助はいまにも嚙《か》みつきそうに、歯を剝《む》きだし、眼を怒らせて喚《わめ》いた。

「敵はすっかり片づいた、騒ぎはすべておさまった、人数を調べてみるときさまがいない、呼んでも答えはないし見た者もない、てっきり斬《き》られたと思った、死んでいるか、それとも重傷で動けないか、そう思うとおれは、――夢中で捜しに駆けまわっていたんだ、それなのにきさまは、こんな処で暢気《のんき》な面《つら》をして、おまけに云うことが、どならないでくれ」

「お願いです休さん、どなるまえにこれを見て下さい」

万三郎はそう云って、静かに躰《からだ》を横にひらき、倒れている半兵衛の死躰《したい》を見せた。

かよはすでにいなかった。

休之助は口をつぐんだ。じっと死躰を見まもり、それから弟へ眼を戻した。

「升屋のときの人か」

「――そうです」

「なに者なんだ」

「――石黒先生でした」

休之助はあっという眼つきをした。すぐには信じられなかったようである。観音谷で、万三郎が半兵衛を斬らずに逃がしたとき、ひどく乱暴に叱《しか》りつけた。その半兵衛が二度まで自分たちに助勢をし、ついに此処《ここ》で斬死にをした。しかも石黒半兵衛であることを知らせず、覆面の剣士として死んだのである。――そのことが、気の強いだけよけいに、休之助をまいらせたようにみえた。

「――臨終にまにあったか」

休之助が低い声で聞いた。

「満足して死ぬ、と云われました」

と万三郎が答えた。休之助はその言葉を口の中で（味わうように）呟《つぶや》いてから、ふと弟を見て云った。

「きさま、罪な人間だぞ」

万三郎は眼を伏せた。兄の云おうとする意味がよくわかったからであるが、——そのとき休之助は殆《ほと》んどとびあがりそうになって、

「誰だ、——」

と叫んだ。

石塁の蔭《かげ》から、すっとかよが現われた。

万三郎は眼をみはった。休之助はうっといい、弟のほうへ振返った。かよは静かにおじぎをしながら云った。

「大事がおさまりましたそうで、おめでとうございます」

「——三郎」

と休之助がどなった。

「きさまというやつは」

だが、そこで言葉を切ると、地を蹴《け》たてるように走り去った。万三郎はひらっと手を振り、肩をすくめて云った。

「また怒らしてしまった」

かよがくすくすと笑った。

朱雀《すざく》帰南

一

休之助たち五人（かよも入れて）が帰ったとき、江戸ではもう事件がきれいに片づいていた。八重が寮へ訪ねて来た翌日の夜半に、小田原河岸の邸内から、徹之助の妻子が脱出し、舟で待っていた村野伊平と添島公之進の手で、首尾よく橋場まで伴《つ》れ戻した。

三月四日、――

桃の節句の済んだ直後に、紀伊家から老中へ「左近将監頼興の出府願い」が呈出された。頼興が病気になり、江戸で療治したい、という理由であった。

そのときは（すでに記したとおり）頼興は小田原河岸の邸内に来ており、徹之助の密報によって、ただちに老中松平越中守《えっちゅうのかみ》から紀伊家へ、極秘に通告されたうえ、中《ちゅう》納言治宝《なごんはるとみ》が自ら小田原河岸へいって頼興を押えていたのであった。

――つまり「出府願い」は、頼興が江戸へ潜入したことを、表沙汰《おもてざた》にしないための、老中合議の工作であって、これは同時に「朱雀事件」ぜんたいを秘密裡《ひみつり》に抹殺するという、徹之助らの初めからの意図が、閣老によって認められたことを証明するものであった。

紀伊家では頼興を糾問したが、事のやぶれたのを知った彼は、そのまえにすべての書類を焼却しており、糾問に対してもなにごとも語らなかった。

「——余が手をあげてしまえば、あとは棄《す》てておいても事は起こらない、加担した大名もおるが、こうなった以上は、いかように訊問《じんもん》されても断じて口外はしない」

頼興はそう云《い》ったという。

「——フランスに革命が起こったそうで、イスパニアからの援助が来なくなり、そのために挙兵の時期を逸してしまった、……さもなければ、日本国をひっくり返してみせるんだったが」

そして豪快に笑って、

「——まる三年のあいだ楽しい夢をみた、事は失敗したが、三年のあいだ夢を楽しんだ事実は余のものだ、これだけは誰にも手をつけることはできないし、この夢がやぶれた以上、もういつ死んでも惜しくはないぞ」

そう云いきったようすには、事実いつ死んでも惜しくないということが、はっきりあらわれていたそうであった。

紀伊家の内部にいる者たち、——それは橋場から護送した、渡辺蔵人の自供によって捕えられたのであるが、——二十余人が、やはり極秘のうちに処分された。

松島屋松吉の旦那《だんな》であり、洲崎の升屋で主脳部に指令を出していた、「岡さま」という人物は、それがなに者であるかもわからず、捕えることもできなかった。

加波山は結城藩、要害山は甲府城、それぞれの責任で始末し、これまた、その跡も残らないくらい入念に片づけた。

こうして五月四日、——

すべての処理が終り、いちど和歌山から出府した形式で、左近将監頼興が帰国すると、余類の現われるけはいもないと判明したので、「朱雀調べ」に関する書類を、老中立合いのもとに、ことごとく焼いてしまった。

調書焼却の日には、花田三兄弟をはじめ、中谷兵馬、斧田又平、太田嘉助、村野伊平、沢野雄之助、梶原大九郎、添島公之進、死んだ林市郎兵衛の代りとしてその兄の五郎左衛門ら十一名が登城し、老中から労を謝されたうえ、それぞれ恩賞の沙汰があった。

井伊家の小出辰弥、大久保家の牧田数馬も、藩主から褒賞《ほうしょう》されたし、甲野のつな、木島かよ、和泉屋の八重にも、花田徹之助を通じて、非公式の賜金《しきん》がさがった。

二

――これよりさき、――

休之助は紀伊家で甲野を再興し、万三郎は養子さきの吉岡伊吾家へ戻った。

そして五月四日に、調書焼却のあった日の夜、麹町六丁目にある花田家で、二た組の祝言《しゅうげん》が行われた。

休之助とつな。

万三郎とかよ。

その席へは中谷兵馬ほか八人も出たし、特におちづも招かれ、式のあとは賑《にぎ》やかな酒宴になった。

話はもちろん、一年来の奔走のことが中心であるが、すべて極秘という原則から、みんな表現を慎んでいるため、知らない者が聞いていたとしたら、なにを話しているのか理解できなかったであろう。

「しかし、あれですな」

と中途で兵馬が云った。

「今日、老中から恩賞の沙汰がありましたが、その原因である朱雀調べという事実が、灰も残らず堙滅《いんめつ》されたというのは、少なからず妙な感じのものですな」

「中谷さんもそう思いますか」

万三郎が酔ってまっ赤になった顔を振向け、いかにも同感だというように頷《うなず》いた。

「恩賞などというものは、永く記録されるような功績に対して賜わるものなのに、こんどの件は全然、それこそ塵《ちり》も残らないくらいにかき消されてしまったのですからね、われわれが死ねば、こんな事実があったことさえ知る者がなくなるんですから、そう思うと、――ぜんたいとしてなにかしら妙な心持、ちょっとなんといったらいいか、その」

「どうした、――」休之助がじろっと見て云った。

「どんな妙な心持なんだ」

「いってみれば、まあ、その」

万三郎はふらっと手を振った。

「その、あれですよ、――こうきれいさっぱりと、すべてが水に流されたところは、いっそ風流といった感じじゃありませんか」

「あてずっぽうなことを云うやつだ、このために幾人か死に、みんな命懸けではたらいたのになにが風流だ」

「むろんその点は厳粛ですよ」

万三郎はちょっと頭を下げた。甲野家の犠牲者、林市郎兵衛、また敵側の少なからぬ死傷者や、断罪された人々に対して、心から低頭するというふうであった。そして、それから顔をあげて云った。

「しかしですね、それだけの事実が、まるっきり無いものになったというところは、どうも私には風流とでもいうほかに感じようがないと思うんですよ」

「私もそんな気持ですな」

中谷兵馬が云った。

「人間の栄枯盛衰、一年の春夏秋冬、およそとどめることの不可能なものに執着しないのを風流とすれば、これまさに風流と観ずるよりしかたがないでしょう」

このとき半次は、おちづと二人で広縁に出ていた。

半次は木綿縞《じま》の単衣《ひとえ》に角帯をしめていた。

おちづは髪をきれいに結いあげ、化粧をし、そのころ流行した秩父《ちちぶ》絹の、派手な格《こう》子縞《し》の単衣に、鶯色《うぐいすいろ》の地に牡丹《ぼたん》を染めた羽二重と黒繻子《くろじゅす》の帯をしめて、このまえよりいっそうおとなびてみえた。

「半ちゃん、あんた船宿へはいったんですってね」

おちづがそっと半次を見た。

三

「うん、——仙台河岸の船源ってうちだよ」

半次は眩《まぶ》しそうな眼をした。

「あら嬉《うれ》しい、仙台河岸の船源さんなの」

おちづは二度とびあがった。すると髪に挿《さ》した花簪《はなかんざし》のびらびらが、美しく揺れた。

「花田さんの旦那は、もっとまじめなしょうばいをしろって云うんだ、商人《あきんど》の店へ奉公するとか、大工か左官、指物職なんぞでもいいっていうんだ、けれど、——おいらあだめだ、おいらにゃそんな堅っ苦しいこたあ向かねえんだ、それは自分がよく知ってるんだから」

「そうよ、半ちゃんにはそんなの似合わないことよ」

「だからおらあ船宿の船頭ならやるっていったんだ、金杉にいるじぶん、舟は漕《こ》いだことがあるし、舟は好きだから、——」

半次はちょっとおちづを見た。

「そうしたら花田の旦那が、——まえから御贔屓《ごひいき》だったってよ、——船源へ自分で伴れていって、頼んでくれたんだ、慥《たし》かに預けた、まちがいのないように、腕のいい船頭に仕込んでくれ、ゆくゆくは株を買って船宿をもたせてやるんだからってよ」

「まあいいこと、それじゃあ半ちゃん船宿の旦那になるのね」

「よしてくれ、旦那なんて柄じゃねえや」

「よかったわ、嬉しい」

おちづはいきなり半次の手を取りそれを振りながら、昂《たかぶ》った声でうたうように云った。

「あんたが船半って看板を出すころには、あたし仲町で第一の姐《ねえ》さんになってみせるわ、それまでにできるったけ稼いで、きれいにひき祝いをして船半の帳場へ坐《すわ》るのよ、それまで二人で辛抱しようね、半ちゃん」

半次はてれたように頷いた。

「あたしたち運がよかったのよ、こんなに運のいい人ってそうありゃしないわ、よかったわね、半ちゃん」

おちづは半次の手に頬ずりをし、低く、祈るように云った。

「お願いです、神さま、どうぞこの運がこわれませんように」

そしてくくと泣きだした。

半次は途方にくれて顔をそむけたが、彼の眼からも涙がぽろぽろとこぼれ、唇がひきつった。彼もまた心のなかで祈った。

——神さま、どうかちい公の願いをかなえてやって下さい、もう二度とちい公を不仕合せにしないように、守ってやって下さい。

そのとき座敷から、

「どうしたんだその二人は」と万三郎の呼ぶ声がした。

「祝いの席から無断でぬけてはいけないな、話が済んだら来て坐れ、また美味《うま》い物が出て来たぞ」

半次とおちづは赤くなり、眼を見交わしながら、座敷のほうへと戻った。半次は万三郎の隣りへ坐り、おちづは給仕の手伝いにまわった。つなやかよが花嫁衣装を脱いで、徹之助の妻の幾代と共に、酒肴《しゅこう》を運んだり酌をしたりしているので、おちづも見てはいられなかったのである。

「深川一の名妓《めいぎ》になるんだそうだからな」

兵馬が笑いながら云った。

「そうなるとおれのような旗本の四男坊には高峰《たかね》の花だから、いまのうちに酌をしてもらうとしよう」

「あら、皆さんならお金は頂きませんわ」

おちづもきれいにやり返した。

「此処《ここ》にいる皆さんなら、ほかのお座敷を断わってもお酌をしにあがりますわ、どうぞごひいきに」

四

おちづの巧みな応対で、座も賑やかになるし、半次もみんなの話題の中心になった。万三郎はまだ「岡さま」のことが気になるので、おちづが酌をしにまわって来たとき、その後のようすを訊《き》いてみた。しかし、あれ以来ずっと、松吉も逢《あ》っていないという。

「月々のお手当は来るんです」

とおちづは云った。

「いつも旦那の来る、黒江町のちづかというお茶屋さんへ、定《きま》って二十日の日にお手当が届くんですけれど、使いの人はそのたびに変っているのと、どこの誰から頼まれたかも知らないんですって」

「――ふしぎなことをする人物だな」

「姐さんも困っていますわ、義理も悪いしなんだか気持がおちつかないって、――ですからお手当はそのままちゃんとしまってあるんですのよ」

万三郎は渋い顔をした。

――この人物だけが未解決だ。

蕨《わらび》めしで辛《から》きめにあっているので、彼としてはその正体が知りたいし、できることなら対決したい相手であった。

――だが、まあいいだろう。

と万三郎は自分にいった。

――もしかすると将来、意外なところで会うかもしれないし、そうでないにしても、一つくらい解決のつかない事のあるほうが、含みがあっていいかもしれない。

「あの船の老人を思いだしますねえ、花田さん、じゃあない吉岡さん」

向うから斧田又平が呼びかけた。

「鬼怒川べりの繋《つな》ぎ船にいた友吉爺《じい》さんですよ、どうしていますかね」

「さあね、あのまま伝右衛門の家にいるか、それともまた船を繋いで、独りで暢《のん》びり暮しているでしょうな」

結城の町の「大めし」という飯屋、そこで会った古木家の下男の虎造、そんなことが次つぎに思いだされた。また例の金杉の権あにいの子分の、三島や屁十の話が出て、半次が腕捲《まく》りをした。

「あの二人の野郎、こんどどっかで会ったらものも云わずに殴りつけてやる、二人とも手か足をぶっ挫《くじ》いてくれるから」

などといきまいたので、みんながわっと笑いだした。

徹之助は酒は飲まないたちであるが、今夜はかなり盃《さかずき》を重ねたとみえ、まっ赤に酔った顔で一座の人々を眺めまわしていた。感慨無量といった眼つきである。

――武運に恵まれたのだ、あれだけの仕事をして、欠けたのは甲野家の二人と林市郎兵衛、あとはみな無事でここに集まっている。

そんなふうに呟《つぶや》いているようであった。

――休之助は亡妻の妹と結婚し、立派に甲野の家名を復活した、万三郎も、――いや、あいつは相変らずおかしなやつだ、かよという娘も妙なものだ、うん、しかしどこかしら似合っている、おかしなやつと妙な娘だが、案外あれで似合いの夫婦かもしれない。

徹之助は満足そうに微笑した。

九時に祝宴は散会した。帰り支度をしているとき、かよが万三郎に耳うちをした。

「いってお別れをしていらっしゃいよ」

からかうような眼つきである。

「――誰に」

「わかっているじゃありませんか、つなさんによ」

とかよは云《い》った。

「その代りあの方と口をきくのはこれ限りよ、わたくしやきもちやきですからね」

五

吉岡の家は湯島聖堂裏の高台にあった。

養父の伊吾と妻女は、すでに小梅の控え屋敷のほうへ隠居し、その家には中間《ちゅうげん》二人、下僕、下婢《かひ》などが残っているばかりだった。

「あらまだだめよ」

着替えをして、寝間へ入ろうとすると、かよが手をひろげて止めた。

「いまちょっとお化粧を直すんだから待っていらっしゃい、ほんのちょっとだから」

「どうして待つんだ」

「そんなことお訊きになるものじゃないわ、そこに坐っていらっしゃい」

こんなふうに字に書くと乱暴にみえるが、かよの口から聞くと、子供っぽくて、あまくしっとりとして、微笑《ほほえ》ましいくらいである。

「つなさんになんて仰《おっ》しゃって」

水白粉《みずおしろい》を手につけながら、かよは横目で万三郎を見た。万三郎は手を振った。

「かくべつなことは云やあしない、ごくあたりまえな挨拶《あいさつ》さ」

「だからなんて仰しゃったの」

「うう、その、……ながいこといろいろと御面倒をかけましたってさ」

「あの方はなんて、――」

「いいえわたくしこそ」

「それから、――」

「たいへん不躾《ぶしつけ》なことばかり申上げました、どうぞお忘れ下さい、――おい冗談じゃない、つまらないことを云わせないでくれ」万三郎は口を尖《とが》らせた。

かよはいたずらっぽく笑って、

「あなたどんなお気持だった。正直に仰しゃってよ、いざとなると別れるのが辛《つら》かったんじゃなくって」

「正直にいえばほっとしたさ」

万三郎はついつりだされる。

「おれはいつも叱《しか》られてばかりいたからね、あの人の前にいると必ずなにか失敗するんだ、あの人がきちんとすまして、じっとこっちを見られると冷《ひや》っとするからね、なんだかいつもこわい叔母さんに睨《にら》まれてるような心持だったよ」

「あらそうかしら」

かよは満足そうに、こんどは唇へ紅をさしながら云った。

「だって向島の青山さまの下屋敷で、あなたははっきり仰しゃいましたわ、私とつなさんとは許婚者《いいなずけ》も同様ですって、そうでしょ」

「私は怒りっぽいほうじゃないが、ぜんぜん怒らない人間でもないんだぞ」

「まあ嬉しい」

かよは化粧を終って、こう云いながら万三郎の手を取った。

「あたしまだあなたのお怒りになったのを見たことがないでしょ、あなたはがまん強くて、いつも親切でおやさしかったわ、でも、――怒ったらどんなにすてきだろうって、あたしいつも考えていましたのよ」

「さあ、――よかったら寝ようじゃないか」

万三郎はてれたように、眼をそらせながら立った。かよが鼻声で云った。

「ねえ、立たせて」

万三郎は手を取って援《たす》け起こした。かよはぴったりより添いながら、

「寝るまえにお盃をするの」

「――お盃だって、またか」

「ええ、お寝間でよ、それが本当のかための盃っていうんですわ」

そう云って襖《ふすま》をあけた。

六曲の屏風《びょうぶ》をまわした中に、夜具がのべてあり、祝いの膳が置いてあった。それらのものを、絹行燈《きぬあんどん》のやわらかい光りが、嬌《なま》めかしく照らしだしていた。

六

二人だけで、――かよのいうかための、――盃を済ませた。

それまで浮き浮きとはしゃいでいたかよは、盃が終ったとたん、静かにうなだれて、しんと沈黙した。

白羽二重の寝衣《ねまき》に鴇色《ときいろ》のしごきを緊《し》め、髪毛は解いて背に垂れている。豊かにくびれた腰の線や、重たげに張りきった胸のふくらみが白一色に消されて、いつもの陽気

で嬌羞《きょうしゅう》にあふれているかよとはまったくべつな、初《う》い初いしく、殆《ほと》んど清浄な印象を与えるのであった。

「なにを悄気《しょげ》ているんだ」

万三郎が手を伸ばしながら云った。

「――心ぼそくなったのか」

かよはそっと頭を振った。さし伸ばされた万三郎の手には気がつかないらしい、――見ると膝《ひざ》の上へぽとぽと涙がこぼれ落ちた。

万三郎は狼狽《ろうばい》し、どうしていいかわからなくなった。むやみにかよがいじらしく、哀れなように思われ、劬《いたわ》り保護してやりたいという、激しい衝動に駆られた。

「私が付いているからね、なにも心配することはないんだよ」

彼はそう云いながら、膝を寄せて、かよの手を取った。

「もうかよには決して苦労もさせないし、悲しいおもいもさせやしない、どんな事が起こったってきっとかよを護《まも》ってあげるよ」

かよは万三郎の膝に俯伏《うつぶ》し、彼の手へ、自分の濡《ぬ》れている頰を押当てながら、声をころして咽《むせ》びあげた。万三郎が片方の手で髪を撫《な》でると、その手も取って、二つの手へ烈《はげ》しく頰ずりをし、熱い唇を押しつけた。

「——困るよ、かよ」

万三郎はすっかりあがってしまい、胸のあたりが苦しくなった。

「——どうしたらいいんだ」

かよはふいに顔をあげた。そして、涙に濡れた頰を、手の甲で（子供のように）拭《ふ》きながら笑いだした。万三郎はほっとし、これも誘われて、ぶきように笑いだした。

「困らせてごめんなさい、あまえてみたかったの」

とかよは云って、万三郎をやさしく睨んだ。

「でもあなたって、なんて——」

そう云いかけたかと思うと、急に燃えるような眼つきになり、すばやく立っていって、絹行燈を消した。まっ暗になった寝間の中に、吃驚《びっくり》したような、万三郎の低い叫び声が聞えた。

明くる朝はやく、——

若夫婦が狭い庭に立っていた。万三郎は左の手に、大きな鳥籠《とりかご》を持っている、——それは、深川の井伊家にあったもので、中には七羽の紅雀《べにすずめ》が入っていた。

「そら、生れ故郷へ帰れ」

万三郎は籠をあけながら云った。紅雀の一羽が、ぱっと飛び立ち、続いて二羽、また一羽が舞いあがった。

かよは良人《おっと》により添って、はれぼったい眼を細めて、かれらの飛び去るのを、放心したように眺めていた。

残りの三羽も籠から飛び立ち、暫《しばら》く庭の葉桜の枝で鳴き交わしていたが、そのうちに、つぎつぎと高く舞いあがって、爽《さわ》やかな朝空のかなたへと消えていった。

「無事にお帰り、さよなら」

万三郎が手を振りながら叫んだ。それからその手を妻の肩にまわして云った。

「これで残りなく片づいたよ」

「いいえ」

とかよが良人を見あげながら云った。

「わたくしたちの日が始まるんですわ」

解説

水谷昭夫

『風流太平記』は昭和二十七年十二月十二日から、同二十八年七月十二日まで、二一二回、「四国新聞」に連載された。挿絵は岡本爽太《そうた》郎《ろう》。周五郎の推挙によるものであった。東京の通信社が窓口になって、他の新聞にもほぼ時を同じくして掲載されたものであるが詳細はわからない。

作者山本周五郎は作品を書くにあたって、「四国新聞」（昭和二十七年十二月三日付）夕刊に、次のような自作の予告を書いている。

「歴史のなかにはヤミからヤミへ抹殺された出来事が多い、この物語もその一つであるが、その〝事実〟よりも内容のケタ外れたところを書きたい、科学の進歩は人間の空想や夢の極限にまで達したがそれゆえにこそ空想や夢が必要だと思う。」

この考え方はのちに、「小説の効用」というエッセイ集のなかで、繰返して語られた「歴史と文学」に対する周五郎の考えの中心となってゆくものと言えるだろう。

「歴史と文学」をめぐる問題は、近代文芸論の重要な主題となっているものだが、周五郎の考えは、一切のタテマエ論をかなぐりすてて、「ヤミからヤミへ抹殺された出来事」の中へわけ入って、その「ヤミ」のなかですら、なおも尊厳な輝きを放つ人間的なものをおいもとめようとするものである。自作予告はそう主張している。

たとえば「歴史の核心にあるのは人間だ」と周五郎は言う。これは森鷗外の「歴史其儘《そのまま》と歴史離れ」以来、「文学は歴史ではない」というあたりまえのことが、ほとんど素直に語ることの出来なかった一種呪縛《じゆばく》的な批評情況を思いあわせてみれば、そのことばのさりげなさの中にこめられた重大な意味が理解されるといえるだろう。史料と資料、歴史と人間、または文学にかかわる周五郎の作品に、いまは詳しく述べるいとまはないが、すくなくともここに、山本周五郎の「歴史と文学」と人間に対する「夢」が、くったくもなく語り出されている。まさしく『風流太平記』は、生起した様々の出来事が、それこそすべて、「歴史のヤミ」の中へ消えて行く物語である。しかしたしかに、前後して書かれた『山彦乙女』も『正雪記』も、はては『樅《もみ》ノ木は残った』にしても、すべて、歴史のヤミの中で一瞬光芒《こうぼう》を放った人間の物語であるが、ここでは一そう気ままに、ある人間的なるものを「風流」と観じて、躍動する歴史の創造の一点において語ろうとしたように見える。出来事も面白い。時代もまた、松平越中守《えつちゅうのかみ》定信が老中筆頭時代（一七八七年—九三年）に設定。舞台は紀州家、徳川御三家の名門が、イスパニアの死の商人とくんで幕府転覆をはかるという。最後にはフランス革命などもちらりと姿をのぞかせる小説仕立ては、理屈をつけて解説すれば、それはそれで充分面白いのだが、それよりも読者はこの作品にあっては、スケールの大きさ、そののびやかさ、それをささえる作品の構想のたしかさを気ままにたのしむ方がよさそうである。その中心にあるのが「大陰謀」というやつで、これにまきこまれて行く個性豊かな三兄弟に、さっそうたる三銃士の面影を見るのもいいだろう。花田徹之助、甲野休之助、吉岡万三郎、彼らは三人三様の個性を持って「歴史」にかかわり、歴史のヤミの中で生起する闘いを、ものの見事にたたかいぬいて行くのである。

この一見荒唐無稽《こうとうむけい》とも見える出来事の中に流れているのは、周五郎の、あの歴史と人間と文学への、限りなく深い信念と愛情であることを見逃してはならない。しかもそれが、多くの山本周五郎作品にもまして、まことに明晰《めいせき》な輪郭をもって示されているのである。

これがたとえば、新潮社版小説全集の解説で、河盛好蔵が「残念ながら第一級品というわけにはゆかない」と述べて以来、多くの読者に読みつがれていたわりに、この作品は長く陽のあたる場所からは遠ざけられ、一種つかみどころのない題名とあいまって、周五郎を語る上で何となくかえりみられることすくない作品となっていた。元来作品というものは、どのように読まれようと自由であるが、たとえば賞讃される場合ならまだしも、この作品のような長編ともなると、わずかな誹謗《ひぼう》でも随分と不運な経過をたどることがある。したがって私はあえて、この前後に書かれた『山彦乙女』や『正雪記』にくらべてみて、作品細部の「思いこみ」や、何とない「きかせどころ」の有無深浅をのぞいて、作品全体の構成のたしかさという点から言えば、娯楽作品の娯楽性というものに徹しつつ、人間と歴史のある肝心をさらりと描いてのけたこの作品の方を、むしろ高く評価すべきであるとさえ思う。いたずらな殺伐やエログロに堕すことなく、あらゆるタテマエから自由になって楽しむという、小説本来のよろこびがここにはひらかれているとさえ言って過言ではない。

その「歴史の風流」の中心にいるのが吉岡万三郎である。彼はこの「大陰謀」（というところがいい）に敢然と立ち向かう花田三兄弟の三男坊で、養子先の吉岡家で許嫁《いいなずけ》の女性に死なれ、長崎勤務についている。その状態のなかで、甲野つなと婚約する。甲野つなは次兄甲野休之助の養家の娘。二人は手紙のやりとりだけで顔も見たことがない。万三郎はしかし、婚約したということだけで充分に、「愛している」倖《しあわ》せな気分にひたりきることが出来る。まことに愛すべき人物であり、作品はこの万三郎が兄たちに呼ばれて長崎から江戸にかえってくるところから始められる。「九月中旬のある晴れた日の午後」と作品は書き出される。「芝新網にある紀州家の浜屋敷の門前へ、一人の旅装の若者が来て立った」この若者の姿に読者は、後年の傑作『赤ひげ診療譚《たん》』の保本《やすもと》登の姿を思いうかべるだろう。保本登は長崎留学を終え、小石川養生所の門前に佇《たたず》む。

周五郎は、この青年を「門」の中へはいらせた。「門」のなかは、「小石川養生所」だ。そこで、人間存在の自由の問題を、内的劇《ドラマ》の葛藤《かっとう》の中に描き出した。それがこの『風流太平記』では、主人公万三郎は「門」の前からすたこらと逃げ出すのである。それも、見も知らぬ少年が突然あらわれて、「けんめいな表情で」、「逃げるんだよ小《お》父《じ》さん」と言ったからである。万三郎は走り出す。走りながら考える。「これはどういうことだ」

周五郎はつまり、歴史や人間や「愛」の問題を、内なるものへ沈潜して劇《ドラマ》を凝視するかわりに、すべてを「門」の外側へおいて、苦しみもだえ、疑い信じ、躍動しつつ変転するカオスの中で描いて行こうとしたのである。

さて逃げ出した万三郎は、築地《つきじ》の船宿の二階におちつくが、そこへあらわれるのが婚約者甲野つなをなのる二人の女性である。長編娯楽小説として抜群の面白さを持つこの出だしは、以下くりひろげられる「愛すること」の見事なアイロニイとなっているばかりでなく、山本周五郎の小説で、常に描きつづけられる「愛する」劇《ドラマ》の一つの形を、ものの見事にあらわしているのである。

おそらく読者は、事件の大筋の展開は予測出来たとしても、この二人の女性のからむ「愛」の成行きはほとんど及びもつかなかったのではなかろうか。じつはしかし、そこにこそ著者のねらいがある。

つまり人は、偶然にあたえられた条件の中で人に出会う。生命を危険にさらすほどの「好き」や「嫌い」をその中で語りたがるが、ただ一つの条件にすぎないものを、まるで唯一《ゆいいつ》絶対の運命のように誤認して、人はここで「愛」を見あやまる。それはしかしつきつめてみれば、どのような自由な精神の持主でも、さけることの出来ぬ人間の実存のくらさの故《ゆえ》ではないのか。そういう問いかけが、周五郎の「愛」の物語にはつねにひびきわたっている。

人間の存在を限りない可能性において語る周五郎の「愛」の物語は、まさしくその典型であり、不覚のうちにおちいる「偏見」が、如何《いか》に「愛」の本質と縁遠いものであるかを常にはっきりと見きわめようとする。伊藤整はそれを「近代日本における

『愛』の虚偽」だと言った。わかりやすく言えば、キリスト教的文化伝統をもたない私たち日本人は、ただ偶然の「好き」や「惚《ほ》れる」を「愛」と誤認する。言ってみれば東西比較文化論の中心に「罪の意識の不在」をとなえる方法論に対し、これは「愛の不可能性」を指摘する。そして、日本人の精神構造、または文化の根源に、「虚偽」があるという。すぐれた視点である。周五郎はそして、伊藤整が言う「虚偽」のくらがりをはっきりと見ぬいて、その中に、真の「愛の物語」をきずき得た稀有《けう》な作家だといえるだろう。

ただこの『風流太平記』は、周五郎の恋愛小説の頂点となった『柳橋物語』のおせんや、晩年の『虚空《こくう》遍歴』のおけいのように、作品の主題の展開につれて「愛」の問題を深化させて行くという方法こそとってはいないが、いかにもわかりやすい、それでいて生き生きと躍動する姿形として、自由に語り出しているのである。このような方法にあっては、「愛する」ことが、女の実存の昏《くら》さと苦しさに共鳴して行く内面の劇が展開されるというより、それらはいつも主題の展開の影に、ひそかに暗示されるにとどめられるのである。たとえば万三郎は、この作品の見事な出だしにおいて、「愛している」自分の婚約者つなを見ぬけない。それは同時に、自分が「愛している」のは、たまたま婚約をしているという条件にすぎないということも、同じように気附いていないのである。

とは言え、著者はこの二人の女性の存在に「愛する」優劣をつけて語ろうとしているのでは決してない。むしろ本ものの甲野つなは、小太刀の名手、どのような苦難のときでも、毅然《きぜん》として志を失わない、周五郎がもっとも愛してやまない女性の典型である。しんのしっかりとした美しい女性。鷗外が『安井夫人』や『最後の一句』『山《さん》椒大夫《しょうだゆう》』で描いた魅力的な女性に通うものであろう。ところで一方、この甲野つなにもおとらぬ、魅力的な女性が同時に描かれる。それがにせのつな、つまり木島かよである。彼女は甲野の遠縁の娘だが、五年前から孤児となって甲野家で養われて人となった。話はいささか前後するが、そのかよがつなにむかって、次のように言うところがある。

「万三郎さまはあなたなんぞで幸福になれやしないわ、あなたは万三郎さまを訓戒したり叱《しか》ったり、やりこめたりすることはできるでしょう、でも愛してあげることはできやしないわ、愛するというのは、相手の悪いところも欠点もすべてそのままうけいれることよ、あなたにそれができて、つなさん」

つなはこのことばを「棘《とげ》でも刺されるようにするどい痛みで胸を突刺」されるように受けとめる。周五郎は、一つの理想にむかってつき進む志の凛然《りんぜん》さを、ここで否定しようとしているのではない。たとえば「愛する」ことが、つねに孤独な絶望のうちにとどまるという、近代小説のテーマとなった同じ条件の下で、かよのことばを受けとめて動揺するつなを描いて、周五郎はなおも「愛」の可能性をおいもとめる。人間をタテマエや見せかけで判断することからどれだけ自由になれるか。すべてはこの一点にかかっている。「するどい痛みで胸を突刺」されているつなを美しく可憐《かれん》に描きながら、周五郎は、理想とする女性のもう一つむこうがわに、自由で生き生きとした、すべてのかみしもをぬいだ魅力的な一人の女性を描いたのである。

　彼女は、自らが好んでえらんだのでもない不幸な条件の一つ一つを、ありとあらゆる知恵をふりしぼってせい一ぱいに生きている。幸福をもとめ、愛するものとそいとげたいという人間らしい思いを、たとえばつなの志の凜然さと同じように、そこに何の軽重をつけず、深い愛惜の思いをこめて周五郎が描いているということなのである。

　志や理想の凜然さと、この人間らしい感情とがないまぜになって描かれるという、周五郎の作品の特質がここでも示されているわけだが、たとえば中野つなの、女としての「嫉妬《しっと》」が、生き生きとして描かれていて、それが人間的優しさのアイロニイにまで高められているのは、かかる事情によるものと言えよう。それが内的劇《ドラマ》として展開されるということなく、一つの暗示として示され、すべての出来事が「門」の外がわから描かれているために、かよが万三郎とむすばれる成行きが、いささか説明不足のうらみがなくはない。それを作品の瑕瑾《かきん》と言えば言えなくもないが、その成行きを説明してあまりあるのが、吉岡万三郎の存在であり、その作品の主題の肝心を、その存在がささえ、つなとかよの「愛」の実存にかかわってこの作品を構成しているのである。

彼は花田三兄弟の三男である。周五郎の作品の主題をになう人物が多く長男、あるいは家父長的人物であるという、風とおしの悪い偏見がなんとなく出来上がっているのだが、『ひやめし物語』などの例をひくまでもなく、しばしば三男坊的人物が、あたえられた役割をになって、周五郎の作品の中でのびのびとその生涯を楽しんでいる。万三郎もその例外ではない。

彼は「無類のお人好《ひとよし》」「愛すべき人物」というのが、ほぼ従来の理解である。しかし、たとえば、次男甲野休之助との対比のなかで、この万三郎の存在は、「歴史」にかかわる一点において、単なる「お人好」的娯楽読物のワクぐみをこえ、ある重要な役割をはたしていることに気附かれるべきであろう。

たとえばそれを、休之助の側から説明すると、事情は一そうはっきりとするだろう。このすぐれた男、つまり休之助は、もの事のけじめが寸分の狂いもなくつけられる。

また、人生の大事において、あれかこれかの選択に誤まりがない。もの事を全体の中で位置づけ、筋道を立て、小事に拘泥《こうでい》せず、修練をつんだ才能と強い意志の力で、常に感情を抑制し、困難をこえてゆく。私たちの社会や歴史の秩序は、かかる才能によって築かれ、安寧が保たれて来たことは疑いがないように見える。ところがである。もちろん理くつは休之助にあり、万三郎は、しばしば「言葉ではうまく説明」がつかない。「仲が良いくせに」すぐこの次兄とけんかをするのが万三郎である。

私たちの世界にあっては、この「言葉」によって説明のつかぬものの存在は虚無と同じあつかいをうける。ここに、周五郎の「歴史のヤミ」がある。万三郎は、休之助の「歴史」のヤミ、つまり「言葉なき歴史」がつくり出される一点に佇《たたず》んでいるのである。二人がつかみあいのけんかをするのは、仲がいいから、つまり、同じ「歴史」の一点に佇みながら、まるで別のかかわり方をしているという事に他《ほか》ならない。休之助は万三郎に言う。

「相当なことができるとは信じているよ、ただ一つ悪い癖があるんだ――肝心な事だけやれば立派なんだが、おまえとくると必ずよけいな事にちょっかいを出す、つまらないようなところで情にほだされて」

万三郎は、この休之助の説教にすじ道を立てて抗弁しない。言われるほど「マズイこと」なんてなかったじゃないかと憤然とする。事実、万三郎が考えているように、一見マズイことのように見えたものが、彼等の歴史を成功に導いてさえいるのだ。その存在の不思議な魅力がこの作品の魅力と共鳴しているのだが、作中そのことに気附いているのがかよである。

かよは、万三郎が「底抜けなほど人間を信頼する」ことをよく知っていた。だから、その万三郎を愛し、思いのままに手玉にとれた。手玉にとりながら、かかる存在の魅力にかかわったものは、むしろその存在の中にとりこまれてしまうことも見抜いていた。だからかよは、その万三郎のためには、いつでも死ねた。万三郎と志を同じくし、その志のためにいつでも生命を投げ出すことの出来たつなも可憐であるが、このかよの「愛」の姿も一そう切実であろう。まして、万三郎のような存在にとって。ところが万三郎の存在の魅力にひかれて、生命を投げ出すもう一人の人物がいる。作中もっとも彫りの深い陰影を添えて描かれている無神流の名手石黒半兵衛である。

半兵衛は敵方の用心棒で、かよを秘《ひそ》かに愛し、影のようにつき従ってまもっている。万三郎はその無神流の腕に心服する。彼にとって、一芸に秀《ひい》でた人間的なものには、敵も味方もない。自由な魂の無防備な信頼が、死闘をくり返している相手にさえ、そそがれてゆく。半兵衛は、最初そんな万三郎の存在を苦労知らずの人間のもつ感傷にすぎぬと誤認して一笑に附すが、やがて地面にのびたまま言うのだ。

「おかしな男があったものだ」

たしかに休之助的歴史と人間の見方からは、この半兵衛のことば以外、万三郎の存在の魅力は説明する手だてもない。その説明のつけようもない「おかしな」存在のために、半兵衛はかわる。そして、万三郎のその「おかしな」存在に賭けて、剣士として斬《き》り死にする道を選んでゆく。この物語の圧巻となっている。

この半兵衛がなければ、三兄弟の義挙もあぶなく水泡に帰するかも知れないような場面が何度かあらわれるのだが、つまりは、長兄徹之助や休之助が、この世の中のしくみにかかわり、歴史をつくっていくというようなやり方の中で、実は、真に歴史に生命の息吹《いぶ》きを吹きこむような、万三郎的存在の魅力が、くったくのない光彩を放っているということなのである。周五郎はここで『赤ひげ診療譚』のように、休之助的社会秩序と平安へのすじ論を批判するようなことはしない。むしろ、そのようなすじ論が、手をたずさえ、導かれるべき重要な存在として、万三郎の自由なこころの動きと輝きを描いているのである。あるいはこれは、様々な既成の形式にとりまかれ、活力を喪《うしな》いつつある私たちの時代に、人間的なものの核心にある、創造的な生命の姿形をさりげなく示した興味ある作品となっているとも言えるだろう。

しかし、資料史料にあけくれる私たちの時代の中で、これはあとかたもなくかき消えてゆく世界である。作者はそれを「風流」と呼んだ。たとえば高雅なワインが、喉《のど》ごしのあとに馥郁《ふくいく》たる芳香のほか何も残さぬように、著者はこの一編を、たのしみの内に書き上げたとも言えよう。ならば読者もまた読みおえて、風流の芳香をたのしむだけでいいのかも知れない。

（昭和五十八年八月、関西学院大学教授）

この作品は昭和三十年五月同光社から、また、
昭和三十三年十一月講談社から刊行された。

新潮文庫編
文豪ナビ　山本周五郎

乾いた心もしっとり。涙と笑いのツボ押し名人――現代の感性で文豪作品に新たな光を当てた、驚きと発見がいっぱいの読書ガイド。

山本周五郎著
青べか物語

うらぶれた漁師町浦粕に住みついた〝私〟の眼を通して、独特の狡猾さ、愉快さ、質朴さをもつ住人たちの生活ぶりを巧みな筆で捉える。

山本周五郎著
柳橋物語・むかしも今も

幼い一途な恋を信じたおせんを襲う悲しい運命の「柳橋物語」。愚直なる男が愚直を貫き通したがゆえに幸福をつかむ「むかしも今も」。

山本周五郎著
五瓣の椿

自分が不義の子と知ったおしのは、淫蕩な母と相手の男たちを次々と殺す。息絶えた五人の男たちのそばには赤い椿の花びらが……。

山本周五郎著
赤ひげ診療譚

小石川養生所の〝赤ひげ〟と呼ばれる医師と、見習い医師との魂のふれ合いを中心に、貧しさと病苦の中でも逞しい江戸庶民の姿を描く。

山本周五郎著
大《おお》炊《いの》介《すけ》始末

自分の出生の秘密を知った大炊介が、狂態を装って父に憎まれようとする姿を描く「大炊介始末」のほか、「よじょう」等、全10編を収録。

山本周五郎著

おごそかな渇き

〝現代の聖書〟として世に問うべき構想を練った絶筆「おごそかな渇き」など、人生の真実を求めてさすらう庶民の哀歓を謳った10編。

山本周五郎著

ながい坂（上・下）

下級武士の子に生れた小三郎の、人生という〝ながい坂〟を人間らしさを求めて、苦しみつつも着実に歩を進めていく厳しい姿を描く。

山本周五郎著

つゆのひぬま

娼家に働く女の一途なまごころに、虐げられた不信の心が打負かされる姿を感動的に描いた人間讃歌「つゆのひぬま」等9編を収める。

山本周五郎著

ひとごろし

藩一番の臆病者といわれた若侍が、奇想天外な方法で果した上意討ち！　他に〝無償の奉仕〟を描く「裏の木戸はあいている」等9編。

山本周五郎著

栄花物語

非難と悪罵を浴びながら、頑なまでに意志を貫いて政治改革に取り組んだ老中田沼意次父子を、時代の先覚者として描いた歴史長編。

山本周五郎著

松風の門

幼い頃、剣術の仕合で誤って幼君の右眼を失明させてしまった家臣の峻烈な生きざまを描いた「松風の門」。ほかに「釣忍」など12編。

山本周五郎著

一人ならじ

合戦の最中、敵が壊そうとする橋を、自分の足を丸太代りに支えて片足を失った武士を描く表題作等、無名の武士の心ばえを捉えた14編。

山本周五郎著

人情裏長屋

居酒屋で、いつも黙って飲んでいる一人の浪人の胸のすく活躍と人情味あふれる子育ての物語「人情裏長屋」など、〝長屋もの〟11編。

山本周五郎著

花杖記

父を殿中で殺され、家禄削減を申し渡された加乗与四郎が、事件の真相をあばくまでの記録「花杖記」など、武家社会を描き出す傑作集。

山本周五郎著

扇野

なにげない会話や、ふとした独白のなかに男女のふれあいの機微と、人生の深い意味を伝える〝愛情もの〟の秀作9編を選りすぐった。

山本周五郎著

寝ぼけ署長

署でも官舎でもぐうぐう寝てばかりの〝寝ぼけ署長〟こと五道三省が人情味あふれる方法で難事件を解決する。周五郎唯一の探偵小説。

山本周五郎著

あんちゃん

妹に対して道ならぬ感情を持った兄の苦悶とその思いがけない結末を通して、人間関係の不思議さを凝視した表題作など8編を収める。

山本周五郎著
彦左衛門外記

身分違いを理由に大名の姫から絶縁された旗本が、失意の内に市井に隠棲した大伯父を天下の御意見番に仕立て上げる奇想天外の物語。

山本周五郎著
やぶからし

幸せな家庭や子供を捨ててまで、勘当された放蕩者の前夫にはしる女心のひだの裏側を抉った表題作ほか、「ばちあたり」など全12編。

山本周五郎著
花も刀も

剣ひと筋に励みながら努力が空回りし、ついには意味もなく人を斬るまでの、平手幹太郎(造酒)の失意の青春を描く表題作など8編。

山本周五郎著
楽天旅日記

お家騒動の渦中に投げ込まれた世間知らずの若殿の眼を通し、現実政治に振りまわされる人間たちの愚かさとはかなさを諷刺した長編。

山本周五郎著
雨の山吹

子供のある家来と出奔し小さな幸福にすがって生きる妹と、それを斬りに遠国まで追った兄との静かな出会い——。表題作など10編。

山本周五郎著
月の松山

あと百日の命と宣告された武士が、己れを醜く装って師の家の安泰と愛人の幸福をはかろうとする苦渋の心情を描いた表題作など10編。

山本周五郎著

泣き言はいわない

ひたすら〝人間の真実〟を追い求めた孤高の作家、周五郎ならではの、重みと暗示をたたえた言葉455。生きる勇気を与えてくれる名言集。

山本周五郎著

ならぬ堪忍

生命を賭けるに値する真の〝堪忍〟とは――。「ならぬ堪忍」他「宗近新八郎」「鏡」など、著者の人生観が滲み出る戦前の短編全13作。

山本周五郎著

怒らぬ慶之助

初期の習作から、直木賞に推されてこれを辞退した時期までの苦行時代を、新たに発掘された11の作品とともに跡づける短編集。

山本周五郎著

樅ノ木は残った

毎日出版文化賞受賞（上・中・下）

「伊達騒動」で極悪人の烙印を押されてきた原田甲斐に対する従来の解釈を退け、その人間味にあふれた新しい肖像を刻み上げた快作。

山本周五郎著

正雪記

（上・下）

染屋職人の伜から、〝侍になる〟野望を抱いて出奔した正雪の胸に去来する権力への怒り。超大な江戸幕府に挑戦した巨人の壮絶な生涯。

吉川英治著

三国志（一）

―桃園の巻―

劉備・関羽・曹操・諸葛孔明ら英傑たちの物語が今、幕を開ける！　これを読まずして「三国志」は語れない。不滅の歴史ロマン巨編。

風《ふう》流《りゅう》太《たい》平《へい》記《き》

新潮文庫　や－2－43

昭和五十八年九月二十五日　発行
平成二十二年十月十五日　四十一刷改版
平成二十六年五月五日　四十二刷

著者　山《やま》本《もと》周《しゅう》五《ご》郎《ろう》

発行者　佐藤隆信

発行所　株式会社　新潮社

郵便番号　一六二―八七一一
東京都新宿区矢来町七一
電話　編集部(〇三)三二六六―五四四〇
　　　読者係(〇三)三二六六―五一一一
http://www.shinchosha.co.jp

価格はカバーに表示してあります。

乱丁・落丁本は、ご面倒ですが小社読者係宛ご送付ください。送料小社負担にてお取替えいたします。

印刷・錦明印刷株式会社　製本・錦明印刷株式会社

ISBN978-4-10-113444-4 C0193